ullstein

Ishikli Caner will nicht länger im Auftrag der türkischen Mafia töten. Und ein Datenträger soll ihr Los in die Freiheit sein. Aber auch der deutsche Militärgeheimdienst in Person ihres alten Freundes Peter Roth und der Vatikan sind hinter den Informationen her. Caner und Roth tun sich zusammen. Gerade als sie den erfolgreichen Abschluss der Mission feiern wollen, erhält Ishikli einen Anruf. Der Vatikan hat ihren Bruder entführt. Entweder sie händigt den Datenträger aus, oder ihr Bruder stirbt. Als sie, gefolgt von Peter Roth, nach Rom reist, ahnt sie nichts von dem, was von ihr verlangt werden wird. Wenn Kardinal di Malatestas diabolischer Plan aufgeht, wird nicht nur die europäische Friedensordnung in den Abgrund gerissen, sondern auch Tausende Gläubige in den Tod. Und Ishikli von aller Welt dafür verantwortlich gemacht ...

PHILIPP GRAVENBACH, geboren 1978 in St. Pölten, lebt und arbeitet nach vielen schönen Jahren in Berlin seit einiger Zeit wieder in seiner beschaulichen Heimatstadt in Österreich. Das Herz des promovierten Juristen schlug schon immer leidenschaftlich für das fiktionale Schreiben. Sein Erzählen ist geprägt von vielschichtigen Figuren, einer soghaften Sprache und groß angelegten, spannungsreichen Plots. *Der achte Kreis* ist sein Debüt und Auftakt der Serie um Ishikli Caner.
www.gravenbach.com

PHILIPP GRAVENBACH

DER 8. KREIS

Thriller

Ullstein

Besuchen Sie uns im Internet:

www.ullstein.de

Wir verpflichten uns zu Nachhaltigkeit

- Klimaneutrales Produkt
- Papiere aus nachhaltiger Waldwirtschaft und anderen kontrollierten Quellen
- ullstein.de/nachhaltigkeit

MIX
Papier | Fördert
gute Waldnutzung
FSC
www.fsc.org **FSC® C021394**

Das Zitat auf S. 239 stammt aus Dante Alighieri: La Commedia / Die göttliche Komödie. Bd. 1. In Prosa übersetzt und kommentiert von Hartmut Köhler. Stuttgart 2021.

Originalausgabe im Ullstein Taschenbuch
1. Auflage September 2023
© Ullstein Buchverlage GmbH, Berlin 2023
Umschlaggestaltung: bürosüd° GmbH, München
Titelabbildung: Getty Images, © MirageC
Gesetzt aus der Quadraat Pro powered by *pepyrus*
Druck und Bindearbeiten: ScandBook, Litauen
ISBN 978-3-548-06741-4

Prolog

Mit einer entschlossenen Bewegung zog der Cavaliere die Klinge des Rasiermessers über die Kehle der jungen Frau. Es schien ihm stets aufs Neue erstaunlich, wie mühelos der dünne Stahl durch die zähen Knorpel schnitt.

Er bekreuzigte sich, küsste seine zur Faust geballte, blutbeschmutzte Hand. Behutsam schloss er die vor Schreck weit aufgerissenen zarten Lider des Mädchens. Einige Augenblicke lang blieb er noch reglos stehen, musterte den toten Körper.

Es tut mir ehrlich leid für dich, mein Kind …

Er ging hinaus auf den Flur, griff unter die Arme des bewusstlos am Boden liegenden Türken, platzierte seinen schlaffen Körper neben der Leiche und arrangierte den Rest. Ein letztes Mal blickte er auf die Szenerie, versicherte sich, dass sein Werk perfekt sein würde.

Er zog die Handschuhe aus, sah auf seine Armbanduhr: 23:16 Uhr. Noch genügend Zeit, um den Privatjet am Flughafen zu erreichen. Sein Auftrag in Melilla war wichtig für den Orden. Viel zu wichtig. Er durfte sich nicht den geringsten Fehler erlauben.

Er wandte sich zum Ausgang, zögerte einen Augenblick. *Pax dei tecum*, flüsterte er und bekreuzigte sich erneut. Hastig lief er hinaus in den weitläufigen Park der Villa, riss sich den blutverschmierten weißen Laboranzug vom Leib und verstaute ihn in seiner Reisetasche. Kalter Schweiß stand auf seiner Stirn, während er versuchte, seine Atmung zu beruhigen. Er musste seine Gedanken fokussieren. Abrupt richtete er sich auf, straffte seine Haltung. Er holte das Mobiltelefon aus der Innentasche seiner Jacke.

»Es ist getan«, sagte er.

»Gut«, antwortete die Stimme am anderen Ende der Leitung. »Ich werde alles Weitere veranlassen.«

1

Einen flüchtigen Moment lang blieb sein Blick noch am Minirock des Mädchens mit den knallroten Lippen hängen. Peter Roth schlug den Kragen seiner Lederjacke nach oben, steckte das Sturmfeuerzeug zurück in die Innentasche und schlang die Arme um den Oberkörper.

Wo zur Hölle blieb Freudensprung?

Er sah auf die Uhr.

Seit über zwanzig Minuten stand er sich jetzt schon in der kühlen Berliner Nachtluft die Beine in den Bauch. Das gelbe Licht der Straßenlaternen spiegelte sich auf dem feuchten Asphalt. Ihn fröstelte.

Roth steckte sich eine weitere Zigarette an, legte den Kopf in den Nacken. Er inhalierte tief, hielt für einige Sekunden die Luft an.

Ausatmen. Ruhig bleiben. Bloß nicht aufregen.

Als eine weitere Gruppe ausgelassener und für seinen Geschmack viel zu junger Partygäste an ihm vorbeizog, zwang er sich zu einem Lächeln. Bemüht lässig nickte er ihnen zu. Einige der Frauen kicherten, zwei Jungs drehten sich zu ihm um und betrachteten ihn mit einem Blick, als wäre er ein Relikt aus einer längst vergangenen Zeit.

Roth konnte nicht sagen, was ihm mehr auf die Nerven ging: Menschen, die sich anscheinend aus Prinzip hoffnungslos verspäten mussten, diese Scheißkälte hier vor dem Nachtclub oder der

Umstand, dass er mittlerweile um insgesamt fünf Zigaretten angeschnorrt worden war?

Vermutlich eine Mischung aus allem. Er nahm noch einen tiefen Zug, presste den Rauch durch seine zusammengebissenen Zähne aus.

Warum hatte Kopetzky ihn ausgerechnet an einem Samstagabend hierherbestellt?

Major Thomas Kopetzky, Leiter einer kleinen Spezialeinheit des Militärischen Abschirmdienstes MAD der Bundesrepublik Deutschland, war zwar einer seiner ältesten Freunde, aber er war auch ein hochgradig ignorantes Arschloch. Die Befindlichkeiten anderer Menschen interessierten diesen altgedienten Agenten bestenfalls mäßig.

Das Geräusch eines herannahenden Autos riss Roth aus seinen Gedanken. Ein schwarzer Bentley hielt unmittelbar vor ihm, der livrierte Chauffeur stieg aus und öffnete die hintere Tür. Julia Freudensprung trat auf den Bürgersteig. Sie warf ihre dunkelblonden Haare in einer fast schon filmreifen Geste in den Nacken und ging mit forschen Schritten auf Roth zu.

Die Ex-Polizistin trug elegante silberne High Heels, ein tief ausgeschnittenes Cocktailkleid aus blutroter Seide und einen vollständig mit Swarovski-Kristallen besetzten Blazer. Sie schenkte Roth ein bezauberndes Lächeln, schlang die Arme um seinen Hals und presste sich an ihn.

Beinahe hätte er vergessen, dass er eigentlich sauer auf sie war.

»Du bist zu spät«, sagte er trocken und schob sie von sich weg.

Freudensprung öffnete ihre silberfarbene Clutch. Sie nahm eine Packung Marlboro heraus. »Kopetzky wird's überleben, wenn er auf uns warten muss«, sagte sie, »und du solltest dich mittlerweile dran gewöhnt haben.« Sie sah Roth auffordernd an.

Roth gab ihr Feuer. Er blickte dem Bentley nach, dessen Rück-
lichter sich bereits wieder im Berliner Abendverkehr verloren.

»Ist mir irgendwas entgangen?«, fragte er betont beiläufig.
»Wieder ein neuer Verehrer?«

Freudensprung zog an ihrer Zigarette. Sie wandte Roth den
Rücken zu. »Wir sollten langsam mal rein«, sagte sie, ohne sich
umzudrehen.

Die Schlange vor dem Eingang des Clubs war sogar noch länger,
als Roth befürchtet hatte. Aber er musste zugeben, dass der Club
die perfekte Tarnung bot: Niemand würde dahinter eine tempo-
räre Außenstelle des MAD vermuten.

Roth wollte sich gerade anstellen, als Freudensprung ihn am
Arm packte und an den Wartenden vorbei in Richtung des Türste-
hers zerrte.

»Süße!«, rief der sichtlich erfreut. Er küsste Freudensprung
links und rechts auf die Wangen. »Ewig nicht gesehen!« Er blickte
auf den schlecht rasierten Roth, der in seiner zerknautschten Lederjacke neben der perfekt gestylten Polizistin stand. Er kniff die
Augen zusammen, neigte ungläubig den Kopf zur Seite, blickte
fragend zu Freudensprung.

Roth spannte seine Muskeln an.

»Innere Werte ...«, sagte Freudensprung rasch, legte Roth ihren Arm um die Hüfte und zog ihn zu sich.

Der Türsteher lachte kurz auf, dann zuckte er mit den Schultern und öffnete die Stahltür.

Im Inneren des Clubs hatte Roth das Gefühl, er würde gegen eine
Wand aus intensiven Gerüchen, Hitze, Musik und pulsierenden
Lichtern anlaufen.

»Ich wusste gar nicht, dass du hier Stammgast bist«, sagte er ein wenig pikiert, während er versuchte, sich zu orientieren.

Freudensprung schob ihn in Richtung der Bar. Sie winkte dem Barkeeper. »Ich brauche erst einmal einen Gin Tonic«, sagte sie, ohne auf Roth einzugehen. »Was willst du?«

»Wodka«, knurrte Roth. »Einen doppelten. Auf Eis.«

Während Freudensprung mit dem Barkeeper redete, lehnte Roth sich gegen den Tresen und beobachtete das Geschehen auf der Tanzfläche.

»Hat Kopetzky dir gesagt, was er von uns will?«, fragte Julia Freudensprung in diesem Moment. Sie drückte Roth ein Glas in die Hand. »Meinst du, es hat etwas mit dem Terroranschlag vor drei Jahren zu tun?«

Roth nippte an seinem Wodka.

»Keine Ahnung«, sagte er. »Unser *Herr Major* war wieder einmal nicht besonders auskunftsfreudig. Das übliche Blabla von wegen ›Staatssicherheit‹ und ›größter Wichtigkeit der Mission‹.«

Freudensprung rollte mit den Augen. »Wie theatralisch«, sagte sie. »Als ob der MAD ausgerechnet einer Ex-Polizistin und einem abgehalfterten Journalisten sein Tafelsilber anvertrauen würde …«

Roth verschluckte sich, zog es jedoch vor zu schweigen.

»Wie auch immer«, sagte Freudensprung. Sie kippte den Inhalt ihres Glases in einem Zug hinunter. »Hören wir uns erst einmal an, was Kopetzky zu sagen hat.«

Thomas Kopetzkys Büro war das klassische Klischee: Neonlicht, Linoleumfußboden, dunkelbraun furnierte Möbel, ein Schrank, ein Schreibtisch, zwei Metallstühle. Die einzige Ausnahme bildete der gigantische Kaktus auf dem Regal neben der Tür, der sich zu Roths Verwunderung blendender Gesundheit erfreute.

»Schönes Büro«, stellte er trocken fest. Er ließ sich in einen der Stühle vor dem Schreibtisch fallen. »Den grünen Daumen hätte ich dir gar nicht zugetraut.«

Kopetzky verzog keine Miene. Der Agent erhob sich von seinem Drehsessel, ging zum Schrank, nahm eine Flasche Whisky heraus und füllte drei Gläser.

»Danke, dass ihr so schnell reagiert habt«, sagte er. Er teilte die Gläser aus und prostete den anderen zu.

»Warum sind wir hier, Thomas?«, fragte Freudensprung ohne Umschweife. Sie setzte sich neben Roth auf den freien Stuhl. »Peter musste deinen Deal damals ja akzeptieren, um nicht in den Knast zu wandern. Aber was mache ich hier?«

Kopetzky schnaubte belustigt, steckte sich eine Zigarette an. Dann öffnete er eine Schublade in seinem Schreibtisch, nahm zwei hellbraune Aktenmappen heraus und legte sie vor Roth und Freudensprung auf den Tisch.

»Eure Privatdetektei scheint ja in etwa so gut zu laufen wie eure Beziehung damals«, begann er. »Der Fall hier könnte zumindest bei Ersterem eure Chance sein, das doch noch zu ändern.«

Roth leerte sein Glas und hielt es Kopetzky auffordernd hin.

»Du warst schon immer ein Charmeur«, sagte er, während der Agent ihm nachschenkte. »Aber Julia hat recht. Mich könnt ihr ja nach wie vor erpressen, aber ihr werdet ihr schon etwas mehr bieten müssen.«

»Also ›erpressen‹ ist ja wohl doch ein wenig übertrieben«, bemerkte Kopetzky lapidar. »Ich würde es eher ›sanft anleiten‹ nennen.« Er griff erneut in seine Schublade und fischte ein schwarzes Lederetui heraus, legte es vor Freudensprung auf den Tisch und schob es in ihre Richtung.

»Ich brauche dich wieder im aktiven Dienst, Julia«, sagte er.

»Sieh es als Vorschuss an, dass du vorläufig nicht mehr als Privatschnüfflerin durch die Welt gehen musst ...«

Freudensprung griff sich den Dienstausweis, musterte ihn.

»*Einfache* Kriminalkommissarin? Willst du mich verarschen?«

»Das würde ich mich niemals trauen«, sagte Kopetzky unbeeindruckt. »Aber mehr war nicht drin – immerhin wurdest du unehrenhaft entlassen.«

»Dieses Arschloch hatte den Tritt in die Eier mehr als verdient!«, fiel ihm Freudensprung trotzig ins Wort.

»Da bin ich sogar sicher!«, lachte Kopetzky. Er hustete heftig, wischte sich mit einem Stofftaschentuch über den Mund, steckte es zurück in die Hosentasche. »Schneider ist ein sexistischer Kotzbrocken. Trotzdem ist er dummerweise auch Präsident des Bundeskriminalamts – angeblich konnte der Kerl damals eine volle Woche nicht richtig sitzen.«

»Geschieht ihm nur recht«, murmelte Freudensprung.

Kopetzky konnte sich ein Schmunzeln nicht verkneifen.

»Wie auch immer«, fuhr Kopetzky fort. »Du bist jedenfalls vom LKA Berlin *befristet* einer Sondereinheit zugeteilt und berichtest direkt an meine Abteilung. Und jetzt seht euch die Akten an. Über den Rest können wir uns nachher unterhalten.«

»Können wir noch Nein sagen?!«

Kopetzky setzte ein feistes Grinsen auf.

»Du bist ein Mistkerl!«

»Ich weiß«, antwortete der Agent trocken. Er wandte sich an Roth: »So, wie es aussieht, sind wir auf *dich* diesmal leider angewiesen.«

Roth zog eine Augenbraue nach oben. Er schlug die Aktenmappe auf.

»Das wird teuer ...«, sagte er, während er sich in den Inhalt vertiefte.

»Geld spielt ausnahmsweise keine Rolle«, sagte Kopetzky. Er zündete sich eine weitere Zigarette an und inhalierte tief, ehe er hinzufügte: »Wenn das hier nämlich schiefgeht, haben wir in Europa ganz andere Sorgen als eure Entlohnung.«

Knapp zehn Minuten später sortierte Roth die vor ihm liegenden Lichtbilder zum dritten Mal in eine andere Reihenfolge und versuchte herauszufinden, was er übersehen hatte. Er wusste, dass ihn ein Detail in diesen Aufnahmen störte, aber er konnte nicht benennen, was es war.

Er wandte sich an Kopetzky: »Und der Verdächtige, dieser Eymen Sançar, hat seit seiner Festnahme heute Morgen kein einziges Wort mit euch geredet?«

»Beinahe«, sagte der Agent und reichte Freudensprung den Obduktionsbericht der Gerichtsmedizin. Er zögerte.

Auffordernd schaute Roth von den Fotos auf.

Kopetzky atmete geräuschvoll aus. »Was soll's«, sagte er. Er blickte Roth direkt an, stützte sich mit beiden Armen auf die Tischplatte. »Sançar hat uns mitgeteilt, dass er ausschließlich mit einem gewissen Peter Roth sprechen würde. Mehr hat er nicht gesagt.«

Freudensprung senkte den Bericht, in den sie bislang vertieft war, und blickte überrascht zu Kopetzky.

»Was hat der zukünftige Schwiegersohn des türkischen Präsidenten ausgerechnet mit Peter zu schaffen?!«, sagte sie irritiert. »Soweit ich mich erinnere, wussten wir vor unserem heutigen Termin nicht einmal, dass ein Eymen Sançar überhaupt existiert.« Sie wandte sich an Roth, senkte die Stimme und fügte hinzu: »Oder wussten *wir* das womöglich doch, und *ich* hatte bloß keine Ahnung davon?«

Roth blickte zu Boden und beschäftigte sich intensiv mit seinen Schnürsenkeln. Er räusperte sich.

»Höchstens indirekt ...«, flüsterte er, während er versuchte, das Chaos in seinen Gedanken zu ordnen. Er hatte den Namen des Mannes tatsächlich schon einmal gehört, allerdings von einer Person, die sich in diesem Moment eigentlich am anderen Ende der Welt befinden sollte ...

Hektisch griff er nach dem Foto, das direkt vor ihm lag, hob es in die Höhe. Die Aufnahme zeigte eine in Embryo-Stellung auf dem Boden zusammengekauerte Frau in einem weißen Nachthemd, offenbar im siebenten oder achten Monat schwanger. Sie lag in einer dunkelroten Lache aus Blut und wirkte unfassbar friedlich, beinahe, als würde sie schlafen. Neben ihr ein aufgeklapptes Rasiermesser, dessen weißer Perlmuttgriff in exakt dem gleichen Winkel zur blutroten Klinge ausgerichtet war wie die Beine der Toten.

Jetzt endlich wusste Roth, was ihn die ganze Zeit über schon an diesen Bildern gestört hatte: Alles schien zu perfekt zu sein! Das Foto wirkte wie ein Gemälde, auf eine verstörende Art ästhetisch, als wäre es sorgsam arrangiert worden, als hätte man es ...

Ja, dachte Roth: beinahe, als hätte man es *komponiert* ...

Freudensprung hatte sich mittlerweile wieder gefasst. »Was verheimlicht ihr beiden mir?«, blaffte sie.

Roth schnitt ihr mit einer harschen Bewegung das Wort ab: »Sançars Fingerabdrücke sind überall auf der Tatwaffe, sein Hemd war durchtränkt vom Blut seiner Schwester, außerdem war er vollgepumpt mit Drogen, als man ihn festgenommen hat, richtig? Hat man im Blut des Opfers auch etwas gefunden?«

Kopetzky nickte langsam. »Ja, aber wir konnten noch nicht analysieren, um welche Substanzen es sich handelt. Worauf willst du hinaus?«

Roth legte das Foto auf den Schreibtisch. Er lehnte sich in seinem Stuhl zurück, fixierte den Agenten und kniff die Augen zusammen: »Bei dieser Beweislage wäre es der Staatsanwaltschaft scheißegal, ob dieser Kerl mit irgendjemandem *redet* oder nicht.« Er nippte an seinem Whisky. »Politisch brisant, mag sein, das ohnehin angespannte Verhältnis zur Türkei und so weiter – alles schön und gut. Aber das würde höchstens den Bundesnachrichtendienst interessieren, aber *niemals* den MAD.«

Der Agent straffte seine Haltung. Er holte Luft, um etwas zu erwidern, doch Roth ließ ihn nicht zu Wort kommen.

»Du glaubst doch, dass irgendjemand Sançar den Mord *anhängen* will. Aber da ist auch noch etwas anderes – oder besser: *Jemand* anderes?!« Roth erhob sich, ging um den Schreibtisch herum und baute sich direkt vor dem sitzenden Kopetzky auf. »Wenn du willst, dass ich euch helfe«, sagte er leise, »dann schenkst du mir jetzt gefälligst reinen Wein ein.« Er deutete zum Ausgang. »Sonst bin ich hier schneller wieder raus, als du bis drei zählen kannst.«

Freudensprung blickte vollkommen verdattert zwischen den beiden Männern hin und her.

»Könntet ihr eure testosterongesteuerten Machtspielchen bitte auf später verschieben und mich endlich ins Bild setzen?«

Roth ignorierte seine Partnerin.

»Karten auf den Tisch, Thomas!«, sagte er in festem Ton zu dem Agenten. »Sag mir auf der Stelle, was hier wirklich gespielt wird!«

2

Ishikli Caner beförderte die Eingangstür ihrer kleinen Zweizimmerwohnung in der Anklamer Straße mit einem schwungvollen Tritt ins Schloss. Sie ließ ihre Sporttasche auf den Boden fallen und stürmte zum Fenster, zog vorsichtig die Jalousien zur Seite. Sie spähte nach draußen.

Nach einigen Sekunden atmete sie erleichtert auf. Soweit sie es erkennen konnte, war ihr wohl niemand gefolgt.

Ihre unsicheren Finger nestelten eine Zigarette aus der Packung. Leider hatte sie es sich immer noch nicht abgewöhnt. Besonders wenn sie nervös war, brauchte sie das Nikotin. Redete sie sich zumindest ein.

Sie inhalierte tief, hielt die Luft an, atmete lang gezogen wieder aus. Das machte sie zweimal. Sie spreizte die Finger und streckte ihre rechte Hand aus. Das Zittern hatte ein wenig nachgelassen.

Denk nach, verdammt!

Ishikli stieß einen nur leidlich unterdrückten Schrei aus und hieb mit der Faust mehrmals auf die Tischplatte.

Shit! Shit! Shit!

Wie konnte sie nur so unfassbar naiv sein? Ihr hätte von Anfang an klar sein müssen, dass der Cavaliere Eymen Sançar nicht einfach *umbringen* würde – damit hätte er weit weniger Schaden angerichtet. Ihm hingegen den Mord an seiner schwangeren Schwester anzuhängen und ihn dadurch den Befragungen durch die Behörden auszuliefern – das konnte die Pläne der Grauen

Wölfe vollständig zunichtemachen. Sie hatte den Cavaliere und Kardinal di Malatesta unterschätzt. Das würde ihr kein weiteres Mal passieren.

Ishikli ging in die Küche und öffnete den Tiefkühler. Sie nahm eine Wodkaflasche heraus. Der brutale Ehrenmord an einer schwangeren Türkin war natürlich ein gefundenes Fressen für die deutsche Presse. Diese Hyänen würden das Thema ins Unermessliche aufbauschen.

Wie lange konnten die deutschen Behörden eine Nachrichtensperre in dem Fall aufrechterhalten? Würden sie das überhaupt wollen?

Es half nichts, sie hatte keine andere Wahl, als unverzüglich ihren Onkel zu informieren. Sie setzte sich an den Küchentisch, klappte den Laptop auf und tippte eine Nachricht. Nach kurzem Zögern drückte sie auf Senden.

Was blieb ihr schon anderes übrig?

Wenn sie ihren Onkel darüber in Kenntnis setzte, dass sie bei der Beschaffung der Informationen versagt hatte und Eymen Sançar den deutschen Behörden ausgeliefert war, würde er alles andere als erfreut sein … Aber ihn *nicht* zu informieren und die Sache allein in den Griff bekommen zu wollen war keine Option. Ishmail Gübkal war kein Mann, dem man etwas verheimlichen sollte …

Ishikli trank einen großen Schluck aus der Flasche, starrte angespannt auf den Bildschirm. Ihre Nachricht würde eine Weile brauchen, um über sieben auf dem gesamten Globus verteilte Sicherheitsserver an ihr Ziel zu gelangen.

Nervös knabberte sie an ihren Fingernägeln.

Jetzt mach schon!

Sie trommelte mit den Fingern auf der Tischplatte. Eymen würde schlau genug sein, Peter Roth zu kontaktieren, versuchte sie sich zu beruhigen. Der ehemalige Journalist war einer der wenigen Menschen, denen Ishikli vertraute.

Ein markanter Piepton teilte ihr mit, dass sie eine Nachricht über das verschlüsselte Netzwerk erhalten hatte.

Sie drückte ihren Rücken durch, trank noch einen ausgiebigen Schluck Wodka. Dann öffnete sie die Datei.

Sie stammte von ihrem Onkel höchstpersönlich.

Er hat also keinen seiner Lakaien antworten lassen, dachte sie besorgt. *Das verhieß nichts Gutes …*

Ishikli schluckte, atmete tief durch und begann zu lesen:

Geh zurück zu Sançars Haus. Irgendwo muss er den zweiten Datenträger versteckt haben. Sorg dafür, dass dieser Dreckskerl niemandem mehr etwas über den Inhalt erzählen kann.

BRING mir das verdammte Ding! Wenn diese Liste mit den Transaktionen dem Vatikan vorschnell in die Hände fällt, verliere ich ein Vermögen! Wie du das anstellst, ist mir völlig egal. Ein nochmaliges Versagen werde ich jedenfalls nicht tolerieren!

Sie löschte die Nachricht, klappte den Laptop zu. Die Muskeln in ihrem Nacken fühlten sich an, als hätte man sie eine Stunde lang in Eiswasser eingelegt. Ishikli konnte spüren, wie Schweißperlen von ihrer Stirn rannen und sich in den Augenbrauen verfingen. Langsam zählte sie in Gedanken bis zehn und konzentrierte sich auf ihre Atmung, um sich zu beruhigen.

Es half.

Sie war überzeugt, dass Eymen die zweite Festplatte nicht bei sich zu Hause versteckt hatte. Sonst wäre sie dem Vatikan bereits in die Hände gefallen. Aber einen direkten Befehl von Ishmail Gübkal zu verweigern bedeutete ihren sicheren Tod.

Na großartig!

Sie erhob sich von ihrem Stuhl, ging zum Sofa und klappte die Polster zur Seite. Während sie den Schalldämpfer auf die

Glock-19-Pistole schraubte, überlegte sie, ob es nicht doch irgendeine Möglichkeit gäbe, eine direkte Konfrontation mit dem Vatikan zu vermeiden.

Einmal mehr hasste sie ihren Onkel. Hasste ihn dafür, dass er sie zwang, für ihn und die Grauen Wölfe Dinge zu tun, die sie innerlich in Stücke rissen. Die sie mehr und mehr absterben und taub werden ließen.

Ishikli gab sich einen Ruck, verdrängte diese Gefühle, so gut sie konnte, und konzentrierte sich darauf, einfach nur zu funktionieren. Entschlossen schob sie das Magazin in ihre Waffe, hieb mit der flachen Hand von unten dagegen, zog den Schlitten nach hinten und ließ ihn wieder nach vorne schnellen.

»Na dann«, sagte sie zynisch zu sich selbst, »gehen wir spielen!«

3

Peter Roth kniff die Augen zusammen und zeigte einen Gesichtsausdruck, als würde er gerade auf eine sehr frische Zitrone beißen. Nach allem, was Kopetzky soeben erzählt hatte, war die Angelegenheit nämlich um einiges brisanter als erwartet. Und das schmeckte ihm überhaupt nicht.

Julia Freudensprung setzte sich halb auf den Schreibtisch. Sie betrachtete den Bildschirm des Laptops, den der Agent zuvor aufgebaut hatte.

»Wieso hat Sançar kein Wort darüber verloren, dass er unmittelbar vor der wahrscheinlichen Tatzeit noch Besuch hatte?«, fragte sie, während sie das Video der Überwachungskameras erneut abspielte.

Es zeigte eine ganz in Schwarz gekleidete drahtige Frau, die ihr Gesicht jedoch immer geschickt von den Kameras abwendete. Lediglich auf einer der Aufnahmen war es kurz zu sehen, und auch das nur durch aufwendige bildtechnische Nachbearbeitung.

»Immerhin wäre es die einzige Möglichkeit gewesen, sich selbst zu entlasten.«

Kopetzky wollte antworten, doch Roth kam ihm zuvor: »Weil er sie schützen will«, sagte er. »Deshalb ist der MAD auch auf die Sache aufmerksam geworden, habe ich recht?«

Der Agent nickte bedächtig. Er strich sich über sein unrasiertes Kinn, dann fischte er ein weiteres Dossier aus einer Schublade und reichte es an Roth und Freudensprung.

»Was ist an dieser Frau so interessant?«, fragte Freudensprung, während sie über Roths Schulter hinweg versuchte, einen Blick auf den Inhalt der Mappe zu werfen. »Bislang hast du bloß erwähnt, dass sie für die türkische Mafia Menschen umbringt – unangenehm, aber nicht außergewöhnlich. Geht es euch um die politischen Verwicklungen wegen Sançars Verlobung mit der Tochter des Präsidenten?«

Kopetzky schüttelte den Kopf. »Das hätte die türkische Regierung problemlos leugnen, vertuschen oder kleinreden können. Aber Ishikli Caner ist nicht *irgendeine* Auftragsmörderin.« Er wandte sich zu Roth: »Gib Julia das Dossier. Da steht ohnehin nichts drin, was du nicht schon wissen würdest.«

Roth funkelte den Agenten einen Augenblick lang an, dann reichte er die Unterlagen weiter. »Ishikli Caner ist die Nichte eines der einflussreichsten Männer bei den Grauen Wölfen, einer rechtsnationalen Gruppierung mit engen Kontakten zur türkischen Mafia«, sagte er, während Freudensprung sich den Papieren widmete und zu lesen begann. »Diese Spinner träumen von einem großtürkischen Imperium, sitzen aber teilweise in extrem hohen Positionen. Unbestätigten Quellen zufolge hat Ishmail Gübkal Ishikli irgendwann sogar adoptiert. Und er hat aus seiner ablehnenden Haltung gegenüber dem Präsidenten nie einen Hehl gemacht.«

»Ich würde sogar sagen«, ergänzte Kopetzky, »dass Ishmail Gübkal im Moment der einzige Gegenspieler des Präsidenten innerhalb der Türkei ist, der ihm *wirklich* gefährlich werden könnte.«

Freudensprung pfiff durch die Zähne. Sie setzte sich ihre Lesebrille auf. »Und sein Unternehmen, UmbraLux Biotechnologies«, sagte sie. »Womit beschäftigen sich die? Ich kann hier keine Informationen darüber finden.«

»Offiziell«, begann Kopetzky, »sind sie auf die Erforschung von Krebsmedikamenten und therapeutische Gen-Technik spezialisiert ...«

Freudensprung schaute über den Rand ihrer Lesebrille. »Und inoffiziell?«

»Alles, was Gott verboten hat«, antwortete Roth. Er richtete sich in seinem Stuhl auf und hielt Kopetzky auffordernd sein mittlerweile wieder leeres Glas hin. »Sequenzierte Versuche am menschlichen Genom, Forschungen an lebenden Embryonen und nicht zu vergessen die Entwicklung neuartiger biologischer Kampfstoffe. Gentechnisch veränderte Virenstämme.«

Freudensprung griff sich Roths Glas und trank einen großen Schluck daraus. »Wie allerliebst ...«, sagte sie sarkastisch. »Erklärst du mir jetzt bitte endlich, woher du so viel über diese Ishikli Caner weißt?« Sie gab ihm das halb leere Glas zurück.

»Das ist leider Verschlusssache«, mischte Kopetzky sich unwirsch ein.

Freudensprung riss fragend die Augen auf. Sie machte eine auffordernde Geste in Richtung ihres Gegenübers.

Kopetzky seufzte. »Sagen wir einfach, dass Peter und ich in der Vergangenheit mit der Kampfstoff-Sparte von UmbraLux bereits leidvolle Erfahrungen machen durften. Das muss genügen.«

Wütend sprang Roth von seinem Stuhl auf.

»Es reicht langsam, Thomas!«, fuhr er Kopetzky an. »Julia hat ein Recht darauf zu erfahren, was damals vorgefallen ist!«

Der Agent war sichtlich irritiert von Roths überbordendem Gefühlsausbruch.

»Wenn du dir unbedingt selbst im Weg stehen willst, bitte«, sagte er schmallippig. Er sah zu Freudensprung, holte tief Luft: »Kurzfassung: Ishikli Caner war in den Anschlag auf den Friedrichstadt-Palast vor drei Jahren verwickelt. Genauer: Sie sollte ihn verhindern, weil er einem hochrangigen Mitglied des südanatolischen Arms der Grauen Wölfe hätte gelten sollen, und hat sich deshalb im Vorfeld der Berlinale als türkische Journalistin eingeschleust. Unser Herr Möchtegern-Pulitzerpreisträger hier musste sich natürlich Hals über Kopf in diese mehr als zehn Jahre jüngere und attraktive Türkin verlieben und ihr so ziemlich alles an geheimen Informationen verraten, was Gott verboten hat. Als die Sache am Abend der Premiere dann wie zu erwarten völlig aus dem Ruder gelaufen ist, hat sich Peter für Ishikli Caner zwei Kugeln in der Schulter eingefangen, obwohl sie ihn – zumindest, soweit ich weiß – noch nicht mal rangelassen hatte. End of story.«

Roths Augen quollen vor Fassungslosigkeit beinahe aus ihren Höhlen. Völlig entgeistert wandte er sich Freudensprung zu und versuchte, zumindest *irgendetwas* an dieser Situation noch zu retten: »Die Sache ist doch ziemlich anders gelaufen, wir waren nur gut befreundet, und ich habe ...«

Freudensprung unterbrach Roth mit einer energischen Handbewegung.

»Lass es gut sein«, schnappte sie. »Interessiert mich offen gestanden auch nicht wirklich!« Sie wirkte sichtlich wenig begeistert.

Roth schwieg, blickte betreten zu Boden.

Freudensprung atmete übertrieben deutlich aus, wandte sich ansatzlos wieder an Kopetzky: »Wenn ich das vorhin richtig verstanden habe, wissen wir jetzt also auf jeden Fall, *warum* Sançar seine Verbindung zur Familie Gübkal unbedingt geheim halten wollte. *Schwiegerväterchen* in spe würde es wohl nicht besonders amüsant finden, wenn das herauskäme.«

»Umso wichtiger, dass wir uns anhören, was Eymen Sançar zu erzählen hat«, sagte Kopetzky, der sichtlich erleichtert schien, nicht weiter über das Thema Friedrichstadt-Palast sprechen zu müssen. Er zündete sich eine Zigarette an, inhalierte und deutete dann damit auf Roth. »Wir konnten die Angaben unserer Informanten in Istanbul bislang leider noch nicht bestätigen, aber angeblich ist er über einen hochrangigen Beamten der türkischen Nationalbank in den Besitz äußerst brisanter Informationen gelangt. Ich vermute, dass das etwas mit dem Mord an Sançars Schwester und seiner Verhaftung zu tun hat. Seht zu, dass ihr aus dem Kerl herausquetschen könnt, worum es dabei genau geht. Ich konnte eine halbe Stunde ohne Aufsicht für euch rausschlagen.« Er machte eine kurze Pause, sah zu Roth. »Deshalb halte bitte bei der Befragung ausnahmsweise einmal *keine* Volksreden.«

Roth beschloss, die Spitze unkommentiert im Raum stehen zu lassen. »Also«, sagte er und stand auf, »wollen wir uns auf den Weg machen?«

Kopetzky schüttelte den Kopf. »Ich habe für morgen um acht Uhr einen Termin im Untersuchungsgefängnis in Moabit organisiert. Einer unserer Männer wird Dienst in der Überwachungszentrale haben und dafür sorgen, dass von eurem Gespräch nichts aufgezeichnet wird.«

»Haben wir schon irgendeine Spur von Ishikli Caner?«, fragte Freudensprung, während sie die Bürotür öffnete.

»Wir sind dran«, sagte Kopetzky. Er ging um den Schreibtisch herum. »Vorläufig konnten wir nur eine Meldung abfangen, wonach die türkische Botschaft weiß, dass sie in Berlin ist. Die haben einige ihrer Agenten aktiviert, um sie zu finden und wenn notwendig auszuschalten.«

Roth zog eine Augenbraue nach oben.

»Also wäre es besser, wenn *wir* sie zuerst finden ...«

»Sehe ich genauso«, sagte Kopetzky. »Das wird uns allerdings nur gelingen, sofern *sie* das auch *will*, fürchte ich ...« Er legte Roth seine Hand auf die Schulter: »Seid vorsichtig da draußen. Noch wissen wir nicht, womit wir es hier wirklich zu tun haben.«

Roth verzog seine Lippen zu einem schiefen Lächeln. »Deine Besorgnis rührt mich zu Tränen.«

4

Müde.

Er war so unfassbar müde.

Von diesem Tag, von seinem Leben.

Peter Roth drehte das vierte seiner Zusatzschlösser um, lehnte sich mit dem Rücken gegen die Wohnungstür, fuhr sich mit beiden Händen über das Gesicht.

Warum nur hatte er so ein enormes Talent dafür, die Dinge mit Lichtge-

schwindigkeit gegen die Wand zu fahren, sobald sie ihn und Freudensprung betrafen?

Es war absolut unnötig gewesen, Kopetzky zu zwingen, nähere Details über den Anschlag und sein eigenes Verhältnis zu Ishikli preiszugeben. Im Endeffekt hatte ihm der Agent mit seiner Antwort eine mehr als berechtigte Klatsche verpasst – was hatte er sich auch unbedingt einmischen müssen! Er könnte sich ohrfeigen.

»Gut gemacht! Ganz, wirklich GANZ großartig!«, sagte er leise zu sich selbst, während er den Mantel von seinen Schultern streifte, zu Boden fallen ließ und in die Küche schlurfte.

In seiner Vorstellung wäre er jetzt in einem großzügigen Dachgeschoss-Loft angekommen, stylish und minimalistisch eingerichtet, hätte sich einen sündhaft teuren Whisky eingeschenkt, ein ausgesuchtes Jazz-Album auf den genauso sündhaft teuren Plattenspieler gelegt und sich zufrieden in den ledernen Eames-Chair fallen lassen.

Die Realität sah freilich auf sämtlichen Ebenen völlig anders aus.

Mürrisch riss Roth den Kühlschrank auf, nahm eine Dose Bier heraus, öffnete sie, ging ins Wohnzimmer seiner 62-Quadratmeter-Wohnung im ersten Stock eines Siebzigerjahre-Baus in Moabit, warf sich auf die zerschlissene IKEA-Couch, von der er nicht einmal mehr wusste, wo er sie überhaupt herhatte, und steckte sich eine Zigarette an.

Wann war er eigentlich falsch abgebogen?

Mit zwanzig gehörte ihm noch die Welt, mit dreißig war er der Held der deutschen Bundeswehr in Afghanistan gewesen, mit fünfunddreißig der gefeierte Star-Journalist aus Deutschland, und ab vierzig waren dann einige unglückliche Zufälle zusammengekommen, aber das konnte doch definitiv noch nicht alles gewesen sein!

Und auf einmal platzte *sie* damals ohne jede Vorankündigung in sein Leben:

Ein sturer junger Wildfang, ohne Akkreditierung auf der Pressekonferenz aufgetaucht, darauf bestehend, dass es sich nur um *seinen* Fehler bei der Organisation habe handeln können, mit wachen bernsteinfarbenen Augen und einem so unbändigen Zorn und Stolz in sich, dass jeder in ihrer Nähe unweigerlich den Kopf einzog, wenn sie auch nur in seine Richtung blickte.

Ja, Thomas hatte recht gehabt, Ishikli Caner hatte sein gebrochenes Herz damals im Sturm erobert. Aber es handelte sich nicht um die Art von Liebe, die der Agent ihm unterstellte.

Ishikli hatte eine Seite in ihm wieder zum Vorschein gebracht, die schon viel zu lange verschüttet gewesen war; hatte seinen Lebensmut geweckt und ihn dazu getrieben, eine neue Aufgabe finden zu können: Er wollte für sie *der* Bruder sein, der er seiner eigenen Schwester nie hatte sein können, wollte sie beschützen mit allem, was ihn ausmachte.

Rückblickend betrachtet, hatte Emma vor drei Jahren so oft, so verzweifelt und auch deutlich hörbar um Hilfe gerufen. Um *seine* Hilfe gerufen. Aber er musste ja unbedingt und ausschließlich damit beschäftigt sein, sich im Licht des Erfolgs als Journalist zu sonnen, sodass er niemals Zeit für seine chaotische, psychisch labile und nervige kleine Schwester gehabt hatte.

Durch Ishikli Caner wollte ihm das Leben in seinen Augen wohl eine zweite Chance schenken, irgendwie mit der erdrückend großen Schuld auf seinen Schultern klarzukommen – wenn er ehrlich war, hatte er sich diese beiden Kugeln an jenem Abend im Friedrichstadt-Palast nicht für die Türkin eingefangen …

Aber das würde er ihr gegenüber niemals zugeben.

Er legte Emma auch weiterhin Jahr für Jahr an ihrem Geburtstag einen Brief auf den Grabstein. Aber mittlerweile hatte er zumindest damit aufgehört, sich in jedem dieser Briefe bei Emma zu entschuldigen.

Der penetrante Klingelton des Telefons drängte sich abrupt in seine Gedanken. Roth blickte auf das Display, riss verwundert die Augen auf, nahm den Anruf an.

»Thomas?!«, meldete er sich irritiert.

»Ich gehe davon aus, dass du wie immer um diese Uhrzeit allein bist?«, sagte der Agent ohne Umschweife. »Die Verbindung ist übrigens sicher.«

Scheißkerl!, dachte Roth verärgert.

Laut sagte er: »Was willst du?!«, ohne auch nur im Ansatz zu versuchen, seinen Tonfall freundlich klingen zu lassen.

»Bist du allein?!«, insistierte der Agent unbeeindruckt.

»Ja«, knurrte Roth. »Also?!«

»Ich nehme an, du hast dich bereits gefragt, weshalb ich ausgerechnet dich und Julia für diesen Auftrag herangezogen habe«, fuhr Kopetzky fort. »Immerhin handelt es sich um ein sehr sensibles Thema, und ihr beiden seid nicht unbedingt unsere, sagen wir mal: Speerspitze ...«

Hatte er sich zwar nicht, aber gut.

»Könntest du, wenn du mit den Beleidigungen fertig bist, bitte endlich mal zum Punkt kommen?!«

»Das war eine simple Feststellung, keine Beleidigung«, antwortete Kopetzky trocken. »Aber du hast recht, macht keinen Sinn, lange rumzureden. Erstens: Ich habe einen Maulwurf hier im MAD, und zwar in hoher Position, und keine Ahnung, wem ich noch vertrauen kann und wem nicht. Du bist im Moment der Einzige, von dem ich sicher weiß, dass er mir nicht in den Rücken fallen würde. Deshalb wäre es mir übrigens auch sehr recht, wenn du diese Unterhaltung Julia gegenüber nicht erwähnen würdest. Mir ist absolut bewusst, dass du deine Klappe früher oder später sowieso nicht wirst halten können, aber versuch wenigstens, es zumindest hinauszuzögern, danke.«

Roths rechte Hand krallte sich tief in die Armlehne des Sofas.

»Und zweitens …?!«, presste er mit mühsam verhohlenem Zorn zwischen seinen Zähnen hervor.

Kopetzky hustete heftig; kaum hatte er sich wieder gefangen, hörte Roth das Klackern seines Sturmfeuerzeugs.

»Unsere Quellen sind derzeit zwar noch unbestätigt, aber ich habe Grund zur Annahme, dass auch der Vatikan irgendwie in diese ganze Sache verstrickt ist – und wenn *das* stimmt, dann müssen wir höllisch aufpassen, dass sich der Spaß nicht zu einer gesamteuropäischen Krise auswächst.«

Roth wusste nicht so recht, was er mit dieser Information anfangen sollte.

»Was genau meinst du damit?«, erkundigte er sich ein wenig hilflos. »Ich sehe da irgendwie keinen Zusammenhang.«

Kopetzky gab einen undefinierbaren Laut von sich, der sich allerdings ziemlich genervt anhörte.

»Gut, dann deutlicher«, sagte er mürrisch. »Es kann gut sein, dass der Vatikan Sançar den Mord an seiner Schwester in die Schuhe schieben will, und …«

»Warum zur Hölle sollten die das tun?!«, unterbrach ihn Roth.

»Weil es die ohnehin schon großen Spannungen zwischen der Union und der Türkei noch mal auf die Spitze treiben würde«, sagte Kopetzky. »Papst Urban hat bereits mehrmals öffentlich betont, dass er die zunehmende Islamisierung des Kontinents als massive Bedrohung für die katholische Kirche betrachtet und die Türkei mitverantwortlich für diese Entwicklung wäre.« Er machte eine Pause, zog offensichtlich an seiner Zigarette, setzte fort:

»Und zuzutrauen ist diesen Typen so ziemlich alles, was Gott verboten hat, wenn du mich fragst – aber wie gesagt, *noch* sind das alles bloße Mutmaßungen. Ich will einfach, dass du deine Fühler bei der Befragung auch in diese Richtung ausstreckst.«

Roth blies die Backen auf, ließ die Luft geräuschvoll wieder aus seinem Mund entweichen. Ein dezentes Unwohlsein machte sich in seiner Magengegend breit, doch noch konnte er nicht sicher sagen, ob es auch von Dauer sein würde ...

»Definiere bitte ›In die Schuhe schieben‹ ...«, sagte er ein wenig zögerlich. »Willst du damit andeuten, dass der Mörder unter Umständen im Auftrag des Vatikans gehandelt haben könnte?«

Der Agent schwieg.

Na großartig!, dachte Roth.

»Also sollte ich mir *doch* Sorgen machen?«

»Nicht mehr als sonst auch«, sagte Kopetzky. »Aber bleibt vorsichtig. Wir wissen noch nicht, wer dort draußen noch alles an der Sache dran ist und vor allem, wie weit sie dafür bereit wären zu gehen. Ich kann gerade einfach keine zusätzlichen Leichen in meinem Abschlussbericht gebrauchen.«

»Wie rührend!«

»Tja, so bin ich«, sagte Kopetzky. »Ich muss jetzt Schluss machen. Verkackt das morgen einfach nicht!«

Und damit beendete er ohne ein weiteres Wort die Verbindung.

Einige Sekunden lang starrte Roth fassungslos auf das dunkle Display des Mobiltelefons in seiner Hand. Dann schleuderte er das Gerät einigermaßen unsanft zur Seite, stand auf, ging zum Bücherregal, zog die in dickes Leder eingebundene massive Erstausgabe einer Allioli-Bibel heraus und griff sich die dahinter versteckte Flasche Glenmorangie-Whisky. Er trank einen ausgiebigen Schluck, stellte beides zurück, setzte sich wieder auf die Couch.

»Scheiße!«, murmelte er leise, während er seine Beine auf die Sitzfläche wuchtete, sich auf die Seite legte und seine Augen schloss.

Jetzt hatte er definitiv ein ganz mieses Gefühl in der Magengegend …

5

Mit hohem Tempo näherte sich ein schwarzer Range Rover der imposanten Villa im Berliner Grunewald und kam schließlich mit quietschenden Reifen davor zum Stehen.

Ishikli Caner duckte sich tiefer in den Schatten der großen Platane auf der gegenüberliegenden Straßenseite. Während sie sich das Diplomaten-Kennzeichen einprägte, beobachtete sie, wie vier in Schwarz gekleidete Männer aus dem Fahrzeug stiegen, die Absperrbänder der Polizei zur Seite schoben und schnurstracks auf den Haupteingang des Gebäudes zumarschierten.

Sie hatte gut daran getan, zunächst die Umgebung zu beobachten – ein Anfänger würde jetzt dort drinnen wie ein Kaninchen in der Falle sitzen.

Diese Jungs sahen nicht so aus, als wären sie für Diskussionen sonderlich aufgeschlossen …

Ishikli zog die dunkle Gesichtsmaske über den Kopf, bewegte sich langsam aus ihrer Deckung und lief in geduckter Haltung näher an das Gebäude heran. Sie suchte den toten Winkel der Überwachungskameras, presste ihren Rücken gegen die Hausmauer und aktivierte ihr Smartphone. Dann übermittelte sie das Kennzeichen. Wenige Sekunden später erhielt sie bereits die Antwort der IT-Zentrale von UmbraLux. Überrascht zog Ishikli eine Augenbraue nach oben.

Das kam jetzt unerwartet, dachte sie, und versuchte, sich einen Reim auf diese Information zu machen. Entgegen ihrer Annahme war das Fahrzeug nämlich nicht auf die türkische Botschaft, sondern auf den Souveränen Malteser Ritterorden zugelassen.

Die haben also auch noch keine Ahnung, wo sich der zweite Datenschlüssel befindet ...

Das waren gute Neuigkeiten. Offenbar war es Eymen Sançar zumindest teilweise gelungen, den Cavaliere zu täuschen.

Sie hatte also noch eine Chance.

Trotzdem durfte sie jetzt kein Risiko eingehen. Sie musste näher heran und herausfinden, was diese Kerle tatsächlich wussten. Ishikli atmete tief durch, dann presste sie das schmale Kellerfenster auf und schob sich ins Innere des Gebäudes. Sie verkeilte ihre Beine im Rahmen, spannte die Bauchmuskeln an und ließ sich langsam und geräuschlos an der roh behauenen Ziegelmauer zu Boden gleiten. Mit geschlossenen Augen und angehaltenem Atem lauschte sie in die Dunkelheit.

Die Geräusche der Schritte im Erdgeschoss verrieten ihr, dass offenbar drei der Männer damit beschäftigt waren, das Gebäude zu durchsuchen. Der vierte würde vermutlich am Haupteingang Wache stehen.

Also lassen sie den Hintereingang unbewacht.

Langsam richtete sie sich aus der Hocke auf.

Stümper!

Mittlerweile würden sich ihre Augen an die Dunkelheit gewöhnt haben. Sie öffnete die Lider, sah sich im Keller um, rief sich den Grundriss des Gebäudes ins Gedächtnis. In einem Metallregal im hinteren Bereich des Raumes fand sie rasch etwas, das sich für ihre Zwecke eignen sollte. Sie nahm den massiven Schraubenschlüssel an sich und ging zur Dienstbotentreppe, die direkt in den Küchenbereich über ihr führte.

Oben angelangt, suchte sie zwei kleinere Töpfe aus Metall heraus, stellte sie in die Spüle und verstopfte den Überlauf. Dann öffnete sie vorsichtig ein wenig den Wasserhahn und beobachtete, wie das Becken langsam volllief und die Töpfe aufschwammen. Sie zählte die Sekunden. Dann drehte sie das Wasser eine Spur stärker auf, fuhr auf dem Absatz herum und bewegte sich lautlos in die über zwei Geschosse reichende, mit dunklem Holz getäfelte Eingangshalle. Sie beobachtete die Lichtkegel der Taschenlampen; zwei der Männer durchsuchten offenbar immer noch das riesige Wohnzimmer, ein weiterer die Bibliothek, während der vierte wie erwartet an der Tür Wache stand.

Seine gesamte Aufmerksamkeit galt dem Bereich *vor* der Villa.

Die Schatten der massiven Marmorsäulen ausnutzend, näherte Ishikli sich und schlug dem Mann, ohne zu zögern, den Schraubenschlüssel mit aller Kraft gegen den Nacken. Als sie den schlaffen Körper des bewusstlosen Kolosses auffangen musste, gab sie ein leises Stöhnen von sich. Lautlos ließ sie ihn zu Boden gleiten.

In Gedanken hatte sie mittlerweile bis dreißig gezählt. Mit geduckter Haltung glitt sie hinüber zum Eingang der Bibliothek. Sie presste sich gegen die Wand neben den Türrahmen, hob den Schraubenschlüssel und konzentrierte sich darauf, möglichst flach und ruhig zu atmen.

Im nächsten Augenblick erklang ein durchdringendes Scheppern aus der Küche. Die Töpfe kippten aus der mittlerweile überlaufenden Spüle und krachten lautstark zu Boden.

Alarmiert stürmte der Mann aus der Bibliothek in die Halle,

bekam jedoch keine Gelegenheit mehr, sich zu wundern: Ishikli schaltete ihn auf die gleiche Weise aus wie seinen Kollegen.

Da waren's nur noch zwei!, dachte sie. Sie sprintete zur Hintertür, entriegelte hastig den Verschluss und schleuderte den Schraubenschlüssel mit aller Kraft in Richtung Haupteingang, wo er mit einem metallischen Klackern auf den weiß-blauen Fliesen aufschlug. Wie erwartet stürmten die beiden verbliebenen Männer zunächst dorthin, wo sie ihre beiden besinnungslosen Kollegen entdeckten. In diesem Moment riss Ishikli die Hintertür geräuschvoll auf und rannte nach draußen.

Jetzt kommt schon!

Sie fuhr auf dem Absatz herum, suchte möglichst sicheren Stand und presste ihren Fuß gegen das halb offen stehende Türblatt. Nach einem tiefen Atemzug trat sie, so fest sie konnte, gegen das Holz. Ein dumpfes Poltern, gefolgt von einem lauten Fluch. Ishikli zog ihre schallgedämpfte Waffe aus dem Holster und richtete sie auf den letzten verbliebenen Angreifer, der sich gerade von seinem bewusstlos auf dem Boden liegenden Kollegen abrollte und heftig nach Luft schnappte.

Der Mann wirkte überrascht, machte jedoch keinerlei Anstalten, an Gegenwehr zu denken. Offenbar war ihm durchaus bewusst, in was für einer Situation er sich befand. Zögernd hob er die Hände und starrte sein Gegenüber an.

Ishikli bedeutete ihm mit ihrer Waffe, er solle aufstehen, griff mit der freien Hand in die Jackentasche und nahm ein Päckchen mit Kabelbindern heraus. Sie warf es zu dem Mann und nickte in Richtung der anderen.

»Hände und Knöchel«, sagte sie. »Und dann weck diese Idioten wieder auf.«

Als er die weibliche Stimme hörte, kniff der Mann irritiert die Augen zusammen. Auf seine Lippen legte sich ein schiefes Grinsen. Anscheinend hatte er nicht damit gerechnet, es mit einer Frau zu tun zu haben. Seine Körperhaltung entspannte sich. Er gab einen verächtlichen Laut von sich und spuckte auf den Boden.

»Mach dir deinen Scheiß allein, *Puttana!*«, spie er aus.

Ishikli schoss ihm ins linke Knie.

Knapp zehn Minuten später saßen die vier Männer fein säuberlich verschnürt und entwaffnet vor Ishikli auf dem Boden der Eingangshalle und starrten die junge Türkin hasserfüllt an. Sie beugte sich hinunter, nahm ihnen die Mobiltelefone ab und ließ die Geräte in ihrer Jackentasche verschwinden. Dann richtete sie sich wieder auf, ging einige Schritte zurück. Sie baute sich vor ihren Gefangenen auf.

»Ihr wisst, wie das jetzt laufen wird, ja?«

Die Männer senkten ihre Blicke. Dem Verwundeten stand mittlerweile der Schweiß auf der Stirn. Sein Gesicht war aschfahl.

Ishikli trat näher an ihn heran. Sie stellte sich neben ihn.

»Ich will es euch nicht unnötig schwer machen«, sagte sie, während sie ihren rechten Fuß auf das lädierte Knie des Mannes presste. Sie verstärkte den Druck. »Ich will wissen, *wonach* ihr suchen solltet. Spuckt es aus, und wir können alle nach Hause gehen.«

»Fick dich!«, knurrte der Mann.

Ishikli verlagerte ihr gesamtes Körpergewicht auf das rechte Bein. Der Mann stöhnte laut auf.

»Ich habe noch vierzehn Kugeln im Magazin«, sagte sie, während sie sich um neunzig Grad drehte, ohne den Druck zu verringern. »Und es ist mir scheißegal, ob ich euch umlegen muss oder nicht.«

Sie beobachtete die anderen genau: Die beiden in der Mitte blickten nach wie vor starr zu Boden, während der auf der rechten

Seite sitzende, deutlich jünger wirkende Mann immer wieder nervös zu seinem verwundeten und sich vor Schmerzen windenden Kollegen blickte.

Ishikli ließ von dem ersten Mann ab, wechselte die Seite und ging in die Hocke. Vorsichtig strich sie dem Jungen eine Strähne seiner blonden Haare aus dem Gesicht.

»Bist du schon einmal angeschossen worden, Kleiner?«, flüsterte sie sanft. »Wenn man es richtig macht, kann man einen Menschen zum Krüppel schießen, ohne dass er verblutet oder währenddessen ohnmächtig wird ...«

Sie richtete sich wieder auf, stellte sich vor ihn und legte die Waffe auf sein linkes Knie an. »Wollen wir's einfach mal ausprobieren?«, sagte sie lächelnd und hoffte, dass ihr Bluff aufgehen würde.

»Schon gut, schon gut!«, sagte der Mann.

»Halt bloß die Schnauze!«, keifte der Verwundete, der offensichtlich der Anführer der Gruppe war.

Ishikli blinzelte einen Augenblick irritiert, dann drehte sie sich zur Seite und schoss unmittelbar neben seinem noch unverletzten Knie in den Boden. Er verstummte augenblicklich.

Sie wandte sich wieder dem Jungen zu, dessen Gesicht vor Angst verzerrt war: »Wo waren wir stehen geblieben?«

»Ein ... ein Datenträger«, stammelte der Mann hastig. »Irgendeine spezielle Festplatte! Wir sollten nur diese dämliche Festplatte besorgen!« Der Junge war mittlerweile den Tränen nahe. »Mehr weiß ich auch nicht, wir ...«

»Schon gut, das reicht.«

Ishikli nickte nachdenklich und ließ die Waffe sinken. *Hier würde sie nicht mehr weiterkommen. Diese Männer waren bloß Fußsol-*
daten. Sie würden ihr keine Hinweise auf den Verbleib des ersten

Datenträgers liefern können, den der Cavaliere an sich genommen hatte.

Aber immerhin war jetzt klar, dass die Gegenseite ebenfalls noch im Dunkeln tappte.

Sie trat einen Schritt zurück, holte eines der Telefone heraus, wählte den Notruf und gab die Adresse der Villa durch. Dann beendete sie die Verbindung. Sie entfernte die SIM-Karten aus den Geräten und warf sie vor den Männern auf den Boden.

»War nett, mit euch zu plaudern!«

Sie fuhr herum, rannte die breite Steintreppe vor dem Eingang der Villa hinunter. Falls Eymen Sançar wie vereinbart Peter Roth kontaktiert hatte, würde der Journalist bald im Untersuchungsgefängnis auftauchen. Momentan war er ihre einzige Hoffnung. Roth *musste* sie zu diesem zweiten Datenträger führen. Aber das hatte sich der Cavaliere inzwischen garantiert ebenfalls ausmalen können.

Wenn nicht alles in einer Katastrophe enden sollte, würde sie sehr überlegt vorgehen müssen. Und ihr blieb nicht mehr viel Zeit …

Hastig kletterte sie auf den Fahrersitz des schwarzen Range Rovers der Männer, schloss den Motor kurz und trat das Gaspedal durch.

6

Gelangweilt beobachtete Gianfranco Varese, Hoher Ritter des Malteserordens, wie sich die Sonne langsam im Westen gegen den Horizont senkte und das Mittelmeer hinter dem malerischen Hafen von Melilla in blutrotes Licht tauchte. Die von Palmen gesäumte Hafenpromenade mit ihren zahlreichen Prachtbauten aus dem späten neunzehnten Jahrhundert schimmerte golden, während knapp fünfzig Meter unter ihm die letzten Fischerboote an den Molen anlegten und begannen, ihren Tagesfang zu entladen.

Es muss ein glücklicher Fischer sein, dessen Netz so prall gefüllt ist, dachte er, während er seinen Blick zum nahe gelegenen Rathaus schweifen ließ.

Melilla war in seinen Augen eine ganz besonders prachtvolle Stadt, ein funkelnder Edelstein an den Küsten Afrikas, ein Leuchtturm Gottes inmitten eines weitgehend gottlosen Kontinents.

Um 1500 von der spanischen Königin Isabella der Ersten von Kastilien erobert und christianisiert, hatten die Spanier ihre Exklave Anfang des achtzehnten Jahrhunderts zu einer Festungsstadt ausgebaut. Einer *mächtigen* Festungsstadt. Was aber die wenigsten Bürger jenseits des Mittelmeeres wussten: Die Stadt war nach wie vor souveränes Staatsgebiet Spaniens und damit gleichzeitig ein Teil der Europäischen Union. Unter der afrikanischen Bevölkerung hingegen war dieses Wissen umso weiter verbreitet – wer es hierher schaffte, der hatte es nach Europa geschafft!

Er seufzte, drehte sich vom Fenster weg. Der große Sitzungssaal in der zwölften Etage des modernen Gerichtsgebäudes unmittelbar neben der Plaza de España wirkte unnatürlich auf ihn. All die modernen Gemälde an den Wänden, die nüchternen Bürostühle aus Stahl und schwarzem Leder, der vollkommen überdimensionierte, ovale Konferenztisch aus Mahagoniholz – ihm schien es, als hätte die Moderne mit ihrer übertrieben zur Schau gestellten Gottlosigkeit letzten Endes selbst hier in Melilla Einzug gehalten.

»Cavaliere?«, sagte der Notar in diesem Moment, nachdem er das Vorlesen der Gründungsverträge beendet hatte. »Wir wären dann so weit.«

»Natürlich«, sagte der Cavaliere.

Er griff in seine Tasche, nahm das Ordenssiegel der Malteser heraus, unterschrieb und siegelte die Dokumente, ohne jedoch Platz zu nehmen. Anschließend richtete er sich wieder auf, drehte den Anwesenden erneut den Rücken zu und ging zurück zum Fenster.

»Ich weiß nicht, wie wir unsere Dankbarkeit ausdrücken sollen!«, frohlockte der Bürgermeister, während er den zuvor vorbereiteten Champagner entkorkte. »Der Orden macht seinem Ruf als Verfechter von Humanität und Nächstenliebe einmal mehr alle Ehre. Vor allen Dingen, wo die Politik in Brüssel wieder einmal hoffnungslos versagt hat.« Er füllte die Gläser und wandte sich an seinen Pressesprecher: »Berufen Sie umgehend eine Pressekonferenz ein, wir sollten keine Zeit verlieren.«

Der Cavaliere fuhr herum. Er fixierte den Bürgermeister mit starrem Blick. Mit sehr leiser, tiefer Stimme sagte er: »Denken Sie daran, Spinoza: Es dringt *kein* Wort über die Beteiligung des Ordens an die Öffentlichkeit! Nicht. Ein. Einziges.«

Der Bürgermeister blickte sein Gegenüber einen Moment lang an wie ein Schaf seinen Schlächter. Er räusperte sich. »Selbstverständlich nicht«, sagte er kleinlaut. »Sie können absolut unbesorgt sein, wir werden uns natürlich an die Vereinbarung halten. Aber gestatten Sie mir nochmals die Frage: Weshalb will der Orden eigentlich, dass wir Stillschweigen über diese unglaublich großzügige Geste bewahren? Weshalb diese umständliche Konstruktion über die Offshore-Gesellschaften?«

Der Cavaliere seufzte. Gott musste die geistig Armen in der Tat sehr lieben, dachte er. *Weshalb hätte er sonst so viele von ihnen geschaffen?* Langsam drehte er sich zurück zum Fenster und wandte sich wieder von den anderen ab. »Weil, mein lieber Spinoza«, sagte er, »die Außenwirkung in der Öffentlichkeit ausgesprochen ... nun, *kontroversiell* wäre. Wenn der Orden eine derart große Einrichtung zur Unterbringung und medizinischen Versorgung geflüchteter Muslime mit mehr als zehn Millionen Euro finanziert, würden unsere Kritiker auf der Stelle den leidlichen Vorwurf der versuchten Missionierung erheben. In Zeiten moderner Medien kann sich so etwas schnell zu einem Lauffeuer auswachsen.« Abrupt drehte er sich zum Bürgermeister um und senkte die Stimme: »Der Orden möchte diesen armen Seelen helfen, selbst wenn sie vom rechten Weg abgekommen sind. Doch wer *helfen* will, muss dafür nicht im Rampenlicht stehen. Diese Ehre überlassen wir gerne – und in aller Demut – Ihnen, Spinoza.« Rasch ging er einige Schritte auf den Politiker zu, blieb erst wenige Zentimeter vor ihm stehen. »Das verstehen Sie doch sicherlich, Spinoza, oder? Als guter Christ würden Sie unsere Wünsche niemals infrage stellen? Nicht wahr?«

Spinoza schluckte mehrmals, brachte jedoch kein Wort heraus. Rasch nickte er eifrig, und auch sein Pressesprecher versicherte vehement, dass man selbstverständlich alle Bedingungen minutiös zu erfüllen gedenke.

»Gut«, sagte der Cavaliere. »Gott mit Ihnen, meine Herren.« Und damit machte er, ohne eine Erwiderung abzuwarten, auf dem Absatz kehrt und eilte zu den Aufzügen. Er hatte schon viel zu viel Zeit mit diesen Schwätzern verbracht. Er brauchte dringend frische Luft.

Unmittelbar nachdem er vor dem imposanten Gebäude in die warme Frühlingsluft auf die Straße getreten war, meldete sich sein Satellitentelefon.

Er hatte keinen Anruf erwartet. Das konnte nur Schwierigkeiten bedeuten. Irritiert nahm er das Gerät heraus: »Ja?«

»Unsere Pläne haben sich geändert«, sagte die Stimme am anderen Ende ohne Umschweife. »Offenbar ist es Sançar gelungen, vor Ihrem Zugriff rechtzeitig die Datensätze aufzuteilen. Es muss ein *weiterer* Datenträger existieren. Unsere Experten sind nicht in der Lage, die Informationen zu entschlüsseln, solange wir nicht über *beide* Teile verfügen.«

Unmöglich!, dachte der Cavaliere. *Wie bei allen Heiligen konnte es sein, dass dieser Türke ihn hatte täuschen können?*

»Soll ich zurück nach Berlin und die Sache endgültig erledigen?«, erkundigte er sich kühl.

»Nein«, antwortete sein Gesprächspartner. »Die Spezialeinheit der Garde kümmert sich bereits darum. Ich will jetzt nicht ins Detail gehen, Commandante Visconti sitzt neben mir, und Sie sind auf Lautsprecher. Aber es haben sich gestern weitere Komplikationen ergeben: Offenbar hat sich UmbraLux in die Angelegenheit eingemischt und eine Agentin zu Sançar geschickt. Sie werden umgehend nach Konstantinopel aufbrechen. Ihre Zielperson dort heißt Akin Caner. Er ist der Bruder dieser Frau.«

So schnell er konnte durchforstete der Cavaliere sein geistiges Archiv, erinnerte sich, mit Akin Caner vor zwei Jahren schon einmal das mehr als nur zweifelhafte »Vergnügen« gehabt zu haben ...

»Also hatten Sie mit Ihrer Vermutung von Anfang an recht«, sagte er nach einigen Augenblicken. »Die laizistischen Kräfte in der Türkei arbeiten tatsächlich an einem Umsturz. Halten Sie es deshalb wirklich für notwendig, Akin Caner zu seinem Schöpfer zu schicken?«

Der Mann am anderen Ende der Leitung lachte kurz auf. »Wir leben nicht mehr im vierzehnten Jahrhundert, Gianfranco«, sagte er. »Diese Option wird immer nur unsere Ultima Ratio bleiben. Sie sollen ihn für uns sicherstellen und umgehend nach Santo Spirito in Rom bringen. *Wie* Sie das erledigen, liegt allerdings in Ihrem freien Ermessen.«

Der Cavaliere verengte seine Augen zu schmalen Schlitzen, neigte skeptisch den Kopf ein wenig zur Seite. Diese neuerliche für ihn unerwartete Wendung gefiel ihm ganz und gar nicht.

»Wie lange habe ich Zeit?«, erkundigte er sich.

»Es hat absolute Priorität, dass Sie Akin Caner so rasch wie möglich nach Rom bringen. Wir werden ihn unter Umständen als Druckmittel verwenden müssen. Und der ›Behandlungsprozess‹ benötigt, wie Sie wissen, leider eine gewisse Zeit, um verlässlich zu wirken. Ich möchte keine unnötigen Risiken eingehen.«

Sein Gesprächspartner räusperte sich umständlich.

»Commandante!«, fuhr er in einem Tonfall fort, der keinen Widerspruch duldete. »Wir sind hier fertig. Leiten Sie unverzüglich alles für die Wiedererlangung dieses Datenträgers in die Wege!«

»Sehr wohl, Eure Eminenz«, hörte der Cavaliere die Stimme des anderen Mannes. Es knackte kurz in der Leitung, eine schwere Tür fiel ins Schloss.

»Sind wir wieder allein?«, fragte der Cavaliere.

»Ja«, sagte Kardinal di Malatesta. »Ich konnte diesen Affen ärgerlicherweise nicht früher loswerden. Wir sind auf die Unterstützung durch die Garde in Berlin derzeit leider noch angewiesen.«

»Was *genau* hast du mit dem Türken *wirklich* vor?«

Der Kardinal schwieg einen Augenblick, ehe er antwortete.

»Das wirst du noch früh genug erfahren!«, sagte er unwirsch. »Vorläufig musst du in Istanbul nämlich auch noch etwas anderes für mich erledigen.«

Ein steile Falte bildete sich auf der Stirn des Cavaliere.

»Ich höre«, sagte er kühl. Die Geheimnistuerei des Kardinals gefiel ihm nicht.

»Triff dich mit dem Russen!«, sagte di Malatesta. »Ich will wissen, wie weit er mit seinen Feldversuchen ist. Er hat mir zwar zugesichert, dass die Waffe diesmal rechtzeitig einsatzfähig sein würde, aber er hat uns schon einmal angelogen.«

»Mhmh …«, machte der Cavaliere nachdenklich. Er war alles andere als begeistert davon, sich mit dem Russen beschäftigen zu müssen. Dieser Mann trug eine so abgrundtiefe Dunkelheit in seinem Wesen, dass er ihm von Anfang an suspekt gewesen war. »Weiß der Oberst Bescheid, dass ich ihn aufsuchen werde?«

»Ja, ich habe Nokhanov bereits informiert«, sagte der Kardinal. »Außerdem wurde für eine entsprechende Dotierung deiner Konten Sorge getragen, ebenso wie für die notwendige Ausrüstung vor Ort. Unser Hubschrauber ist bereits auf dem Weg nach Melilla. Er sollte in knapp zehn Minuten bei dir am Hafen sein. Sämtliche Informationen werden nach deiner Ankunft am Bosporus elektronisch übermittelt. Aber verwende nicht mehr Zeit auf diese Angelegenheit als unbedingt notwendig!«

»Gib mir zwei Tage«, sagte der Cavaliere, ohne die Befehle seines Vorgesetzten weiter zu hinterfragen. Er beendete die Verbindung.

In diesem Moment hörte er auch schon das dumpfe Geräusch der Rotoren eines großen Helikopters. Er schaute zum Himmel und sah, wie ein schwarzer Augusta-Bell 248 ohne Positionsbeleuchtung im Tiefflug mit hohem Tempo den Hafen ansteuerte.

7

Viel war von der einst prächtigen Fassade des ehemaligen Königlichen Untersuchungsgefängnisses in Berlin-Moabit nicht mehr übrig, nachdem im Zweiten Weltkrieg das gesamte der Straße zugewandte Portalgebäude von den Bomben der Alliierten zerstört worden war. Dennoch fand Peter Roth das riesige, aus gelben und roten Backsteinen errichtete Gebäude direkt an der Grenze zwischen den Bezirken Mitte und Tiergarten äußerst inspirierend. Die Industrie-Architektur des ausklingenden neunzehnten Jahrhunderts erinnerte ihn an die fröhliche Aufbruchsstimmung, die damals herrschte, den unerschütterlichen Glauben an unendlichen technischen Fortschritt und immerwährenden Frieden.

Die Menschen hatten keine Ahnung von der unfassbaren Katastrophe, auf die sie zusteuerten, überlegte Roth nachdenklich.

Er legte die Hände zusammen, hauchte in den Hohlraum und trippelte ein paarmal auf der Stelle, um sich aufzuwärmen. Er war sich nicht sicher, ob es bloß die kühle, vom Nebel durchtränkte Morgenluft war, die ihn frösteln ließ, oder ob diese Kälte nicht viel mehr aus seinem Inneren kam.

Er hatte miserabel geschlafen, war die halbe Nacht unruhig in seiner Wohnung auf und ab gelaufen. War er wirklich bereit für eine solche Aufgabe? Kein Journalist mehr, kein Privatdetektiv. »Agent«, mit allem, was dazugehört?

Er schlang die Arme um seinen Oberkörper. Das mochte sich ja in der Theorie ganz nett anhören, dachte er, während er ungeduldig auf seine Armbanduhr blickte. Aber in der Praxis war damit die permanente Gefahr verbunden, gefoltert oder umgebracht zu werden. Oder beides. In genau dieser Reihenfolge. Was, wenn er sich zur Wehr setzen, Gewalt gegen Menschen anwenden müsste? Würde er dadurch die Dämonen seiner Vergangenheit zum Leben erwecken?

Reiß dich zusammen!, sagte er halblaut zu sich selbst. *Kandahar ist weit weg von hier!*

Er atmete langsam ein, dann atmete er wieder aus. Es half. Er schaute sich um. Noch immer weit und breit keine Spur von seiner Partnerin.

Kann sie nicht wenigstens dieses eine Mal pünktlich sein?!

Die ehemalige und mittlerweile wieder Polizistin schien mit dem Druck der Situation besser zurechtzukommen. Roths Gefühle irrlichterten zwischen Bewunderung für ihre Nervenstärke und der immer wieder aufflammenden Angst, ihr unterlegen zu sein, wenn es hart auf hart kam.

Und es würde hart auf hart kommen, da brauchte er sich gar nichts vorzumachen.

Er war sich bewusst, dass ihm keine andere Wahl blieb – jetzt war er dem MAD mit Haut und Haaren ausgeliefert.

Wer sich mit dem Teufel ins Bett legt …

Ein feuerroter Fiat 500 Abarth mit Dachkanten-Spoiler, Alufelgen und Breitreifen stoppte auf der Sperrfläche direkt vor dem Untersuchungsgefängnis. Die Beifahrertür wurde geöffnet, Freudensprung stieg aus und verabschiedete sich von der Fahrerin. Sie drehte sich zu Roth um, kam fröhlich lächelnd mit ausladenden Schritten auf ihn zu.

Roth kannte den kleinen Fiat nur zu gut. »Hat meine ehemalige Redaktionsassistentin seit Neuestem ein Taxi-Unternehmen?«, sagte er. Er nestelte eine Zigarette aus der Packung und steckte sie an.

Freudensprung drückte ihm einen flüchtigen Kuss auf die Wange. Sie nahm ihm die Zigarette aus der Hand und zog daran.

»Hemmerich war so nett, mich von ihrer Wohnung aus direkt hierherzubringen«, sagte sie. »Du hast ihr wirklich eine Menge beigebracht.« Sie gab Roth die Marlboro zurück.

Roth runzelte die Stirn: »Hast du bei ihr übernachtet?«

Er wandte sich zum Haupteingang des Gefängnisses.

»Ich habe sie gestern Nacht noch vor dem Club aufgegabelt«,

sagte Freudensprung unbeeindruckt, während sie den Gürtel über ihrem beigefarbenen, knöchellangen Mantel zusammenknotete. »Schien mir eine gute Idee, sie Informationen über UmbraLux und die Familie Gübkal zusammentragen zu lassen.« Sie bemerkte Roths Gesichtsausdruck und rollte mit den Augen. »Ich habe ihr natürlich nicht erzählt, worum es konkret geht.«

Roth musste sich eingestehen, dass Freudensprung vermutlich recht hatte. Je mehr Informationen ihnen zur Verfügung standen, umso besser.

»Wollen wir rein?«, sagte er und setzte sich wieder in Bewegung.

»Auf in den Kampf«, sagte Freudensprung. Sie hakte sich bei ihm unter. »Was glaubst du, weshalb Sançar so vehement darauf bestanden hat, ausgerechnet mit dir zu sprechen?«

Ich will es gar nicht so genau wissen, dachte Roth, aber wenn ich recht habe, stecken wir bis zum Hals in der Scheiße.

Vorläufig erschien es ihm jedoch besser, diesen Gedanken für sich zu behalten. Er zuckte mit den Schultern und zeigte der Wache am Eingang seinen Ausweis mitsamt der Vernehmungsanordnung.

Freudensprung lotste sie professionell durch sämtliche Sicherheitssperren und Kontrollen, sodass Roth keinerlei Gelegenheit blieb, die schlichte architektonische Schönheit des Inneren der alten Haftanstalt zu bewundern. Begleitet von mürrischen Blicken des Wachpersonals, hatte man sie ohne weitere Umschweife durch den beeindruckenden turmähnlichen Kuppelbau im Zentrum der fünf sternförmig angeordneten, mehrgeschossigen Zellentrakte geführt. Man brachte sie zu einem gesondert abgesperrten Bereich im hinteren Teil des Gebäudes und beschied Ihnen, sie sollten sich ein paar Minuten gedulden. Auf Freudensprungs verärgerte Nachfrage erklärte der Wachbeamte lapidar, dass der Anstaltsleiter der Befragung persönlich beiwohnen wolle. Er habe ausdrückliche und strikte Anweisungen erteilt, denen unter allen Umständen Folge zu leisten sei.

Die Polizistin zog eine Augenbraue nach oben, nahm ihr Mobiltelefon aus der Jacke und aktivierte es. Während sie das Display entsperrte und ihre Kontakte aufrief, sagte sie ohne aufzublicken: »Ich habe ja grundsätzlich immer viel Verständnis für die ›Kollegen‹ von der Justiz.« Mittlerweile hatte sie anscheinend den richtigen Eintrag gefunden, drückte die Wähltaste und hielt sich das Gerät ans Ohr. »Aber sobald der Generalstaatsanwalt diesen Anruf hier annimmt, kann Ihre Karriere weder die Anstaltsleitung noch der Weihnachtsmann retten.« Sie hielt inne, drehte sich zum Wachmann und machte einen Schritt auf ihn zu; sie überragte den etwas untersetzten Mann um mindestens einen Kopf. In eisigem Tonfall fügte sie hinzu: »Sie behindern hier *nicht* nur eine Ermittlung der Mordkommission, sondern gefährden durch diese unnötige Verzögerung auch die *nationale Sicherheit der Bundesrepublik Deutschland*, Sie kleiner Scheißer!« Den letzten Teil des Satzes hatte die Polizistin deutlich lauter gefaucht.

Der etwa fünfzigjährige glatzköpfige Wachbeamte stand mit mittlerweile hochrotem Kopf stocksteif vor Freudensprung. In seiner mindestens eine Nummer zu klein bemessenen, um den Bauch deutlich spannenden Uniform wirkte er auf Roth wie ein Druckkochtopf, der jeden Moment explodieren würde.

»Das ist eine Un-ver-schämt-heit!«, keifte er. »Ich werde Anstaltsleiter Steininger über Ihr Verhalten in …«

Freudensprung hob beschwichtigend den Zeigefinger, um den Wachmann zu unterbrechen. Sie trat einige Schritte von den beiden Männern weg zur Seite.

»Stefan, mein Lieber«, säuselte sie in ihr Telefon. »Kannst du bitte unverzüglich den Anstaltsleiter von Moabit kontaktieren und ihn wieder in die Spur bringen?« Breit lächelnd wandte sie sich dem Wachmann zu, kniff die Augen zusammen und konzentrierte sich auf sein Namensschild. »Wir werden hier gerade von einem gewissen Gottlieb Brenner von der Wache daran gehindert, unserer Pflicht nachzugehen.«

Freudensprung nickte mehrmals. Sie legte ihre Hand über das Mikrofon, hielt das Handy in Richtung des Wachbeamten und sagte: »Er will mit Ihnen sprechen, klang allerdings nicht sonderlich begeistert.«

Brenner schien hoffnungslos überfordert mit der Situation.

Roth trat nach vorne, legte dem Mann freundschaftlich eine Hand auf die Schulter. Er zog ihn ein wenig zur Seite: »Ich kann Sie ja verstehen, Brenner. Aber *noch* können wir diese Sache hier wieder glattbügeln ...«

Brenner riss die Augen auf, brachte jedoch kein Wort heraus.

»Sperren Sie uns den Vernehmungsraum auf«, setzte Roth fort, »und dann gehen Sie und holen wie befohlen Ihren Anstaltsleiter. Aber lassen Sie sich dabei *sehr* viel Zeit – immerhin ist das hier eine große Einrichtung, und die Wege sind lang ...«

»Was ist jetzt?!«, knurrte Freudensprung in diesem Moment ungeduldig.

Der Wachmann blickte noch einmal verstört zu Roth, der ihm aufmunternd zunickte, und öffnete widerwillig den Vernehmungsraum. »In spätestens dreißig Minuten bin ich mit Herrn Steininger wieder zurück!«, sagte er, weit unsicherer, als vermutlich geplant. Trotzig reckte er sein Doppelkinn nach oben und marschierte zielstrebig in Richtung der Treppen.

Roth grinste zu Freudensprung. »Wie immer beeindruckend«, sagte er anerkennend. »Mit wem hast du eben wirklich telefoniert?«

Die Polizistin blickte ihn verwundert an. »Na mit dem Generalstaatsanwalt natürlich«, sagte sie. »Er ist ein alter Bekannter von mir, und wir hatten mal eine Zeit lang ...«

»Ach lass stecken«, schnitt ihr Roth harsch das Wort ab und betrat den Vernehmungsraum. Freudensprung folgte ihm achselzuckend.

Anstatt in kühler, von Neonlicht erhellter Funktionalität wie in Thomas Kopetzkys Büro, fanden sie sich in einem etwa fünf mal fünf Meter großen Raum, dessen Boden aus kunstvoll angeordneten Betonfließen in unterschiedlichen rostroten und blauen Farbtönen bestand. Die Wände waren bis zur Decke mit dunklem Eichenholz vertäfelt, während zwei riesige, mit Glühbirnen bestückte Industrieleuchten aus der Zeit der Jahrhundertwende die Szenerie in warmes, dunkelgelbes Licht tauchten.

Unmittelbar gegenüber dem Eingang befand sich ein aus dem gleichen Holz gefertigter Jugendstiltisch. Um ihn herum hatte man vier filigran wirkende Thonet-Stühle platziert.

Auf einem davon saß ein knapp dreißigjähriger Mann in einem tadellos sitzenden blauen Anzug mit weißem Hemd. Er lächelte Roth und Freudensprung freundlich an. Seine mandelförmigen dunklen Augen schienen das Lächeln der Lippen mitzutragen, die bernsteinfarbene Haut, sein bis zu den Schultern reichendes volles und pechschwarzes Haar, der akkurat gestutzte Vollbart, die makellose, gerade Nase und sein markantes Kinn – Roth hatte mit *vielem* gerechnet, aber nicht damit!

Was er hier sah, war nicht jemand, der soeben seine geliebte Schwester verloren hatte und unter Mordverdacht stand, sondern ein Mann, der eine so durchdringend stolze und erhabene Ausstrahlung besaß, als wäre er geradewegs einem Fotoband über die Mysterien des Orients entsprungen. Roth fiel auf, dass Sançar nicht nur keine Gefängniskleidung trug, man hatte ihm auch keine Handschellen angelegt.

»Willkommen!«, sagte der Türke, als würde er Gäste in seiner Villa empfangen und nicht in Untersuchungshaft sitzen. Er erhob sich und streckte Freudensprung die Hand entgegen. »Mit *solcher* Schönheit hatte ich heute nicht mehr gerechnet.«

Freudensprung öffnete erstaunt den Mund, fuhr sich unmerklich mit der Zungenspitze über die Oberlippe und strich sich kokett eine Haarsträhne aus dem Gesicht, während sie Sançars Händedruck erwiderte. Sie setzte sich.

»Wir haben leider sehr wenig Zeit.«

Roth reichte seinem Gegenüber ebenfalls die Hand und nahm Platz.

»Vor allen Dingen haben wir keine Zeit für unnötige Höflichkeiten«, sagte er. »Man verdächtigt Sie, eben erst Ihre eigene Schwester grausam ermordet zu haben. Dafür sind Sie erstaunlich gefasst.«

Sançar lächelte sanft, legte ein Bein über das andere und verschränkte seine Arme vor der Brust.

»Sie entsprechen voll und ganz der Beschreibung, die man mir von Ihnen gegeben hat, Herr Roth«, sagte der Türke freundlich, ohne auf Roths Provokation einzugehen. »Es wird die Zeit kommen, um meine Schwester zu trauern. Aber *jetzt* ist nicht diese Zeit. Im Moment müssen wir unsere Pflicht erfüllen und dürfen unsere Herzen nicht von Trauer blenden lassen. Selin würde das genauso sehen, wenn sie noch am Leben wäre.«

»Weise Worte ...«, sagte Freudensprung. In ihrer Stimme schwang ehrliche Anerkennung mit.

»Warum wollen Sie mit mir sprechen?«, fragte Roth. »Hat Ishikli Ihnen das eingeredet?«

Der Türke lehnte sich nach vorne, stützte seine Ellbogen auf

49

den Tisch. »Sie haben recht, Herr Roth«, sagte er. »Wir sollten keine Zeit mehr verschwenden. Aber ich benötige eine Bestätigung, dass ich mit dem *richtigen* Peter Roth spreche.«

Roth schnaubte. »Wollen Sie meinen Ausweis sehen?«

Sançar schüttelte den Kopf. »Jeder Mensch trägt Geheimnisse tief in seinem Innersten verborgen«, sagte er kryptisch. »Und unsere gemeinsame Freundin ist da keine Ausnahme.« Er beugte sich noch weiter nach vorne und bedeutete Roth, er solle das Gleiche tun. Er flüsterte ihm ins Ohr: »Also sagen Sie mir, Herr Roth: Was ist Ishikli Caners tiefstes und sehnlichstes Begehren?«

Roth verschluckte sich.

Woher sollte ausgerechnet er das wissen?!

Nachdem er sich wieder gefangen hatte, gab er die einzige Antwort, die ihm in den Sinn kam, und hoffte inständig, damit richtigzuliegen …

Sançar richtete sich zufrieden in seinem Stuhl auf. Er nickte langsam.

»Gut geantwortet«, sagte er und blickte zu Freudensprung. »Jetzt ist nur noch eines zu klären: Vertrauen Sie *dieser* Frau?«

»Mit meinem Leben«, erwiderte Roth, ohne zu zögern. Er war selbst überrascht von der Selbstverständlichkeit seiner Antwort. Aus dem Augenwinkel beobachtete er Freudensprungs Reaktion. Sie verzog jedoch keine Miene.

Sançar schwieg einige Sekunden nachdenklich. »Gut«, sagte er leise. Er seufzte. »Dann werde *ich* das ebenso tun und Ihnen mit *meinem* Leben vertrauen.«

8

Vom Flachdach des Wohnblocks auf der gegenüberliegenden Straßenseite aus konnte Ishikli Caner das gesamte Gelände vor dem Haupteingang der Justizvollzugsanstalt Moabit überblicken. Sie schaute durch den Feldstecher. Der schwarze Mercedes-Mini-Van mit den dunkel getönten Scheiben stand immer noch an der gleichen Stelle, etwas abseits der Hauptstraße. In regelmäßigen Abständen sah sie das Aufglimmen einer Zigarette – der Fahrer hatte den Wagen seit etwas mehr als zwei Stunden nicht mehr verlassen.

Rauchen war ein in jeder Hinsicht ungesundes Laster!, dachte Ishikli. Immerhin waren die Typen dieses Mal so schlau gewesen, einen Mietwagen zu nehmen – obwohl die Wahl des Fahrzeuges durchaus eine Nummer unauffälliger hätte ausfallen können.

Wie auch immer.

Die mangelnde Professionalität ihrer Gegner sollte sich einmal mehr als Vorteil für Ishikli erweisen, das war im Moment das Einzige, was zählte.

Soweit sie es erkennen konnte, waren keine weiteren Überwachungseinheiten auf den Eingang angesetzt. Sie vermutete ein Team aus maximal sechs Männern – vier für eine eventuell notwendige Observierung zu Fuß, zwei weitere, um den Mercedes für eine Verfolgung einsetzen zu können.

Sie schaute auf die Uhr. Roth müsste jeden Moment wieder auftauchen. Besser sie kümmerte sich rasch darum, dass die Typen dort unten keinen Ärger mehr machen konnten.

Ishikli robbte von der Dachkante zurück, stemmte sich in die Hocke und bewegte sich geduckt zurück zum Notausstieg.

Unten angekommen, joggte sie zu ein paar Jugendlichen auf einer Parkbank, die sich gelangweilt mit ihren Telefonen beschäftigten. Ishikli nahm zwei Zehn-Euro-Noten heraus, deutete zu dem Mercedes-Van.

»Wenn ihr den Kerlen dort drüben so *richtig* auf die Nerven geht«, sagte sie, »sind noch mal zwanzig drin.«

Die Gesichter der Jungen hellten sich auf.

»Jetzt macht!«, befahl Ishikli. Sie beobachtete, wie sich ihr chaotischer Trupp laut lachend in Bewegung setzte, und zog sich wieder in den Schatten der Bäume zurück.

Die Jungs leisteten ganze Arbeit, sie klopften und hämmerten mit ihren Fäusten gegen die Scheiben. Ishikli konnte ein anerkennendes Grinsen über so viel Einsatz nicht unterdrücken. In geduckter Haltung und immer auf den toten Winkel der Seitenspiegel achtend, näherte sie sich von hinten dem Mercedes.

Der Fahrer war mittlerweile aus dem Fahrzeug gesprungen und versuchte wild gestikulierend und laut fluchend, die ungebetenen Gäste zu vertreiben.

Ishikli ließ sich mit einer fließenden Bewegung unter das Fahrzeug gleiten. Sie platzierte einige der Krähenfüße unter den Hinterrädern des Wagens, rollte sich zur Seite und stemmte sich, den Schwung ihrer eigenen Bewegung ausnutzend, wieder auf die Beine. Ohne sich umzudrehen, schlenderte sie in die Seitenstraße. Sie lehnte sich gegen eine der Betonsäulen der Wohnhausanlage. Keine zehn Sekunden später erschien auch schon der Anführer der Jugendlichen. Er hielt ihr auffordernd seine ausgestreckte Hand hin, während sein breites Grinsen eine Reihe ungepflegter Zähne entblößte.

Ishikli gab ihm den versprochenen Geldschein: »Gut gemacht.«

»Jederzeit wieder, Lady«, sagte der Jugendliche. Er warf ihr einen vielsagenden Blick zu. Dann machte er auf dem Absatz kehrt und rannte wieder zu seinen Kumpels an der Kreuzung.

Freche kleine Ratte!, dachte Ishikli amüsiert.

Sie konzentrierte sich wieder auf den Ausgang der JVA. Ein flüchtiger Blick auf ihre Armbanduhr – Peter Roth müsste jeden Moment auftauchen. Und dann würde sie schnell handeln müssen, wenn ihr Plan aufgehen sollte.

9

Peter Roth legte Daumen und Mittelfinger an seine Nasenwurzel und massierte die empfindliche Stelle. Er hielt seine Augen geschlossen, dachte intensiv über das soeben Gehörte nach.

Eymen Sançar wusste *nicht*, wer seine Schwester ermordet hatte, er wusste *nicht*, wie der Täter in die Villa gelangt war, er wusste *nicht*, wie es dem Mörder gelingen konnte, das gesamte Security-Personal auszuschalten – um es kurz zu machen: Er wusste überhaupt nichts mehr von diesem Abend. Er hatte mit seiner Schwester im Studio im Erdgeschoss ein von ihr geschriebenes Lied aufgenommen, als ihm plötzlich schwarz vor Augen wurde, und einige Stunden später war er neben ihrer in Blut gebadeten Leiche wieder aufgewacht.

Roth seufzte und blickte zu Freudensprung. Die Polizistin war mit ihrem Notizbuch beschäftigt und studierte die Aufzeichnungen.

»Wie lange war Ihre Schwester in dieser psychiatrischen Klinik?«, fragte er den Türken.

»Beinahe sechs Monate«, antwortete Sançar. »Wir haben sie etwa zwei Wochen nach der Vergewaltigung hingebracht. Niemand wusste damals etwas von ihrer Schwangerschaft.«

Freudensprung schaute auf. »Warum hat sie nicht abgetrieben?«

»Ich weiß es nicht«, antwortete der Türke. Es klang ehrlich. »Während der ersten Monate ihrer Behandlung war ihr jeglicher Kontakt mit der Außenwelt untersagt.« Er stockte und starrte auf einen imaginären Punkt hinter der Polizistin. »Als ich davon erfahren habe, war nichts mehr zu machen.« Sançar schaute auf. »Seit ihrem Klinikaufenthalt war sie nicht mehr dieselbe. Beinahe so, als hätte man einen Teil von ihr entfernt und durch etwas anderes ersetzt.« Er geriet erneut ins Stocken. »Ich glaube, sie hatte sich am Ende sogar auf dieses Kind *gefreut*.«

»Und Sie?«, unterbrach ihn Roth. »Haben *Sie* sich auch auf diese ›Schande‹ gefreut?« Er war nicht überzeugt von Sançars Geschichte.

»Ich weiß, was Sie denken«, sagte Sançar kühl. Er schüttelte langsam den Kopf. »Sie irren sich, Herr Roth. In meiner Familie zählt der Mensch, nicht die Religion. Wir hätten meiner Schwester ein solches Schicksal gerne erspart.«

»Und Ihre eigene Hochzeit mit der Tochter des türkischen Präsidenten?«, mischte Freudensprung sich wieder ein. Sie klappte ihr Notizbuch zu. »Die hätten Sie doch vergessen können, wenn die Sache mit Ihrer Schwester publik geworden wäre.«

»Das Kind wäre auf die eine oder andere Weise legitimiert worden«, antwortete Sançar. »Unsere Familie hat loyale Freunde.«

»Trotzdem hätte niemand Wind davon bekommen dürfen«, hakte Roth nach. Die selbstgefällige Art dieses Kerls ging ihm allmählich gehörig auf die Nerven. »Wer wusste außerhalb Ihrer Familie noch von der Vergewaltigung?«

Sançar verschränkte erneut die Arme vor seiner Brust. »Professor Kreuzner, der Leiter des Forschungsprogrammes in der Klinik«, sagte er. »Aber wir konnten uns finanziell mit ihm einigen. Er hat absolute Verschwiegenheit zugesichert.«

»Trotzdem«, beharrte Roth. »Es wäre ein Risiko geblieben. Ein Damoklesschwert, das den Rest Ihres Lebens über Ihnen schwebt.« Er stand auf, ging um den Tisch herum und baute sich vor Sançar auf. »Wissen Sie, was ich glaube?«, flüsterte er. »Ich glaube, Sie haben sich den ganzen Bullshit, den Sie uns hier auftischen, nur ausgedacht; haben sich an diesem Abend mit Drogen vollgepumpt und dann beschlossen, die Sache ein für alle Mal aus der Welt zu schaffen.«

Aus dem Augenwinkel konnte Roth sehen, wie Freudensprung sich erstaunt aufrichtete und beschwichtigend die Hände hob. Er ignorierte sie.

»Wir wissen, dass Sie sich am gleichen Abend und noch *vor* dem Mord mit Ishikli Caner getroffen haben«, fuhr Roth fort. Er beugte sich zu Sançar hinunter. »Sollten Ihnen die Grauen Wölfe dabei helfen, die Sache mit dem Mord an Ihrer Schwester unter den Teppich zu kehren? Oder ging es um die Informationen, die Sie von dem Beamten in der türkischen Nationalbank erhalten haben?«

Roth hoffte, dass sein Bluff aufgehen würde, immerhin beruhten seine Vorwürfe lediglich auf Vermutungen des MAD.

Der Türke riss die Augen auf. Dann begann er, zunächst leise, dann allmählich herzhaft zu lachen. »Ishikli hatte vollkommen recht mit Ihnen«, sagte er.

»Ich habe keine Zeit für Ihre Spielchen«, knurrte Roth. Er

stützte seine Hand auf die Rückenlehne von Sançars Stuhl. »Was wollte sie bei Ihnen?«

»Falls Sie vorhaben, meinen Kopf gleich gegen die Tischplatte zu schlagen«, sagte Sançar unbeeindruckt, »dann würde ich das bleiben lassen. Erstens wäre ich schneller als Sie, und zweitens bin ich mittlerweile sicher, dass wir auf der gleichen Seite kämpfen.«

Roth zögerte. »Ich nicht«, sagte er skeptisch und ging langsam zu seinem Stuhl zurück. Er setzte sich. »Also erklären Sie's mir! Wir haben nicht mehr viel Zeit, bevor der Anstaltsleiter hier auftauchen wird.«

»Zunächst wollte sie mich zur Herausgabe der Daten bewegen«, antwortete Sançar ohne weitere Umschweife, »um sie ihrem Onkel Ishmail Gübkal auszuhändigen. Ich konnte sie zum Glück von einer für alle Beteiligten sinnvolleren Vorgehensweise überzeugen.«

Der Kerl machte ihn noch wahnsinnig mit seinen ständigen Andeutungen und seiner Emotionslosigkeit!

»Die Ihre Schwester ganz offensichtlich das Leben gekostet hat«, sagte Roth kühl. »Gratuliere!«

Zum ersten Mal bemerkte er eine wahrnehmbare Gemütsregung bei seinem Gesprächspartner.

Sançars Hände schlossen sich fester um die Lehnen seines Holzstuhls, er war sichtlich um eine aufrechte Körperhaltung bemüht, seine Stimme zitterte leicht, als er fortfuhr: »Ihre andauernden Versuche, meinen Schmerz zu instrumentalisieren, werden uns hier nicht weiterbringen, Herr Roth.«

Sançar schloss für einen Moment die Augen, neigte kurz den Kopf zur Seite, öffnete sie wieder.

»Und diese sinnvollere Vorgangsweise wäre ...?«, erkundigte

Freudensprung sich in diesem Moment, eindeutig bemüht, die Anspannung aus der Situation zu nehmen.

Sançars Haltung lockerte sich wieder.

»Sie müssen zunächst die Hintergründe verstehen«, sagte er.

Was Roth in den darauffolgenden zehn Minuten erfuhr, gefiel ihm überhaupt nicht:

Offenbar waren zahlreiche einflussreiche Familien in der Türkei Teil einer sämtliche Bevölkerungsschichten umspannenden Bewegung, die das Ziel verfolgte, den Präsidenten und seinen Machtapparat zu stürzen. In der »neuen Republik« sollten wieder die laizistischen – und letztlich westlich/demokratischen – Werte des Staatsgründers Kemal Atatürk durchgesetzt werden. Die einzelnen Interessenlagen mochten zwar durchaus unterschiedlich sein, im Kern aber waren sich alle Beteiligten einig, dass die vom Präsidenten angestrebte Re-Islamisierung des Staates auf lange Sicht nur Schaden anrichten und das Land in den Abgrund stürzen würde.

»Ich wusste wiederum, dass Ishikli beinahe verzweifelt einen Weg sucht, aus dem Netzwerk der Mafia und der Grauen Wölfe ausbrechen zu können«, kam Sançar zum Ende seiner Ausführungen. »Gleichzeitig sind meine Verbündeten in unserer Heimat aber auf die Unterstützung von Ishmail Gübkal zumindest im Moment noch angewiesen, wenn unsere Revolution Erfolg haben soll. Ich schlug Ishikli also vor, die Daten an einem sicheren Ort zu verwahren, und ihr zum gegebenen Zeitpunkt die Koordinaten zu verraten. So könnte sie ihr Wissen als Gegenleistung für einen Deal mit dem MAD nutzen, ich wiederum hätte vorläufig noch das Faustpfand gegenüber den Grauen Wölfen in Händen.«

Wenn das alles stimmte, dachte Roth beunruhigt, dann befand sich Sançar nach wie vor in Lebensgefahr. *Und nicht nur er …*

»Warum haben Sie Ishikli diesen Datenträger nicht einfach ausgehändigt?«, fragte er.

»Weil er meine einzige Rückversicherung ist«, sagte Sançar. »Ich weiß nicht, was *genau* darauf gespeichert ist, aber ich weiß, dass der Inhalt dieser Festplatte den Präsidenten zum Rücktritt zwingen wird.«

»Also müssen wir davon ausgehen«, sagte Freudensprung, ohne von ihren Notizen aufzublicken, »dass der Mörder Ihrer Schwester jetzt auch den Datenträger hat?«

Sançar nickte, holte Luft, um etwas zu erwidern, doch die Polizistin schnitt ihm das Wort ab: »Was macht Sie so sicher, dass Ishikli Caner nicht einfach zurückgekommen ist, um sich zu holen, was Sie ihr nicht hatten geben wollen?«

»Weil er sie *kennt*«, sagte Roth.

Und er selbst kannte sie und ihre Methoden auch, dachte er.

Er wandte sich zu Sançar. »Jetzt wird mir allmählich auch klar, *warum* Sie immer noch so ruhig bleiben können«, sagte er. »Sie haben den Inhalt dieses Datenträgers doch auf Ishiklis Anraten noch irgendwie *zusätzlich* abgesichert. Das ist doch auch der Grund, warum *ich* hier bin. Oder täusche ich mich?«

Sançar lächelte. »In der Tat«, sagte er. »Wie ich Ihnen eben erzählen wollte, als ich von Ihrer Kollegin unterbrochen wurde, verfügt der Mörder meiner Schwester bislang nur über *eine* Hälfte des Datensatzes.«

Roth seufzte. »Und ich nehme an, *wir* sollen den zweiten Datenträger für Sie besorgen?«

Sançar nickte. »Genau das sollen Sie, Herr Roth. Und ich werde Ihnen jetzt sagen, wie.«

Auf dem Rückweg nach draußen ließen Roth und Freudensprung den sichtlich aufgebrachten Leiter der Haftanstalt mitsamt seinen wüsten Beschimpfungen kommentarlos links liegen und sahen zu, dass sie ins Freie kamen. Sobald sie den Vorhof erreichten, hielt Roth die Polizistin am Arm zurück. Er lehnte sich mit dem Rücken gegen die Wand des Torhauses, ließ sich langsam in die Hocke sinken.

»Glaubst du ihm?«, fragte Freudensprung. Sie nahm ihre Zigaretten heraus und zündete zwei davon an. Eine gab sie Roth.

»Ja«, sagte Roth. Er zog an der Marlboro. »Leider.«

Die Polizistin hockte sich neben ihn. »Sollten wir Kopetzky informieren?«

Roth schüttelte den Kopf. »Noch nicht. Solange sie den Maulwurf innerhalb des MAD nicht gefunden haben, ist das Risiko zu groß. Deshalb wollte er ja auch *uns* auf diesen Fall ansetzen und nicht einen seiner eigenen Leute.« In diesem Moment wurde ihm schlagartig bewusst, dass der Agent ihm diese Informationen im Vertrauen gegeben hatte. »Vermute ich zumindest«, fügte er deshalb hinzu. »Momentan hat er anscheinend keine Ahnung, auf wen er sich intern noch verlassen kann, und auf wen nicht. Kopetzky würde das freiwillig bloß nie zugeben.« Er stemmte sich auf die Beine, streckte umständlich seinen Rücken durch. »Hast du wirklich gedacht, dass er einfach Sançars *Wunsch* nachkommen wollte, mit *mir* zu reden?!«

»Nicht wirklich«, sagte Freudensprung, ohne aufzustehen. »Es wäre ja nicht das erste Mal, dass unser Lieblingsagent ein doppeltes Spiel mit uns spielt.«

»Eben«, sagte Roth. »Deshalb werden wir vorläufig auch niemanden informieren.« Er legte der Polizistin die Hand auf die Schulter, massierte mit den Fingerspitzen ihren Nacken. Sie ließ ihn gewähren und schwieg.

»Du kannst immer noch aussteigen«, sagte Roth nach einer Weile. »Ich hab kein gutes Gefühl bei der Sache.«

Freudensprung gab ein verächtliches Schnauben von sich und stand auf. »Und dich ganz allein in dein Verderben laufen lassen?«, sagte sie. »Vergiss es!«

»Wie du meinst«, sagte Roth betont gleichgültig. In Wahrheit war er mehr als nur erleichtert über die Antwort der Polizistin. »Ich schlage vor, wir statten erst mal dieser Klinik zur heiligen Mutter Maria einen Besuch ab. Sançar meinte ja, dass das Büro seines Kontaktmanns am Westhafen erst ab Mittag besetzt ist. Außerdem können wir uns auf die Tour besser den Rücken freihalten, falls wir beobachtet werden.«

»Klingt vernünftig«, sagte Freudensprung. Sie zog ihr Mobiltelefon aus der Gesäßtasche. »Ich bin zwar dank Thomas' ›Großzügigkeit‹ nur einfache Kriminalkommissarin, aber ich kann zumindest stille Begleiter und ein Überwachungsteam für uns anfordern.«

»Mach das«, sagte Roth nachdenklich. »Sie sollen uns direkt bei der Klinik treffen.«

10

Ishikli Caner klappte das Helmvisier herunter. Sie startete den Motor ihrer mattschwarzen Ducati SPS. Auf der gegenüberliegenden Straßenseite waren Peter Roth und die Ex-Polizistin soeben aus dem Haupteingang der Haftanstalt getreten und hatten ein Taxi angehalten. Ishikli widmete ihre Aufmerksamkeit dem unmittelbar in ihrer Nähe geparkten Mercedes-Van. Sie legte ihre rechte Hand auf den Griff einer der beiden Glock-Pistolen im Schulterholster unter der Lederjacke. Das Letzte, was sie jetzt gebrauchen konnte, war, dass diese Dilettanten in Panik gerieten und Mist bauten – sie brauchte Roth unbedingt lebend.

Wie erwartet setzte sich der Van unmittelbar nachdem Roths Taxi abgefahren war in Bewegung, kam jedoch mit zwei platten Hinterreifen nicht besonders weit. Während sich das Taxi immer weiter entfernte, wurden die Wagentüren des Mercedes hektisch aufgerissen, und der Fahrer sowie vier weitere Männer sprangen auf die Straße. Die von Ishikli platzierten Krähenfüße hatten ihre Wirkung nicht verfehlt ...

In diesem Moment hörte sie das Geräusch eines kurzhubigen Motorrad-Motors, der sich ihr mit hoher Drehzahl von der Alt-Moabiter Straße kommend näherte. Ishikli schaute auf, konnte aber nicht mehr als einen mit schwarzer Ledermontur bekleideten Mann erkennen, der tief über den Lenker seiner Kawasaki geduckt mit deutlich mehr als einhundert Stundenkilometern an ihr vorbeiraste und sich unmittelbar hinter das Taxi mit Roth und der Polizistin klemmte.

Scheiße! Wer war der Kerl?!

Ohne weiter nachzudenken drehte sie den Gasgriff bis zum Anschlag nach hinten, riss ihre Maschine auf dem Stand herum und fädelte sich in einem gewagten Manöver in den Fließverkehr auf der Hauptstraße ein. Sie musste zusehen, dass sie sich unbemerkt hinter diesen Unbekannten hängen konnte. Vorläufig blieb ihr nichts anderes übrig, als sich im Hintergrund zu halten und abzuwarten. Sie durfte Peter Roths Leben unter keinen Umständen aufs Spiel setzen, wenn sie an seine Informationen herankommen wollte.

Ishmail würde sie eigenhändig umbringen, wenn sie erneut versagte, dachte sie bitter und beschleunigte auf die Ringautobahn. *Oder Schlimmeres ...*

11

Der Cavaliere hatte den groß gewachsenen und durchtrainierten Russen noch nie leiden können:

Oberst Sergej Nokhanov, ehemals hochdekorierter Tschetschenien-Veteran der russischen Armee, hatte schon unmittelbar nach dem Zusammenbruch der Sowjetunion rasch erkannt, dass seine Fähigkeiten als Söldner weitaus mehr Geld einbringen würden, und sich in den frühen 2000er-Jahren selbstständig gemacht. Seitdem lebte er seine ausgeprägte sadistische Ader nicht mehr im Namen der Ideale Russlands, sondern ausschließlich für harte Dollar aus. Solange der Betrag nur hoch genug war, würde Nokhanov für *jeden* Auftraggeber *alles* tun und alles liefern, was man von ihm verlangte. So war er schlussendlich auch in die Dienste des Kardinals empfohlen worden.

Dieser Mann war zwar definitiv nicht der Teufel, dachte der Cavaliere grimmig, als er die feuchten und nach Moder riechenden Steinstufen der Wendeltreppe nach unten stieg. Aber er kam seiner Vorstellung vom Antichrist schon ausgesprochen nahe.

»Hatten Sie einen guten Flug?«, erkundigte sich Nokhanov in diesem Moment in fast perfektem Italienisch. »Diese Blecheimer können ganz schön unruhig werden bei den starken Scherwinden über dem Mittelmeer zu dieser Jahreszeit.« Der Russe streifte einen Vorhang aus schwerem grauem Stoff zur Seite und reichte dem Cavaliere eine Atemschutzmaske. »Die hier sollten Sie besser aufsetzen.«

»Was ist das für ein Ort?«, fragte der Cavaliere. Er schob sich die Maske auf die Stirn, ohne sie jedoch über das Gesicht zu ziehen. »Ich spüre sehr viel Leid in diesen Mauern.«

Nokhanov lachte verächtlich. »Diese Keller sind unsere ›Luxusquartiere‹ für die illegalen Näherinnen aus den Fabriken, die die Grauen Wölfe hier betreiben.« Er bedeutete dem Cavaliere, ihm zu folgen. »Die ideale Spielwiese für unsere Versuche. Niemand vermisst diesen Abschaum.«

Der Cavaliere schüttelte angewidert den Kopf und folgte dem Russen. Kein Mensch war ohne Sünde, dachte er. *Aber die Sünden dieser Frauen waren sicherlich keine Todsünden gewesen.*

Für den Bruchteil einer Sekunde presste er seine Augenlider zusammen. Er musste sich auf seine Mission konzentrieren. Das alles hier diente einem höheren Ziel. Es stand ihm nicht an, dieses Ziel zu hinterfragen!

»*Jeder* ist das Kind eines anderen«, sagte er kühl. »Und *jede* Mutter weint um ihre toten Kinder.«

Nokhanov ignorierte ihn und zuckte bloß mit den Schultern.

»Wenn Sie das glücklich macht.«

Er blieb vor einem der Holzverschläge stehen, die in Abständen von knapp drei Metern den feuchten Gang aus gemauerten Ziegelgewölben unterteilten. Einige wenige Glühbirnen erhellten die Szenerie und tauchten die dunkelroten Mauern in sanft pulsierendes Licht.

»Jetzt setzen Sie endlich Ihre Maske auf!«, befahl der Russe, während er die Verriegelung des Verschlages löste. »Das Zeug sollte sich zwar mittlerweile vollständig verflüchtigt haben, aber ich habe keine Lust darauf, mir den Arsch aufreißen zu lassen, weil Sie mir hier unten verrecken!« Er gab einen kehligen Laut von sich, den man mit sehr viel gutem Willen als Lachen hätte deuten können.

Der Cavaliere zog die Maske über sein Gesicht. Er folgte Nokhanov und zwängte sich ebenfalls durch den schmalen Türrahmen. Seine Augen brauchten einige Sekunden, um sich hinter den getönten Sichtfenstern der Schutzmaske an das diffuse Zwielicht im Inneren der Kammer zu gewöhnen. Der Raum maß gerade einmal drei mal drei Meter. Die Luft war noch feuchter, klebriger als draußen am Gang. Sie roch nach menschlichen Exkrementen, nach Krankheit und nach Tod. Es gab keine Fenster, die einzige von der Decke baumelnde Glühbirne war defekt, das vom Gang hereinfallende Licht erhellte die Szenerie notdürftig. Unter der Schutzmaske fiel ihm wegen der feuchten Luft das Atmen schwer. Er spürte, wie ihm schwindlig wurde und sich langsam eine tiefe Dunkelheit über seine Augen zu legen begann. Beinahe panisch riss er sich das graue Gummi-Ungetüm vom Gesicht und sog gierig die Luft in seine Lungen.

Nokhanov richtete sich aus seiner gebückten Haltung auf, löste ebenfalls die Schutzmaske und hielt breit grinsend einen kleinen Handcomputer vor dem Cavaliere in die Höhe.

»Sie haben Glück, mein Lieber«, sagte er lachend. »Die Anzeige leuchtet grün. Das Sarin hat sich also wie erwartet bereits wieder vollständig verflüchtigt. Und soweit ich es erkennen kann ...«, er drehte sich einmal um die eigene Achse und trat mit seinem Fuß gegen etwas, das auf dem Boden lag, »waren wir damit durchaus erfolgreich.«

Als die verschwommenen Schlieren vor seinen Augen endlich deutlicher Gestalt annahmen und seine Wahrnehmung mit einem Mal wieder funktionierte, zuckte der Cavaliere zusammen wie ein geschlagener Hund:

Auf dem staubigen Lehmboden des Verschlages lagen eng aneinandergekuschelt die toten Körper dreier junger Frauen. Sie mussten allesamt noch keine zwanzig Jahre alt gewesen sein, jede nur mit einem Nachthemd aus grobem Leinen bekleidet. Eine der

Leichen lag mit ihren Beinen in unnatürlich abgespreiztem Winkel, genau an der Stelle, wo der Russe zuvor mit großer Wucht dagegengetreten hatte. Die beiden anderen wirkten seltsam friedlich auf den Cavaliere. Ihre Augen waren geschlossen, ihre Gesichter nicht vom Schmerz verzerrt.

Hier hatte kein verzweifelter Todeskampf stattgefunden, dachte er und suchte Trost in diesem Gedanken.

Diese Frauen waren eingeschlafen und bloß nicht wieder aufgewacht.

»Ich nehme also an, die Waffe ist einsatzbereit?«, sagte der Cavaliere mit heiserer Stimme. Er trat wieder hinaus auf den Gang.

Nokhanov folgte ihm und zog die Holztür hinter sich zu.

»Jederzeit«, sagte er. »Sobald mein Kontostand die vereinbarte Höhe erreicht hat, können wir liefern.«

»Machen Sie sich darüber keine Sorgen«, sagte der Cavaliere. »Ich werde entsprechende Anweisungen geben. Aber stellen Sie gefälligst sicher, dass Sie *diesmal* alles im Griff haben. Der Kampfstoff muss *rechtzeitig* an Ort und Stelle sein.«

Er wandte dem Russen den Rücken zu und beeilte sich, nach draußen zu kommen. Er brauchte dringend frische Luft.

Nokhanov folgte dem Cavaliere. Er hielt ihn an der Schulter zurück.

»Haben *Sie* denn alles im Griff?«, fragte er scharf.

Der Cavaliere blieb stehen. Irritiert drehte er sich zu dem Russen um.

»Erklären Sie sich, Nokhanov!« Er straffte seine Haltung. Der Oberst überragte ihn um beinahe einen halben Kopf.

Nokhanov formte seine Lippen zu einem abschätzigen Grinsen: »Nun ... Soweit ich informiert bin, haben Sie sich in Berlin von dieser türkischen Schlampe gehörig die Tour vermasseln lassen.«

Der Cavaliere konnte sehen, wie der Russe seine Muskeln unter der engen Camouflage-Jacke anspannte, ehe er hinzufügte: »Vielleicht sollte ich Ihrem Kardinal empfehlen, nicht länger mit Amateuren zusammenzuarbeiten.«

Ansatzlos ließ der Cavaliere seine linke Hand nach vorne schnellen und schlug hart gegen Nokhanovs Kehlkopf, während er mit seiner Rechten den hilflos zur Verteidigung erhobenen Arm des Russen packte und auf dessen Rücken drehte.

»Das tut er bereits.«

Er verstärkte seinen Druck auf den verdrehten Arm. »Ich würde Ihnen raten, *nie* wieder *Ihre* Position falsch einzuschätzen, *Nokhanov*. Jeder bekommt *den* Herrn, den er verdient.« Und damit trat der Cavaliere dem Russen mit voller Wucht in die Kniekehle, ehe er seinen Griff lockerte. Er stieg über den keuchend am Boden liegenden Nokhanov hinweg und sah zu, die Wendeltreppe nach oben und auf die Straße zu kommen. Obwohl man ihm versichert hatte, dass sich die Garde um den Datenträger kümmern würde, hatte er kein gutes Gefühl bei der Sache.

Er musste Akin Caner so schnell wie möglich sicherstellen und dafür sorgen, dass in Berlin nicht noch mehr schiefging.

In einem hatte der Russe allerdings recht …

Der Cavaliere winkte ein Taxi heran und nannte dem Fahrer sein Ziel.

Es war dringend an der Zeit, dass die Amateure vom Spielfeld verschwanden. Und Ishikli Caner war alles andere als ein Amateur.

12

Während der etwa zwanzig Minuten dauernden Taxifahrt in den Berliner Wedding hatte Roth sich sämtliche im Internet verfügbaren Informationen über ihr Fahrziel besorgt: Die psychiatrische Klinik Zur heiligen Mutter Maria war 2007 vom Malteser Ritterorden gegründet worden, der sie auch nach wie vor betrieb, im Verbund mit dreizehn weiteren Einrichtungen dieser Art in ganz Europa. Während der vergangenen zehn Jahre konnte sich das Berliner Klinikum einen international hervorragenden Ruf auf dem Gebiet der angewandten Experimentalforschung erarbeiten. Anscheinend wurden hier – gedeckt durch eine Sondergenehmigung der Europäischen Union – Erststudien an ausgewählten Probanden mit eigens entwickelten psychoaktiven Substanzen durchgeführt. Einige dieser Substanzen griffen direkt in die sequenziellen Reproduktionsmechanismen bestimmter Gehirnzellen ein. Über die genaue Funktionsweise lagen keine öffentlich zugänglichen Informationen vor, jedoch war es den Wissenschaftlern offenbar möglich, ganz gezielt beschädigte Zellen direkt in den Patienten neu zu züchten.

Bei diesem Gedanken fuhr Roth ein Schauer über den Rücken.

Klingt gewaltig nach Frankenstein, dachte er, ehe er weiterlas: Die Erfolgsquote des Programms erwies sich mit mehr als sechzig Prozent als erstaunlich hoch, allerdings traf das auch auf die erheblichen Nebenwirkungen der Behandlung zu. Von einer allgemeinen Zulassung war man deshalb noch weit entfernt.

»Ich werde hier noch wahnsinnig!«, schnitt Freudensprungs deutlich genervte Stimme in seine Gedanken.

Er schaute zu der neben ihm auf der Rückbank sitzenden Polizistin, die gerade ihr Mobiltelefon deaktivierte und es wütend in ihre Handtasche schleuderte. Fragend hob er die Augenbrauen in die Höhe.

»Sie schicken uns vier Frischlinge von der Akademie«, ärgerte sich Freudensprung, während sie das Seitenfenster herunterließ, und nach ihren Zigaretten kramte. »Für die Verfolgungsüberwachung bekommen wir immerhin keine Erstsemester. Aber mit zwei Begleitern und nur zwei Kollegen ohne jede Erfahrung als Überwachungsteam können wir uns genauso gut eine Zielscheibe auf den Rücken kleben.« Während sie sich eine Zigarette anzündete, trat sie gegen die Lehne des Beifahrersitzes. »Verdammte Vollidioten!«

Der Taxifahrer schielte skeptisch über den Rückspiegel nach hinten und deutete auf das Rauchen-verboten-Schild an der Windschutzscheibe.

Roth blies die Backen auf.

»Besser als nichts, oder?«, versuchte er die Situation zu entspannen.

Freudensprung stieß einen kaum unterdrückten Schrei aus. »Scheiße, Peter!«, keifte sie und nahm einen tiefen Zug von ihrer Zigarette. »Das ist doch hirnrissig: zwei Begleiter und zwei Überwacher? Ernsthaft? Die haben doch *überhaupt* keine Chance, auch nur *irgendetwas* mitzubekommen, falls uns jemand folgt! Wir bräuchten mindestens zwei Vierer-Teams!«

»Ich weiß«, seufzte Roth, dem die Sachlage durchaus bewusst war. »Aber wir sollten uns trotzdem auf unsere Aufgabe konzentrieren. Außerdem ist vorläufig nicht gesagt, dass wir *überhaupt* beobachtet werden.«

»Dein Optimismus grenzt an Naivität«, sagte Freudensprung, während sie ihre abgebrannte Kippe aus dem Fenster warf. Mittlerweile klang sie jedoch nicht mehr ganz so gereizt wie zuvor.

Roth beschloss, rasch das Thema zu wechseln. Er berichtete seiner Kollegin, was er bislang über die Klinik und deren Forschungsschwerpunkte hatte herausfinden können.

»Im Endeffekt«, schloss er seine Ausführungen, »ist dieser Professor Kreuzner also anscheinend nicht nur Vorstand der Klinik in Berlin, sondern Leiter des *gesamten* Forschungsprogrammes. Wenn wir Pech haben, ist er überhaupt nicht mehr in der Stadt.«

»Stellt sich die Frage«, sagte Freudensprung nachdenklich, »weshalb er Selin Sançar unbedingt *persönlich* behandeln wollte ...?«

»In der Tat«, sagte Roth zustimmend, unmittelbar bevor das Taxi mit einem abrupten Manöver vor dem Klinikgebäude zum Stehen kam.

»Vierundzwanzig Euro sechzig für die Fahrt«, knurrte der Fahrer. »Und zehn Euro, weil Sie das Rauchverbot missachtet haben.«

»Das sehe ich nicht so«, sagte Freudensprung kühl, während sie dem Fahrer fünfundzwanzig Euro nach vorne reichte und ihm gleichzeitig ihren Dienstausweis unter die Nase hielt.

»Das ist Amtsmissbrauch!«, beschwerte sich der Fahrer, was ihm eine sehr deutliche Reaktion der ohnehin schon gereizten Polizistin einbrachte.

Roth stieg aus und beeilte sich, Freudensprungs kurze Ablenkung auszunutzen. Rasch tippte er eine Kurznachricht an Thomas Kopetzky. Er konnte sein Telefon gerade noch rechtzeitig wieder in seiner Jackentasche verschwinden lassen, ehe Freudensprung mit einem sehr undamenhaften Fluch auf den Lippen ebenfalls aus dem Taxi sprang und die Tür hinter sich zuknallte.

In der nüchtern und rein funktional eingerichteten Eingangshalle des Neubaus aus Glas und Stahl entdeckte Roth ihre beiden Begleiter sofort. Er ging auf die jungen Beamten zu und streckte ihnen die Hand entgegen. Er musterte die Polizisten skeptisch: In Statur und Größe glichen sie ihm und Freudensprung, und sie trugen auch die gleiche Kleidung. Was jedoch jedem potenziellen Verfolger sofort auffallen würde, war ihre gänzlich andere Körperhaltung – die beiden wirkten sichtlich verunsichert und nervös. Sie standen mit hängenden Schultern in der hinteren Ecke des Raumes neben dem Empfangstresen und blickten unentwegt suchend in der Halle herum.

»Peter Roth, freut mich sehr«, sagte Roth bemüht freundlich. »Ich hoffe, Sie warten noch nicht lange.«

»Sehr gerne«, sagte der männliche Beamte. »Wir fühlen uns geehrt, dass wir ...«

»Klappe!«, schnitt Freudensprung dem Mann harsch das Wort ab. »Wie viele Observationsüberwachungen haben Sie schon durchgeführt?«

»Zwanzig«, sagte die junge Frau anstelle ihres Kollegen selbstsicher.

Freudensprung stieß genervt die Luft aus: »Und *außerhalb* der Ausbildung?«

Die beiden anderen blickten zu Boden.

»*Das* dachte ich mir«, sagte Freudensprung. »Na großartig. Gut, sehen wir zu, dass wir das noch irgendwie hinbekommen. Wie heißen Sie?«

»Sonja Becker«, sagte die junge Polizistin. »Und das ist mein Kollege Sebastian Koch.«

»Gut, Becker«, sagte Freudensprung. »Sie bleiben im Anschluss bei Herrn Roth, Kollege Koch kommt mit mir. Ich gehe davon aus, dass man im Zweifel eher Peter Roth als Primärziel fol-

gen wird, also können wir so unsere Chancen vielleicht etwas er-
höhen.«

Die beiden jungen Polizisten nickten zustimmend.

»Soll sich das Überwachungsteam dann ebenfalls aufteilen?«,
erkundigte sich Sonja Becker. »Die Jungs warten etwas abseits
der Klinik auf den Einsatzbefehl.« Sie zögerte einen Augenblick.
»Wenn ich mir die Bemerkung erlauben darf: Nachdem wir nur
zwei Kollegen dort draußen im Lieferwagen haben, sollte sich
wohl besser das *gesamte* Team auf Herrn Roth konzentrieren.«

Freudensprung zog amüsiert eine Augenbraue nach oben.
Roth entdeckte den Anflug eines Lächelns auf ihren Lippen, als
sie antwortete. »Sehe ich genauso, Frau Kollegin. Haben Sie Ihre
Dienstwaffen dabei?«

Die beiden anderen nickten.

»Gut«, sagte Freudensprung. »Vergessen Sie heute erst einmal
alles, was Sie in der Ausbildung über Ihre Pflichten beim Umgang
mit der Dienstwaffe gelernt haben.« Sie machte eine kurze Pause
und legte Koch beide Hände auf die Schultern. »*Falls* Sie heute von
Ihrer Schusswaffe Gebrauch machen müssen, dann gilt für Sie nur
eines: nämlich dass der Angreifer sicher ...«

»... nie wieder aufsteht«, vollendete Sonja Becker den Satz.

Freudensprung fuhr herum, funkelte ihre junge Kollegin wütend an. »Kampfunfähig ist, wollte ich sagen!«

Becker schüttelte entschieden den Kopf. »Nein, wollten Sie
nicht!«, sagte sie bestimmt, straffte ihre Haltung und baute sich
vor Freudensprung auf. »Sie sind eine Legende beim LKA, *Frau
Kriminalhauptkommissarin*. Mein Kollege und ich mögen zwar vielleicht noch nicht besonders viel Erfahrung im Feld haben,
aber ...« Sie trat näher an Freudensprung heran, bis sie nur noch
wenige Zentimeter von ihr entfernt stand. Sie reckte ihr Kinn nach
oben. »Aber wir wissen trotzdem *verdammt* genau, was wir tun. Wir

sind Profis. Wenn Sie also endlich mit ihrem Egotrip fertig sind, können wir alle mit unserer Arbeit anfangen.«

Roth verschluckte sich und unterdrückte nur mühsam ein spontanes Auflachen.

Ganz schön Mumm, die Gute …

Um Schlimmeres zu verhindern, legte er den Arm um die Schultern der sichtlich aufgebrachten Freudensprung, drehte sie mit sanfter Gewalt zu sich herum und stützte sich auf den Empfangstresen.

»Sonderermittler der Mordkommission Peter Roth und Julia Freudensprung«, sagte er betont höflich zu der etwa fünfzigjährigen Frau hinter dem Tresen, die sie bislang so *auffällig* unauffällig ignoriert hatte, dass Roth sich sicher war, sie hatte jedes Wort mitbekommen. »Ich habe vorhin mit Ihnen telefoniert. Sagen Sie der Klinikleitung bitte, dass wir jetzt hier sind.«

Die Frau nickte freundlich und griff zum Telefonhörer.

Roth wandte sich wieder zu Freudensprung. »Diese Sonja Becker erinnert dich daran, wie *du* früher mal warst, nicht wahr?«, flüsterte er süffisant. »Ich kann sie jetzt schon sehr gut leiden.«

»Doktor Vintoli erwartet Sie«, sagte die Dame vom Empfang in diesem Moment. Sie deutete zur gegenüberliegenden Seite der Halle. »Die Aufzüge befinden sich dort hinten. Sie müssen in das oberste Stockwerk, man wird Sie dann direkt in Doktor Vintolis Büro bringen.«

»Danke!«, sagte Roth, griff Freudensprung an der Schulter und schob sie mit sanfter Gewalt in Richtung der Fahrstühle.

Im Vorzimmer der Klinikleitung im obersten Stockwerk des Gebäudes wurden Roth und Freudensprung von einem höflichen – und wie Roth feststellte auch überraschend gut aussehenden – jungen Mann Mitte zwanzig empfangen. Er begrüßte sie, trat um seinen Schreibtisch herum und wies mit einer einladenden Geste auf eine mit weißem Leder bezogene Sitzgruppe.

»Bitte nehmen Sie noch einen Moment Platz«, sagte er und wandte sich in Richtung der Doppeltür aus gebürstetem Stahl, die offensichtlich zu Doktor Vintolis Büro führte. »Ich sage unverzüglich Bescheid.« Als er sich der Tür näherte, schwangen die massiven Flügel von einem Hydrauliksystem angetrieben automatisch auf und schlossen sich unmittelbar darauf wieder hinter ihm.

Roth kniff die Augen zusammen, stand auf und näherte sich ebenfalls der Stahltür. Wie erwartet bewegte sie sich jedoch nicht einmal dann, als er prüfend mit den Handknöcheln gegen den Stahl schlug.

»Panzertüren«, sagte er und trat einen Schritt zurück. »Außerdem muss das Ding mit einer drahtlosen Zutrittsüberprüfung versehen sein.« Er runzelte die Stirn. »Reichlich übertrieben für eine psychiatrische Klinik. Ich nehme nicht an, dass die Insassen hier mit Panzerabwehrwaffen ausgerüstet sind.«

»Wer weiß?«, sagte Freudensprung schulterzuckend. Sie stand ebenfalls auf, stellte sich neben Roth, nickte unauffällig nach oben zur Decke und fügte im Flüsterton hinzu: »Aber *sechs* Überwachungskameras für diesen kleinen Raum sind tatsächlich etwas ungewöhnlich. Es würde mich nicht wundern, wenn hier auch noch irgendwo Abhörgeräte versteckt wären.«

Also dürften Kopetzkys vertrauliche Informationen durchaus zutreffend sein, überlegte Roth. Der Agent hatte ihm keine fünf Minuten zuvor ein aufschlussreiches Dossier über die geheimen Forschungsaktivitäten der Klinik gesendet. Roth kam jedoch nicht mehr dazu, seine Informationen mit Freudensprung zu teilen, denn in diesem Moment schwang die gepanzerte Tür erneut auf, und der freundlich lächelnde Mann von vorhin signalisierte ihnen, sie möchten doch bitte eintreten.

Das Büro, das sich hinter der Stahltür vor Roth erstreckte, war beeindruckend: Mit gut achtzig Quadratmetern viermal so groß wie der Raum, aus dem sie gerade kamen, schien es beinahe ausschließlich aus Licht, Glas, Stahl und strahlend weißem Marmor zu bestehen. Gegenüber dem Eingang erstreckte sich über die gesamte Breite eine bodentiefe Glasfront mit verspiegelten Scheiben, auf der linken Seite erkannte Roth eine weitere massive Panzertür, und direkt vor der Glasfront befand sich ein mehr als vier Meter langer Schreibtisch aus einem tiefschwarzen Material, das Roth nicht zuordnen konnte. Der Kontrast zu dem weißen Marmorboden ließ diesen schwarzen Monolithen wie einen düster glänzenden Fremdkörper wirken.

»Kommen Sie bitte näher«, sagte die Frau in dem tadellos sitzenden, ebenfalls weißen Kostüm, die sich gerade aus ihrem Drehsessel erhob und zu einer in die Wand eingelassenen Bar ging. »Darf ich Ihnen etwas zu trinken anbieten?«

Ihre tiefe, etwas rauchige Stimme ließ die kleinen Härchen auf Roths Unterarmen sich aufstellen. Er räusperte sich, während er den rabenschwarzen Haaren, die der Ärztin fast bis zu ihrer Hüfte reichten, mit seinem Blick folgte.

»Julia Freudensprung«, sagte Freudensprung in diesem Moment, schob sich an Roth vorbei und streckte Doktor Vintoli ihre rechte Hand entgegen. »Ich hätte gerne einen Wodka. Haben Sie Eis?«

»Vanessa Vintoli«, erwiderte die Ärztin die Geste der Polizistin und schüttelte ihr die Hand. Sie lächelte. »Wir haben sogar etwas viel Besseres.« Sie ging zu ihrem Schreibtisch und aktivierte eine berührungsempfindliche Eingabemaske in der Tischplatte. Unmittelbar darauf öffnete sich neben dem Regal mit einem leisen Zischen eine Klappe, der Vintoli ein tiefgekühltes Glas entnahm. »Einer der wenigen angenehmen Nebeneffekte meiner Forschung«, sagte sie, während sie Freudensprung das mittlerweile mit Wodka gefüllte Glas reichte. »Wir haben jede Menge flüssigen Stickstoff in unseren Laboren, den man ab und zu durchaus zweckentfremden kann.«

Freudensprung neigte amüsiert den Kopf zur Seite und nickte anerkennend. »Gar nicht übel«, sagte sie.

Roth hatte eben exakt das Gleiche gedacht – wenn auch in einem vollkommen anderen Zusammenhang. Er trat einen Schritt nach vorne, deutete auf die zweite Panzertür. »Wohin führt die?«, fragte er, verzichtete jedoch darauf, sich vorzustellen.

Vanessa Vintoli setzte einen irritierten Gesichtsausdruck auf, ohne dabei das leichte Lächeln auf ihren sanft geschwungenen Lippen zu verlieren, wie Roth durchaus auffiel.

»Kommen Sie immer so schnell zur Sache, *Herr Roth*?«, sagte sie und ging zurück zu ihrem Schreibtisch.

»So beeindruckend ich Ihre kleine Show hier auch finde«, sagte Roth trocken. Er ließ sich in einen der beiden Ledersessel vor dem Schreibtisch fallen. »Aber wir ermitteln hier in einem politisch brisanten Mordfall. Ich habe keine Zeit für Small Talk.«

Freudensprung warf ihm einen verwunderten Blick zu und formte mit ihren Lippen die Worte »*What the fuck?!*«

Vintoli blieb unbeeindruckt. Sie setzte sich in ihren Drehsessel, lehnte sich zurück und schlug die Beine übereinander. Sie schaute Roth direkt in die Augen. »Ich weiß«, sagte sie leise. »Deshalb habe ich Ihnen ja auch so kurzfristig einen Termin gewährt. Sofern es in unserer Macht steht, wird die Klinik selbstverständlich alles tun, um Sie bei Ihren ›Ermittlungen‹ zu unterstützen.«

»Bullshit«, antwortete Roth emotionslos. »Sie haben uns diesen Termin gegeben, weil Sie keinen Ärger durch die Behinderung polizeilicher Ermittlungen bekommen wollen. Negative Publicity könnte Ihre Forschungen nämlich sehr schnell beenden, vor allem weil man in Brüssel nur auf eine Gelegenheit wartet, den Laden hier dichtzumachen.«

Vintoli hob eine Augenbraue. »*Das* wäre mir allerdings neu ...«, sagte sie und lehnte sich nach vorne. Sie stütze beide Ellbogen auf den Tisch, legte ihren Kopf in die Handflächen. »Erleuchten Sie mich doch bitte.«

Roth nickte in Richtung der zweiten Panzertür. »In dem Labor hinter dieser Tür lagern mehr illegale Substanzen, als man in allen Berliner Clubs *zusammen* finden könnte«, sagte er. »Die Sondergenehmigung der Klinik hängt mittlerweile nur noch an einem seidenen Faden, nachdem drei Ihrer Probanden sich vor knapp vier Wochen gegenseitig umgebracht haben.«

Zum ersten Mal seit Beginn dieser Unterhaltung bemerkte Roth eine sichtbare Gefühlsregung in Vintolis Mimik. Sie schluckte kurz, hatte sich jedoch sofort wieder gefangen.

»Die Untersuchungen zu diesen bedauerlichen Vorfällen laufen noch«, sagte sie. »Außerdem wüsste ich nicht, was das mit *Ihrem* Fall zu tun haben sollte.«

»*Das* werden wir noch sehen«, sagte Roth. »Nachdem die Fronten nun geklärt wären, erzählen Sie uns jetzt einfach *alles*, was Sie über die Patientin Selin Sançar wissen.« Er machte eine Pause, rutschte in seinem Sessel nach vorne und fügte mit schneidender Stimme hinzu: »Und in Ihrem *eigenen* Interesse rate ich Ihnen, uns nicht für dumm zu verkaufen!«

Laut Vintolis Angaben hatte sich der Vertrauensarzt der Familie Sançar, ein ehemaliger Studienkollege, direkt an sie gewandt. Selin Sançar schien eine normale Traumapatientin mit erheblichen Belastungsstörungen als Folge einer Vergewaltigung zu sein. Doch wie sich herausstellte, wies die junge Frau erstaunliche Aktivitäten in ihrem präfrontalen Cortex auf, dem für die Impulskontrolle zuständigen Areal des Gehirns. Deshalb und aufgrund des persönlichen Verhältnisses zum Vertrauensarzt der Familie habe sie Selin für das Experimentalprogramm vorgeschlagen.

»Hatten Sie keine Bedenken wegen der Schwangerschaft?«, unterbrach Freudensprung.

Vintoli schüttelte den Kopf. »Davon wussten wir damals noch nichts. Es ist bei posttraumatischen Belastungsstörungen nicht unüblich, dass es bei weiblichen Patienten zu massiven Verschiebungen bis hin zum völligen Ausbleiben des Zyklus kommt.«

»Und *als* Sie es dann wussten?«, hakte Roth nach.

Die Italienerin blies die Backen auf und hob entschuldigend die Hände. »Wir haben diesen Umstand natürlich diskutiert«, sagte sie. »Aber die Gelegenheit, die Auswirkungen unserer Behandlung auf einen *lebenden* Fötus *im* Mutterleib zu testen, war einzigartig. Bis zu diesem Zeitpunkt hatten sich noch keinerlei Komplikationen eingestellt, weshalb wir annahmen, dass ...«

»*Wer* hat diese unfassbare Sauerei zu verantworten?«, fiel Roth ihr harsch ins Wort.

Die Ärztin versuchte auszuweichen: »Im Prinzip trifft das Kontrollgremium seine Entscheidung mit einfacher Mehrheit, aber ...«

Roth schlug mit der flachen Hand auf den Tisch. »Jetzt spucken Sie's endlich aus!«

Vanessa Vintoli zuckte instinktiv zusammen und rückte mit ihrem Stuhl zurück. »Professor Kreuzner persönlich«, sagte sie mit flacher Stimme. »Aber auch er hatte Druck von *ganz* oben. Das war letztlich der Grund, weshalb ...« Sie stockte wieder, schien intensiv über etwas nachzudenken. Ansatzlos stand sie auf, ging zur Bar und goss sich ein großes Glas mit Whisky voll. Sie drehte sich wieder zu Roth. »Ob Sie die Klinik unter Druck setzen können oder nicht, ist mir gleichgültig, Herr Roth«, sagte sie, nachdem sie das Glas in einem Zug geleert hatte. »Ich war und bin mir durchaus bewusst, dass fragwürdig ist, was wir hier machen.« Sie schenkte sich nach und machte einen Schritt auf Roth zu. »Haben Sie eigentlich eine Ahnung, *wie* schwer es ist, in diesem Bereich als *Frau* Karriere zu machen?« Sie trank erneut, lehnte sich mit dem Becken gegen den Schreibtisch. »Ich war von Anfang an gegen diese ganze Scheiße! Ich wusste, dass wir deswegen irgendwann Schwierigkeiten bekommen würden. Aber was hätte ich denn machen sollen?«

Zum Beispiel Nein sagen, dachte Roth angewidert. Laut sagte er: »Versuchen Sie gerade mit mir zu *verhandeln*?!«

»Wir können Sie auch gerichtlich dazu zwingen, zu kooperieren«, sagte Freudensprung kühl.

»Ja«, entgegnete Vintoli wieder deutlich selbstbewusster. Der Whisky schien allmählich zu wirken. »Aber das würde Wochen dauern. Und soweit ich es verstanden habe, läuft Ihnen gerade die Zeit davon.«

»Was wollen Sie?«, sagte Roth. Er beschloss, sich vorläufig auf das Spiel der Ärztin einzulassen.

Vintoli lächelte. »Halten Sie meinen Namen aus allem raus«, sagte sie und leerte ihr Glas erneut. »Und dann besorgen Sie mir eine Leitungsstelle in einer staatlichen Forschungseinrichtung.«

Freudensprung sog empört die Luft ein und wollte etwas sagen, doch Roth unterbrach sie mit einer forschen Geste.

»Dass wir Sie raushalten, kann ich Ihnen zusichern«, sagte er langsam und in bestimmtem Tonfall. »Der Rest hängt davon ab, was Ihre Informationen *wert* sind.«

Vintoli kaute eine Zeit lang nachdenklich auf ihrer Unterlippe herum. Nach ein paar Sekunden nickte sie und setzte sich wieder auf ihren Drehstuhl.

Sie aktivierte erneut das Eingabefeld auf ihrem Schreibtisch, woraufhin sich eine schmale Schublade öffnete, der sie eine rote Mappe entnahm. »Selin Sançars Krankenakte, solange sie noch *meine* Patientin war«, sagte sie und schob die Akte zu Roth. »Der geschwärzte Name, den Sie darin finden werden, ist der von Gianfranco Varese, Hoher Ritter des Malteserordens und für die Finanzierung unseres Projekts verantwortlich. Er war es auch, der Professor Kreuzner explizit angewiesen hatte, trotz Selins Schwangerschaft mit der Behandlung fortzufahren. Außerdem wollte er sich in den folgenden Wochen *persönlich* um die Patientin kümmern.«

Roth pfiff durch die Zähne, als er die Mappe aufschlug. Ohne hochzusehen, fragte er: »Ist Ihnen das nicht eigenartig vorgekommen?«

Vintoli lachte auf. »Was denken Sie denn?!«, sagte sie entrüstet. »Aber wir sind hier kein Demokratieverein. Wenn Varese etwas anordnet, richten wir uns danach. Es wird bei unserem Finanzier nicht gerne gesehen, wenn das Personal Fragen stellt.« Sie atmete lang gezogen ein und langsam wieder aus. »Mehr weiß ich leider auch nicht. Der Fall wurde mir entzogen und danach unter Verschluss gehalten. Die Einzigen, die Ihnen mehr darüber sagen könnten, sind Professor Kreuzner und der Cavaliere Varese.«

… wobei Letzterer als hochrangiger Vertreter des souveränen Malteser Ritterordens diplomatische Immunität genießt, überlegte Roth verärgert. *Sie mussten sich also vorläufig auf Kreuzner konzentrieren, wenn sie weiterkommen wollten.*

»Wo ist der Professor jetzt?«

»Er ist vor einer Woche in unser Zentrallabor zurückgekehrt«, sagte Vintoli. »Wo er sich derzeit *konkret* aufhält, entzieht sich meiner Kenntnis. Aber vermutlich ist er noch dort.«

Roth erhob sich und hielt die Akte in die Höhe. »Die behalten wir erst mal«, sagte er. »Wo befindet sich dieses Zentrallabor?«

Vintoli stand ebenfalls auf und ging auf die andere Seite des Schreibtisches. »Das Klinikum Santo Spirito in Rom.« Sie zögerte und neigte den Kopf ein wenig zur Seite. »Darf ich davon ausgehen, dass Sie …?«

»Sie haben mein Wort«, unterbrach Roth. Er streckte Vintoli seine Rechte entgegen. »Für Ihre Sünden werden Sie aber trotzdem büßen müssen.«

»Ich weiß«, seufzte Vanessa Vintoli ein wenig resigniert. »Aber *das* müssen wir alle irgendwann.«

13

Von dem hellblau gestrichenen Holzschild mit den aufgemalten Südfrüchten und der Aufschrift »Import & Export« blätterte die Farbe ab, auf dem Frachtplatz vor dem unscheinbaren Gebäude im Istanbuler Hafen stapelten sich zahlreiche verdreckte Holzkisten, und auch der altersschwache graue Lieferwagen mit seinen verrosteten Türen fügte sich nahtlos ins Bild.

Hier war augenscheinlich *sehr* viel Wert darauf gelegt worden, unauffällig zu wirken, dachte der Cavaliere, während er sich den Empfänger seiner Freisprecheinrichtung ins Ohr steckte. Man müsste schon äußerst naiv sein, um zu vermuten, dass sich hinter dieser übertrieben harmlosen Fassade *nicht* weit mehr verbarg, als man auf den ersten Blick wahrnehmen konnte.

Er schaute erneut durch die Zieloptik seines Scharfschützengewehres. Noch war alles ruhig.

Wenn ihn seine Informanten nicht hatten in die Irre führen wollen, befanden sich in diesem schäbigen Lagerhaus Heroin und

Roh-Opium mit einem Straßenverkaufswert von mehr als fünfzehn Millionen Euro.

Er überprüfte seine Sprechfunkverbindung, erkundigte sich
nach dem Status der anderen. Nacheinander meldeten sich die
beiden Scharfschützen und bestätigten ihm, dass sie einsatzbereit
und in Position seien. Der Cavaliere hoffte, dass Oberst Nokhanovs russische Söldner ihr Geld auch wert waren.

Mit Schaudern dachte er an den feuchtwarmen, modrigen Keller zurück, in dem er eben noch das Ergebnis der »Testreihe« des
Russen begutachten musste. Der Gedanke, dass man diese jungen Frauen wie Laborratten getötet hatte, bereitete ihm nach wie
vor große Schwierigkeiten. Aber es stand ihm nicht an, seine Befehle infrage zu stellen. Er war ein Krieger Gottes und musste auf
seinen Glauben vertrauen. Der Kardinal würde das Richtige tun.
Und das Richtige würde am Ende Gottes Wille sein.

Das Knacken der Sprechfunkverbindung riss ihn aus seinen
dunklen Gedanken.

»Kontakt«, sagte einer der Scharfschützen mit starkem russischem Akzent.

Der Cavaliere blickte durch das Zielfernrohr und schaltete sein
Mobiltelefon auf den Ohrhörer.

Knapp zweihundert Meter entfernt traten soeben drei Männer
aus dem Lagerhaus. Der beinahe einen Meter neunzig große,
muskulöse Mann in der Mitte richtete sich die Ärmel seines an-
thrazitfarbenen Maßanzugs, strich das Revers glatt und setzte
eine Ray-Ban-Sonnenbrille mit Goldrahmen auf die Nase. Er
blickte sich um, dann gab er seinen beiden Leibwächtern kurze
Anweisungen.

Ohne aufzusehen, aktivierte der Cavaliere das Mobiltelefon.
Er beobachtete, wie der Türke nach dreimaligem Freizeichen in
die Innentasche seines Jacketts griff. Irritiert sah der Mann auf das

Display, zögerte jedoch einige Sekunden, bevor er sich das Telefon ans Ohr hielt. »Was wollen Sie, *Varese?*«, sagte er mit schneidender Stimme. »Was fällt Ihnen ein, mich auf dieser Nummer zu kontaktieren?«

»Halten Sie den Mund, Akin, und hören Sie mir jetzt gut zu«, sagte der Cavaliere. »Während wir uns unterhalten, sind Scharfschützengewehre auf die Köpfe ihrer beiden Leibwächter gerichtet. Die Schützen werden für einen Augenblick die Lasersysteme ihrer Zieloptik aktivieren, damit Sie sehen, dass ich nicht bluffe. Ich selbst habe neben mir ein hochsensibles Richtmikrofon und ziele mit einem Steyr SSG o8 auf ihre linke Kniescheibe. Das Unterschallgeschoss wird Sie zwar nicht töten, aber ihre Patella und sämtliche Bänder und Sehnen des Gelenks unwiederbringlich zerfetzen.« Der Cavaliere machte eine kurze Pause und beobachtete Akin Caners Reaktion.

Der Türke stand nach wie vor erhobenen Hauptes und vollkommen emotionslos zwischen seinen Leibwächtern. Sein Gesicht zeigte keinerlei Regung.

»*Was* wollen Sie?«, wiederholte er.

»Ich hoffe«, sagte der Cavaliere, »wir können diese Angelegenheit wie zivilisierte Menschen regeln, ohne dass es zu unnötigem Blutvergießen kommt. Sie werden jetzt Ihren Wachhunden für den Rest des Tages freigeben. Und denken Sie daran, dass ich über das Richtmikrofon *jedes* Ihrer Worte hören kann. Anschließend legen Sie die 45er aus dem Schulterholster zusammen mit dem Messer aus ihrem rechten Stiefel auf den Boden, treten bis zur Lagerhalle zurück und setzen sich auf die Kiste neben dem Eingang. Eine Limousine wird sie in Kürze abholen. Haben Sie mich verstanden, *Akin?*«

Der Cavaliere konnte sehen, wie sich die Gesichtsmuskeln des

Türken anspannten und seine Kiefer unmerklich zu mahlen begannen.

»Gut«, sagte er. »Aber Sie sollten mich besser erschießen. Wenn ich mit Ihnen fertig bin, passen Sie hochkant in einen Opferstock, Varese. Dann kann Ihnen Ihr beschissener Gott auch nicht mehr helfen!«

»Ein interessantes Angebot«, sagte der Cavaliere unbeeindruckt. »Aber vorerst werden *Sie* die Gastfreundschaft des Heiligen Stuhls in Rom genießen. Danach werden wir ja sehen, ob Sie mir immer noch drohen wollen.«

14

Nachdem die Aufzugstüren der Klinik sich hinter ihnen geschlossen hatten, lehnte sich Freudensprung mit dem Rücken gegen die Kabinenwand. Sie funkelte Roth mit fragend zur Seite gestreckten Armen wütend an.

»Wann hattest du eigentlich vor, mich in deine Weisheiten einzuweihen?«, fauchte sie. »Hattest du nicht eben noch behauptet, es wäre besser, Kopetzky vorläufig noch *nicht* zu informieren?«

»Reg dich ab«, sagte Roth. »Ich wollte es dir vorhin schon sagen, aber du warst zu sehr damit beschäftigt, diese jungen Rekruten herunterzumachen. Außerdem habe ich ihn nur darum gebeten, mich mit Hintergrundwissen über die Machenschaften der Klinik zu versorgen. Wir sollten froh sein, dass Doktor Vintoli offenbar nur auf eine Gelegenheit *gewartet* hat, ihr Gewissen zu erleichtern.«

Der Aufzug erreichte das Erdgeschoss.

»Wenn du mich das nächste Mal dermaßen ahnungslos in eine Befragung laufen lässt«, sagte Freudensprung, während sie in die Empfangshalle der Klinik trat, »kannst du in Zukunft sehen, wie du allein zurechtkommst!« Sie blieb stehen, drehte sich zu Roth und stieß ihn bei jedem Wort mit dem gestreckten Zeigefinger vor den Brustkorb: »Keine Alleingänge mehr, verstanden?«

»Jaja, schon gut«, murrte Roth. Er schaute auf seine Armbanduhr. »Wir sollten zum Westhafen und Eymen Sançars Kontaktmann aufsuchen.«

Freudensprung kniff die Augen zusammen. Sie bedachte Roth ein letztes Mal mit einem giftigen Blick, hob den Kopf und sah sich suchend um. »Ja«, sagte sie, »riskieren wir's. Wo sind Hanni und Nanni?«

»Genau hinter Ihnen«, sagte Sonja Becker in diesem Moment. Sie trat hinter einer Topfpflanze hervor. Ihr Kollege näherte sich bereits von der gegenüberliegenden Seite der Halle. »Ich gebe dem Observationsteam Bescheid, dass wir rauskommen. Sollen wir das Hauptportal nehmen oder besser versuchen, über den Personaleingang abzutauchen?«

»Hat man Ihnen auf der Akademie eigentlich *irgendwas* beigebracht?«, sagte Freudensprung genervt. »Wir teilen uns auf. Sie und Herr Roth nehmen die Vorderseite, Kollege Koch und ich versuchen es über den Personaleingang. Die Observation soll wie besprochen an *Ihnen* dranbleiben.«

Sonja Becker schob ihren Unterkiefer nach vorne und ballte ihre Linke zur Faust. Roth konnte beinahe körperlich spüren, wie sehr sie sich in diesem Moment zusammennehmen musste. Er wunderte sich, warum Freudensprung so aggressiv auf die junge Frau reagierte.

»Gut«, sagte Becker. »Dann sollten wir keine Zeit mehr verlieren.« Sie hakte sich bei Roth unter und wollte sich in Richtung des Haupteingangs drehen.

Roth hielt sie zurück. Er wandte sich an Freudensprung: »Wenn irgendwas schiefgeht, treffen wir uns um 22 Uhr in der Bar.«

Freudensprung nickte. »Dann los«, sagte sie, drehte sich um und stürmte mit ausgreifenden Schritten in Richtung des Personaleingangs.

»Machen Sie sich nichts draus«, sagte Roth versöhnlich zu Sonja Becker. »Ich hatte sie vorhin ziemlich auf die Palme gebracht.« Er machte eine kurze Pause, beugte sich zu der Polizistin und flüsterte ihr ins Ohr: »Ich bin sogar ziemlich sicher, dass die Hauptkommissarin Sie in Wahrheit verdammt gut leiden kann ...«

Becker lachte hell und herzlich auf. »Sie sind ja süß«, sagte sie grinsend. »Aber wenn ich mich von so was aus der Ruhe bringen ließe, hätte ich meinen Beruf verfehlt. Keine Sorge. Es ist eine übliche Taktik, Leute von der Akademie wie Dreck zu behandeln. Soll uns wohl mental abhärten.« Sie griff an ihr linkes Ohr und aktivierte den darin verborgenen Mini-Funksender. »Observation: Wir kommen jetzt raus.«

Sie wartete einige Sekunden auf die Antwort, dann nickte sie bestätigend und trat neben Roth durch die Drehtür auf die Straße.

»Die Observation wird uns in einigem Abstand folgen, ohne dass wir die Jungs zu Gesicht bekommen«, sagte sie. »Wir sollten also ...« Plötzlich stockte sie und griff mit schmerzverzerrtem Gesicht zu dem Mini-Sender. Sogar Roth konnte den durchdringenden Pfeifton der Rückkoppelung hören.

Sonja Becker riss sich den Empfänger aus dem Ohr, nahm eine breitbeinige Haltung ein und riss ihre Dienstwaffe aus dem Holster. »Da stimmt was nicht«, sagte sie. Sie baute sich mit der Waffe im Anschlag schützend vor Roth auf. »Wir müssen von hier verschwinden.«

In diesem Moment hörte Roth das kreischende Geräusch eines hochdrehenden Motorrads, das mit enormer Geschwindigkeit auf sie zugeschossen kam.

»Runter!«, brüllte Sonja Becker. Sie drückte Roth mit erstaunlicher Kraft in die Büsche neben dem Klinikeingang.

Noch ehe Roth die Situation vollständig erfassen konnte, splitterten die von Projektilen getroffenen Granitstufen der Treppe unter Sonja Becker. Unmittelbar darauf gellte ein ohrenbetäubender Schuss, als die Polizistin das Feuer erwiderte.

Roth schlug die Hände über dem Kopf zusammen. Becker ging hinter einem Steinquader des Treppengeländers in Deckung, während von der anderen Seite des Gebäudes Freudensprung und Koch mit gezogenen Dienstwaffen um die Ecke stürmten.

Hektisch schaute Roth zurück zu dem Motorrad. Der komplett in schwarzes Leder gekleidete Fahrer hatte seine Maschine mittlerweile schräg neben einem der Alleebäume zum Stehen gebracht, war jedoch nicht abgestiegen. Mit beinahe gespenstischer Ruhe zog er ein automatisches Sturmgewehr mit Schalldämpfer aus einer am Tank des Motorrads angebrachten Seitentasche und visierte Freudensprung und Koch an.

»Julia!«, schrie Roth aus Leibeskräften.

Seine Instinkte übernahmen die Kontrolle über seinen Körper, während sich die Szenerie rund um ihn mit einem Mal wie eine Zeitlupenaufnahme anfühlte. Er stieß sich ab, sprang auf die Beine und sprintete auf Freudensprung zu. Er musste Sonja Beckers Position erreichen, um hinter dem massiven Steinblock in Deckung gehen zu können. Er hoffte inständig, dass seine Aktion den Schützen von Koch und Freudensprung ablenken würde.

Als Roth etwa die Hälfte der Strecke zurückgelegt hatte, pfiffen drei weitere Projektile durch die Luft. Roth strauchelte. Er fiel der Länge nach hin, hob den Kopf und konnte gerade noch sehen, wie Sebastian Koch mit einem Loch in der Stirn zu Boden sank.

Freudensprung hatte hinter einem Blumentrog aus dickwandigem Beton Deckung gefunden, doch er selbst lag mitten vor dem Eingang der Klinik wie auf einem Präsentierteller.

Scheiße!

Er fühlte, wie Panik in ihm aufstieg, unfähig, sich zu bewegen. Seine Muskeln versagten ihm den Dienst, während sein Gehirn auf Hochtouren arbeitete.

»Bei drei rennen Sie zu mir rüber!«, schrie Sonja Becker. »Ich gebe Ihnen Deckung!«

Roth hob den Kopf und nickte mehrmals, während Becker zu zählen begann. Als sie bei drei angelangt war, sammelte er sämtliche verbliebenen Kräfte, stemmte sich erneut auf die Beine und wollte loslaufen.

Becker hob den Kopf aus ihrer Deckung, um den Motorradfahrer unter Beschuss zu nehmen. Ein weiteres Geschoss zerschnitt die Luft. Im nächsten Moment kippte Sonja Becker tödlich getroffen vornüber und blieb halb über den Steinquader gestürzt mit weit aufgerissenen Augen reglos liegen.

Roth verschlug es bei diesem Anblick den Atem.

Er stand vollkommen hilflos und ohne jede Deckung mitten vor der Klinik!

Plötzlich hörte er ein weiteres Motorrad, das sich ihnen aus östlicher Richtung näherte. Der Fahrer war ebenso in Schwarz gekleidet, trug jedoch über seiner Montur keine Jacke und hielt freihändig fahrend mit beiden Armen ein Automatikgewehr, ohne das Tempo zu verlangsamen. Von der Platane, die ihrem Angreifer bislang Deckung geboten hatte, stoben unzählige Holzspäne in die Luft, als der Unbekannte das gesamte Magazin seiner Waffe in kontrollierten und kurzen Feuerstößen in Richtung des Angreifers feuerte. Ohne langsamer zu werden, schleuderte er das Sturmgewehr in voller Fahrt zur Seite, riss zwei Pistolen gleichzeitig aus den beiden Schulterholstern und deckte den anderen unbeirrt weiter mit Projektilen ein.

Nur einen Lidschlag später erreichte er den Eingangsbereich, riss das Motorrad mit durchdrehendem Hinterrad herum, klappte das Visier nach oben und brüllte: »Los, rauf!«

Roth stockte der Atem, als er das Gesicht des Fahrers erkannte. Mit einem Mal lief seine Zeitwahrnehmung wieder in normaler Geschwindigkeit ab.

So schnell er konnte, sprang er auf die Sitzbank des Motorrades. Er klammerte sich mit aller Kraft an Ishikli Caner fest.

Als die brachiale Beschleunigung der wieder anfahrenden Ducati SPS ihn beinahe vom Sitz riss, schloss er die Augen. Er glaubte nicht an Gott. Aber er fing an zu beten.

15

Er konnte nichts mehr hören. Blut hämmerte mit jedem Herzschlag in seinen Ohren, es fühlte sich an, als würde sein Schädel jeden Moment zerspringen. Alle Geräusche, alle Empfindungen, die ganze Welt um ihn herum war von einem feinen, aber durchdringenden Pfeifton überdeckt. Wie schwerer Schnee, der sich über seine Wahrnehmung gelegt hatte. Seine Lider waren aufeinandergepresst, er wollte die Augen öffnen, wollte es mit aller Macht, doch er konnte es nicht.

Roth wusste, dass er unter Schock stand, sein Gehirn funktionierte mit einer erstaunlichen Klarheit, aber der Rest seines Körpers wollte einfach nicht mitspielen. Er drückte seinen Oberkörper, so fest er konnte, gegen den Rücken der jungen Türkin, die ihr Motorrad gerade hochdrehte, als gäbe es kein Morgen, versuchte, sich dem Rhythmus ihrer Atmung anzupassen, ihre Bewegungen rechtzeitig zu erspüren, sich mit ihr und dem Motorrad als eine Einheit zu fühlen. Es half alles nichts.

Plötzlich wurde er mit voller Wucht nach vorne gedrückt, hörte das Quietschen von Motorradreifen und spürte, wie das Heck des Fahrzeugs gefährlich schlingerte, ehe es Ishikli gelang, die Maschine wieder in die Spur zu bringen. Und dann war es, als hätte ihn jemand in Eiswasser gestoßen.

Roth öffnete die Augen.

Sie befanden sich auf dem Berliner Ring. Keine zehn Meter vor ihnen hatte ein Lieferwagen soeben unvermittelt die Spur gewechselt, was Ishikli jedoch nicht davon abhielt, auf über zweihundert Stundenkilometer zu beschleunigen und sich zwischen dem Lieferwagen und einem LKW auf der rechten Spur durchzupressen. Der Fahrtwind und das Motorengeräusch waren ohrenbetäubend. Sobald Roth versuchte, seinen Kopf über die Schulter der Türkin zu heben, peitschte ihm die Luft hart ins Gesicht.

»Bist du verletzt?«, brüllte Ishikli.

»Keine Ahnung!«, schrie Roth zurück. »Fahr endlich langsamer!«

Er bemerkte, wie Ishikli, ohne das Tempo zu verlangsamen, die Ausfahrt Richtung Avus-Gerade ansteuerte, und versuchte, so gut es ging, sich mit ihr gemeinsam in die Kurve zu legen. Er wollte sich im Moment nicht vorstellen, was ein Unfall bei dieser Geschwindigkeit und ohne Helm oder Montur mit ihm anstellen würde.

»No fucking way!«, rief Ishikli. Kaum dass sie den Scheitelpunkt der Kurve erreicht hatten, richtete sie die Maschine auf und riss den Gasgriff bis zum Anschlag nach hinten.

Plötzlich leuchteten die Bremslichter eines schwarzen Mercedes auf der rechten Spur unmittelbar vor ihnen auf, der Wagen schlingerte und touchierte die Leitplanken, ehe er zu schleudern begann. In diesem Moment sah Roth, dass die Heckscheibe des Fahrzeugs in tausend Scherben zerborsten war. Hektisch drehte er seinen Kopf nach hinten. Knapp hundert Meter hinter ihnen fuhr ein weiteres Motorrad mit hoher Geschwindigkeit. Der in geduckter Haltung über den Lenker gebeugte Fahrer brachte es irgendwie zustande, gleichzeitig ein Sturmgewehr im Anschlag zu halten.

»Festhalten!«, brüllte Ishikli, bremste ihre Ducati in einem waghalsigen Manöver fast bis zum Stillstand herunter und wendete die Maschine in einer 180-Grad-Drehung, ehe sie erneut beschleunigte. Mit mehr als hundert Stundenkilometern rasten sie im Gegenverkehr zurück Richtung Charlottenburg. Doch Ishiklis riskantes Manöver hatte sich zumindest kurzfristig ausgezahlt – ihr Verfolger hatte nicht mit einer derartigen Aktion gerechnet, sodass sie mittlerweile wieder etwas mehr als fünfhundert Meter zwischen sich und ihn bringen konnten.

Aber fünfhundert Meter waren nicht genug, dachte Roth. *Sie mussten diesen Kerl irgendwie loswerden.*

»Erinnerst du dich an Brügge?«, rief er nach vorne.

»Was?!«

»Die Baustelle beim Stadtschloss!«, schrie Roth. Er schaute zurück und entdeckte ihren Verfolger keine fünf Autolängen hinter ihnen. »Halt dich bei der Schuttrampe links. Und vertrau mir!«

16

»Woher wusstest du, dass der Typ einen weiteren Radius als ich fahren und nach rechts abdriften würde?«, fragte Ishikli, während sie ihre Ducati mit einer Plane abdeckte. Sie nahm einen kleinen elektronisch verstärkten Feldstecher aus der Tasche und duckte sich hinter einen Stahlträger an der Ecke der Lagerhalle.

»Ich wusste gar nichts«, sagte Roth. Er lehnte sich gegen die Hallenwand und versuchte zu erspüren, welcher Muskel seines Körpers ihm gerade *nicht* wehtat. »Ich habe einfach blind darauf vertraut, dass du besser fahren kannst als er.«

Auf Ishiklis Lippen legte sich für einen Moment der Anflug eines Lächelns. Sie drehte sich herum und warf Roth den Feldstecher zu.

»Wie auch immer«, sagte sie. »Sein kleiner Ausflug in den Spreekanal sollte den Kerl jedenfalls lange genug aufhalten, damit wir bekommen, weshalb wir hergekommen sind.«

»Was soll ich damit?«, sagte Roth irritiert und betrachtete die kleine Zieloptik in seinen Händen.

»Soweit scheint dort drüben beim Containerbüro alles ruhig zu sein«, sagte Ishikli. Sie nickte in Richtung der Wasserfront des Westhafens und machte einen Schritt auf Roth zu. »Aber vier Augen sehen bekanntlich mehr als zwei, deshalb ...«

»Mach dich nicht lächerlich!«, unterbrach Roth sie unwirsch und gab ihr den Feldstecher zurück. Er griff in die Innentasche seines Jacketts und holte sein Mobiltelefon heraus. »Als ob *ich* jemals etwas entdeckt hätte, was *dir* entgangen wäre. Außerdem muss ich Julia anrufen.« Er aktivierte die Wahlwiederholung und hielt sich das Gerät ans Ohr.

Ishikli riss die Augen auf. »Bist du wahnsinnig?!« Sie griff sich das Telefon, nahm einige Schritte Anlauf und schleuderte es in hohem Bogen in die Spree.

Roth stieß einen verhaltenen Schrei aus, ehe er sich mit der flachen Hand mehrmals auf die Stirn schlug: »Fuck!« Fahrig tastete er nach seinen Zigaretten, steckte sich mit zittrigen Fingern eine an. »Tut mir leid«, fügte er nach einem tiefen Zug hinzu. »Es fällt mir im Moment ziemlich schwer, geradeaus zu denken.«

Ishikli legte ihm ihre rechte Hand auf die Schulter. »Ich bin sicher, es geht Julia Freudensprung gut«, sagte sie und zog Roth näher zu sich heran. »Sie *war* als Einzige Profi genug, nicht aus ihrer Deckung zu kommen, und sie *ist* Profi genug, auch jetzt zu wissen, was zu tun ist.«

»Du hast ja recht«, sagte Roth. Er löste sich aus Ishiklis Umarmung und schob die Türkin ein wenig von sich weg. »Es war nur …« Mit einem Mal musste er kurz auflachen, als ihm die Absurdität der Situation bewusst wurde.

»Was ist jetzt wieder?«

Ishikli wirkte gereizt.

»Nichts«, sagte Roth und machte eine wegwerfende Handbewegung. »Mir ist nur gerade bewusst geworden, dass ich eben ›ein harter Tag‹ sagen wollte …«

Erneut legte sich ein angedeutetes Lächeln auf das Gesicht der Türkin. »Er ist noch lange nicht vorbei«, sagte sie. Sie holte zwei Wechselmagazine aus der Gürteltasche und lud ihre Pistolen durch.

»Haben wir eine Idee, wer der Typ war, der soeben vier Polizisten ermordet und uns durch halb Berlin gejagt hat?«, fragte Roth, während er eine von Ishiklis Pistolen entgegennahm.

Die Türkin schüttelte den Kopf. »Nein«, sagte sie, »aber ich bin ziemlich sicher, dass ich weiß, wer ihn geschickt hat.«

»Türkischer Geheimdienst?«, mutmaßte Roth.

Diesmal entfuhr Ishikli ein helles Lachen. »Würdest du *eurem* Bundesnachrichtendienst *solche* Agenten zutrauen?«

»Stimmt«, sagte Roth. »Dumme Frage.«

»So dumm war sie gar nicht«, sagte Ishikli. »Wenn dieser unfähige Haufen könnte, würde er den Datenträger lieber gestern als heute aus dem Verkehr ziehen.« Sie steckte ihre Waffe in den Schulterholster. »Aber ich bin ziemlich sicher, dass uns der Vatikan diesen Kerl auf den Hals gehetzt hat.«

»Der Vatikan?«, fragte Roth irritiert, obwohl sein Unterbewusstsein bereits dabei war, die richtigen Rückschlüsse zu ziehen.

»Cavaliere Gianfranco Varese«, sagte Ishikli, wurde jedoch von Roth unterbrochen, als sie weitersprechen wollte.

»Hoher Ritter des Malteser Ritterordens«, vervollständigte er ihren Satz. »Wie es der Zufall so will, habe ich diesen Namen vorhin in der Klinik zum ersten Mal gehört.«

Ishikli zog die linke Augenbraue nach oben. »Die wollten dich nicht umbringen«, sagte sie. »Die wollten, dass du sie zu dem Datenträger führst. Aber das war vorhin nicht Varese selbst – sie müssen jemand anderen geschickt haben.«

Was interessiert die Malteser, wer in der Türkei Präsident ist?, dachte Roth verwundert. Laut sagte er: »Woher willst du das wissen? Und was befindet sich überhaupt auf diesem scheiß Datenträger, dass ihn alle so unbedingt haben wollen?«

Die Türkin zuckte mit den Schultern. »Ganz einfach«, sagte sie lapidar. »Weil wir beide jetzt noch gesund und munter hierstehen.« Sie legte ihre Linke in den Nacken. »Was die zweite Frage anbelangt: Wie du weißt, ist mein Onkel nicht besonders spendabel, wenn es um Informationen für seine Lakaien geht. Ich weiß nur, dass ein ranghoher Beamter in der Nationalbank die Daten irgendwie beiseitegeschafft hat, weil er nach Deutschland überlaufen wollte.«

Roth verschränkte die Arme vor seiner Brust, neigte den Kopf zur Seite und blickte Ishikli tadelnd an.

Die Türkin rollte mit den Augen, schnaubte und fügte hinzu: »Was soll's: Wenn der Inhalt der E-Mails, die ich vom Server meines Onkels geklaut habe, stimmt, dann lässt sich durch die Daten eindeutig nachweisen, dass der Präsident *sowohl* den IS *als auch* das syrische Regime mit hohen zweistelligen Millionenbeträgen finanziert hat.«

Roth pfiff durch die Zähne. *Das dürfte den USA als einem der wichtigsten Verbündeten der Türkei überhaupt nicht gefallen …*

»Starker Tobak«, sagte er. »Aber es erklärt nicht, was die Malteser oder der Vatikan mit der Sache zu tun haben.«

»Wie klug du nicht bist«, ätzte Ishikli. Sie schaute auf ihre Armbanduhr und nickte in Richtung des Containerbüros. »Deshalb schlage ich vor, dass wir es jetzt rausfinden. Eymens Kontaktmann sollte ja mittlerweile endlich hier sein.«

»Du hast recht«, sagte Roth, der beschlossen hatte, gar nicht erst auf Ishiklis Spitze einzugehen. »Aber sobald wir diesen Datenträger haben, wirst du mir eine *ganze Menge* Fragen beantworten müssen, meine Liebe.«

Ishikli grinste breit. Dann machte sie sich mit forschen Schritten auf in Richtung des Containerbüros. Roth steckte die durchgeladene Pistole in seinen Hosenbund und folgte ihr mit wenigen Metern Abstand.

17

Der Cavaliere trat einen Schritt von der hermetisch abgedichteten Glasscheibe zurück. Er blickte zu den beiden bewaffneten Wachen der Schweizergarde rechts und links des Eingangs, dann auf den Mann, der angegurtet auf der anderen Seite in einem elektrohydraulischen Krankenbett lag, umringt von zahlreichen Maschinen; kreidebleich, und doch verrieten die raschen Bewegungen seiner Augäpfel unter den geschlossenen Lidern starke Hirnaktivitäten.

Das kühle, sterile Licht der starken LED-Beleuchtung tauchte die gesamte Szenerie in eine unwirkliche Kälte. Dennoch erschienen dem Cavaliere die vernetzten Maschinen im Inneren des Behandlungsraumes zu pulsieren, zu atmen, beinahe wie ein lebendes Wesen. Eine Schöpfungskomplex, mit dem einzigen Zweck, bedingungslos zu zerstören und neu zu erschaffen.

PROMETHEUS war ihr fortschrittlichstes System, sehr viel effizienter als die Standardapparaturen, die sie in den Behandlungszentren für die Flüchtlinge installiert hatten – dort dauerte eine erfolgreiche Re-Programmierung mehrere Monate, hier konnten sie es in zwei Wochen bewerkstelligen.

Gesteuert von einem der ersten tatsächlich voll funktionsfähigen und mit einem konventionellen Hochleistungsrechenzentrum verbundenen Quantencomputer, verabreichte die Maschine Akin Caner in diesem Moment einen Cocktail aus Sodiumpentathol sowie einem gentechnisch veränderten Extrakt des Schlafmohns und zahlreicher anderer Substanzen.

Der mächtige Prometheus aus der griechischen Mythologie, der jedoch dieses Mal dem Menschen nicht gegen, sondern exakt nach Zeus' Willen das Feuer brachte.

Die Maschine war in der Lage, gezielt einzelne Gen-Sequenzen im lebenden Körper umzuprogrammieren und Zelle für Zelle neu anzuordnen. Im Moment war sie damit beschäftigt, sämtliche Synapsen in Akin Caners Gehirn aufzubrechen und von Grund auf neu zu verknüpfen. All seine Erinnerungen – seine Kindheit, seine Familie, der Geruch vertrauter Orte, die Berührungen eines geliebten Menschen, all das würde nur noch ein von PROMETHEUS kreiertes Trugbild sein.

Der Cavaliere seufzte. War es richtig, was sie hier taten? Nach *Gottes* Willen sollte die Schöpfung gedeihen, nicht nach dem der Menschen. Was für eine unfassbare Blasphemie maßten sie sich an, indem sie sich selbst zum Schöpfer aufschwangen?

»Ich hätte wissen müssen, dass du dich hier unten verkrochen hast!«, schnitt Stefano di Malatestas markante Stimme in die Gedanken des Cavaliere. Der Kardinal wirkte sichtlich aufgebracht und stürmte raschen Schrittes auf ihn zu. Hinter ihm betrat der Forschungsleiter des PROMETHEUS-Programms, Professor Heinrich Kreuzner, den Raum.

»Ich bin seit über einer Stunde auf der Suche nach dir! Wir haben wahrlich Wichtigeres zu tun, als für Akin Caner Krankenschwester zu spielen!«

Der Cavaliere verschränkte die Arme vor seiner Brust und starrte weiter durch die Glasscheibe auf den dahinter liegenden Türken.

»Es war ein Fehler, einen von Nokhanovs Söldnern nach Berlin zu schicken, um Jagd auf diesen Ex-Journalisten zu machen. Warum hast du das getan, Stefano?«, sagte er.

»Wie bitte?«, sagte der Kardinal pikiert. »Ich wüsste nicht, seit wann ich mich dir gegenüber zu erklären hätte, Varese. Außerdem handelt es sich nicht um ›einen seiner Söldner‹, sondern um seine rechte Hand. Nokhanov hat mir persönlich versichert, dass ...«

»Er wird scheitern«, sagte der Cavaliere, nach wie vor, ohne den Kardinal anzublicken.

Di Malatesta sog hörbar die Luft ein. »Nun, wir werden sehen«, sagte er. »Wenn du deine Aufgabe von Anfang an ordentlich erledigt hättest, wäre sein Einsatz gar nicht erst notwendig geworden.«

Die Kiefer des Cavaliere gaben ein knirschendes Geräusch von sich, ehe er sich langsam zum Kardinal umdrehte. »Selbstverständlich, Eure Eminenz«, sagte er gepresst. Er machte eine kurze Pause und trat einen Schritt nach vorne, ehe er hinzufügte: »Und selbst *falls* er scheitern sollte, wird uns Ishikli Caner den Datenträger freiwillig bringen, solange wir ihren Bruder als Geisel halten.«

Di Malatesta wirkte zufrieden. Er ging zur Glasscheibe, adressierte Doktor Kreuzner: »Denken Sie, dass wir seine Behandlung rechtzeitig werden abschließen können?«

Der Mediziner nickte. »Vermutlich«, sagte er.

Der Cavaliere stellte sich neben di Malatesta. Sein Blick fiel erneut auf die wild zuckenden Augäpfel des Türken. »War es wirklich notwendig, ihm das anzutun?«

Mit einer ansatzlosen Bewegung fuhr der Kardinal herum und versuchte den Cavaliere mit dem Handrücken ins Gesicht zu schlagen, doch dieser fing seinen Arm mit festem Griff ab. »Wage es *nie* wieder, mich infrage zu stellen, Gianfranco!«, spie di Malatesta aus. »Das Schicksal der römisch-katholischen Kirche hängt vom Gelingen dieser Mission ab, und ich bin nicht gewillt, es in die Hände irgendeines Malteserritters zu legen, der, wie es scheint, immer mehr vom wahren Glauben abzufallen droht.«

Professor Kreuzner räusperte sich. Seine Verunsicherung ob

der Situation stand ihm deutlich ins Gesicht geschrieben. Er trat an die neben der Glasscheibe eingelassene Stahltür heran.

»Ich denke«, sagte er, »ich sollte jetzt die Parameter der Infusionen überprüfen. Wir sollten den Kreislauf des Patienten nicht über Gebühr beanspruchen, solange er sich noch in der Anfangsphase der Behandlung befindet. Wenn Sie mich entschuldigen würden, meine Herren?« Er betrat Akins Behandlungszimmer, schloss die hermetisch abgeriegelte und schalldichte Druckschleuse hinter sich und ließ die beiden anderen allein zurück.

Langsam ließ der Cavaliere die Hand des Kardinals frei. Er stellte sich vor ihn, legte ihm beide Arme auf die Schultern und neigte seinen Kopf nach vorne, bis er damit die Stirn seines Gegenübers berührte. Einige Augenblicke lang standen die beiden Männer wortlos vor der großen von innen verspiegelten Glasscheibe.

»Es tut mir leid«, flüsterte di Malatesta.

»Ich weiß«, sagte der Cavaliere. Er strich dem Kardinal sanft über die Wange, trat einen Schritt zurück und straffte seine Haltung. »Und jetzt lass uns gemeinsam Gottes Werk tun.«

18

Als Ishikli etwa auf halbem Weg zwischen der Lagerhalle und dem Containerbüro abrupt stehen blieb, wäre der hinter ihr laufende Roth beinahe in sie hineingerannt.

»Was zum ...?!«, setzte er an, doch die Türkin beschied ihm mit einer harschen Geste, still zu sein.

Sie drehte sich einmal um die eigene Achse, kniff die Augen

zusammen, blickte zu den Verladekränen an beiden Seiten der großen Freifläche, dann zum Containerbüro, dann zurück zu den Kränen.

»Probleme?«, erkundigte Roth sich zaghaft.

»Ich bin nicht sicher«, sagte Ishikli. »Nur so ein Gefühl.« Sie hatte bislang noch absolut keine Ahnung, mit was für einem Gegner sie es zuvor zu tun gehabt hatten, aber der Kerl wusste verdammt gut, was er tat. Es war ein taktischer Nachteil für sie, so wenig Informationen über den anderen zu besitzen.

»Hast du vorhin ein Freizeichen gehört?«, fragte sie ansatzlos.

Roth stockte. »Es ging alles zu schnell«, sagte er unsicher. »Ich glaube nicht.«

Shit!, dachte Ishikli. *Falls sich Roths Mobiltelefon zuvor in einen der benachbarten Sendemasten eingeloggt hatte ...*

Zugegeben, der Typ hätte schon ausgesprochen auf Zack sein müssen, um aus dem groben Radius des Sendemasts ihren Standort herauszufinden, aber es war zumindest nicht unmöglich. *Wenn* Roths Telefon überwacht worden war und *wenn* ihr Verfolger eins und eins richtig zusammengezählt hatte. Die Chance war zwar verschwindend gering, aber für ihren Geschmack waren eindeutig zu viele Variablen in dieser Gleichung.

Immerhin hing sie ziemlich an ihrem Leben.

»Eymens Kontaktmann erwartet nur dich «, sagte sie. »Besser, du gehst allein rein. Und halt dich vom Fenster fern.«

Roth runzelte skeptisch die Stirn.

»Es sind gerade einmal zwanzig Minuten vergangen, seit wir den Kerl mitsamt seinem Motorrad in der Spree versenkt haben«, sagte er. »Selbst wenn sie mein Handy geortet haben, ist es extrem unwahrscheinlich, dass sie so schnell unseren exakten Standort rausfinden konnten.«

Ishikli presste für einen Moment ihre Lippen aufeinander.

»Würdest du für ›extrem unwahrscheinlich‹ dein Leben aufs Spiel setzen?«

»Fair enough«, sagte Roth trocken. »Was soll ich tun?«

»Bleib noch ein paar Minuten hier auf dem Präsentierteller stehen«, sagte Ishikli. »Und dann geh ins Büro und besorg uns diesen Datenträger. Ich kümmere mich um den Rest.«

Roth blies die Backen auf. »Soll ich mir auch noch eine Zielscheibe auf die Stirn malen?«

»Wenn du Lust darauf hast«, sagte Ishikli schulterzuckend. Sie machte auf dem Absatz kehrt und joggte in leichtem Trab in Richtung des Containerkranes auf der rechten Seite des Verladeplatzes. Wenn man *sie* auf Roth angesetzt hätte, wäre die zweite Ebene der Kranplattformen *exakt* der Punkt, an dem sie sich positionieren würde.

Dann wollen wir mal hoffen, dachte sie, während sie begann, die Aufstiegsleiter hochzusteigen, dass du wirklich so schlau bist, wie ich glaube, Junge.

19

Roth blickte seiner Begleiterin einige Sekunden lang nach, wie sie sich behände und mit beeindruckender Geschwindigkeit auf die höher gelegene Plattform des Verladekrans hinaufhangelte.

Aus Nervosität und um sich möglichst normal zu verhalten, zündete er sich eine Zigarette an und inhalierte tief. Er könnte sich in den Hintern beißen, dass er vorhin so unvorsichtig gehandelt und nicht nachgedacht hatte. Hoffentlich täuschten sie sich, und es ging ausnahmsweise einmal alles glatt.

Andererseits würde der Kerl so oder so nicht lockerlassen. Wenn sie eine Chance hatten, ihn ein für alle Mal aus dem Verkehr zu ziehen, sollten sie diese auch ergreifen.

Roth warf die Kippe auf den Boden, blickte noch einmal sorgenvoll zu dem Kran. Er konnte Ishikli nirgends mehr entdecken.

Reiß dich zusammen!, sagte er halblaut zu sich selbst. *Sie weiß verdammt genau, was sie tut.*

Er ging zum Containerbüro, klopfte mit den Handknöcheln fest gegen die Tür und öffnete sie.

Im Inneren erwartete ihn nicht nur das übliche Chaos eines Verladebüros, sondern auch ein beißender Gestank nach kaltem Rauch, Zwiebeln und menschlichem Schweiß.

Hinter dem schäbigen Schreibtisch saß, inmitten unzähliger verschiedenfarbiger Aktenordner, ein glatzköpfiger, untersetzter Türke von etwa vierzig Jahren, mit ausgewaschenem weißem T-Shirt und ausgeprägtem Stiernacken vor einem überquellenden Aschenbecher. Er blickte Roth verdutzt an.

»Bist du Gewerbeaufsicht?«, sagte er, ohne aufzustehen. »War erst Überprüfung letzte Woche.«

»Eymen Sançar schickt mich«, sagte Roth. »Sie haben ein Paket für mich.«

Der Türke runzelte die Stirn, seine Körperhaltung verspannte sich merklich. »Alta, was willst du?«, sagte er, deutlich unfreundlicher als eben zuvor. »Isch kenn nicht Eymen, und isch hab auch kein Paket.«

Roth seufzte. Was soll's, dachte er, es blieb ihm ohnehin keine andere Wahl. Entweder er hatte den richtigen Kontaktmann vor sich sitzen oder eben nicht.

»Ich soll Ihnen sagen«, begann er deshalb, »»Die Blumen des Koran blühen selbst in der dunkelsten Nacht.‹«

Der Mann verzog keine Miene. Langsam richtete er sich in seinem Drehstuhl auf, öffnete die rechte Schublade seines Schreibtisches, griff hinein. Er beförderte eine riesige Desert-Eagle-Pistole hervor und knallte sie mit Schwung vor sich auf die Tischplatte.

»Willst du mich verarschen, du Schwuchtel?«, blaffte er.

Roth schloss für einen Augenblick die Augen und überschlug, so rasch er konnte, seine Optionen. Er hob beschwichtigend die linke Hand nach oben, während er die rechte langsam sinken ließ.

»Ich bin hier wohl falsch«, setzte er an, »ich will keinen Ärger, ich ...«

Mit einer blitzschnellen und sicheren Bewegung riss er Ishiklis Glock hinten aus seinem Hosenbund und legte sie direkt auf die Stirn des Türken an.

»Sie geben mir auf der Stelle, was ich haben will, oder ...«

Weiter kam Roth nicht, denn in diesem Moment brach sein Gegenüber in schallendes Lachen aus. Er stand auf, kam hinter seinem Schreibtisch hervor und machte einen Schritt auf Roth zu.

»Bitte entschuldigen Sie die Scharade, Herr Roth«, sagte der Mann in fehlerfreiem Hochdeutsch, »aber ich musste sichergehen, dass Sie tatsächlich *der* sind, für den ich Sie gehalten habe.«

Roth ließ seine Waffe sinken.

»Sie kennen meinen Namen?«, fragte er verwirrt.

»Ja, Eymen hat mir auch eine, wie ich jetzt bestätigen kann, überaus exakte Beschreibung von Ihnen geliefert. Ich war nur verwundert, weil Sie Ihre Geschäftspartnerin, Frau Freudensprung, nicht dabeihaben. Gab es Probleme?«

»Nichts, was sich nicht lösen ließe«, log Roth, der immer noch zu konsterniert war, um den anderen richtig einschätzen zu können.

Sançars Kontaktmann hatte Roths Gesichtsausdruck offensichtlich richtig interpretiert, denn er legte dem Journalisten seine Hand auf die Schulter und fügte hinzu: »Eymen und ich haben uns beim Studium in Harvard kennengelernt. Vor drei Jahren hat er beschlossen, mir die Leitung seiner Operationen in Europa und dem Mittleren Osten zu übertragen. Ich ziehe es allerdings vor, nach außen nicht entsprechend in Erscheinung zu treten, sondern ein etwas ›anderes‹ Bild abzugeben. Es ist, wie soll ich sagen ...« Er zögerte einen Augenblick.

»Gesünder?«, probierte es Roth vorsichtig.

Der Türke schlug ihm auf die Schulter und lachte erneut laut auf. »Genau«, sagte er. »Es ist tatsächlich gesünder für mich. Sie wissen ja mittlerweile, womit wir es zu tun haben.«

»Haben Sie das Paket jetzt, oder nicht?«, fragte Roth, der allmählich ungeduldig wurde. Er dachte an Ishikli und die Tatsache, dass sie immer noch nicht wussten, wo sich ihr Verfolger aufhielt.

»Ich habe etwas viel Besseres«, sagte der Mann. Er ging zurück zu seinem Schreibtisch, machte sich an der Bodenplatte darunter zu schaffen und öffnete einen im Beton unter dem Container eingelassenen Tresor.

»Der zweite Original-Datensatz«, sagte er, während er sich wieder aufrichtete und eine unscheinbare mobile Festplatte in die Höhe hielt.

»Und hier habe ich die Auswertung der gesamten Daten, die Eymen von dem Beamten erhalten hat. Ich bin ziemlich sicher, dass Sie interessieren wird, was wir gefunden haben ...« Er drückte Roth einen USB-Stick in die Hand.

Roth drehte das kleine schwarze Stück Plastik unschlüssig zwischen seinen Fingern.

»Verstehe ich Sie richtig«, sagte er, »dass Sie zwar den vollständigen Inhalt ausgewertet haben, dieses Ding hier aber vor Gericht vollkommen wertlos wäre, weil es sich bloß um eine zusammengeschusterte Excel-Tabelle und nicht um die originalen Daten handelt?!«

Der Türke nickte.

»Es ist nur eine Analyse der in dem Datensatz enthaltenen *Zahlungsflüsse*«, sagte der Mann. »Hat uns fast drei Monate und eine ganze Stange Geld gekostet, die Offshore-Konten richtig zuzuordnen und alles zusammenzufügen.« Er zögerte einen Moment lang, ehe er hinzufügte: »Im Endeffekt konnten wir den Geldfluss bis zu seinen Quellen nachverfolgen – wir wissen aber noch nicht, *wem* diese Konten *tatsächlich* gehören. Stellen Sie bloß sicher, dass beides nicht in die falschen Hände gerät.«

»Verlassen Sie sich darauf«, sagte Roth. Er konnte es kaum erwarten, die originale Festplatte und Sançars USB-Stick endlich Kopetzky in die Hand zu drücken und aus diesem ganzen Irrsinn wieder rauszukommen.

In diesem Moment hörte man vom Verladeplatz her den lauten Schrei eines Mannes, gefolgt von einem schmerzverzerrten Wimmern.

Roth und der Türke gingen sofort in die Hocke. Sie nahmen ihre Waffen in den Anschlag. Roth robbte zum Fenster und spähte vorsichtig nach draußen.

Er schnaubte kurz, dann stemmte er sich wieder auf die Beine.

Der Türke blickte ihn erschrocken an, doch Roth wiegelte ab: »Kommen Sie mit nach draußen. Wir haben hier nichts mehr zu befürchten.«

»Anfangs war er nicht besonders gesprächig«, sagte Ishikli, während sie den Schalldämpfer von ihrer Pistole abschraubte. »Aber mittlerweile wissen wir immerhin, für wen er arbeitet.«

Roth schaute zu dem Mann, der neben ihnen mit Kabelbindern verschnürt auf dem Boden saß und sich mit zusammengebissenen Zähnen sein verletztes Knie festhielt. Er hatte eine markante Tätowierung auf dem rechten Unterarm, die Roth aus seiner

Zeit in Afghanistan bekannt vorkam. In ihm keimte ein unangenehmer Verdacht.

»Lass mich raten«, sagte er und wandte sich zu Ishikli, »er ist ein russischer Söldner?«

Ishikli zog erstaunt die linke Augenbraue nach oben.

»Arbeitet für einen gewissen Nokhanov«, sagte sie und nickte. »Wer *den* wiederum beauftragt hat, weiß er nicht.« Sie schaute zu Roth und fügte hinzu: »Und glaub mir: Er weiß es *wirklich* nicht.«

Roths Gesichtszüge verdunkelten sich, was Ishikli nicht entging.

»Kennst du diesen Nokhanov?«, fragte sie.

Roth schüttelte den Kopf. »Bin ihm nie persönlich begegnet«, sagte er. »Meine Einheit hatte damals in Afghanistan mit seinen Truppen zu tun, und das war eine ausgesprochen widerliche Erfahrung. Wenn *er* hier seine Finger im Spiel hat, dann ist die Sache sogar noch sehr viel gefährlicher, als wir bislang angenommen haben.«

»Was meinst du damit?«

»Erklär ich dir, falls es unausweichlich notwendig wird – ich möchte offen gestanden die Erinnerungen nicht nach vorne holen, außer es muss *unbedingt* sein«, sagte Roth. »Wir sollten langsam los.« Er blickte auf seine Armbanduhr, wandte sich an Sançars Kontaktmann. »Können Sie sich darum kümmern, dass der Kerl hier in Polizeigewahrsam kommt?«

Der Türke nickte.

»Ich sorge dafür, dass er uns keinen Ärger mehr machen kann«, sagte er.

Roth wechselte einen vielsagenden Blick mit Ishikli.

Sie seufzte, wandte sich an ihren Landsmann: »Er sollte es zumindest überleben.«

Widerwillig gab dieser ein zustimmendes Grunzen von sich.

Dann drehte er sich um und verschwand in seinem Container-büro.

»Danke«, sagte Roth.

»Mach dir keine Sorgen«, sagte Ishikli. »Ich bin mir sicher, Julia wird frisch und munter in der Bar auf uns warten.«

»Hoffentlich«, sagte Roth. Er hatte kein gutes Gefühl bei der Sache. Überhaupt kein gutes Gefühl.

20

Mit hinter seinem Rücken verschränkten Händen ging der Cavaliere langsam durch die weitläufigen, von einer hohen Ziegelmauer umsäumten Gartenanlagen der Klinik Santo Spirito. Die gerade untergehende Sonne tauchte den vom Smog verseuchten Himmel Roms in tiefdunkles Orange. Bei jedem seiner Schritte knirschte der grobe Kies unter seinen Füßen, im Hintergrund lieferten sich die Zikaden einen eifrigen Wettstreit.

Er hatte Mühe, sich auf die Worte des neben ihm gehenden Kardinals zu konzentrieren. Zu sehr nagte der Gedanke an Akin Caner und diesen russischen Söldner in Berlin an ihm. Stefano di Malatesta verheimlichte ihm etwas, dessen war er sich sicher. Es ergab keinen Sinn, Akin einer vollständigen Behandlung durch PROMETHEUS zu unterziehen, wenn der einzige Zweck seiner Anwesenheit es war, als Druckmittel gegenüber seiner Schwester zu dienen. Genauso wenig, wie es Sinn ergab, dass ihn der Kardinal nach Istanbul geschickt hatte, um den Türken sicherzustellen, während er die Beschaffung des zweiten Datenträgers in Berlin in die Hände der Russen gelegt hatte. Irgendetwas war hier faul – er kannte Stefano zu gut, um nicht zu wissen, dass er die Wichtigkeit seiner Agenden auf das Strikteste priorisierte.

Der Cavaliere seufzte. Im Endeffekt ließen seine Überlegungen nur einen einzigen Schluss zu: Entweder di Malatesta traute ihm tatsächlich nicht mehr so viel zu wie früher, oder Handhabe über Ishikli Caner durch die Entführung ihres Bruders zu erlangen, war dem Kardinal bedeutend wichtiger als die Datenträger, von denen angeblich das Schicksal der katholischen Kirche abhing.

Beide Alternativen gefielen ihm nicht besonders.

»Gianfranco?« Der Kardinal war stehen geblieben und hatte seine Hand auf den linken Unterarm des Cavaliere gelegt. »Hörst du mir überhaupt zu?«

»Natürlich!«, sagte der Cavaliere. Er schob di Malatestas Hand beiseite. »Ich halte es ebenfalls für eine gute Idee, den Trust und die Offshore-Gesellschaften vorsorglich an die Chinesen zu verkaufen. Auf diese Weise wird es unmöglich, die Verwicklung des Vatikans in die Zahlungen an den IS und das Regime in Syrien zu beweisen, selbst wenn wir den Datenträger *nicht* in unsere Gewalt bekommen sollten.«

Der Kardinal lächelte. »Du erstaunst mich immer wieder«, sagte er und setzte sich langsam in Bewegung. »Aber du vergisst, dass ich dich seit über zwanzig Jahren kenne, Gianfranco. Was liegt dir auf dem Herzen?«

Einige Minuten lang gingen die beiden Männer schweigend nebeneinanderher, während sich die Sonne endgültig hinter den Horizont senkte und das kühle Kobaltblau der Luft die nahende Nacht ankündigte.

»Was verschweigst du mir?«, sagte der Cavaliere. »Und komm mir nicht mit irgendwelchen Ausflüchten. Du hättest dich niemals auf das Experiment mit diesem russischen Söldner eingelassen, wenn dieser Datenträger tatsächlich *die* Bedeutung hätte, die du mir die ganze Zeit über hattest weismachen wollen.«

»Natürlich nicht«, sagte der Kardinal vollkommen unbeeindruckt. »Ein Publikwerden dieser Informationen und der *vorzeitige* Sturz des türkischen Präsidenten wären zwar äußerst unerfreulich für unser Vorhaben, mehr aber auch nicht. Und wenn du dich noch ein wenig geduldet hättest, hätte ich dich ohnehin in alles eingeweiht. Vorläufig jedoch erschien es mir sicherer, dich im Ungewissen zu lassen.«

Der Cavaliere blieb abrupt stehen. »Sicherer?!«, sagte er fassungslos und machte keinen Hehl aus seinem Zorn. »Für dich oder für mich?«

Auf di Malatestas Lippen legte sich ein schmales Lächeln. Er trat näher an Varese heran, bis ihre Gesichter nur noch wenige Zentimeter voneinander entfernt waren. »Du weißt ganz genau, dass das für mich dasselbe ist, caro mio«, flüsterte er.

Der Cavaliere wich einen Schritt zurück. Ehe er jedoch aussprechen konnte, was ihm auf der Zunge lag, entdeckte er einen menschlichen Schatten, wenige Meter von ihrer Position entfernt, dicht hinter eine der mächtigen Linden geduckt. Er spannte seine Muskeln an, packte den Kardinal fest an der Schulter und schob ihn schützend hinter sich.

Der beinahe zwei Meter hohe Schatten löste sich aus seinem Versteck hinter den Bäumen und trat auf den Kiesweg, machte jedoch keinerlei Anstalten, sich weiter auf sie zuzubewegen.

Bei allen Heiligen ...?!?

»Was wollen *Sie* hier, Nokhanov«, rief der Cavaliere mit fester Stimme. Er lockerte seine zuvor kampfbereite Haltung.

»Er ist auf meine Einladung hin hier in Rom«, sagte der Kardinal. Er schob sich am Cavaliere vorbei und ging mit ausgebreiteten Armen auf den Russen zu. »Sagen Sie mir, dass Sie gute Nachrichten für mich haben, mein Freund!«

Der Russe verschränkte die Arme vor seiner Brust, ehe der Kardinal ihn umarmen konnte, und neigte den Kopf zur Seite. »Ich habe sehr gute und nicht so gute Nachrichten, Eminenz«, sagte er.

Mittlerweile hatte der Cavaliere sich wieder einigermaßen gefangen. Allerdings war er nicht bereit, dem Kardinal diesen neuerlichen Vertrauensverrat so rasch zu verzeihen.

»Wie geht es Ihrem Knie, *Oberst*?«, fragte er, und stellte sich neben die beiden anderen.

Der Russe gab ein verächtliches Schnauben von sich. Kommentarlos wandte er sich wieder dem Kardinal zu: »Achtzig Kilogramm waffenfähiges Sarin werden als Zwei-Komponenten-Aerosol-Lösung Anfang nächster Woche in Rom eintreffen. Außerdem habe ich die von Ihnen zusätzlich gewünschten vierzig Kilogramm C 4-TNT-Äquivalent besorgen können.« Nokhanov gab ein heiseres Lachen von sich, dann fügte er hinzu: »Wenn Sie wollen, können Sie damit die halbe Stadt in Schutt und Asche legen, *Eminenz*.«

Der Cavaliere sog hörbar die Luft ein, schwieg jedoch.

»Ausgezeichnet«, sagte der Kardinal. »Und der Datenträger?«

»Das ist die nicht so gute Nachricht«, sagte Nokhanov.

Diese junge Türkin beeindruckte ihn immer mehr, dachte der Cavaliere und lächelte. Er wollte den Russen im Moment nicht unnötig provozieren, aber sobald sie wieder allein wären, musste er ein *sehr* ernstes Wort mit Stefano di Malatesta reden.

Die Gesichtszüge des Kardinals verfinsterten sich, aber nur für einen Moment. »Das ist äußerst ärgerlich«, sagte er. »Aber wir werden Ihr Scheitern in dieser Angelegenheit ausmerzen können. Sie dürfen jetzt gehen, Nokhanov.«

Der Russe zog erstaunt die Augenbrauen nach oben, zuckte jedoch dann nur mit den Schultern. Er nickte dem Kardinal zu. »Spakunje Nodsch«, sagte er und setzte sich in Bewegung.

Der Cavaliere blickte ihm schweigend nach, bis er außer Hörweite war. Dann fuhr er herum, packte den Kardinal fest am Kragen und zog ihn zu sich. »Hast du völlig den Verstand verloren?!«, presste er zwischen seinen zusammengebissenen Zähnen hervor. »Du lässt dieses Arschloch *achtzig Kilogramm des Nervengifts hierher* in die Heilige Stadt bringen?«

Kraftvoll stieß er den Kardinal zurück, riss seine Arme nach oben und drehte sich einmal um die eigene Achse. Dann atmete er tief durch und fixierte sein Gegenüber. »WAS hast du vor, Stefano?«

Di Malatesta lächelte. »Beruhige dich erst einmal«, sagte er. »Ich werde dir morgen früh alles erzählen. Alles wird gut, Gianfranco.« Er wollte dem Cavaliere seine Hand auf die Schulter legen, doch dieser schlug sie entnervt zurück.

»Du wirst es mir *jetzt* sagen«, sagte der Cavaliere mit fester Stimme. »Keine Spielchen mehr.«

»Wie du willst«, antwortete der Kardinal. Er setzte sich in Richtung seiner Quartiere in Bewegung. »Aber dann wird es eine *sehr* lange Nacht für uns werden.«

»Es wäre nicht meine erste«, knurrte der Cavaliere leise und folgte di Malatesta.

Erneut lächelte der Kardinal, versuchte, dem Cavaliere seinen Arm um die Schulter zu legen. Dieses Mal ließ Varese ihn gewähren. »Ich gehe davon aus, dass du mit dem Buch Joshua, Kapitel 6/20, vertraut bist?«

Joshua 6/20: Die Zerstörung von Jericho.

21

Als Roth und Ishikli gegen halb neun Uhr abends bei der kleinen Bar in der Bergstraße ankamen, stand Thomas Kopetzky gegen die Hausmauer gelehnt neben dem Eingang. Er hielt eine aufgeschlagene Tageszeitung vor sich. In seinem Mundwinkel hing eine Zigarette, die in regelmäßigen Abständen kurz aufglimmte.

Als er ihre Ankunft bemerkte, hob Kopetzky den Kopf. Er faltete die Zeitung zusammen, klemmte sie unter seinen Arm und stieß sich von der Wand ab.

»Ich hatte schon angefangen, mir Sorgen zu machen«, sagte er, warf seine Kippe in den Rinnstein und steckte sich sofort eine neue an. »Was hat euch so lange aufgehalten?«

»Wie hast du uns gefunden?«, sagte Roth. Er war im Moment nicht im Geringsten erfreut, den Agenten hier anzutreffen.

Kopetzky blickte zu Ishikli, die mit extrem verkrampfter Haltung neben Roth stand. Ihre Arme waren eng an den Körper angelegt, die Fäuste geballt. »Entspannen Sie sich, Caner«, sagte er, anstatt Roth zu antworten. »Ich bin heute nicht hier, um Sie hochzunehmen. Im Gegenteil, ich ...«

»WAS machst du hier, Thomas?!«, unterbrach Roth ihn harsch.

Kopetzky tat erstaunt. »Das wollte ich euch doch gerade erklären«, sagte er und versuchte erneut, Roths Frage auszuweichen. Als er dessen Gesichtsausdruck bemerkte, fügte er zögernd hinzu: »Ja, es kann unter Umständen sein, dass wir euch die ganze Zeit über observiert haben ... Ich hatte gehofft, auf die Tour mehr über die Hintergründe der Datenträger herausfinden zu können, falls Verfolger auftauchen würden. Es konnte wirklich niemand damit rechnen, dass die Sache dermaßen eskalieren würde! Mein Team war nicht mehr in der Lage, rechtzeitig einzugreifen.« Er blickte zu Boden, vermied es tunlichst, Roth direkt anzusehen, ehe er ein wenig kleinlaut hinzufügte: »Aber ist ja alles doch noch mal gut gegangen, oder?! Julia ist wohlauf, sie sitzt im Hinterzimmer.«

»Du un-fass-bares Arschloch!«, spie Roth zwischen zusammengepressten Zähnen hervor. »Du hast uns als Lockvögel benutzt, und zwei Menschen sind jetzt tot!« Er schlug Kopetzky seine gerade Rechte gegen den Kiefer und stürmte, ohne sich noch einmal umzudrehen, an ihm vorbei in die Bar.

Wenig später saßen sie alle schweigend an einem kleinen Tisch im Hinterzimmer der Bar, jeder mit einem großen Glas Whisky vor sich.

Kopetzky rieb sich seinen Unterkiefer, während Ishikli ihr Glas anstarrte und es langsam um die eigene Achse drehte.

Roth war immer noch außer sich vor Zorn. Er war mittlerweile einiges von Kopetzky gewohnt, aber das hier schlug dem Fass den Boden aus.

»Warum hast du nicht eingegriffen?«, sagte er leise, ohne seinen Blick von der Tischplatte zu lösen.

»Und wie hätte ich das deiner Meinung nach machen sollen?«, sagte Kopetzky gereizt. Er nippte an seinem Whisky. »Unsere Aufgabe war es, an euch dranzubleiben, nicht, einen wild gewordenen russischen Söldner mit automatischen Waffen auszuschalten.«

Roth schloss die Augen, presste seine Handflächen auf die Tischplatte. Er atmete tief durch. Als er antwortete, bebte seine Stimme dennoch ein wenig. »Zwei junge Polizisten wurden heute praktisch auf offener Straße hingerichtet«, sagte er langsam. »Und du kommst mir hier mit deiner Einsatzbeschreibung?!« Er öffnete die Augen, leerte sein Glas, knallte es mit Schwung wieder auf den Tisch.

Kopetzky seufzte. »Ich gebe zu, die Sache ist nicht optimal gelaufen«, begann er in versöhnlichem Tonfall. »Aber wir hatten keine Ahnung davon, dass dieser Typ auftauchen würde. Wir waren nicht darauf vorbereitet, dass ...«

»Wir könnten jetzt tot sein!«, brüllte Roth mit sich überschlagender Stimme. Er hieb mit seiner Faust so fest auf den Tisch, dass Kopetzky instinktiv zurückwich.

Der Agent holte Luft, um etwas zu sagen, doch Freudensprung kam ihm zuvor. »Thomas hat recht«, flüsterte sie. »Es war nicht seine Schuld.«

»Ich brauche jetzt frische Luft«, schnappte Roth. Er sprang von seinem Stuhl auf und stürmte hinaus auf die Straße. Freudensprung folgte ihm.

»Er hat uns schon wieder die ganze Zeit über nur benutzt«, sagte Roth. Mit zittrigen Fingern steckte er sich eine Zigarette an. »Wir sind schlicht entbehrlicher als seine eigenen Agenten.«

»Komm einfach her«, sagte Freudensprung, schlang ihre Arme um Roth und drückte ihn fest an sich.

Ishikli blickte Roth und Freudensprung einige Sekunden lang nach, dann hob sie ihr Glas in die Höhe und hielt es Kopetzky auffordernd hin. »Wieder einmal eine absolute Glanzleistung von Ihnen«, sagte sie. »Respekt!«

Der Agent schenkte ihr nach, füllte sein eigenes Glas und trank einen großen Schluck. »Nobody's perfect«, sagte er und fuhr sich mit dem Handrücken über die Lippen. Dann trank er erneut. »Aber gute Arbeit von Ihnen dort draußen. Ich weiß nicht, ob meine Leute mit diesem Mistkerl so souverän fertiggeworden wären.«

Ishikli zog ansatzweise den linken Mundwinkel nach oben.

»Träumen Sie weiter«, sagte sie.

Kopetzky versuchte zu lachen, verschluckte sich, hustete. »Haben Sie den Datenträger?«

Ishikli nickte. Sie griff in die Außentasche ihrer Jacke, holte die originale Festplatte und den von Sançars Leuten erstellten USB-Stick mit den Excel-Tabellen zu den Zahlungsflüssen hervor und legte beides vor Kopetzky auf den Tisch.

»Wir haben dabei nur ein Problem«, sagte sie. Sie schaute den Agenten herausfordernd an.

Kopetzky griff nach der mobilen Festplatte, verstaute sie in der Innentasche seines Jacketts. Den USB-Stick stopfte er umständlich in seine Geldbörse. Er blickte zu Ishikli. »Die Interessen Ihres Onkels decken sich ausnahmsweise mit den unseren«, sagte er. »Wir können Ishmail Gübkal deshalb zusichern, dass er eine vollständige Kopie unseres Datensatzes erhält, sobald wir alles ausgewertet haben.« Kopetzky zögerte. Er nahm eine weitere Zigarette heraus, zündete sie an. Nachdenklich strich er über den Dreitagebart an seinem Kinn.

Ishikli beobachtete ihn währenddessen genau. Sie konnte sich denken, worauf der Agent hinauswollte. »... und ich soll im Gegenzug die andere Hälfte der Daten für den MAD aus Rom besorgen«, sagte sie.

»Sie wissen, wie so was läuft«, sagte Kopetzky. »Ich kann offiziell niemand von meinen eigenen Leuten dort runterschicken. Aber meine Vorgesetzten haben nicht das geringste Interesse daran, dass diese Daten den italienischen Behörden oder dem Vatikan in die Hände fallen. Wenn dieses Zeug wirklich so brisant ist, dass es den türkischen Präsidenten zu Fall bringen würde, müssen wir verdammt vorsichtig sein. Ganz besonders seit die Türken angefangen haben, vor der griechischen Küste nach Gasfeldern zu suchen – das Letzte, was wir jetzt gebrauchen könnten, wäre ein eskalierender militärischer Konflikt zwischen zwei NATO-Mitgliedern!« Er hob den Blick. »Wie ich die Sache sehe, können beide Seiten nur gewinnen, wenn Sie dort unten für uns die Kastanien aus dem Feuer holen.«

Ishikli biss einige Sekunden lang nachdenklich auf ihrer Unterlippe herum, ehe sie antwortete.

»Löschen Sie meine Akte«, sagte sie. »Ich will eine neue Identität, je eine halbe Million in Euro und US-Dollar und einen deutschen Diplomatenpass.«

Kopetzky zog erstaunt die Augenbrauen nach oben.

»Sie wollen *aussteigen*?«

»Das geht Sie einen Scheißdreck an, Kopetzky«, antwortete Ishikli kühl. »Aber so, wie *ich* die Sache sehe, haben Sie im Moment gar keine andere Wahl. Also: Haben wir einen Deal?«

Nach kurzem Zögern ergriff Kopetzky ihre ausgestreckte Hand und drückte sie. »*Wenn* Sie mir diesen Datenträger bringen«, sagte er, »bekommen *Sie* einen Neustart für Ihr Leben.«

»Glaub diesem Pharisäer kein Wort!«, sagte Peter Roth in diesem Augenblick. Er und Freudensprung betraten den Raum, bewaffnet mit einer frischen Flasche Whisky und einer Karaffe Wasser.

»Danke«, sagte Kopetzky zu Freudensprung gewandt.

»Du bist noch nicht aus dem Schneider«, sagte die Polizistin zu ihm und setzte sich. »Aber im Moment haben wir leider wichtigere Dinge auf der Agenda, als deinen miserablen Charakter zu diskutieren.«

Kopetzky sog die Luft ein, während Freudensprung ihn aus zusammengekniffenen Augen anfunkelte. »Und wag es ja nicht«, fügte sie in einem Tonfall hinzu, der keinen Widerspruch duldete, »für Sonja Becker und Sebastian Koch etwas anderes als ein Staatsbegräbnis mit allen Ehren zu organisieren!« Sie stellte sich hinter Kopetzky, legte ihm die Hände auf die Schultern, beugte sich nach vorne und flüsterte: »Und ihre Familien erhalten die volle Unterstützungsrente für Ehrenkreuzträger …«

Kopetzky wollte sich zu Freudensprung umdrehen, doch die Polizistin presste ihre Daumen fest gegen seinen Vagusnerv. Der Agent stöhnte auf.

»Schon gut«, schnaufte er. »Abgemacht.«

Freudensprung tätschelte Kopetzkys lädierte Schultern und setzte sich neben ihn.

Ishikli musste schmunzeln. Sie mochte diese hochgewachsene Deutsche mittlerweile ziemlich gern, obwohl sie sie noch kaum kannte.

Roth schnappte sich den Stuhl gegenüber von Kopetzky und berichtete in knappen Worten von den bisherigen Ereignissen.

Nachdenklich rollte Kopetzky eine Zigarette zwischen seinen Fingern. »Ich werde sehen, was ich noch über diesen Cavaliere Gianfranco Varese herausfinden kann«, sagte er, nachdem Roth geendet hatte. »Aber ihr müsst auf jeden Fall mit nach Rom.«

Ishikli holte deutlich hörbar Luft. Ehe sie aufbegehren konnte, fügte Kopetzky hinzu: »Schlucken Sie Ihren Stolz runter, Caner. Sie wissen ganz genau, dass Sie Rückendeckung brauchen werden.«

In diesem Moment meldete sich Ishiklis Mobiltelefon mit einem durchdringenden Piepton. Sie öffnete die SMS: Ein Foto. Ein leichenblasser Mann in einem Krankenbett. Infusionen. Schläuche. Monitore. Und eine Nachricht: *Noch geht es Ihrem Bruder gut. Aber das kann sich SEHR schnell ändern. Wir beobachten Sie. Verlassen Sie* das Lokal, melden Sie sich, sobald Sie im Freien sind. Kein Wort zu den anderen.

Alles in ihr verkrampfte sich, während eine beißende Hitze in ihrem Nacken aufstieg.

»Ich muss hier raus«, sagte sie gepresst, sprang auf und lief Richtung Ausgang.

22

Der Cavaliere schloss die soeben erhaltene Textnachricht und wandte sich zu Stefano di Malatesta: »Sie ist jetzt auf der Straße vor dem Lokal. Allein.«

»Ruf sie an!«, befahl der Kardinal.

Der Cavaliere zögerte.

»Wir könnten den Austausch auch anders organisieren«, begann er. »Ich halte es für unnötig und gefährlich, Ishikli Caner nach Rom zu holen, bevor die Behandlung ihres Bruders vollständig abgeschlossen ist. Wir haben diese Frau in der Vergangenheit bereits viel zu oft unterschätzt.«

Di Malatestas Miene verfinsterte sich, doch der Cavaliere ließ sich diesmal nicht davon einschüchtern und fuhr fort: »Unnötig, weil wir ihn genauso gut an einem neutralen Ort gegen den Datenträger austauschen können, und gefährlich, weil ...«

»Genug!«, brüllte der Kardinal. Er riss dem Cavaliere Akin Caners Telefon aus der Hand. »Deine ewigen Zweifel machen mich wahnsinnig!«

Er aktivierte das Telefon, stellte es auf Lautsprecher. Nach einmaligen Freizeichen meldete sich Ishikli Caner am anderen Ende der Leitung.

»Ja?«

»Das Foto Ihres Bruders, das Sie soeben erhalten haben, ist aktuell«, sagte der Kardinal. »*Noch* geht es ihm den Umständen entsprechend gut.«

»Was wollen Sie, di Malatesta?«, sagte Ishikli.

Mit weit aufgerissenen Augen blickte der Kardinal zum Cavaliere, doch dieser verschränkte bloß demonstrativ die Arme vor seiner Brust.

»Hat es Ihnen die Sprache verschlagen?«, setzte die junge Türkin nach. »Haben Sie ernsthaft gedacht, Sie wären der Einzige, der andere unter Beobachtung stellen kann? Mein Onkel hat mir zwar nicht *alles* über die Hintergründe meines Auftrags offengelegt, aber genug, um eins und eins zusammenzählen zu können – dass *Sie* irgendwie in diese Sache mit dem Datenträger verwickelt sind, dürfte Ishmail Gübkal und den Grauen Wölfen von Anfang an klar gewesen sein!«

Di Malatesta schnappte empört nach Luft, doch seine Gesprächspartnerin sprach unbeirrt weiter. »Oder wissen Sie, was?«, sagte sie. »Am besten wäre es vermutlich, ich fahre einfach jetzt gleich mit ein paar von meinen Jungs nach Kalabrien und unterhalte mich ein wenig mit Ihrer Mutter, sie verficktes Stück Scheiße!«

Der Unterkiefer des Kardinals bebte.

»Wir wollen einen sauberen Austausch«, sagte der Cavaliere in diesem Moment. Er riss dem Kardinal das Telefon aus der Hand und deaktivierte den Lautsprecher. »Kommen Sie nach Rom, Zeit und Ort folgen. Bringen Sie uns den Datenträger, nehmen Sie Ihren Bruder mit nach Hause. Schnell, sicher und sauber. Keine Spielchen.«

»Weshalb sollte ich Ihnen trauen, Varese?«, antwortete sie nach wenigen Sekunden.

»Können Sie nicht«, sagte der Cavaliere trocken. »Genauso wenig, wie ich darauf vertrauen kann, dass die Kontakte Ihres Onkels bei der 'Ndrangheta nicht bereits in diesem Moment auf dem Weg zum Haus der Mutter des Kardinals sind.« Er ließ einige Augenblicke verstreichen, ehe er leise hinzufügte: »Aber Sie haben mein Wort, Caner, dass Ihrem Bruder nichts geschehen wird.«

»Mir bleibt ja nichts anderes übrig!«, sagte Ishikli nach einer Weile. »Aber wenn Sie mich verarschen, Varese, dann Gnade Ihnen Gott!«

Und damit beendete sie die Verbindung.

»Was bildest du dir eigentlich ein?!«, sagte der Kardinal verärgert, der sich mittlerweile wieder einigermaßen beruhigt hatte.

Der Cavaliere gab ihm das Telefon zurück. »Bring deine Mutter in Sicherheit«, sagte er und wandte sich um. »Ich muss mich auf die Ankunft der Türkin vorbereiten.«

Ohne eine Antwort des Kardinals abzuwarten, stürmte er aus dem Labor im vierten Untergeschoss und rannte zum Ausgang. Sein Herzschlag pochte dumpf in seinen Ohren, während er mehrfach ungeduldig auf den Rufknopf des Aufzugs hämmerte. Er brauchte frische Luft, den Wind auf seiner Haut, hoffte, der Beklemmung in seiner Brust dadurch irgendwie entrinnen zu können.

Wenn das hier vorbei ist, dachte er, würde er Stefano zur Rede stellen. Doch diesmal würde er sich nicht so einfach besänftigen lassen, wie all die Jahre zuvor. Alles ist Gottes Wille, flüsterte er kaum hörbar zu sich selbst. Und alles in Gott ist Liebe.

Mit voller Wucht hieb er gegen die noch immer geschlossenen Aufzugstüren. Er spürte, wie die Haut über seinen Knöcheln aufplatzte und das Blut warm über seinen Handrücken rann.

Er hatte noch niemals sein Wort gebrochen.

Doch hier und jetzt *wusste* er, dass er es Ishikli Caner gegenüber diesmal würde brechen *müssen*.

23

Ishikli wurde schwarz vor Augen. Sie hyperventilierte heftig, kalter Schweiß stand auf ihrer Stirn, während sie verzweifelt versuchte, sich auf den Beinen zu halten. Ihr entfuhr ein helles, gepresstes Stöhnen, unmittelbar darauf sackte sie zusammen.

Atme!

Ein. Aus. Ein. Aus.

Allmählich weitete sich das Stahlband um ihre Lungen. Sie holte noch einmal tief Luft. Dann stemmte sie sich auf die Beine. Ihr Mobiltelefon gab einen lauten Signalton von sich – eine Textnachricht:

In der italienischen Botschaft werden Ihnen ein Dekret, das Sie als Botschafterin unter den Schutz des Malteserordens stellt, sowie ein befristeter Diplomatenpass ausgehändigt. Am Flughafen Schönefeld wartet ein Privatjet. Sorgen Sie dafür, dass Sie nicht verfolgt werden, und kein Wort zum MAD. Sie haben zwei Stunden.

Einige Sekunden lang starrte Ishikli mit weit aufgerissenen Augen auf das Display ihres Telefons. Sie steckte es in die Hosentasche, streckte die Arme mit gespreizten Fingern von sich und stieß einen wütenden Schrei aus.

Keine fünf Minuten zuvor noch hatte Kopetzky ihr ein neues Leben angeboten! Aussteigen, verschwinden, diesen ganzen Irrsinn ein für alle Mal hinter sich lassen. Und jetzt?! Das alles sollte sie opfern, um ihren Bruder zu retten?!

Sie beutelte den Kopf wie ein geprügelter Hund.

Akin war ihr Bruder.

Er. War. Ihr. Bruder! Und sie liebte ihn!

Ishiklis Kreislauf drohte erneut zu versagen. Rasch ging sie in die Hocke zurück, setzte sich auf den kühlen Boden, lehnte ihren Rücken gegen die Hausmauer. Aus der Ferne hörte sie das gleichmäßige, monotone Rattern einer Straßenbahn: Klack-klack, klack-klack. Sie legte den Kopf in den Nacken, öffnete den Mund. Aus dem Entlüftungsgitter der U-Bahn neben ihr wurde ein Schwall warmer Luft nach oben gepresst, vertrieb für einen Moment die Kälte der Nacht um sie herum.

Ishikli musste lächeln.

Das Klackern der Ziegen, wie sie mit ihren Hufen über den steinigen Boden trabten, Akin an ihrer Seite und gefühlt die ganze Welt zu ihren Füßen – sie schloss die Augen: Farbenfrohe Bilder spannten sich vor ihr auf, intensive Gerüche, ein tiefes Gefühl von Geborgenheit machte sich in ihrem Brustkorb breit.

Ein paar wenige Jahre lang war ihre Kindheit in den Bergen nördlich von Sanliurfa tatsächlich unbeschwert gewesen, dachte sie. Bis zu diesem verfluchten Tag, an dem sich alles für sie verändern sollte. Dem Tag, an dem Ishmail Gübkal ihren Vater getötet und mit aller Gewalt die Macht über den Familien-Clan an sich gerissen hatte:

Von Südosten her wehte ein starker, aber warmer Wind und blies ihr immer wieder ein paar Strähnen ihrer langen schwarzen Haare ins Gesicht. Ishikli blieb stehen, pustete mehrere Male von unten gegen ihre Nase. Es kitzelte. Die Haarspitzen zeigten sich jedoch völlig unbeeindruckt und baumelten weiter direkt vor ihrem Mund. Sie kicherte, versuchte eine davon mit ihrer Zunge zu fassen zu bekommen, als sie die kräftige Hand ihres Bruders Akin auf der Schulter spürte.

»Lass den Unsinn«, sagte er und schob sie mit sanfter Gewalt in Richtung der Ziegenherde. »Wenn wir heute Abend wieder nicht rechtzeitig zurück sind, bekommen wir Ärger.«

Ishikli riss sich los, lief einige Schritte nach vorne. Unvermittelt blieb sie stehen, streckte die Zunge heraus, kletterte hastig den steilen Hang in Richtung der Olivenbäume hinauf.

»Komm sofort wieder runter!«, rief Akin.

»Fang mich doch, wenn du kannst«, sagte sie, begann, mit Kieselsteinen nach ihm zu werfen.

»Du kleine Kröte«, sagte Akin. Er lachte und rannte seiner Schwester hinterher.

Ishikli fuhr herum. Sie beeilte sich, weiter nach oben zu kommen. Bei jedem Schritt trat sie eine kleine Lawine aus Geröll und Staub los, die nach unten rutschte. Hinter ihr konnte sie ihren Bruder husten hören. Sie schaute über ihre rechte Schulter zur Herde, die immer noch brav und geschlossen den schmalen Pfad entlangtrottete.

Nach wenigen Augenblicken erreichte sie die Anhöhe, auf der kreisförmig fünf alte Olivenbäume angeordnet waren. In der Mitte des Baumkreises hatte man eine schwarze Granitplatte in den Boden eingelassen. Neben der Platte befand sich ein liegender Megalith. Ishikli hörte die zornigen Rufe ihres Bruders mittlerweile schon ganz nah hinter sich. Sie biss die Zähne zusammen, sprintete zu dem Megalith und sprang mit einem kraftvollen Satz auf dessen hintere Seite. Der Regen und der beständige Wind hatten kleine Vertiefungen aus dem massiven Fels herausgeschliffen, die man zum Klettern nutzen konnte. Doch Ishikli unterschätzte ihren eigenen Schwung, rutschte aus und knallte mit dem Kinn hart gegen den groben Stein. In ihrem Übermut ignorierte sie den Schmerz und das Blut, das warm ihren Hals hinunterrann. Sie kletterte weiter nach oben, musste unbedingt vor ihrem Bruder auf dem Felsen sein!

Akin hatte das Plateau mittlerweile ebenfalls erreicht und stand schwer atmend an der Felskante. Er stemmte die Handflächen gegen seine geschundenen Knie, suchte nach seiner Schwester. Er rannte in die Mitte des Baumkreises, stellte sich auf die schwarze Granitplatte und schaute hinauf zu Ishikli. Mit weit ausgebreiteten Armen stand sie knapp eineinhalb Meter über ihm und lachte die ganze Zeit. Ihr weißes Kleid aus grober Baumwolle flatterte mit ihren schwarzen Haaren um die Wette, während sie sich mehrere Male sehr rasch im Kreis drehte und dabei vor Freude kicherte.

»Komm jetzt endlich runter!«, sagte Akin genervt, ehe er nach einer kurzen Pause besorgt hinzufügte: »Hast du dir wehgetan?«

Ishikli blieb unvermittelt stehen, taumelte ein wenig. Sie lachte immer noch, und sie sagte: »Schau, Akin, ich kann auf dem Wind reiten!« Und damit sprang sie vollkommen ansatzlos mit weit ausgebreiteten Armen auf Akin zu und landete unsanft direkt auf ihrem Bruder.

Nachdem er sich wieder aufgerappelt und den roten Sand von seiner Kleidung geklopft hatte, stemmte Akin sich auf die Beine. Seine Schwester lag neben ihm auf dem Rücken und versuchte, mit ihren Armen Engelsbilder in den Sand auf der Granitplatte zu zeichnen.

Akin zog sie an ihrem linken Arm auf die Beine, legte ihr beide Hände auf die Schultern. Plötzlich hörte Ishikli auf zu kichern.

»Hörst du das?«, sagte sie mit vor Schreck weit aufgerissenen Augen.

Akin runzelte die Stirn.

»Hör ich was?«, sagte er.

»Es ist so still!«

Das entfernte, aber beständige Klackern der Ziegenherde, das sie bislang begleitet hatte, war verschwunden.

»Scheiße!«, sagte Akin. Hektisch drehte er sich um, schlitterte mehr, als dass er rannte, den Abhang hinunter, seine Schwester folgte ihm, so schnell sie konnte.

Als sie unten ankamen, sah Ishikli, wie Akin mit gesenktem Kopf die Straße in Richtung Tal entlanglief.

»Irgendetwas muss die Tiere erschreckt haben«, rief er, ohne langsamer zu werden.

Was hätte die Ziegen hier erschrecken sollen?

In diesem Moment hörte Ishikli, wie Akin vor ihr einen triumphierenden Schrei ausstieß, und lief zu ihm. Ihr Bruder hatte die Leitziege, der die meisten anderen Tiere der Herde folgten, entdeckt und näherte sich ihr langsam. Er warf ihr einen Strick um den Hals, band sie an einem der Sträucher fest. Angelockt durch ihre lauten Rufe, bewegte sich ein Großteil der Herde bereits wieder auf das Leittier zu.

»Das sind noch nicht alle«, sagte Akin ernst.

Gemeinsam kletterten sie einen kleinen Hügel hinauf, um einen besseren Überblick zu haben. In diesem Moment hörte man von unten aus dem Tal die Salve einer automatischen Waffe. Instinktiv riss Akin seine Schwester zu Boden und legte sich schützend über sie. Sie lauschten eine Weile, dann robbten sie zum Kamm des Hügels.

Etwas weiter unten auf der Straße erkannte Ishikli die drei Lastwagen ihres Vaters – er war der Einzige im Dorf, der welche besaß. Die Fahrzeuge standen hintereinander mitten auf der geschotterten Straße. Beim letzten befanden sich sechs Männer, zwei davon knieten mit hinter dem Kopf verschränkten Händen auf dem Boden, drei andere standen mit Kalaschnikows im Anschlag neben dem Heck des Lastwagens. Ein weiterer hatte eine silbern glänzende Pistole mit weißem Griffstück auf das Genick eines der am Boden knienden Männer gerichtet. Er trug einen weißen Sommeranzug. Ishikli kannte nur eine einzige Person, die solche Kleidung trug: ihr Onkel, Ishmail Gübkal. Vorsichtig schob sie sich noch weiter nach vorne.

»Spinnst du?«, flüsterte Akin. »Wir sollten von hier verschwinden!«

»Aber ich will wissen, was dort unten passiert!«, begehrte Ishikli auf. Sie versteckte sich hinter einem verdorrten Busch, während sie versuchte, noch näher zu gelangen.

Plötzlich ging alles sehr schnell: Ihr Onkel schoss den zwei am Boden knienden Männern nacheinander ins Genick, ihre Körper kippten zur Seite. Dann wischte er mit einem Tuch über den Griff der Pistole und warf sie neben die Leichen in den roten Sand.

In diesem Moment verlor Ishikli das Gleichgewicht, trat dabei eine Lawine aus rotem Sand und Steinen los. Die drei Männer unten auf der Straße hoben ihre Köpfe. Sie schauten in Richtung der Staubwolken.

Ishikli hielt die Luft an. Verzweifelt blickte sie zu ihrem Bruder.

Akin schüttelte den Kopf, starrte sie zornig an. Dann imitierte er das Gemecker einer Ziege, während er Ishiklis Hand nahm und sie langsam zu sich nach oben zog. Auf dem Bauch liegend und mit angehaltenem Atem spähten sie nach unten.

Die Männer bei den Lastwagen blickten noch einige Augenblicke lang den Abhang hinauf, dann sagte einer von ihnen: »Dämliche Viecher!«

Die anderen lachten.

»Ziegen … ja, natürlich, Ziegen«, sagte Ishmail Gübkal, lachte ebenfalls und blickte noch einmal skeptisch in Richtung des Hügels. Er wandte sich zu den anderen: »Verschwinden wir von hier.« Er riss einen Ärmel aus seinem Sakko, griff nach unten in den Staub und rieb mit den Handflächen über den weißen Stoff seines Anzugs. Anschließend stiegen die Männer in die Führerkabinen der LKW und starteten die Motoren.

Akin verpasste Ishikli eine Kopfnuss, dann presste er sie so fest an sich, dass sie kaum noch Luft bekam.

»Mach so etwas nie wieder!«, flüsterte er.

»Was waren das für Männer?«, fragte Ishikli aufgeregt. »Und warum hat Onkel Ishmail die beiden getötet? Das waren doch Vaters Fahrer!«

»Das geht uns nichts an«, sagte Akin. »Wir sollten nach Hause. Es wird bald dunkel.«

Ishikli wollte protestieren, doch ihr Bruder schleifte sie mit festem Griff hinter sich her. Er löste den Strick der Leitziege vom Strauch, führte sie zusammen mit dem Rest der Herde wieder zurück in Richtung des Dorfes.

Es begann gerade zu dämmern, als sie zu Hause ankamen. Akin und Ishikli beeilten sich, die Herde in das Gatter zu sperren.

Als sie die Tür zum Haus ihrer Familie öffneten und in das kleine Wohnzimmer traten, das gleichzeitig als Küche diente, saßen die Eltern beide bei Tisch. Ihr Vater blickte nicht von seiner Suppe auf.

»Das Essen ist kalt. Ihr kommt spät«, sagte er.

Ishikli wollte gerade mit dem soeben Erlebten herausplatzen, als Akin ihr die Hand auf die Schulter legte.

»Es war meine Schuld«, sagte er. »Eine der Ziegen ist abgestürzt, weil ich nicht aufgepasst habe.«

»Aber das ist …«, wollte Ishikli aufbegehren, doch Akin drückte seine Hand auf ihrer Schulter fester zusammen.

Ishikli schluckte und schwieg.

Sie setzten sich auf die beiden freien Stühle.

In diesem Moment hörten sie vom Dorfplatz her aufgeregtes Hundegebell. Unmittelbar darauf wurde die Tür aufgestoßen, und Ishmail Gübkal stürmte in den Raum.

Sein weißer Anzug war über und über mit rotem Staub und dunklen Ölflecken bedeckt, ein Ärmel herausgerissen, er hatte tiefe Schürfwunden auf den Knien und Ellbogen.

»Es war Özult!«, presste er heraus.

Ihr Vater kniff die Augen zusammen.

»Bülent Özult, dieses Dreckschwein!«, sagte Ishmail, während er zum Küchenschrank ging und die Schnapsflasche hervorholte. Er trank einen großen Schluck, dann stellte er die Flasche mit Schwung neben sich.

Ishiklis Vater rührte sich immer noch nicht von der Stelle. Mit ruhiger Stimme sagte er: »Was ist mit unserer Lieferung?«

Ishmail lachte auf.

»Schau mich doch an!«, brüllte er. Er trank noch einmal aus der Flasche. »Ich bin froh, dass ich dort lebend rausgekommen bin. Alle drei Lastwagen und die gesamte Opium-Ladung sind weg.«

Ihr Vater schlug mit der Faust auf den Tisch. Er stieß einen lauten Fluch aus.

»Wie viele waren es?«

Ishmail zuckte mit den Schultern. »Keine Ahnung. Vielleicht ein Dutzend.«

»Aber das ist doch nicht wahr!«, platzte Ishikli heraus.

Akin trat ihr unter dem Tisch fest gegen das Schienbein. Tränen schossen ihr in die Augen, doch sie holte Luft und wollte erzählen, was sie gesehen hatte.

»Izme«, sagte ihr Vater, »bring die Kinder in den Keller.«

Akin schnappte Ishikli an der Hand, zerrte sie von ihrem Stuhl. »Ich kümmere mich um sie«, sagte er. Dann zog er seine heftig protestierende Schwester hinter sich her zum Kellerabgang.

»Hol unsere Brüder und die anderen Männer«, sagte ihr Vater, während er den Metallschrank aufsperrte und seine Kalaschnikow und drei gefüllte Magazine herausnahm. »Wir werden uns von Özult zurückholen, was uns gehört.«

Ishmail nickte, doch er bewegte sich nicht vom Fleck. Er blickte zu Izme, dann auf die beiden Kinder. Einige Sekunden lang starrte er Ishikli direkt an, ehe er sich wieder zu ihrem Vater wandte und sagte: »Ich bleibe besser hier. Irgendjemand muss auf deine Familie aufpassen, während du weg bist.«

Ihr Vater zögerte einen Moment, dann nickte er, öffnete die Tür zum Dorfplatz und trat mit einer entschiedenen Bewegung hinaus in die Dunkelheit.

Das Letzte, was Ishikli an diesem Abend sah, war Ishmail Gübkal, wie er zärtlich den Arm um die Schultern ihrer Mutter legte und Ishikli mit einem feisten Ausdruck auf seinen Lippen unverblümt angrinste.

Ishikli trat so zornig und fest gegen ein neben ihr angekettetes Fahrrad, dass der Vorderreifen aus der Nabe brach, sprang auf und lief zurück in die Bar. Wenn sie und Akin aus dieser Scheiße lebend herauskommen wollten, würde sie Roths Hilfe brauchen. Kardinal di Malatesta war kein Mann, der Gefangene machte. Ganz egal, wie oft sein Kettenhund Varese ihr auch sein »Wort« geben mochte. Aber di Malatesta würde sie nie wieder auf dem falschen Fuß erwischen! Beim nächsten Mal würde sie auf diesen Dreckskerl vorbereitet sein!

24

»Ihr werdet euren Kontaktmann beim militärischen Nachrichtendienst unmittelbar nach eurer Ankunft morgen früh in Rom treffen«, sagte Kopetzky. »Die Zentrale des CII befindet sich nur knapp fünf Kilometer nördlich des Flughafens Fiumicino. Oberstleutnant Luca Andretti wird euch weitere Anweisungen geben und während der Mission die Kommunikation mit Ishikli Caner koordinieren.«

»Was ist mit Ishmail Gübkal und seinen Grauen Wölfen?«, erkundigte sich Freudensprung. Sie drückte noch einmal Roths Hand, dann stand sie auf und streckte ihren Rücken durch. »Werden die uns nicht in die Quere kommen?«

Kopetzky zog seine Schultern nach oben. »Sie werden vom MAD so weit in die Operation eingebunden, wie ich es verantworten kann«, begann er. »Aber auch wenn unsere Interessen in diesem Fall die gleichen sind, traue ich den Grauen Wölfen nicht weiter, als ich gegen den Wind pinkeln kann.«

»Sie werden uns keine Schwierigkeiten machen«, sagte Ishikli in diesem Moment. Mit einem breiten Lächeln auf dem Gesicht und einer weiteren Flasche Wasser in der Hand betrat sie das Hinterzimmer, kam mit federnden Schritten auf den Tisch zu.

»Ich werde mit meinem Onkel sprechen. Und ich bin überzeugt, ich kann ihm klarmachen, dass ein Erfolg unserer Mission das Beste für ihn wäre.« Schwungvoll setzte sie sich neben Kopetzky. »Maximaler Gewinn bei minimalem Risiko, Win-win – glauben Sie mir, er wird nicht lange zögern.«

Kopetzky wirkte sichtlich erstaunt über den plötzlichen Stimmungswandel der Türkin, schien sich jedoch durchaus mit der geänderten Sachlage abfinden zu können.

»Na dann – Ihr Wort in Gottes Ohr!«, sagte er. Er prostete Ishikli zu. »Trotzdem brauchen wir jetzt erst mal ein wenig Schlaf. Morgen wird ein langer Tag – ich denke, der Einsatzplan ist soweit klar?«

Er blickte reihum in die Runde.

Roth blies genervt die Backen auf, während Freudensprung zustimmend nickte.

Mit knappen Worten verabschiedeten sich Roth und Freudensprung von Ishikli. Beiden standen die Ereignisse des Tages deutlich ins Gesicht geschrieben.

»Lassen Sie mich nicht im Stich, Kopetzky«, sagte Ishikli und ging einen Schritt auf den Agenten zu. »Meine gesamte Zukunft hängt davon ab.«

»Machen Sie sich da mal keine Sorgen, Caner«, sagte Kopetzky. Er blickte zu Roth. »Manchmal erfordern die Umstände, dass ich ...« Er zögerte. »Sagen wir: Wenn es hart auf hart kommt, kann man sich auf mich verlassen.«

Roth schnaubte, erntete dafür einen bohrenden Blick von Kopetzky. Dann jedoch geschah etwas, was Roth an seiner Wahrnehmung zweifeln ließ: Ishikli schlang beide Arme um den Agenten, zog ihn fest an sich und sagte: »Danke!«

Sie löste ihre Umarmung, trabte, ohne sich umzusehen, zu ihrem Motorrad und raste davon in die Berliner Nacht.

Roth schüttelte ungläubig den Kopf.

»Was war *das* jetzt bitte?!«

Kopetzky wandte sich zu ihm. »Was meinst du?«, fragte er, mit ehrlicher Irritation in der Stimme.

Roth neigte den Kopf zur Seite und blickte dem Motorrad nachdenklich hinterher. Plötzlich fiel bei ihm ein *sehr* deutlicher Groschen – ansatzlos drehte er sich zu Kopetzky: »Hast du den Datenträger noch?!«

Der Agent setzte einen Gesichtsausdruck auf, als befände er sich im falschen Film. »Natürlich«, sagte er konsterniert, klopfte sich auf die linke Brust. »Sie hat ihn mir ja ...« Er stockte. Hektisch griff er in die Innentasche seines Jacketts, beförderte jedoch nur ein schlampig zusammengefaltetes Stück Papier hervor.

»Himmel-Arsch!«, brüllte Kopetzky, doch Roth beachtete ihn nicht weiter und riss ihm den Zettel aus der Hand.

N41/53/26.85-O12/28/9.36 – Khalim, reit auf dem Wind!

»Und was genau ...?«, sagte Freudensprung, die hinter Roth stand und auf den Zettel blickte.

Kopetzky ging aufgeregt auf und ab, zog so fest an seiner Zigarette, als wollte er sie als Ganzes inhalieren.

»Koordinaten«, sagte Roth. Er faltete den Zettel wieder zusammen und steckte ihn in die Tasche. Dann zwang er Kopetzky mit sanfter Gewalt, für einen Moment stehen zu bleiben. »Außerdem der Name eines Kontaktmannes und die Bitte, sie zu finden, uns aber nicht einzumischen.«

»Die kommt sowieso nicht weit, ich ...«, blaffte der Agent,

ohne auf Roth einzugehen, doch Roth schnitt ihm harsch das Wort ab.

»Ishikli Caner ist keine Verräterin«, sagte er langsam. »Jemand hat sie dazu gezwungen.«

»Es ist mir scheißegal, *warum* sie das getan hat! Ihren Deal kann sie auf jeden Fall vergessen!«, blaffte Kopetzky.

»Womit könnte man sie dermaßen unter Druck setzen?« Freudensprung ignorierte den Agenten und legte Roth ihre Hand auf die Schulter.

»Ihre Familie«, sagte Roth ohne Zögern. »Ihr Bruder. Er ist ihre Familie. Sie würde alles für ihn tun. Und wenn es sie das Leben kostet.«

Freudensprung entging die Anspannung in Roths Stimme offenbar nicht. Aber sie schien ohnehin bereits einen Entschluss gefasst zu haben.

»Dann wird sie uns brauchen«, sagte sie.

Sie wandte sich an den Agenten: »Wie ich die Sache sehe, bleibt dir gar keine andere Wahl, Thomas. Wenn du an beide Datenträger rankommen willst, müssen wir der Türkin helfen.«

»Fuck!«, fluchte Kopetzky. »Das weiß ich selber!«

»Allerdings«, sagte Roth trocken. Ihm war nicht wohl bei der Sache. Aber er würde Ishikli nicht im Stich lassen. Niemals.

25

Mit einem entnervten Seufzen warf der Cavaliere seine Ausgabe des *Corriere della Sera* auf den reich mit Intarsieren verzierten Schreibtisch. Er ging zum Fenster. Die Blätter der Bäume im prachtvoll angelegten Garten des Palazzo del Governatorato tanzten im Wind. Immer wieder fanden einige Strahlen der Sonne ihren Weg durch das satte Dunkelgrün und wurden vom großen Barockspiegel in seinem Rücken reflektiert. Ein wenig wirkte es dadurch so, als würde ein Heer von winzigen Irrlichtern mit den Blättern um die Wette tanzen wollen.

Er öffnete die Doppelflügel der kunstvoll gefertigten Kastenstockfenster, lehnte sich mit dem Becken gegen das Fensterbrett und griff erneut nach der Zeitung. Der warme Abendwind umspielte sanft seinen Nacken, während er sie aufschlug.

Ein weiteres Mal innerhalb von nur zwei Wochen hatten sich in drei über ganz Europa verteilten Flüchtlingszentren grausame Anschläge mit mehr als vierzehn Toten und zahlreichen Verletzten ereignet. Dennoch war es der Redaktion des Blattes nicht mehr als einen halbseitigen Bericht auf Seite drei wert. Den Cavaliere fröstelte.

Solange sie sich gegenseitig umbrachten, dachte er angewidert, war das Interesse der europäischen Öffentlichkeit begrenzt.

Bislang schien der minutiös vorbereitete Plan des Kardinals ohne nennenswerte Komplikationen aufzugehen. Die Anschläge bewiesen, dass seine Krieger mittlerweile zuverlässig funktionierten. Die Gehirnwäsche durch das PROMETHEUS-Programm in ihren Kliniken war einsatzbereit. Wenn di Malatesta erst seine Armee aus Schläfern auf die Gesellschaft losließe, würde ganz Europa brennen. Genau *so*, wie der Kardinal es geplant hatte. Genau *so*, wie es Gottes Wille war.

Der Cavaliere unterdrückte einen Würgereiz, setzte sich an seinen Schreibtisch und goss sich ein Glas Wasser aus der Karaffe ein. Er trank mit gierigen Schlucken, füllte es erneut.

Die Doppeltür zu seinem Büro wurde aufgestoßen, ein Bote der Garde stürmte herein. Noch im Gehen verneigte er sich kurz und baute sich breitbeinig mit hinter seinem Rücken verschränkten Händen vor Vareses Schreibtisch auf.

»Unsere Programmierer konnten die Verschlüsselung des Einsatzplanes abschließen«, sagte er und legte einen silberfarbenen USB-Stick vor den Cavaliere. »Außerdem soll ich melden, dass die Türkin eingetroffen ist. Ihre persönliche Anwesenheit in der Klinik wird verlangt, Cavaliere Varese.«

»Ist das hier die einzige Kopie?«, erkundigte sich der Cavaliere. Er griff nach dem USB-Stick.

Der Mann nickte. »Ja, Exzellenz«, sagte er. »Wie Sie angeordnet hatten, haben wir sämtliche Spuren zu den darauf enthaltenen Daten dauerhaft beseitigt.« Er zögerte einen Augenblick, ehe er hinzufügte: »*Sämtliche* Spuren.«

»Gut«, sagte der Cavaliere. »Entfernen Sie sich. Und bestellen Sie dem Kardinal, dass ich mich unverzüglich auf den Weg machen werde.«

Der Mann senkte den Kopf, verbeugte sich erneut, machte auf dem Absatz kehrt und verließ den Raum.

Nachdenklich drehte der Cavaliere den unscheinbaren Quader aus gebürstetem Edelstahl zwischen seinen Fingern. Er öffnete die unterste rechte Schublade seines Schreibtisches, griff hinein und betätigte einen darin angebrachten Mechanismus. Das sonore Surren filigraner Zahnräder ertönte, dann sprang eine schmale, in die Tischplatte eingelassene Lade auf. Der Cavaliere nahm ein Foto heraus. Es zeigte den Kardinal und ihn im Alter von knapp fünfundzwanzig Jahren. Braun gebrannt, in Jeans, barfuß und mit nacktem Oberkörper, in einer Strandbar in Südfrankreich. Jeder hatte einen Arm um die Schulter des anderen gelegt, in der freien Hand eine Bierflasche. Beide lachten sie fröhlich in die Kamera.

Es war die einzige Aufnahme ihrer Art, die noch existierte. Er hatte es nicht übers Herz gebracht, sie zusammen mit all den anderen zu vernichten. Er hatte sich so glücklich gefühlt. Damals.

Hastig legte er das Foto wieder zurück. Dann aktivierte er seinen Laptop. Er holte noch einmal tief Luft, steckte den USB-Stick ein, dann einen weiteren in den danebenliegenden Anschluss. Rasch tippte er die entsprechenden Befehle in die Tastatur und erstellte eine 1:1-Klon-Kopie des Inhalts. Zuletzt kopierte er noch den 1024-Bit-Schlüssel zur Dechiffrierung des Einsatzplanes, zog beide USB-Sticks wieder ab. Er verstaute das Original in der Innentasche seiner Robe. Die Kopie legte er neben das Foto in die Geheimlade und verschloss sie.

Er klappte den Laptop zu und erhob sich.

Solange er denken konnte, hatte er sich als Werkzeug Gottes begriffen. Es war seine Bestimmung, den Willen Gottes auf Erden zu exekutieren, welchen Preis auch immer er dafür zu bezahlen hätte.

Und Gott würde ihn auch diesmal leiten, dachte der Cavaliere, während er den Raum mit ausgreifenden Schritten verließ. Er *musste nur fest genug darauf vertrauen.*

26

Nachdem Freudensprung ausgestiegen war, schlug Roth die Tür des Taxis hinter sich zu und schaute sich um. Die Zentrale des italienischen militärischen Geheimdienstes CII war angelegt wie eine Kaserne, mit einem großen Exerzierplatz in der Mitte. Zu seiner Rechten befand sich offenbar das Hauptgebäude, ein schmuckloser zweistöckiger Bau mit roter Klinkerfassade und verwitterten Fenstern.

Freudensprung erledigte gerade den Papierkram mit dem Wachposten am Tor und winkte Roth zu sich.

»Unfassbar hässliches Gebäude«, sagte Roth, während er sich bemühte, mit der Polizistin und dem vor ihr gehenden Soldaten Schritt zu halten.

Freudensprung hob kurz den Kopf und blickte sich um.

»Stimmt«, sagte sie. »Aber wir sind ja auch nicht zum Sightseeing hier.«

Als sie ein eher unscheinbares Nebengebäude passierten, stoppte der Soldat abrupt und beschied ihnen, kurz zu warten. Dann ging er quer über den Hof und verschwand im Hauptgebäude.

Roth kramte seine Zigaretten hervor und steckte sich eine an. Auffordernd hielt er Freudensprung die Packung hin: »Willst du auch eine?«

Freudensprung schüttelte den Kopf. »Danke«, sagte sie. »Aber ich versuch's gerade mal wieder mit Abgewöhnen.«

Roth grinste. Er zog an der Zigarette. Sein Blick streifte über die Fassade des Flachbaus, vor dem sie standen.

»Ich frage mich«, begann er, »ob sich die Architekten damals überhaupt *irgendetwas* dabei gedacht haben ...«

»Klar«, sagte Freudensprung geistesabwesend. »Du hast recht.«

Irritiert drehte Roth sich zu ihr um und bemerkte, dass sie in die entgegengesetzte Richtung zum Hauptgebäude blickte. Von dort aus kam ein knapp vierzigjähriger Mann mit raschen Schritten auf sie zu, mindestens einen Meter neunzig groß, muskulös. Er trug eng anliegende Bluejeans, ein weißes T-Shirt mit V-Ausschnitt, eine braune Motorradjacke aus Leder und ebensolche

Stiefeletten. Auf seiner Nase reflektierte eine Ray-Ban-Brille das Licht der Sonne.

»Tenente Coronello Luca Andretti«, sagte der Mann, als er sie erreichte. Er schlug angedeutet die Hacken zusammen. »Zu Ihrer Verfügung. Ich hoffe, Sie hatten eine angenehme Reise?«

»Sie wird immer besser«, sagte Freudensprung und ergriff lächelnd die ausgestreckte Hand des Oberstleutnants.

Roth stellte sich ebenfalls bei dem Italiener vor. »Ihr Deutsch ist bemerkenswert«, sagte er.

Andretti lächelte freundlich.

»Ich stamme aus Bozen«, antwortete er. »Außerdem habe ich einen Teil meiner taktischen Ausbildung in Saarlouis absolviert.«

Roth zog die Augenbrauen nach oben.

»Fallschirmjäger?«, sagte er mit mühsam unterdrückter Anerkennung in der Stimme.

»Erste Luftlandebrigade«, antwortete Andretti. »Ihre alte Einheit, Hauptmann Roth.«

Freudensprung boxte Roth in die Seite.

»Was verschweigst du mir eigentlich noch alles?«, sagte sie.

»Reg dich ab – ich bin bloß noch Reservist«, sagte er. »Außerdem sollten wir mit dem Thema *Verschweigen* von Dingen vielleicht jetzt besser *nicht* anfangen.«

Andretti räusperte sich merklich, wirkte ein wenig irritiert. Rasch trat er zwischen Roth und Freudensprung hindurch auf das kleine Gebäude neben ihnen zu.

»In diesem Bereich ist unser Rechenzentrum untergebracht«, sagte er und öffnete die Tür. »Wenn ich vorgehen darf?«

Oberstleutnant Andretti berichtete, dass Kopetzky die von Eymen Sançar erstellten Excel-Tabellen bereits vorab an den CII übermittelt habe. Basierend auf der Analyse der Daten sollte es unter Umständen möglich sein, die Zahlungsflüsse auch ohne Zugriff auf die originalen Festplatten *nachweisen* zu können. Allerdings dürfte die Koordination einer solchen länderübergreifenden Cyber-Operation Wochen in Anspruch nehmen, ehe erste belastbare Ergebnisse vorliegen würden.

»Zeit, die wir nicht haben«, sagte Freudensprung nachdenklich. Sie setzte sich halb auf den Schreibtisch neben Andretti. »Aber wir sollten es zumindest versuchen.«

Der Italiener nickte zustimmend. »Major Kopetzky und ich haben uns bereits auf diese Vorgehensweise verständigt«, sagte er. »Allerdings müssen wir im Hinblick auf die Verstrickung des Heiligen Stuhls äußerst diplomatisch vorgehen.«

Roth, der bislang zum Fenster hinausgestarrt hatte, wurde hellhörig.

»Welche Verwicklungen?«, fragte er und wandte sich zu Andretti.

Der Italiener wirkte einen Augenblick lang irritiert, hatte sich jedoch sofort wieder gefasst. »Bitte entschuldigen Sie«, sagte er. »Ich dachte, Sie wären mit dem Inhalt der Auswertung vertraut.« Er stand auf, sodass er sowohl Roth als auch Freudensprung adressieren konnte, ehe er fortfuhr: »Die Zahlungsströme legen nahe, dass der türkische Präsident und seine beiden Söhne lediglich als Mittelsmänner fungiert haben – wenngleich sie hohe Provisionen für ihre Dienste erhielten. Ursprünglich scheinen die Gelder über Zwischenschaltung des Malteser Ritterordens direkt aus der Schatzkammer des Heiligen Stuhls gekommen zu sein.«

Roth riss die Augen auf, während Freudensprung stumm das Wort ›Wow!‹ formte.

Andretti schien über die Reaktionen der beiden anderen wenig verwundert und nickte. »Ja, genau *das*«, sagte er zustimmend. »Und deshalb wäre es desaströs, wenn wir offiziell etwas unternehmen würden, ohne *absolut wasserdichte Beweise* zu haben.« Er setzte sich wieder. »Dann kann nämlich nicht nur ich meine Karriere an den Nagel hängen.«

»Umso wichtiger, dass wir Ishikli Caner finden«, sagte Freudensprung. »Haben Ihre Leute Informationen über Caners Bruder Akin?«

»Ja«, sagte Andretti. »Akin Caner ist vor vier Tagen in Istanbul spurlos von unserem Radar verschwunden und seither nicht wieder aufgetaucht.« Er wandte sich zu Roth. »Insofern würde das Ihre Vermutung stützen.«

Roth runzelte die Stirn. »Ich hätte mich ja lieber getäuscht«, sagte er. »Aber wenn Akin tatsächlich von irgendjemandem bedroht wird und Ishikli dadurch unter Druck gesetzt ist, müssen wir unsere Taktik ändern.«

Der Oberstleutnant blickte ihn fragend an.

»Sie und Ihre Leute müssen sich absolut raushalten, Andretti«, sagte Roth. »Keine Überwachung, keine Einsatz-Teams, nichts. Wenn Ishikli auch nur den Hauch eines Verdachts hegt, dass ich überwacht werde, zieht sie sich zurück – und dann sehen wir weder sie noch die originalen Festplatten jemals wieder.«

Der Italiener schüttelte vehement den Kopf. »Ich fürchte, dem kann ich unmöglich zustimmen«, sagte er. »Diese Operation ist für die nationale Sicherheit Italiens zu wichtig, um …«

»Ach zur Hölle!«, blaffte Roth, fuhr herum und sah zu, dass er aus dem Gebäude kam. Noch im Gehen holte er sein Mobiltelefon aus der Jackentasche und wählte Thomas Kopetzkys Nummer.

Thomas *musste* ihm hier den Rücken freihalten, überlegte er, während er darauf wartete, dass der Agent den Anruf annahm.

Wenn Akin etwas zustoßen würde, weil der MAD oder der CII Mist bauten, würde ihm Ishikli das niemals verzeihen. Roth wusste, wie sehr sie ihren Bruder liebte. Sie würde niemals zulassen, dass ihm jemand Leid zufügte.

Und das würde er auch nicht, dachte Roth.

»Thomas«, begann er, als der Agent sich meldete, »erinnerst du dich an Kandahar?«

Kopetzky schwieg ein paar Sekunden.

»Was willst du?«, sagte er.

»Ich fordere von dir ein, was du mir seit damals schuldest«, sagte Roth mit fester Stimme. »Und ich rate dir *dringend*, dass du mich nicht verarschst. Sonst hole ich eigenhändig nach, was diesem Taliban damals nur *dank mir* nicht gelungen ist!«

27

Der scharfe und beißende Geruch von Formaldehyd und Desinfektionsmitteln lag in der Luft, während Ishikli sich darauf konzentrierte, ihre Schritte zu zählen. Durch das blickdichte schwarze Gewebe vor ihren Augen konnte sie ihr Umfeld nicht einmal schemenhaft wahrnehmen. Sie versuchte, ihre noch verbliebenen Sinne zu nutzen, um sich ein Bild von der Umgebung, in die sie gerade gebracht wurde, zu machen.

Wenn sich der Aufzug mit der durchschnittlichen Standardgeschwindigkeit von etwa 1,4 Metern pro Sekunde bewegt hatte, dann befanden sie sich jetzt etwa sechzehn Meter unterhalb von Rom. Vom Widerhall der Schritte des Soldaten aus zu schließen, führte man sie gerade durch einen von Stahlbeton begrenzten Gang. Das Geräusch veränderte sich, wurde dumpfer – anscheinend war auf der rechten Seite eine große und durchgehende

Glasscheibe eingelassen. Kein Laut von anderen Menschen, zumindest nicht hier auf den Fluren, nur medizinische Maschinen, Beatmungsgeräte und Pumpen.

Der Soldat der Schweizergarde, der ihren linken Oberarm mit hartem Griff umklammert hielt, blieb schließlich nach exakt 432 Schritten, vier Stockwerken und fünf Weggabelungen stehen. Er wechselte die Hand, mit der er Ishikli bislang dirigiert hatte. Sie hörte ein helles Surren, ähnlich dem Geräusch eines Scanners, gefolgt vom Zischen einer schweren, sich hydraulisch öffnenden Panzertür. Ishikli wurde hindurchbugsiert und auf der anderen Seite der Tür unsanft auf einen Stuhl gestoßen. Der Soldat zog ihr die schwarze Maske vom Kopf und ging zurück nach draußen, ehe sich die Panzertür hinter ihm schloss.

Ihre Augen brauchten einige Sekunden, um sich an das taghelle LED-Licht zu gewöhnen. Ihr fiel auf, dass es hier im Inneren erstaunlich kühl war, gute zehn Grad weniger als auf dem Flur. Ishikli blinzelte einige Male und schaute sich um. Der Raum war riesig, glich mehr einer Halle. Zu ihrer Linken stand eine große Batterie aus mindestens einhundert Serverstationen, deren Kühlaggregate offenbar auf Hochtouren liefen, unmittelbar vor ihr befand sich ein kleiner quadratischer Tisch aus Edelstahl, und zur Rechten war eine große, voll verspiegelte Scheibe in die Wand eingelassen. Verwundert stellte Ishikli fest, dass sie allein im Raum war. Sie stand auf, trat näher an eine der Serverstationen heran und musterte sie.

Stickstoffkühlung mit zwei getrennten Kreisläufen, dachte sie erstaunt, gar nicht mal so übel …

Auf einem der Geräte war eine Plakette aus Aluminium angebracht: Pre-Cortex Reprogramming Obstruction Method for Elemental Therapy by High Energy Universal Sequencing

PROMETHEUS, dachte Ishikli. *Definitiv theatralisch genug für die-*

sen Pfaffen-Verein. Sie musste unbedingt mehr über diese Maschine herausfinden.

In diesem Moment öffnete sich die schwere Panzertür. Gianfranco Varese betrat den Raum und kam schnurstracks auf sie zu. Er griff in seine Hosentasche, beförderte einen kleinen Schlüssel hervor.

»Die Garde war wohl etwas übereifrig«, sagte er.

Ishikli hielt ihm ihre Hände hin.

Der Cavaliere nahm die Handschellen ab.

»Ich sollte Ihnen hier und jetzt das Genick brechen, Varese«, sagte Ishikli. Sie rieb sich ihre schmerzenden Handgelenke. »Wo ist mein Bruder?«

Der Cavaliere blieb unbeeindruckt. »Ich bezweifle, dass Sie dazu in der Lage wären«, sagte er, setzte sich an den Tisch und wies mit seiner Linken auffordernd auf den freien Stuhl. Dann zog er eine flache Fernbedienung aus der Tasche, hielt sie in Richtung der verspiegelten Glasscheibe und betätigte eine Taste. Das Glas wurde durchsichtig. Auf der anderen Seite lag Akin in seinem Krankenbett. Ohne Bewusstsein, aber, soweit man den Monitoren daneben vertrauen konnte, am Leben. »Ob Sie es glauben oder nicht, Caner, aber ich bedaure die Umstände unseres Zusammentreffens außerordentlich.«

Schwungvoll ließ Ishikli sich auf den Stuhl fallen. Sie zweifelte keine Sekunde daran, dass es sich bei der Spiegelscheibe um Panzerglas handelte. Außerdem befand sie sich in einem Betonbunker, vier Stockwerke unter der Stadt, und hatte keine Ahnung, wie sie die Sicherheitsschleusen überwinden sollte – selbst wenn die Panzertür gerade offen stand. Sie musste mitspielen. Vorläufig zumindest.

»Ihre Gefühlswelt interessiert mich einen Scheiß, Varese«, sagte sie. »Wie wollen wir das jetzt durchziehen?«

Der Cavaliere setzte einen irritierten Gesichtsausdruck auf, zuckte jedoch nur fast unmerklich mit den Schultern.

»Ich gehe nicht davon aus, dass Sie die Festplatte bei sich haben?«, sagte er.

Ishikli lachte kurz auf und neigte den Kopf zur Seite. Sie blickte den Cavaliere herausfordernd an.

»Wir sollten die Sache möglichst emotionslos betrachten«, fuhr der Cavaliere lapidar fort. »Wie soll der Austausch stattfinden?«

Ishikli schob ihren Unterkiefer nach vorne und ballte die Fäuste. Zu gerne würde sie diesem selbstgefälligen Arschloch zeigen, *wie* emotionslos sie dem Entführer ihres eigenen Bruders gegenüber im Moment war!

»Sie kennen die Code-Schließfächer am Bahnhof Roma Ostiense?«, fragte sie stattdessen.

Der Cavaliere nickte.

»Wir bringen Akin dorthin, Sie nennen uns telefonisch Schließfachnummer und Zugangscode?«, fragte er.

»Kluges Kerlchen«, erwiderte Ishikli. Sie hob die Handflächen in die Höhe. »Schnell, sicher, sauber – Ihre Worte.«

Ein angedeutetes Lächeln legte sich auf die Lippen des Cavaliere.

»Sie wissen, dass ich Scharfschützen werde positionieren müssen, um sicherzustellen, dass uns der CII nicht dazwischenfunkt?«

»Ich halte Sie zwar für einen ausgemachten Dreckskerl, Varese«, sagte Ishikli. »Aber ich halte Sie nicht für einen Amateur.«

Der Cavaliere erhob sich und streckte seine rechte Hand nach vorne. »Dann haben wir einen Deal.«

»Dem kann ich leider nicht zustimmen«, sagte Kardinal di Malatesta in diesem Moment. Mit ausgreifenden Schritten kam er in den Raum gestürmt und stellte sich zwischen Ishikli und den Cavaliere. »Sie werden uns die Zugangsdaten *jetzt* geben, Caner.«

Ishikli riss die Augen auf und sprang von ihrem Stuhl. »Wie bitte?!«, fauchte sie.

Der Cavaliere blickte irritiert zwischen dem Kardinal und der Türkin hin und her.

»Ich halte die vereinbarte Vorgehensweise für durchaus vernünftig, Eminenz, wir ...«, setzte er an, doch der Kardinal fiel ihm ins Wort.

»Wenn mich Ihre Meinung interessiert, Varese«, schnauzte er den Cavaliere an, »dann frage ich Sie danach!«

Ishikli konnte sehen, wie sich die Muskeln in Vareses Nacken anspannten, doch er schwieg und blickte zu Boden. Sie nahm eine breitbeinige Haltung ein, baute sich direkt vor dem Kardinal auf. »Vergessen Sie's, di Malatesta«, sagte sie mit schneidender Stimme. »Ich werde Ihnen den Datenträger niemals aushändigen, ohne sicher sein zu können, dass Akin freikommt.«

Der Kardinal grinste breit. Er lehnte sich mit dem Rücken gegen die Glasscheibe und verschränkte die Arme vor seiner Brust.

»Sehen Sie, Caner«, sagte er süffisant, »und genau *da* liegt Ihr Denkfehler. Sie werden noch viel *mehr* für uns tun, als mir diesen absolut lächerlichen und unwichtigen Datenträger auszuhändigen.«

Ishikli sah zum Cavaliere, doch der hielt seinen Kopf nach wie vor gesenkt und blickte nicht auf. »Ich werde den Teufel tun, di Malatesta! Ich ...«

»Halten Sie den Mund!«, brüllte der Kardinal völlig unvermittelt und trat zwei Schritte auf Ishikli zu. Er deutete auf die Glasscheibe, bevor er in sehr viel ruhigerem Tonfall hinzufügte: »Sehen Sie einfach nur zu.«

Auf der anderen Seite der Scheibe erhellte sich der Raum. Ein

Arzt in weißem Kittel und mit Mundschutz trat ein. Er hielt eine Spritze mit einer rötlichen Flüssigkeit in der Hand, die er an Akins Infusionslösung anschloss, und presste den gesamten Inhalt in den Beutel.

»Das, meine Liebe«, sagte der Kardinal ruhig, während er sich neben Ishikli stellte, »ist eine hochgradig verdünnte Lösung des Gifts Curare.« Er trat einen Schritt zurück. »Unbehandelt führt es früher oder später zu einer Atemlähmung. Wenn ihrem Bruder nicht binnen maximal zwölf Stunden ein Gegengift verabreicht wird ...«

Ishikli stieß einen Schrei aus und wollte sich auf den Kardinal stürzen. Mit einer blitzschnellen Bewegung sprang der Cavaliere auf, stieß Ishikli den Stuhl vor die Beine und arretierte ihr Genick zwischen seinen Ellbogen.

»*Nicht!*«, flüsterte er ihr eindringlich zu.

Ishikli versuchte verzweifelt, Luft in ihre Lungen zu bekommen. Als sie merkte, dass ihr schwarz vor Augen wurde, gab sie endlich nach und nickte. Augenblicklich lockerte der Cavaliere seinen Griff. Sie zog den Stuhl heran und setzte sich.

»*Was* wollen Sie von mir?«, sagte sie nach einigen Sekunden.

Der Kardinal wirkte sichtlich zufrieden. Er stellte sich mit in die Hüfte gestemmten Armen über die Türkin.

»Sie werden Gottes Werkzeug sein, Caner«, sagte er. »Gottes Werkzeug auf dem Weg zur Erlösung dieser gottverlassenen Welt!«

28

Ishikli starrte in die kleine Kamera, die man ihr gegenüber auf einem Stativ aufgebaut hatte. An der Wand hinter ihr hing die alte Flagge des Osmanischen Reichs, vor ihr auf dem Schreibtisch standen die Insignien der Macht, die gekreuzten Krummschwerter unter dem türkischen Halbmond. Ihre Hände zitterten, während sie auf die Papiere blickte. Sie konnte diesen Text unmöglich vorlesen, dachte sie. Sie konnte es einfach nicht!

»Er wird ihn töten, wenn Sie es nicht tun!«, sagte der Cavaliere. Er stand mit verschränkten Armen in der Ecke des Raumes hinter der Kamera. »Er wird Ihren Bruder töten und seinen Plan durchziehen. Sie sind bloß ein weiterer Bauer auf dem Schachbrett, Caner, nichts anderes. Sobald der Kardinal keine Verwendung mehr für Sie hat, besteht kein Grund für ihn, Akin weiter festzuhalten.«

Ishikli lachte auf. »Es besteht dann aber auch kein Grund mehr, uns nicht *beide* umzubringen«, sagte sie.

Der Cavaliere kam auf Ishikli zu, stützte seine Arme gegen den Schreibtisch. Er atmete lang gezogen aus, dann flüsterte er: »Die ganze Welt wird zu diesem Zeitpunkt bereits Jagd auf Sie und Ihren Bruder machen. Auch wenn es zynisch klingt, aber dieser Umstand ist die beste Lebensversicherung, die ich Ihnen bieten kann. Stefano di Malatesta wird es nicht mehr nötig haben, sich persönlich die Hände an Ihnen schmutzig zu machen.«

Ishikli biss nervös auf ihrer Unterlippe herum. Wenn sie diesen Text verlesen würde, könnte es einen Krieg in Europa auslösen. Aber auch wenn es ihr nicht gefiel, der Cavaliere hatte recht.

Und sie war es ihrem Bruder schuldig, ALLES zu riskieren. Er hatte es immerhin mehr als nur einmal auch für sie getan …

»Ich bin kein Kind mehr!«, schrie Ishiklis Halbschwester aufgebracht. »Und ich weiß selbst, was gut für mich ist und was nicht! Ich werde Istanbul jetzt sicher nicht verlassen! Vater hat mir eine ganz spezielle Überraschung zu meinem Geburtstag versprochen! Er meinte, Fünfzehn sei eine besondere Zahl! Und dass ich schon bald ein ›richtiger‹ Wolf sein würde – was auch immer das bedeutet.«

Ishikli schloss für einen Moment die Augen, öffnete sie wieder, packte Semira fest bei den Schultern.

Sie hatte geahnt, dass das Temperament ihrer sieben Jahre jüngeren Halbschwester ein Problem werden könnte. Doch ihr dermaßen vehementer Widerstand brachte sie ziemlich aus dem Konzept.

»Semira!«, versuchte sie es noch einmal, »du musst mir bei dieser Sache einfach vertrauen: Wann habe ich dich JE-MALS angelogen?!«

Semira wand sich aus Ishiklis Griff, ging zum Bett, setzte sich. Einige Sekunden lang beschäftigte sie sich intensiv mit einer Strähne ihrer pechschwarzen Locken.

»Dann sag mir wenigstens, warum!«, lenkte sie zögernd ein. »Du weißt, dass ich dir vertraue, Ishikli – hey, c'mon, du bist meine einzige richtige Sister in diesem Irrenhaus hier! Aber ich freue mich seit Wochen auf morgen! Du musst mir schon ein bisschen mehr geben als ein«, sie senkte übertrieben ihre Stimme, ehe sie fortfuhr: «Ich weiß, was gut für dich ist, kleine Schwester!«

Ishikli neigte den Kopf zur Seite, betrachtete Semira: Sie hatte die aufmerksamen grünen Augen ihrer gemeinsamen Mutter und das gleiche dichte schwarze Haar, sie wirkte in allem, was sie tat, so enorm neugierig, unschuldig, auf der anderen Seite verfügte sie über eine extrem bissige, geschliffene Klappe, die sich gewaschen hatte – einmal mehr fragte Ishikli sich, wie zum Teufel ein Scheusal wie Ishmail Gübkal so ein wundervolles Wesen als Tochter hervorgebracht haben konnte … Semira war in einer völlig anderen Welt aufgewachsen als sie selber oder ihr Bruder Akin – für Semira hatte es niemals Kampf und Entbehrungen gegeben, sondern immer nur ... Ja, einfach alles, was sie sich gewünscht hatte. Würde Ishmail seiner leiblichen Tochter wirklich antun, was er Ishikli damals angetan hatte?

»Hast du gerade einen Schlaganfall?!«, holte Semira sie in diesem Moment mit einem hellen Lachen in die Wirklichkeit zurück. »Du siehst aus, als hättest du einen Geist gesehen ...«

Ishikli ignorierte ihre Schwester. Sie ging zum Fenster, blickte hinaus auf den Bosporus, konnte sich noch so gut an den Tag erinnern, als ihr Onkel diese imposante Villa hier erworben hatte: Zum ersten Mal in ihrem Leben hatte sie Ishmail damals glücklich erlebt – zumindest hatte sie es so empfunden. Sie wusste noch genau, wie er sie an der Hüfte hochhob, sich mehrmals mit ihr um die eigene Achse drehte. »Das alles wird eines Tages euch gehören, Kinder!«, hatte er mit ehrlicher Freude in der Stimme zu ihr und Akin gerufen. Für einen unendlich kurzen Moment wirkte es damals auf sie, als hätte Ishmail Gübkal doch tatsächlich so etwas Ähnliches wie eine Herz ...

Abrupt drehte Ishikli sich wieder zu Semira.

»Er wird dir sehr wehtun«, sagte sie kühl. »Unendlich weh. Bis du zerbrichst. Vorher werden sie dich nie als eine der Ihren akzeptieren.«

Semira riss ungläubig die Augen auf, schnaubte abschätzig.

»Was für Drogen hast du dir bitte heute reingepfiffen, Sis?!«, sagte sie affektiert. »Was soll dieser Unsinn?!«

»Das IST kein Unsinn!«, schrie Ishikli verzweifelt. »Du musst mir einfach ...!

In diesem Moment wurde die Tür zum Kinderzimmer von außen aufgestoßen, Akin stürmte in den Raum. Sein Blick fiel auf Semira.

»Gut, du hast sie noch nicht weggebracht«, sagte er ansatzlos zu Ishikli.

Semira rollte übertrieben mit den Augen, neigte den Kopf zur Seite, blickte Akin vorwurfsvoll an.

»Du steckst da also auch mit drin?!«, sagte sie.

»Du solltest die Sturheit deiner Schwestern mittlerweile kennen«, sagte Ishikli, wandte sich zu Semira. »Sie will mir einfach nicht glauben.«

»Unerheblich«, sagte Akin. »Ishmail wird dich gleich zu sich rufen, um dir einen mehr oder weniger unmöglichen Auftrag zu erteilen.«

Ishikli verzog angewidert die Lippen, streckte ihre Arme mit gespreizten Fingern und den Handflächen nach vorne aus, sah Akin auffordernd an.

Ihr Buder nickte langsam, setzte sich neben Semira. Er legte ihr den linken Arm um die Schultern, schaute zu Ishikli.

»Er will dich offensichtlich bestrafen«, sagte er. »Du sollst binnen vierundzwanzig Stunden eine große Heroinlieferung stehlen, die Bülent Özult erst heute Morgen am Hafen erhalten hat. Schaffst du es, unserem größten Konkurrenten einen solchen Schlag zu versetzen, erspart er Semira das Aufnahmeritual für seine weiblichen Wölfe.«

Ishiklis Kehle schnürte sich zusammen. Für einen Moment wurde ihr schwarz vor Augen. Sie versuchte zu antworten, doch aus ihrem Mund drang nur ein heiseres Krächzen.

»Was für ein Ritual?!«, erkundigte Semira sich verwirrt.

Ein verschmitztes Lächeln legte sich auf Akins Gesicht. Mit sanftem Blick drehte er den Kopf zu seiner Halbschwester, strich ihr vorsichtig über die Haare.

»Ich bin ziemlich sicher«, begann er, »dass du das niemals wirst herausfinden müssen …«

Er stand auf, trat näher an Ishikli heran, flüsterte ihr ins Ohr: »Nimm den Auftrag einfach an und überlass den Rest dann mir. Du musst dir keine Sorgen mehr machen, es ist alles bereits erledigt.«

Ishikli schob ihn von sich weg, schüttelte ungläubig den Kopf.

»NEIN!«, presste sie hervor. »Nicht wahr jetzt, oder?! Das ist Wahnsinn! Du Verrückter kannst doch nicht ganz allein …«

Akin grinste verschmitzt.

»Alles in trockenen Tüchern«, sagte er. »Hundertdreizehn Kilo, fein säuberlich abgepackt, hier im Keller der Villa. War ein Kinderspiel …«

Ishikli stieß einen hellen Freudenschrei aus, boxte ihrem Bruder mehrmals gegen die Schulter, sprang ihn an und presste sich so fest an seine Brust, wie sie nur konnte.

»Du bist doch komplett irre!«, rief sie überschwänglich.

»Gern geschehen!«, lachte ihr Bruder. Er legte seine Arme um sie.

Und sie fühlte sich geborgen.

»Wir haben noch maximal eine Stunde Zeit, bis Akin erneut das Gegengift benötigt«, schnitt die Stimme des Cavaliere scharf in Ishiklis Gedanken. »Sie müssen sich *jetzt* entscheiden, Caner.«

Ishikli beutelte den Kopf wie ein geschlagener Hund. Sie blinzelte einige Male. Dann holte sie tief Luft, hob die Papiere mit dem vom Kardinal vorbereiteten Text hoch und sagte: »Fangen wir an.«

Der Cavaliere nickte. Dann aktivierte er die Kamera.

Ishikli begann zu sprechen.

29

»Versuch gar nicht erst, es mir auszureden«, sagte Thomas Kopetzky gereizt. Er stand mit verschränkten Armen auf dem von Flutlichtscheinwerfern erhellten Hof der Zentrale des CII. Vor zwei Stunden war er mit einer Maschine der Bundeswehr auf dem Flughafen Fiumicino gelandet und anschließend von einem Wagen des CII hierhergebracht worden.

»Mir klingeln immer noch die Ohren von der Standpauke, die ich mir von Oberst Winkler anhören durfte. Wenn ich hier schon meine Karriere aufs Spiel setze, dann gefälligst nach *meinen* Regeln.«

Roth hob beschwichtigend die Hände.

»Deine Vorgesetzte wird sich schon wieder beruhigen«, sagte er. Er holte seine Zigaretten heraus und hielt Kopetzky die Packung hin. »Außerdem war es die einzige Möglichkeit. Tenente Coronello Andretti hätte niemals zugestimmt, die Operation nur aus der Ferne vom Gefechtsstand in der Zentrale aus zu leiten. Und du bist nun mal der Einzige, den Ishikli gut genug kennt. Sie kann dich zwar nicht ausstehen, aber sie vertraut dir.« Roth überlegte eine Sekunde. »Zumindest wenn es hart auf hart kommt.«

Kopetzky schnaubte. Er zog an seiner Zigarette. Nach einigen Augenblicken legte sich ein dezentes Grinsen auf seine Lippen.

»Abgesehen davon hättest du dir ohnehin das Genick gebrochen, wenn ich nicht auf dich aufpasse«, sagte er. Er versuchte zu lachen, doch es endete in einem fürchterlichen Hustenanfall.

»*Das* sagt der Richtige«, konterte Roth unbeeindruckt. Insgeheim war er froh über Kopetzkys Anwesenheit in Rom. Die Angelegenheit drohte ihm allmählich über den Kopf zu wachsen, vor allem, weil auch Freudensprung die Hände gebunden waren. Ishikli Caner würde ihr niemals ausreichend vertrauen, also musste sich die Polizistin vorläufig ebenso aus der Operation heraushalten wie der CII. Roth brauchte jemanden, der ihm dort draußen den Rücken freihalten würde. Und bei all seinen Fehlern: Im Gefecht konnte Roth sich auf den Agenten verlassen. Das hatte er oft genug bewiesen.

Kopetzky warf seine Kippe auf den Boden und trat sie aus. »Wir sollten wieder rein«, sagte er. »Wenn unsere Informanten bezüglich des Aufenthaltsortes von Akin Caner recht haben, bleibt uns nicht mehr viel Zeit, um zu handeln.«

Oberstleutnant Andretti lehnte mit ausgestreckten Armen auf die Glasscheibe des Bildschirmtisches gestützt vor einem knapp zwei mal vier Meter messenden LED-Terminal und erläuterte den Einsatzplan. Das Terminal zeigte die Baupläne der Klinik Santo Spirito, unter deren historischem Hauptgebäude sich ein enormer Beton-Komplex drei Stockwerke tief ins Erdreich erstreckte.

Roth blickte fasziniert auf die 3-D-Darstellung der Pläne. Sämtliche Zugänge waren farbig markiert, neben ihnen befanden sich Zahlen- und Buchstabenkombinationen, die für die jeweiligen Einsatzteams standen, sowie Zeitangaben.

»Wir können dort nicht einfach reinstürmen«, führte Andretti gerade aus, »solange wir nicht Gewissheit darüber haben, dass Akin Caner sich tatsächlich im Komplex aufhält. Unsere Teams werden sich an den markierten Punkten bereithalten, um zuschlagen zu können, sobald sie das Go! erhalten.«

Er schaute auf und blickte auffordernd zu Freudensprung.

»Ich konnte über einen alten Bekannten in Rom in der Zwischenzeit vom zuständigen Oberstaatsanwalt einen Durchsuchungsbefehl erwirken«, führte sie die Einsatzbesprechung fort. »Er war anfangs zwar aufgrund der dünnen Verdachtslage nicht sonderlich begeistert von dem Vorhaben, aber es ist mir letztendlich doch noch gelungen, ihn von der Dringlichkeit der Sache zu überzeugen.«

Roth räusperte sich, doch Freudensprung ließ sich nicht irritieren.

»Tenente Coronello Andretti und ich werden die Durchsuchung der Klinik persönlich leiten. Falls sich Akin Caner tatsächlich im Gebäude befindet, aktivieren wir die Einsatzteams und sorgen dafür, dass er auch wieder heil rauskommt.« Sie machte eine Pause und wandte sich an Roth und Kopetzky: »Ihr beiden kümmert euch in der Zwischenzeit um Ishikli Caner und den Datenträger.«

Skeptisch blickte Kopetzky auf den riesigen Bildschirm. Er kratzte sich am Kinn, dann steckte er sich eine Zigarette an.

»Im Technikraum ist Rauchen leider nicht gestattet«, sagte Andretti.

Kopetzky zog an der Zigarette.

»Schöner Plan«, sagte er, inhalierte erneut und dämpfte die Kippe am Rand der Glasplatte aus. »Er wird bloß nicht funktionieren.«

»Entschuldigung?«, sagte Andretti irritiert.

Kopetzky griff sich einen Stuhl. Er setzte sich und verschränkte die Arme vor seiner Brust.

»Ishikli Caner hat mehr als einen halben Tag Vorsprung«, sagte er. »Der Datenträger befindet sich so sicher wie das Amen im Gebet mittlerweile ohnehin bereits im Besitz des Vatikans.«

Der Oberstleutnant wollte aufbegehren, doch Kopetzky ließ ihn gar nicht erst zu Wort kommen: »Wenn Akin Caner immer noch in der Klinik festgehalten wird, kann das nur bedeuten, dass sie ihn weiterhin als Druckmittel verwenden. Ergo müssen wir erst mal herausfinden, *was* die Türkin *noch* für sie erledigen soll.«

Die anderen schwiegen, doch Roth konnte sehen, wie die Muskeln an Andrettis Hals angespannt zuckten. Er blickte zu Kopetzky. Sein alter Freund erstaunte ihn stets aufs Neue.

»Du verschweigst uns doch schon wieder irgendwas«, sagte er.

Kopetzky hob den Kopf. Anerkennend nickte er Roth zu, ehe er sich wieder an Oberstleutnant Andretti wandte: »Unser Bodenradar zeigt einen weitaus größeren Komplex, als auf diesen Plänen hier zu sehen ist. Es gibt mindestens *noch* ein Stockwerk unter der Erde.«

»Unmöglich!«, platzte es aus Andretti heraus. »Unsere Informationen sind absolut zuverlässig, ich ...«

Kopetzky schnitt ihm das Wort ab. »Wir reden hier vom *Vatikan*, Andretti!«, sagte er scharf.

Der Italiener wirkte überaus gereizt, senkte jedoch schließlich den Kopf.

»Was schlagen Sie vor?«, sagte er.

»Mein Plan wird Ihnen nicht gefallen«, sagte Kopetzky. »Aber ich sehe keine andere Möglichkeit.«

30

In leichtem Trab joggte Ishikli über die Piazza Navona und versuchte, so gut es ging, den Touristenmassen auszuweichen, die sich vorbei an den zahlreichen Souvenirständen über den prächtigen Platz im Herzen der Ewigen Stadt schoben.

Sie setzte sich auf den Rand der Fontana dei Quattro Fiumi, der mittleren der drei kunstvoll gefertigten Brunnenanlagen, die den weitläufigen Platz in gleich große Bereiche aufteilten. Sie blickte zur Kirche Sant'Agnese in Agone gegenüber, dann auf ihre Armbanduhr. Der digitale Zähler zeigte mittlerweile wieder -05:31:25. Er lief weiterhin rückwärts.

Ishikli griff mit ihrer Linken ins Wasser, rieb sich den Nacken ein.

Ich muss dringend Struktur in meine Gedanken bringen, dachte sie und schloss für einen Moment die Augen.

Was di Malatesta von ihr verlangte, war Wahnsinn! Wahnsinn, aber nicht unmöglich zu bewerkstelligen. Der Kardinal hatte ihr bislang lediglich die erste ihrer »Prüfungen«, wie dieses pathetische Arschloch es genannt hatte, offenbart. Weitere sollten folgen, bis Akin und sie endlich wieder frei wären.

Ishikli lachte beinahe hysterisch auf und blickte wieder zur Kirche auf der anderen Seite der Piazza.

So »frei«, wie sie als meistgesuchte Terroristen Europas dann sein würden.

»Okay!«, sagte sie leise zu sich selbst. Sie drückte ihren Rücken durch, streckte die Arme nach vorne und knackte mit ihren Fingerknöcheln.

Als ersten Schritt musste sie diese drei Idioten von der Schweizergarde loswerden, die der Kardinal ihr als Verfolger nachgeschickt hatte. Das sollte noch die leichteste Übung sein. Etwas schwieriger war es da schon, das Tracking-System auf dem Mobiltelefon, mit dem man sie ausgestattet hatte, zu überlisten. Aber auch das ließ sich bewerkstelligen, solange sie das Gerät nicht verwenden musste. Anschließend musste sie Peter Roth nur noch irgendwie alle Informationen, die sie mittlerweile hatte, zukommen lassen und darauf hoffen, dass er ihr und Akin den Arsch retten würde.

Klingt zumindest nach einem Plan …

Sie aktivierte die Anzeige ihrer Datenbrille und verband sie mit dem Telefon. Das Gerät blendete Skelettmuster der Struktur der Kirche Sant'Agnese in leuchtendem Blau über das tatsächliche Gebäude, auf das sie blickte. Ishikli blinzelte dreimal, um im Menü auf die darunterliegenden Ebenen zu kommen. Dann schaute sie rasch nach links, sodass sich die überlagerte Ansicht ausschaltete. Der kleine LCD-Bildschirm vor ihrem rechten Auge zeigte nun den Grundrissplan der Katakomben unter der Kirche.

Der Vatikan verfügte vermutlich über die detaillierteste Karte der Unterwelt Roms. Das verzweigte Netzwerk aus Katakomben,

Verbindungsgängen, Fluchttunneln, Kanälen, antiken Kultstätten und unter der Erde verborgenen ganzen Kathedralen war weitaus größer, als jemals irgendein Forscher angenommen hätte. Niemand außerhalb einer kleinen Gruppe innerhalb des Vatikans wusste davon, *wie* enorm und komplex das dunkle Herz Roms war, das unter der Stadt seit Jahrhunderten beständig schlug.

Und diese einzigartige Karte hatte di Malatesta ihr nun anvertraut.

Ishikli fuhr bei diesem Gedanken ein eiskalter Schauer über den Rücken. Die Machtfülle, die der Kardinal bereits jetzt schon auf sich vereinte, war beängstigend. Was würde erst geschehen, sollte er mit seinem Vorhaben erfolgreich sein?

Konzentrier dich, verdammt!

Wütend hieb sie mit der flachen Hand auf die Wasseroberfläche und widmete sich wieder dem Plan der Katakomben.

Nachdem sie sicher war, sich alles eins zu eins eingeprägt zu haben, deaktivierte sie die Datenbrille und das Mobiltelefon. Man würde es allerdings auch im ausgeschalteten Zustand noch in einem Umkreis von etwa fünfzig Metern orten können. Ishikli zog ihren Rucksack von der Schulter. Sie öffnete ihn und nahm einen äußerlich unscheinbaren, jedoch mit Blei und Kobalt verkleideten Behälter hervor. Sie verstaute das Telefon darin, stemmte sich auf die Beine und hielt noch eine Sekunde lang inne.

Dann klappte sie den Deckel des Behälters zu, schwang den Rucksack wieder auf ihren Rücken und zählte in Gedanken bis zehn. So lange würde es in etwa dauern, bis die Einsatzzentrale der Schweizergarde ihren drei Verfolgern per Funk mitteilen würde, dass sie soeben von deren Bildschirmen verschwunden war.

Bei zehn angekommen, fuhr Ishikli herum und sprintete so schnell sie konnte und ohne Rücksicht auf die ihr im Weg stehenden Touristen quer über den Platz in Richtung der Kirche zum Heiligen Herz.

Jetzt kommt schon, ihr Penner!

31

Der Cavaliere duckte sich tief hinter den aus roten Ziegeln gemauerten Schlot auf dem Dach des Palazzo Pamphilj auf der Nordseite der Piazza Navona. Über seinen elektronisch verstärkten Feldstecher beobachtete er, wie drei Agenten der Schweizergarde durch das Portal der Kirche zum Heiligen Herz stürmten, unmittelbar nachdem die junge Türkin hineingerannt war.

Er nahm den Feldstecher herunter. Es war ihm immer noch ein Rätsel, warum der Kardinal darauf bestanden hatte, Ishikli Caner von der Garde überwachen zu lassen. Dennoch hatte er Stefano vorhin nicht widersprochen, denn dessen zunehmende Hybris kam dem Cavaliere in diesem Punkt nicht ungelegen.

In gebückter Haltung lief er quer über das Dach. Seine Kletterschuhe boten auf den alten Dachziegeln ausreichend Halt, sodass er rasch und von unten unsichtbar vorankam. Mit einem gewagten Satz überbrückte er die gut drei Meter breite Gasse zwischen dem Palazzo und dem nächsten Häuserblock, rollte über seine rechte Schulter ab und lief in gebückter Haltung weiter zur Südseite der Piazza.

Im Laufen blickte er auf seine Armbanduhr.

Er gab diesen Affen noch maximal drei Minuten gegen die Türkin, dachte er. Er musste sich beeilen.

Knapp zwei Minuten später lehnte er auf dem Bauch liegend

über dem First des Palazzo Braschi, der sich schräg gegenüber der Kirche zum Heiligen Herz befand, und nahm erneut den Feldstecher zur Hand.

Unten auf dem Platz konnte er sehen, wie Ishikli Caner in diesem Moment aus dem Hauptportal der Kirche trat. Sie schien sichtlich bemüht, nicht weiter aufzufallen, putzte sich jedoch eine erstaunliche Menge Staub von der Kleidung. Dann schnappte sie sich eine »I Love Rome«-Kappe von einem der Stände und schlenderte hinter einer Touristengruppe her Richtung Süden.

Der Cavaliere runzelte die Stirn. *Sollte sie nicht über Sant'Agnese den Zugang zu den Katakomben suchen, um ihren Auftrag auszuführen?*

Rasch ließ er sich vom First nach unten rutschen und sprintete in Richtung des nächsten Daches.

Er durfte die Türkin jetzt unter keinen Umständen aus den Augen verlieren!

Knapp zwölf Meter unter ihm hatte Ishikli Caner sich soeben von der Touristengruppe gelöst. Sie bog in eine Seitengasse ab, fiel zunächst in leichten Trab. Nach einer weiteren Abzweigung blieb sie stehen. Sie drehte sich einmal mit suchendem Blick um die eigene Achse, dann begann sie aus Leibeskräften in Richtung Südwesten zu rennen.

Scheiße!, dachte der Cavaliere. *In diesem Tempo würde er der Türkin hier oben auf den Dächern niemals folgen können!*

So rasch er konnte, hangelte er sich über die reich verzierte Fassade eines Bürgerhauses nach unten auf die Straße.

Ich gehe ein großes Risiko ein, überlegte er, während er die Beine in die Hand nahm, um der Türkin nachzukommen. Immerhin handelte er gerade entgegen einem ausdrücklichen Befehl des Kardinals. Doch sein Bauchgefühl war stärker als seine Vernunft. Und es hatte ihn selten getrogen – er *musste* herausfinden, was Ishikli Caner vorhatte!

Unmittelbar vor der Ponte Sisto hatte er sie beinahe eingeholt. Schwer atmend duckte er sich in den Schatten eines Baums am Beginn der steinernen Fußgängerbrücke, die auf die andere Seite des Tibers ins traditionell von Einwanderern bewohnte Viertel Trastevere führte.

Die Türkin war mittlerweile wieder in raschen Schritt zurückgefallen und bog in diesem Moment erneut nach Süden in Richtung der Basilica Santa Maria in Trastevere ab.

Auf der Brücke würde er vollkommen ohne Deckung sein!

Er beschloss, alles auf eine Karte zu setzen, und rannte los. So schnell er konnte, überquerte er die Brücke, presste sich, auf der anderen Seite angelangt, sofort dicht an eine Hausmauer in der schmalen Gasse, in die die junge Türkin kaum dreißig Sekunden zuvor abgebogen war.

Sie war nirgends mehr zu sehen.

Unmöglich!

Im Schatten eines weißen Lieferwagens duckte er sich gegen die Wand. Er holte seinen Feldstecher heraus und wartete.

Er sollte recht behalten: Knapp zehn Minuten später trat Ishikli Caner aus einem Hauseingang. Sie hielt eine große schwarze Sporttasche in der Hand, sah sich kurz um und begann, wieder zurück in Richtung der Piazza Navona zu laufen.

In einer fließenden Bewegung ließ sich der Cavaliere rasch unter den Lieferwagen gleiten. Er beobachtete, wie die Füße der Türkin an ihm vorbeihuschten. Dann wartete er einige Minuten, stemmte sich wieder auf die Beine und ging zu dem Haus, das Ishikli Caner soeben verlassen hatte.

Im Erdgeschoss befand sich ein kleiner Laden für Meeresfrüchte und türkische Spezialitäten.

Einen Moment lang überlegte er, ob er hineingehen und den

Inhaber befragen sollte, doch er verwarf den Gedanken sofort wieder.

Er würde vielmehr dafür Sorge tragen, dass nichts und niemand diesen Laden verlassen oder betreten würde, ohne dass er davon Kenntnis erlangte. Er holte sein Mobiltelefon aus der Tasche. Während er darauf wartete, dass der Kommandant der Garde seinen Anruf entgegennahm, blickte er noch einmal in die Richtung, in die die junge Türkin verschwunden war. Sie war *verdammt* gut, das musste er ihr lassen.

Was auch immer du vorhast, dachte er, vielleicht bist du ja wirklich ein Werkzeug Gottes. *Nur vermutlich ziemlich anders, als Stefano es sich vorgestellt hatte.*

32

Der dunkelblaue Alfa Romeo des CII setzte Roth und Kopetzky an der Ponte Sisto ab, etwa fünfhundert Meter von der durch Ishiklis Koordinaten markierten Position entfernt. Roth ließ seinen Blick über die Umgebung schweifen, während der Agent sich, kaum dass er das Fahrzeug verlassen hatte, eine Zigarette ansteckte.

»Irgendwie wie Kreuzberg«, sagte Kopetzky. Er sah sich ebenfalls um. »Migrantenviertel mit extra scharf und alles.«

Roth rollte genervt mit den Augen.

»Es kann sein, dass Ishikli uns beobachtet«, sagte er. »Insofern würde ich es begrüßen, wenn du zumindest den Anschein zu erwecken versuchst, dass *ich* hier das Sagen habe.«

Kopetzky setzte sich in Bewegung. Er warf seine Kippe auf den Boden.

»Soll ich auch noch ›Sitz!‹, Platz!‹ und ›Roll rüber!‹ machen?«

»Halt nachher einfach deine Klappe und lass mich reden«, sagte Roth. »Haben wir mittlerweile irgendwas über den Laden rausfinden können?«

Der Agent nickte. »Geldwäsche für die türkische Mafia«, sagte er. Er steuerte einen Kebab-Stand an. »Stehen in direkter Verbindung mit der Import-Export-Firma von Akin Caner. Ich gehe davon aus, dass hier nicht nur Südfrüchte nach Rom importiert werden.«

»Muss das wirklich sein?«, sagte Roth. Misstrauisch beäugte er das in einen Maisfladen eingewickelte Fleisch in Kopetzkys Hand. »Wir sollten keine Zeit verlieren.«

»Stimmt«, sagte Kopetzky und schob sich genussvoll seinen Döner in den Mund. »Aber wenn ich unterzuckert bin, bin ich keine große Hilfe.«

Roth biss sich auf die Zunge.

Knapp fünf Minuten später standen die beiden vor einem unscheinbaren Geschäftsportal in der Vicolo de' Cinque. Von dem Holzrahmen, der die blind gewordene Glasscheibe hielt, blätterte rostrote Farbe ab, darüber war ein vergilbtes Schild angebracht, das auf Meeresfrüchte und türkische Spezialitäten verwies.

Roth öffnete die Tür und betrat vor Kopetzky den Laden. Eine am Türblatt angebrachte kleine Glocke ertönte, doch sonst geschah zunächst gar nichts. Roth schaute sich um: Der Laden war in seinem Inneren genauso unspektakulär wie von außen: eine hölzerne, weiß gestrichene Theke, zwei Neonröhren, ein runder Tisch, drei Klappstühle. An den Wänden links und rechts vom Eingang befanden sich große Regale mit Konservendosen, die allesamt bereits eine dicke Staubschicht aufwiesen.

Recht viel Mühe schienen die Türken sich mit ihrer Tarnung hier nicht zu geben, dachte Roth.

»Hallo?!«, rief Kopetzky und klopfte mehrmals fest mit der flachen Hand auf die Theke. »Wird das heute noch was?!«

Roth atmete tief durch und zählte in Gedanken bis fünf.

Im Hinterzimmer hörte man das Klirren von Gläsern, dann schob sich der silberne Perlenvorhang zur Seite, und ein relativ kleiner, relativ rundlicher, kahlköpfiger Türke kam zum Vorschein. Er lächelte sie breit mit einer Reihe strahlend weißer Zähne an.

»Was kann ich für Sie tun, meine Herren?«, erkundigte er sich höflich, in tadellosem Hochdeutsch.

»Sind Sie Khalim? Stammen Sie aus Sanliurfa?«, fragte Roth unverblümt. Die Frage nach dem Geburtsort von Ishikli Caner war ein Schuss ins Blaue, aber er sah im Moment keine andere Möglichkeit, wie er herausfinden konnte, ob es sich tatsächlich um ihren Kontaktmann handelte.

Das Grinsen des Türken wurde noch breiter.

»Nein, aus Izmir«, sagte er freundlich und trat hinter dem Tresen hervor. »Sie müssen Peter Roth sein?«

Roth hob erstaunt die Augenbrauen und ergriff die ihm entgegengestreckte Hand.

»Wie kommen Sie darauf?«, fragte er irritiert.

»Ishikli hat Sie mir beschrieben«, antwortete der Türke und wies Roth und Kopetzky einen Stuhl an dem runden Tisch. »Sie sagte auch, dass Sie entweder mit einer äußerst attraktiven blonden Frau oder einem untersetzten grauhaarigen Agenten hier auftauchen würden.« Er musterte Kopetzky eingehend, seufzte tief und ließ sich ebenfalls auf einen der Stühle fallen. »Ich hätte wissen müssen, dass das Schicksal mir wieder einmal nicht freundlich gesinnt sein würde.«

Umständlich beugte er sich unter den Tisch und holte eine kleine Blechkanne mitsamt dreier Tassen hervor.

»Möchten Sie Tee?«

Roth riss der Geduldsfaden. Er sprang von seinem Stuhl auf: »Ishiklis *Leben* ist in Gefahr, also kommen Sie endlich in die Gänge!«

»Kein Grund, unfreundlich zu werden«, sagte der Türke pikiert. »Warten Sie bitte einen Augenblick.« Er drehte sich um und verschwand wieder im Hinterzimmer.

»Was ist?!«, sagte Roth gereizt. Kopetzkys süffisantes Grinsen war ihm nicht entgangen.

Der Agent schüttelte nur den Kopf und machte eine abwiegelnde Handbewegung.

»Nichts, nichts …«

In diesem Moment kam der Türke zurück in den Verkaufsraum.

Er legte ein Mobiltelefon und ein Blatt Papier auf den Tresen.

»Sie sagte«, begann der Türke, »dass Sie sich bereithalten sollen. Sie würden nicht viel Zeit haben, sobald Sie ihre Nachrichten empfangen.«

»NachrichtEN?«, sagte Roth. Er griff sich den Zettel. »Wieso Mehrzahl?«

Der Türke zuckte mit den Schultern. »Hat sie nicht gesagt«, antwortete er. »Ich soll Ihnen allerdings noch ausrichten, dass Sie einen zweiten Friedrichstadt-Palast diesmal gerade *nicht* verhindern dürfen.«

Der vereitelte Bombenanschlag auf den Berliner Friedrichstadt-Palast vor drei Jahren …

Roths Gedanken rotierten.

»Was ist das?«, erkundigte sich Kopetzky in diesem Moment

und deutete auf das Papier. Angestrengt blickte er auf die akkurat gefertigte Zeichnung.

»Ein Grundriss«, sagte Roth. »Und ich bin ziemlich sicher, dass ich auch weiß, wovon.«

Der Agent riss erstaunt die Augen auf.

»Das fehlende vierte Untergeschoss der Klinik Santo Spirito!«, sagte er. »Hat sie gut gemacht, die Kleine.«

»Wir müssen sofort gehen!«, sagte Roth bestimmt, bedankte sich bei dem Türken und stürmte aus dem Lokal.

Kopetzky hatte Mühe, ihm nachzukommen, hielt ihn an der Schulter zurück. Er blickte seinen Freund auffordernd an.

»Ich denke, ich weiß, was sie uns sagen will«, begann Roth. »Ich habe nur keine Ahnung, wie wir herausfinden können, *wo* es geschehen soll!«

»Ich verstehe nur Bahnhof«, sagte Kopetzky. »Wo WAS geschehen soll?!«

Roth faltete den Grundrissplan zusammen und steckte ihn in seine Innentasche. Dann wandte er sich wieder dem Agenten zu: »Wenn ich ihren Hinweis mit dem Friedrichstadt-Palast richtig interpretiere, dann soll Ishikli für die Entführer ihres Bruders irgendetwas in die Luft jagen.« Er machte eine Pause, holte tief Luft und fügte hinzu: »Und wir sollen ihr dabei möglichst nicht in die Quere kommen.«

33

Die Anzeige des Timers an ihrem Handgelenk stand inzwischen schon bei -03:21:14.

Eng an die Seitenwand des Hauptschiffes der Kirche Sant'Agnese in Agone gedrückt, marschierte Ishikli Caner auf den hinteren Bereich der Kirche zu. Mit Ausnahme einiger Touristen war sie zu ihrem Glück fast menschenleer. Lediglich unmittelbar vor der Sakristei sah Ishikli einen Messdiener, eifrig damit beschäftigt, Kelch und Teller für den Gottesdienst vorzubereiten.

Just als sie versuchte, an dem Mann vorbei in den kleinen Seitenraum rechts neben der Sakristei zu treten, drehte er sich um und machte eine abwehrende Geste mit den Armen.

»Entschuldigen Sie, Signora«, sagte er höflich, jedoch sehr bestimmt, »aber dieser Bereich ist für Besucher leider nicht zugänglich.«

Ishikli hatte jetzt keine Zeit für Diskussionen. Mit dem süßesten Lächeln auf den Lippen, zu dem sie sich imstande fühlte, machte sie einen Schritt auf den Messdiener zu. Dann noch einen. Und noch einen.

Dem Mann war die Situation sichtlich unangenehm.

»Signora, ich muss Sie dringend bitten ...«, begann er, kam jedoch nicht mehr dazu, den Satz zu vollenden.

Ishikli griff an ihm vorbei, schnappte sich den goldenen, mit Halbedelsteinen verzierten Messkelch, drehte sich herum und schleuderte ihn in hohem Bogen so weit sie konnte ins Kirchenschiff. Laut scheppernd schlug er inmitten einer Touristengruppe auf.

Der völlig perplexe Messdiener stammelte noch etwas von »Unverschämtheit« und »Carabinieri«, rannte jedoch ganz wie von Ishikli beabsichtigt wie ein aufgescheuchtes Huhn hinter dem Kelch her.

Ishikli schüttelte kurz amüsiert den Kopf, dann ging sie mit großen Schritten in den Nebenraum. In der Mitte des Kirchenschiffes entwickelte sich gerade ein veritabler Tumult, während das aufgeregte und zunehmend hilflos klingende Rufen des Messdieners im empörten Stimmengewirr der Touristengruppe unterging.

Mit ihrem Feldmesser legte Ishikli einen zwischen zwei Bodenplatten versteckten kleinen Hebel frei. Sie betätigte ihn. Wie vom Kardinal angekündigt, klickte und knarrte es einen Augenblick lang, dann fuhr die schwere Marmorplatte mit einem mahlenden Knirschen zur Seite und gab eine darunter liegende Leiter aus ins Mauerwerk eingelassenen Gusseisen-Bügeln frei.

Rasch schob sich Ishikli den Riemen ihrer Sporttasche über die Schulter, setzte sich die Stirnlampe auf den Kopf und stieg in die Tiefe. Kaum hatte sie sich ganz ins Innere des schmalen Schachts gezwängt, schloss sich die Steinplatte über ihr bereits wieder.

Ishikli aktivierte die Stirnlampe. Sie versuchte abzuschätzen, wie weit sie nach unten würde steigen müssen, um wieder festen Boden unter sich zu haben. Nach knapp acht Metern spürte sie festen, trockenen Sandstein unter ihren Füßen. Sie hatte mit Abwasser, Ratten und Gestank, vielleicht Knochen – allem Möglichen gerechnet, aber nicht mit einem kühlen, jedoch staubtrockenen und überraschend geräumigen Gewölbekeller.

Immerhin, dachte sie zufrieden. Sie blickte sich um.

Der Raum maß etwa zwei mal vier Meter und hatte an jeder Seite einen gemauerten, etwa einen Meter sechzig hohen Zugang.

Sie befand sich in einem Knotenpunkt, stellte Ishikli fest und holte einen Kompass aus der Sporttasche. Sie musste nach Süden, Südwesten und dann wieder Süden – dem Lauf des Tibers folgend, 5,3 Kilometer, bis nach Ostiense. Sie entschied sich für einen der Ausgänge und marschierte los.

Während die ganzen Touristenmassen tagtäglich durch die Calixtus- und Domitilla-Katakomben geschleust wurden, die größten und berühmtesten offiziell bekannten unterirdischen Anlagen Roms, war das Netz des geheimen Reichs unter der Erde, das der Vatikan seit Jahrhunderten vor der Öffentlichkeit verbarg, beinahe länger als das Straßennetz an der Oberfläche.

»Wenn du hier auch nur einmal falsch abbiegst«, sagte Ishikli leise zu sich selbst, »bist du komplett am Arsch.«

Dennoch kam sie unerwartet rasch voran, denn die aus rotem Ziegel gemauerten Verbindungsgänge zwischen den einzelnen Kellerräumen waren erstaunlich hoch, sodass Ishikli eine nur leicht gebückte Haltung einnehmen musste, während sie in sanftem Trab laufen konnte.

Nach einer knappen Stunde erreichte sie die ehemalige Zisterne, nach der sie gesucht hatte. Sie befand sich jetzt direkt unter dem Zentrum des Viertels Ostiense, in einem erstaunlich großen, von zahlreichen Säulen getragenen Raum. Das Gewölbe maß zumindest zwanzig Meter im Quadrat und war an seinem höchsten Punkt gut und gerne fünf Meter hoch.

Um sich besser konzentrieren zu können, presste Ishikli für einen Moment die Augenlider zusammen. Sie versuchte sich die 3-D-Darstellung des Raumes so gut wie möglich ins Gedächtnis zu rufen.

Als sie sich sicher war, genau eingrenzen zu können, welche

fünf der mehr als zwanzig Säulen die Hauptlast der Kopfsteine des Gewölbes trugen, ging sie in die Hocke und legte ihre Sporttasche vor sich auf den Boden. Sie öffnete sie, nahm einen akkubetriebenen Bohrhammer sowie zwanzig unscheinbar wirkende, in Plastik eingeschweißte Rollen knetbarer Masse heraus. Der C4-Sprengstoff war ausgesprochen resistent gegen Schlag- und Hitzeeinwirkung. Er würde erst dann gefährlich werden, wenn die Zündkapseln angebracht waren.

Ishikli stemmte sich wieder auf die Beine. Sie ging zur ersten der haupttragenden Säulen. Mit dem Schlagbohrer trieb sie in jede der vier Seiten der Säule ein knapp zwanzig Zentimeter tiefes Loch in die Ziegel, presste den Plastiksprengstoff hinein und versah jede einzelne der Ladungen mit einem elektronischen Funkzünder.

Nach einer halben Stunde hatte sie alle Säulen präpariert. Sie blickte auf den Timer.

Wenn nichts Unvorhergesehenes mehr dazwischenkam, dachte sie, würde ihr mehr als genug Zeit bleiben, um nicht nur rechtzeitig zurück zur Klinik zu gelangen, sondern vorher auch noch den zweiten Teil ihres Plans umsetzen zu können.

So schnell sie konnte, stopfte sie den Bohrer wieder in ihre Sporttasche, platzierte den Signalverstärker für die Funkempfänger neben sich auf dem Sandboden und stellte sicher, dass dessen Stromversorgung über die Motorradbatterie einwandfrei funktionierte. Sie blickte auf ihren Kompass, orientierte sich und rannte zum nächsten Aufstieg, von dem sie hoffte, dass er hinauf auf die Straße führen würde.

Mit einiger Kraftanstrengung schob Ishikli drei Minuten später das schwere Eisengitter wieder über den Schacht in der kleinen Gasse neben der Kirche San Paolo fuori le Mura. Sie wischte sich den Schweiß mit dem Handrücken von der Stirn, klopfte sich den Kalkstaub aus den Tunneln, so gut es ging, von der Kleidung und beeilte sich, auf die Vorderseite des Gebäudes zu kommen.

Die Paulskirche vor den Mauern war die größte und wohl auch beeindruckendste römische Pilgerkirche – mit Ausnahme natürlich des Petersdoms. Ishikli hatte die ihr gegebenen Informationen zur Geschichte des Bauwerks nur überflogen und auf die für ihre eigene Mission relevanten Daten reduziert: Irgendwann von irgendjemand sehr Wichtigem errichtet, angeblich die letzte Ruhestätte des Apostels Paulus, im neunzehnten Jahrhundert abgebrannt und dann wieder aufgebaut, stützte sich das prunkvolle, mit Marmor und Alabaster ausgekleidete Hauptschiff des Sakralbaus auf mehr als achtzig Säulen. Der mit einer kunstvoll gefertigten Kastendecke versehene Hauptraum der Kirche war nicht verwinkelt, sehr übersichtlich und vom gegenüber dem Eingang gelegenen Altarbereich aus vollständig einsehbar.

Mittlerweile war Ishikli auf der Vorderseite angekommen. Sie marschierte auf den von zwei Polizisten bewachten Eingang zu, blickte zu Boden und ging an den gelangweilt ins Leere starrenden Wachen vorbei. Kaum im Inneren angekommen, zog sie die Sporttasche nach vorne über ihre Brust und setzte sich eine schwarze Sturmhaube auf. Dann nahm sie ein Kalaschnikow-Sturmgewehr aus der Tasche, lud es durch und schritt mit hocherhobener Waffe schnurstracks in Richtung des Altars.

Einige der Touristen bemerkten sie sofort und rannten schreiend in Richtung des Ausgangs, doch die geführten Gruppen nahmen noch keinerlei Notiz von der schwer bewaffneten und deutlich sichtbar durch das Hauptschiff gehenden Türkin.

War ja klar!, dachte Ishikli genervt.

Sie hob das Sturmgewehr in die Höhe und feuerte einige Salven in Richtung der Decke.

Es wirkte.

Binnen weniger Sekunden drängten sich sämtliche Besucher im Inneren des Gebäudes panisch beim Ausgang. Wie Ishikli zufrieden feststellte, war von den beiden Polizisten nichts mehr zu sehen.

Sie drehte sich noch einmal um die eigene Achse, um sich zu vergewissern, dass sie niemanden übersehen hatte, dann sprintete sie zum Hinterausgang, schleuderte ihre Kalaschnikow neben sich auf den Boden und stürmte ins Freie.

Draußen angekommen, rannte sie, ohne sich noch einmal umzusehen, weiter in Richtung Norden, schlug dabei mehrere Haken durch enge Seitenstraßen und wurde erst wieder langsamer, als ihre Muskeln allmählich zu brennen begannen. Sie atmete tief durch, zog sich die Sturmmaske vom Kopf und blickte zurück zur Kirche.

Hoffentlich befindet sich nun tatsächlich niemand mehr im Gebäude, dachte sie, während sie heftig nach Luft schnappte. Sie schickte ein Stoßgebet zum Himmel, richtete sich auf und schloss die Augen. Sie amtete lang gezogen aus.

Dann betätigte sie den Funkauslöser für die Sprengladungen.

34

Sowie das Taxi vor der Ingenieurwissenschaftlichen Fakultät der Universität Roma III, in deren Kellerräumen sich ein Außenposten des CII befand, angehalten hatte, sprang Peter Roth nach draußen auf die Straße. Er warf die Tür hinter sich mit deutlich mehr Schwung ins Schloss, als notwendig gewesen wäre.

»*Va' fa' un culo!*«, fluchte der Fahrer durch das offene Seitenfenster und fuhr davon.

»Du wirst sie noch umbringen!«, fauchte Roth in Kopetzkys Richtung.

Während der gesamten Fahrt von Trastevere hierher nach Ostiense hatten er und der Agent über die weitere Vorgehensweise gestritten. An einem Punkt war ihre Diskussion dermaßen hitzig geworden, dass der Fahrer sein Taxi anhalten musste, um sicherzustellen, dass sich seine Kunden nicht gegenseitig an die Gurgel sprangen, woraufhin Kopetzky ihm mehr als deutlich klargemacht hatte, dass ihn das einen feuchten Scheiß angehe.

»Hast du eine Ahnung, *was* alles passieren kann, wenn wir den CII *nicht* vollständig ins Bild setzen?«, gab Kopetzky gereizt zurück. Er steckte sich eine Zigarette an. »Wir befinden uns hier immerhin auf deren Staatsgebiet – sobald es zivile Opfer gibt, kann ich meine Karriere endgültig an den Nagel hängen!«

»Tu nicht so scheinheilig«, sagte Roth. »Als ob sich der MAD jemals für Kollateralschäden interessiert hätte.«

Kopetzky atmete den Rauch durch die Nase aus und machte eine abwertende Handbewegung. »Bullshit!«, sagte er, bereits weit weniger energisch. Nach ein paar Sekunden fügte er hinzu: »Außerdem waren das alles unsere eigenen Missionen.«

»Und wo bitte ist dann der Unterschied? Das hier ist de facto eine MAD-Operation unter bloßer *Duldung* des italienischen Militärgeheimdienstes, schon vergessen?« Roth ballte die Faust und machte einen Schritt auf den Agenten zu.

Kopetzky zog an seiner Zigarette, legte den Kopf in den Nacken, inhalierte tief, hielt die Luft an, blies den Rauch langsam nach oben. Er blickte Roth an.

»Ich kann auch nichts dafür«, sagte er, bereits deutlich versöhnlicher, »dass Ishmail Gübkal sie nach dem Anschlag im

Friedrichstadt-Palast damals wieder geschnappt hat, bevor wir sie in Sicherheit bringen konnten. Das war schlicht und ergreifend Pech, aber definitiv nicht mein Fehler!«

Da war schon durchaus was Wahres dran, überlegte Roth, auch wenn er nach wie vor sauer auf den Agenten war.

»Was schlägst du vor?«, fragte Kopetzky.

Roth entspannte seine Körperhaltung ein wenig. »Wir erzählen dem CII nur das«, begann er, »was sie *unbedingt* wissen *müssen*, um uns zu helfen: dass das Handy, das sie für uns finden sollen, einem Kontaktmann gehört. Sobald Ishikli es aktiviert, um uns eine Nachricht zu schicken, können wir versuchen, sie darüber ausfindig zu machen.«

»*Sofern* sie das überhaupt *will!*«, warf der Agent ein.

Roths Halsmuskulatur begann zu zucken. Er biss sich auf die Zähne und bemühte sich, den Zorn, der gerade wieder in ihm aufstieg, runterzuschlucken.

Kopetzky bemerkte seinen Gesichtsausdruck.

»Schon gut«, sagte er lapidar. »Ich gebe zu, das war in Anbetracht des Saltos, den sie hingelegt hat, um uns Informationen zukommen zu lassen, eine dumme Bemerkung von mir.«

»Dan-ke«, sagte Roth. »Also, kann ich mich auf dich verlassen?«

Kopetzky holte Luft, um zu antworten, kam jedoch nicht mehr dazu, denn in diesem Moment erschütterte eine starke Vibration den Boden unter ihnen.

Erschrocken hielt Roth sich am Geländer zwischen Straße und Bürgersteig fest.

»Leichte Erdbeben sind nichts Ungewöhnliches in Rom«, sagte Kopetzky beruhigend.

»Das war kein Erdbeben«, sagte Roth. Sein Magen rebellierte

heftig, und der Rest seines Körpers war gerade im Begriff, ihm zu folgen.

»Spinnst du jetzt komplett?!«, sagte Kopetzky. »Was sollte es denn sonst sein?«

Nur einen Wimpernschlag später hörten sie von der Piazzale San Paolo ein seltsam knirschendes Geräusch, als würden massive Steinblöcke aneinanderreiben, gefolgt von einem unheimlich lauten Knacken und Ächzen, ganz so, als hätte man große Stahlträger verdreht und anschließend einfach entzweigerissen.

Ohne weiter darüber nachzudenken, rannte Roth in Richtung der Kirche.

Als er um die Ecke zum Platz bog, brach die Hölle los: Die monumentale Kirche San Paolo fuori le Mura faltete sich vor seinen Augen zusammen. Zunächst langsam, dann schneller und immer schneller stürzten die Dächer und Mauern ein, ehe sich das gesamte Gebäude mit lautem Getöse in eine gigantische Wolke aus Schutt und Staub auflöste.

Unmittelbar drauf gab es einen lauten Knall, als mehrere der gebrochenen Gasversorgungsleitungen von Funken entzündet wurden. Ein riesiger rot-orange-schwarzer Feuerball fuhr gen Himmel und verwandelte einen Teil des Staubes sofort zu dunkelgrauer Asche. Roth riss zum Schutz seinen Arm vor die Augen. Er konnte die Hitze der Explosion bis hierher spüren. Gehetzt blickte er zum Vorplatz der Kirche: Unzählige Menschen liefen schreiend und in Panik durcheinander, dazwischen sah er auch vereinzelte Polizisten, doch es schien eine gefühlte Ewigkeit zu vergehen, bis er endlich die Sirenen der Rettungswagen aus den beiden in der Nähe gelegenen Krankenhäusern hörte.

»Heilige Maria Mutter Gottes!«, keuchte Kopetzky in diesem Moment fassungslos. Er stand neben Roth, hielt sich mit einer Hand an dessen Schulter fest, während er versuchte, wieder halbwegs zu Atem zu kommen. Nach ein paar Sekunden richtete er sich auf, kratzte sich am Kinn und blickte erneut zu dem Kriegsszenario, das sich ihnen bot. »Hältst du es immer noch für eine gute Idee, den CII *nicht* einzuweihen?«, fragte er, bereits wieder in seinem gewohnt trockenen Tonfall.

»Wir wissen noch nicht, ob sie das war«, sagte Roth. »Es kann genauso gut ein Unfall gewesen sein.«

Kopetzky verschluckte sich, bekam einen heftigen Hustenanfall, hatte sich jedoch rasch wieder gefangen.

»Machst du Witze?!«, sagte er scharf. »Das Ding steht sich hier in aller Ruhe seit über zweihundert Jahren die Beine in den Bauch und beschließt justament *jetzt*, aus heiterem Himmel, komplett einzustürzen?«

Das Handy, das Roth zuvor von dem Türken im Laden erhalten hatte, gab einen markanten Piepton von sich. Mit zitternden Fingern holte er es aus seiner Tasche und öffnete die soeben erhaltene Textnachricht: *Bitte sag mir, dass ich alle rechtzeitig rausbekommen habe!*

Kopetzky blickte über Roths Schulter auf das Display.

»So viel also dazu«, bemerkte er lapidar. »Sag ihr, sie soll sich augenblicklich stellen! Wir kümmern uns um ihren Bruder.«

Roth ignorierte den Agenten. *Wissen wir noch nicht*, tippte er. *Wo bist du?*

Auf dem Weg zu Akin. Ich melde mich in 2 h wieder.

Die Klinik wird überwacht!, tippte Roth, so schnell er konnte.

»Spinnst du jetzt komplett!«, fuhr Kopetzky dazwischen und versuchte, Roth das Telefon wegzunehmen.

Roth drehte sich um, spannte seine Oberkörpermuskeln an und baute sich vor dem deutlich kleineren Agenten auf. »Wag es ja nicht!«, presste er hervor.

Erneut gab das Gerät ein Piepen von sich: *Ich weiß. Schalte jetzt ab. Bleibt für mich erreichbar!*

Roth blickte noch einige Augenblicke auf das Display, dann verstaute er das Telefon wieder in seiner Innentasche. Er legte die linke Hand in seinen Nacken, drehte sich mehrmals um die eigene Achse und stieß einen verzweifelten Schrei in Richtung des Himmels aus.

»Ich hätt's nicht besser ausdrücken können«, kommentierte Kopetzky trocken. Er fingerte seine Zigaretten heraus, hielt Roth die geöffnete Packung hin. »Aber jetzt lass uns erst mal Ruhe bewahren. Wir sollten zurück zur Außenstelle des CII gehen. Hier können wir ohnehin nichts mehr ausrichten. Außerdem ist der ganze Staub schlecht für meine Lungen.«

Roth konnte nicht anders, als gequält aufzulachen. Er nickte.

»Du hast recht«, begann er, während er sich in Bewegung setzte. »Wir weihen Oberstleutnant Andretti ein. Aber wir müssen Ishikli irgendwie einen Vorsprung verschaffen. Solange der CII noch keine Beweise besitzt, dass sie mit dem Einsturz von San Paolo etwas zu tun hat, erzählen wir denen möglichst kryptisch von einem vermutlich türkischen Kontaktmann in Trastevere und sonst gar nichts.«

»Und dann?«, fragte Kopetzky. Er klang wenig begeistert.

Roth blieb abrupt stehen, drehte sich zu dem Agenten und beugte sich nach vorne. »Hast du immer noch deine Freundin bei der römischen Dienststelle des Mossad?«, flüsterte er.

Kopetzky verzog unwillig das Gesicht, gab jedoch keine Antwort.

»Sehr gut«, sagte Roth. »Ruf sie an. Sie soll uns in zwei Stunden in der Bar des Plaza Hotel treffen.«

»Sie wird uns nicht helfen«, sagte Kopetzky. Er schüttelte vehement den Kopf.

Roth grinste. »Abwarten«, sagte er augenzwinkernd. »Wie oft bekommt der Mossad schon die Gelegenheit, mit einem Schlag dem Vatikan und dem türkischen Präsidenten eins auszuwischen?«

35

Nachdenklich blickte der Cavaliere aus dem Eckfenster seines Büros gen Süden. Der beeindruckende Feuerball der auf den Einsturz der Kirche folgenden Gasexplosion hatte Staub und Asche mehrere Kilometer weit in den Himmel über den Ruinen der Paulskirche getragen – die graue Säule der Zerstörung musste von beinahe jedem Punkt Roms aus sichtbar sein.

Mit einem Seufzen wandte er sich seinem Schreibtisch zu und nahm das Überwachungsdossier des türkischen Ladens in Trastevere zur Hand. Das Auftauchen dieses MAD-Agenten passte ins Bild – ungewöhnlich war allerdings, dass sie einen so ranghohen Offizier ins Feld geschickt hatten.

Aber was hatte dieser Ex-Journalist mit der Sache zu schaffen?

Die Garde konnte ihn als einen gewissen Peter Roth identifizieren, hatte aber, abgesehen von den üblichen, für den Cavaliere im Moment vollkommen belanglosen Hintergrundinformationen zu Roths Vergangenheit, nichts Nützliches herausgefunden.

Offen gestanden, überlegte der Cavaliere, war Peter Roths Lebensgeschichte dermaßen langweilig und unspektakulär, dass es schon wieder auffällig war.

Was, wenn der MAD seine Akte geschönt hatte?

Das Internet vergaß nie etwas, weshalb es ausgesprochen herausfordernd war, eine wasserdichte gefälschte Online-Historie aufzubauen. Herausfordernd, aber nicht unmöglich. Im Gegensatz zu den größeren Geheimdiensten der Bundesrepublik wäre der MAD zu so etwas durchaus in der Lage.

Was war an diesem ehemaligen Journalisten so interessant, dass der MAD derartige Anstrengungen unternahm, um seine Geschichte vor allzu neugierigen Außenstehenden zu verbergen?

Aus der Ferne drang das Heulen zahlloser Fahrzeuge der römischen Feuerwehr durch das geöffnete Fenster herein und vermischte sich mit dem abendlichen Vogelgezwitscher und dem Zirpen der gerade erwachenden Zikaden zu einer ausgesprochen unangenehmen Kakofonie.

Der Cavaliere massierte seine Schläfen, doch der starke Kopfschmerz, der seinen Nacken entlang nach oben kroch, wollte dadurch nicht weniger werden. Entnervt riss er die oberste Schublade seines Schreibtisches auf, nahm eine Dose mit Tabletten heraus und kippte sich einige davon in den Mund. Er würgte sie hinunter, dann griff er zum Telefon. Nach dreimaligem Freizeichen meldete sich Commandante Visconti, der Chef der Schweizergarde.

»Es ist gerade kein besonders guter Zeitpunkt«, sagte Visconti. Er klang gehetzt. »Ich habe alle Hände voll zu tun, die Behörden davon abzuhalten, etwas an die Presse weiterzugeben, bevor wir unsere eigene Untersuchung abschließen können.«

»Irrelevant«, sagte der Cavaliere kühl. »Ich benötige eine sofortige Abfrage über NADIS, EIS und unsere eigene Datenbank. Führen Sie eine Kreuzreferenzierung durch und gleichen Sie das Ergebnis mit allem ab, was wir zu verdeckten Operationen des MAD im Nahen Osten haben. Die Namen lauten Peter Roth, Thomas Kopetzky und Ishikli Caner – soll ich das buchstabieren?«

Der Cavaliere wartete einige Augenblicke auf eine Antwort, doch aus dem Hörer drang nur gedämpftes Stimmengewirr. Offenbar hielt Visconti seine Hand über das Mikrofon des Mobiltelefons.

»Commandante Visconti!«, sagte der Cavaliere laut und sehr eindringlich. Es knackte in der Leitung, dann hörte er erneut die Stimme des Kommandeurs der Garde.

»Haben Sie eigentlich mitbekommen, was im Moment dort draußen los ist?!«, sagte Visconti aufgeregt. »Eine unserer wichtigsten päpstlichen Pilgerkirchen hat sich vor einer Stunde in Staub aufgelöst, und wir haben noch absolut keine Ahnung, was genau passiert ist! Und Sie nerven mich hier mit Abfragen aus der deutschen Militärdatenbank und von Europol?!« Er hatte sich dermaßen in Rage geredet, dass er kurz Luft holen musste, ehe er hinzufügte: »Tut mir leid, Varese, aber ich habe gerade keine Zeit für diesen Unsinn. Ich lege jetzt auf.«

Vollkommen fassungslos starrte der Cavaliere einige Sekunden lang auf den Hörer seines Telefons, ehe er ihn mit Wucht zurück auf das Gerät knallte. Er hieb mit der Faust auf den Tisch und stieß einen kaum verhohlenen Fluch aus.

Wie sollte er mit solchen Idioten einen Krieg gewinnen?

Wenn er herausfinden wollte, was die Türkin wirklich vorhatte, musste er ihre Verbindung zu Roth und Kopetzky aufklären. Er war überzeugt davon, dass Ishikli Caner nicht im Geringsten daran dachte, widerstandslos jeden weiteren Befehl des Kardinals auszuführen, um schlussendlich ihren Bruder vielleicht doch noch retten zu können.

Plötzlich wurde die große zweiflügelige Tür zu seinem Büro von außen aufgestoßen. Kardinal di Malatesta stürmte mit erhobenen Armen in den Raum, eilte zur Sitzgruppe und ließ sich schwungvoll auf das vergoldete Barocksofa fallen. Er schien hochgradig erregt und strahlte über das ganze Gesicht. Ohne ein Wort zu sagen, grinste er den Cavaliere breit an, während er eine kleine silberfarbene Dose und ein Metallröhrchen aus seinem Ornat nestelte. Mit geschickten Bewegungen richtete er vier Linien Kokain vor sich auf dem Tisch und zog sie durch das Röhrchen abwechselnd in jedes Nasenloch. Mit einem zufriedenen Stöhnen warf er den Kopf in den Nacken. Er trommelte einige Male mit seinen Füßen auf den Boden. Dann sprang er unvermittelt auf und eilte zum Schreibtisch des Cavaliere, der wortlos mit verschränkten Armen dahinter saß und die Stirn runzelte.

»Ich könnte schreien vor Glück!«, frohlockte der Kardinal. »Du hast mir nicht zu viel versprochen, caro mio – die Fähigkeiten dieser Türkin sind bemerkenswert! Es war eine großartige Idee von mir, sie für unsere Zwecke einzuspannen!«

Der Cavaliere schwieg.

Di Malatesta zog einen Schmollmund. »Jetzt sieh mich nicht so vorwurfsvoll an, *Coccolo*«, sagte er mit gespielter Beleidigung in der Stimme. »Es war nicht mehr als ein Gramm – außerdem ist heute ein Tag der Freude, wir sollten feiern!«

»Sieben Verletzte, zwei davon schwer«, sagte der Cavaliere.

Der Kardinal hob die Augenbrauen. »Nicht mehr?«, erkundigte er sich und klang dabei unverhohlen enttäuscht. »Keine Toten?«

Der Cavaliere neigte den Kopf zur Seite und zuckte mit den Schultern. »Es war wohl ein Wunder Gottes«, sagte er, ohne sich auch nur ansatzweise zu bemühen, seinen zynischen Unterton zu verbergen.

»Nun«, antwortete di Malatesta unbeeindruckt, »Wunder sind heutzutage ja nicht sonderlich häufig. Beim nächsten Mal haben wir mehr Glück.« Er sah auf seine Armbanduhr. »Wir sollten uns auf den Weg in den Bunker machen, die Türkin müsste bald eintreffen – ich brauche dich, um ihr das nächste Ziel zu erläutern.«

»Was wir hier machen, ist *falsch*, Stefano«, sagte der Cavaliere.

Er erhob sich, stellte sich zum Fenster und blickte hinaus. »Ich verstehe die Notwendigkeit, die Macht der katholischen Kirche in Europa endlich wieder wahrhaft zu stärken, ehe die Lasterhaftigkeit der Eliten uns alle ins Verderben reißt. Ich sehe die von den Anhängern des Propheten ausgehende Gefahr, wenn wir ihnen nicht rechtzeitig Einhalt gebieten. Ich verstehe auch, dass die höchsten Ziele die drastischsten Mittel verlangen, aber ...« Er drehte sich zum Kardinal herum. »Aber was ich nicht verstehe, Stefano«, fuhr er mit deutlich lauterer Stimme fort, »ist, *warum du dafür all diese Unschuldigen töten willst?!*« Den letzten Teil des Satzes hatte der Cavaliere beinahe geschrien.

Ein sanftes Lächeln legte sich auf das Gesicht des Kardinals. Er ging um den Schreibtisch herum, stellte sich dicht vor den Cavaliere. Langsam hob er seine rechte Hand, strich über die Wange seines Gegenübers.

»Du und dein riesengroßes Herz, Coccolo«, flüsterte er. »Du warst schon als Kind beseelt von dem einzigen, tiefen und innigen Wunsch, die Schwachen zu schützen und die Sündigen zu strafen.« Vorsichtig griff der Kardinal mit seiner Hand in den Nacken des Cavaliere, trat erneut näher an ihn heran. »Ich habe mich damals in dieses so unschuldige, so göttliche Herz verliebt«, setzte der Kardinal leise fort, »nicht bloß in den wunderschönen Mann, der du bist.« Jetzt legte er auch seine Linke auf die andere Wange. »Aber, mein Herz, du hast noch nie verstanden, welche schmerzvollen und manchmal auch grausamen Opfer man bringen muss, um eines Tages tatsächlich Gottes Reich auf Erden errichten zu können!« Er schloss die Augen, zog den Kopf des Cavaliere zu sich und versuchte ihn zu küssen.

Varese schob ihn von sich weg.

»Du hast recht«, sagte er emotionslos. »Wir sollten so rasch wie möglich zurück in den Bunker und die Türkin instruieren.«

Er machte kehrt, ging zur Tür, fügte, ohne sich umzusehen, hinzu: »Und ja: Unter Umständen wird es tatsächlich noch weitere Opfer erfordern, Gottes Willen umzusetzen.«

Sofern du überhaupt noch weißt, was Gottes Wille ist, Stefano ...

36

»Ist das alles?«, sagte Tenente Coronello Andretti schroff. Schwungvoll knallte er die Aktenmappe mit Roths Einsatzbericht auf seinen Schreibtisch. »Außer dem *angeblichen* rudimentären Grundriss des ebenso *angeblichen* vierten Untergeschosses der Klinik kommen Sie mit leeren Händen?«

»Ja«, log Roth unverblümt. »Der Türke meinte, wir sollten über ihn mit Caner Kontakt halten.«

»Gut«, sagte Andretti zu Roths Erstaunen. »Vorläufig können wir Sie bei Ihrer Mission nicht weiter unterstützen. Sie sind bis auf Weiteres auf sich allein gestellt. Halten Sie mich auf dem Laufenden. Sie können gehen.«

»Wie bitte?!« Aufgebracht sprang Roth von seinem Stuhl auf.

»Was wissen wir bis jetzt von San Paolo?«, mischte Kopetzky sich in das Gespräch ein. Er legte seinem Freund die Hand auf die Schulter, sah ihn kurz an und schüttelte unmerklich den Kopf. »Können wir Sie dabei irgendwie unterstützen, Tenente Coronello?«

Andretti schnaubte und erhob sich. »Kommen Sie mit in den Einsatzraum.« Er ging zur Tür seines Büros und trat nach draußen. »Es ist eine absolute Katastrophe!«

Der CII hatte bislang noch nichts über den Grund des Einsturzes der Paulskirche herausfinden können. Offenbar war ein größerer, sämtlichen Behörden bislang unbekannter Hohlraum unter dem Gebäude plötzlich zusammengebrochen und hatte so den tragenden statischen Elementen den Boden entzogen. Die zentralen Fundamente waren deshalb um mehr als acht Meter abgesackt, was eine Kettenreaktion ausgelöst hatte. Aus welchem Grund der Hohlraum eingebrochen war, ließ sich derzeit ebenso wenig feststellen wie dessen genaue ursprüngliche Position.

»Angefangen bei einem Wassereinbruch über eine gebrochene Gasleitung bis hin zu schlichter Materialermüdung können noch tausend andere Gründe den Einsturz der Gesteinsblase unter der Kirche verursacht haben«, schloss Andretti seine Ausführungen. Er wirkte äußerst angespannt auf Roth. Anscheinend war der Oberstleutnant es nicht gewohnt, mit Situationen umzugehen, bei denen ihm nicht sämtliche taktischen Informationen für die Wahl der richtigen Vorgehensweise zur Verfügung standen.

»Und ein terroristischer Hintergrund?«, erkundigte Freudensprung sich in diesem Moment. Sie und Roth hatten seit seiner Rückkehr noch kein Wort miteinander gewechselt. Roth ging ihr aus dem Weg, weil er wusste, dass er sie nicht lange würde anlügen können. Vorläufig hielt er es für klüger, sie nicht in alles einzuweihen, was Kopetzky und er mittlerweile herausgefunden hatten. Sie war in ihrem Herzen immer noch viel zu sehr Polizistin, als dass er das Risiko eingehen wollte, ihr jetzt schon reinen Wein einzuschenken.

»Was ist mit den Zeugenaussagen zu diesem Angreifer mit der Kalaschnikow«, setzte Freudensprung fort. Sie senkte die Stimme, kniff die Augen zusammen und blickte Roth durchdringend an. »Wissen wir schon, *wer* das gewesen sein könnte?«

»Wir sind noch nicht sicher, worin der Zusammenhang besteht«, sagte Andretti. »Die Sache passt hinten und vorne nicht zusammen, denn sämtliche der Zeugen stimmen in ihren Aussagen in *einem* Detail mehr oder weniger *vollständig überein.*«

»Und das wäre?«, hakte Freudensprung nach. Sie widmete ihre Aufmerksamkeit wieder dem Italiener, beobachtete Roth jedoch weiterhin aus dem Augenwinkel.

»Dass dieser vermeintliche ›Angreifer‹ offensichtlich das Ziel hatte, sämtliche Besucher *aus* dem Gebäude *herauszuscheuchen*«, antwortete der Italiener.

Freudensprung zog eine Augenbraue nach oben.

»Entschuldigen Sie uns einen Augenblick«, sagte sie zu Andretti, packte Roth fest am Oberarm und zerrte ihn an den anderen vorbei hinaus auf den Hof.

»Hast du *völlig* den Verstand verloren?!«, fauchte sie. »Ich fass es nicht! Ist dir überhaupt klar, was du riskierst, wenn du diese Frau JETZT deckst?! Du musst den CII unverzüglich einweihen, dass du und Thomas in direktem Kontakt mit ihr steht!«

Wenn du es jetzt leugnest, wird sie nur noch wütender, dachte Roth. Er versuchte etwas anderes.

»Wir hätten es dir unmittelbar nach der Besprechung gesagt«, begann er. »Es war bloß noch keine Gelegenheit, in Ruhe zu reden.«

Freudensprung funkelte ihn immer noch aufgebracht an, doch ihre Körperhaltung entspannte sich. Sie nahm ihre Zigaretten heraus, zündete zwei davon an. Eine reichte sie Roth.

»Das ändert nichts daran, dass ihr beiden offenbar vollkommen verrückt geworden seid!«, sagte sie. Sie zog an der Zigarette und fuchtelte mit ihrer Hand vor Roths Gesicht herum. »Du kannst dem CII eine solche Information nicht vorenthalten, während die Türkin in aller Ruhe dort draußen herumläuft und lustig Kirchen in die Luft jagt!«

»Dazu wird es nicht mehr kommen«, sagte Roth. Er bemühte sich, souverän und überzeugend zu klingen. »Thomas und ich haben bereits einen Plan.«

»Hah!« Freudensprung stieß ein helles, leicht hysterisch klingendes Lachen aus. »Unsere Helden haben einen Plan! Na, dann kann ja *ab-so-lut* nichts mehr schiefgehen!«

In diesem Moment beging Roth einen großen Fehler. Er deutete auf die Zigarette in Freudensprungs Hand und sagte: »Wolltest du nicht eigentlich aufhören? Außerdem: Komm jetzt erst mal wieder runter!«

Als es Roth nach etwas mehr als einer Viertelstunde endlich gelungen war, Freudensprung halbwegs zu beruhigen und sie davon zu überzeugen, dass *tatsächlich* klappen könnte, was er und der Agent vorhatten, trat Kopetzky zu ihnen hinaus auf den Hof.

»Ich dachte schon, ihr werdet nie fertig«, bemerkte er lapidar.

»Wie lange stehst du schon hinter der Tür?« Roth klang genervt.

»Gute zehn Minuten«, sagte Kopetzky unbeeindruckt. Er blies eine große blaue Dunstwolke aus.

Roth hätte ihn erwürgen können!

Zu seiner großen Verwunderung blieb Freudensprung jedoch erstaunlich gelassen. »Bist du sicher, dass du auf die Unterstützung des Mossad zählen kannst?«, erkundigte sie sich bei dem Agenten.

Kopetzky grinste breit. »Sarah Goldblum und mich verbindet eine sehr intensive gemeinsame Vergangenheit«, sagte er. »Sie schuldet mir was.«

Freudensprung blickte ihn skeptisch an. »Genug, um so einen Mega-Stunt für dich durchzuziehen?«

»Verlass dich drauf!«, sagte der Agent. »Wenn alles läuft wie geplant, können wir diesen ganzen Scheiß ohne weitere Zwischenfälle beenden und wieder nach Hause fahren.«

Freudensprung schien noch nicht vollständig überzeugt zu sein. »Der CII wird stinksauer reagieren, wenn die dahinterkommen«, sagte sie. »Bist du sicher, dass du das wieder ausbügeln könntest?«

Der Agent zuckte gelangweilt mit den Schultern. »Diplomatische Spannungen kommen immer wieder mal vor«, sagte er. »Außerdem: Wenn wir erfolgreich sind, kann Andretti von mir aus die ganzen Lorbeeren für sich allein einsammeln. Du musst ihn uns bloß für die nächsten paar Stunden vom Leib halten.«

Freudensprungs Mundwinkel hoben sich unmerklich in die Höhe. »Mir wird schon was einfallen, wie ich ihn ablenken kann – ich halte hier in der Kommandozentrale auf jeden Fall die Stellung und euch den Rücken frei, so gut ich kann.«

Roth blickte demonstrativ auf seine Armbanduhr. Er wandte sich an Kopetzky. »Da wir uns ja jetzt alle einig sind«, sagte er kühl, »sollten wir zwei uns endlich auf den Weg machen. Wir haben nur noch eine halbe Stunde Zeit, um rechtzeitig ins Grand Plaza Hotel zu kommen.«

37

Trotz der schwarzen Maske, die man ihr auch dieses Mal über den Kopf gezogen hatte, hielt Ishikli ihre Augen fest geschlossen. Sie bemühte sich, möglichst flach zu atmen, während sie von dem Soldaten der Schweizergarde am Arm durch den Gang im vierten Untergeschoss des Bunkers geschoben wurde. Sie legte ihre ganze Konzentration auf ihr Gehör.

Hinter ihr befand sich eine Gruppe von vier weiteren Soldaten. Dem hellen, blechernen Geräusch, das ihre Waffen verursachten, zufolge trugen sie wahrscheinlich vollautomatische Neun-Millimeter-Pistolen um ihren Hals. Sie unterhielten sich im Flüsterton über ein Fußballspiel zwischen dem AC Milan und AS Roma am vergangenen Wochenende.

Sehr gut, dachte Ishikli. *Wenn ihr immer so konzentriert bei der Sache seid, soll mir das nur recht sein.*

Nach der nächsten Abzweigung kamen sie an einer Patrouille von zwei Mann vorbei, passierten zwei weitere Wachen neben dem Eingang zu dem Raum hinter der großen Glasscheibe – der Widerhall von Ishiklis Schritten klang erneut dumpfer, sobald er von Glas anstelle des harten Betons der Flure reflektiert wurde.

Schließlich gelangten sie erneut zu der massiven hydraulischen Stahltür, durch die man sie bereits bei ihrem letzten Besuch in der Klinik geführt hatte. Der Soldat neben ihr wechselte ein paar Worte mit zwei weiteren seiner Kollegen, dann legte er eine Hand auf ein Kontrollfeld, und die Tür schwang zur Seite. Wieder wurde sie auf einen Stuhl gesetzt, wieder verließ der Soldat anschließend den Raum, ohne ihn hinter sich zu verschließen.

»Ich bin äußerst zufrieden mit Ihnen«, hörte sie di Malatestas selbstgefällige Stimme. »Ihrem Bruder geht es gut.«

»Nehmen Sie mir diese beschissene Maske ab, Sie Arschloch!«, fauchte Ishikli leise.

Der Kardinal lachte amüsiert auf.

»Ich halte das für kontraproduktiv«, sagte er lakonisch. »Sie haben beim letzten Mal schon zu viel von dieser Einrichtung gesehen.«

Ishikli presste ihre Kiefer zusammen. Sie unterdrückte den Impuls, aufzuspringen und diesem Drecksack an die Gurgel zu gehen – sie wusste genau, dass er etwa achtzig Zentimeter von ihr entfernt saß und seinen Oberkörper leicht nach links zur Seite gedreht hatte. Handschellen hin oder her, sie könnte ihm auf der Stelle das Genick brechen. Vorausgesetzt natürlich, Cavaliere Varese, der seinen Atemgeräuschen nach zu schließen knapp eineinhalb Meter rechts hinter ihr stand, würde diesmal nicht so rasch eingreifen ...

»Bringen wir's einfach hinter uns«, sagte sie. »Was soll ich als Nächstes für Sie erledigen, Sie kranker Wichser?«

Der Kardinal erhob sich von seinem Stuhl. Er ging um den Tisch herum, stellte sich hinter Ishikli und begann, sanft ihre Schultern zu massieren. Er beugte sich nach vorne, bis seine Lippen nur noch wenige Millimeter von ihrem Ohr entfernt waren.

Ishikli biss sich die Unterlippe blutig. Sie spürte den feuchten, warmen Hauch seines Atems auf ihrer Haut.

»Cavaliere Varese wird Ihnen den nächsten Einsatz erläutern«, flüsterte der Kardinal. »Ich wollte mich persönlich vergewissern, dass Sie nach wie vor wissen, *was* hier für Sie auf dem Spiel steht!«

»Eminenz!«, sagte der Cavaliere in diesem Moment scharf.

Sofort ließ der Druck auf Ishiklis Schultern nach. Der Kardinal richtete sich wieder auf und wandte sich an Varese.

»Ja?«, sagte er mit drohendem Unterton.

»Es ist nur eine Frage der Zeit, bis der CII die Zusammenhänge erkennt«, sagte der Cavaliere. »Wir sollten uns nicht länger mit Nebensächlichkeiten aufhalten.

Der Kardinal schwieg für einige Sekunden. »Du hast recht«, sagte er. »Ich überlasse sie dir. Ihr habt zwanzig Minuten. Ich erwarte dich im Anschluss in meinem Büro.« Er hielt inne, wandte sich noch einmal an Ishikli: »Morgen Punkt sechs Uhr morgens erhält Ihr Bruder die nächste Giftinjektion. Ich rate Ihnen deshalb dringend, nicht auf dumme Ideen zu kommen.« Ohne eine Antwort abzuwarten, drehte er sich um und verließ eilig den Raum.

Der Cavaliere ließ einen Moment verstreichen, bis di Malatestas Schritte nicht mehr zu hören waren. Dann trat er nach vorne, zog Ishikli die Maske vom Kopf und öffnete ihre Handschellen.

»Danke«, sagte sie, während sie ihre schmerzenden Handgelenke massierte und den Cavaliere musterte. Er machte einen fahrigen Eindruck auf sie, schien nicht ganz so gefasst, wie sie es von ihm gewohnt war. Ein kaum wahrnehmbares Zittern ging von seinen Fingerspitzen aus.

Irgendetwas schien an ihm zu nagen ...

Dem Cavaliere war Ishiklis Blick nicht entgangen. Augenblicklich ballte er seine Hände zu Fäusten, umrundete den Tisch, ließ sich mit einem lang gezogenen Seufzer auf den Stuhl fallen. Er griff in eine schwarze Aktentasche, die am Boden danebenstand, holte einige Papiere und einen Plan heraus und schob alles zu Ishikli.

»Ich habe Ihnen zu danken«, sagte der Cavaliere. »Sie hätten dieses Risiko nicht eingehen müssen.«

Ishikli stützte sich mit ihren Ellbogen auf den Tisch, legte den Kopf in ihre Handflächen und fixierte die Augen des Cavaliere.

Er hielt ihrem Blick stand. Einige Sekunden lang starrten sie einander schweigend an. Schließlich lehnte sie sich wieder zurück, verschränkte die Arme vor ihrer Brust und sagte: »Mein Auftrag lautete, diese Kirche dem Erdboden gleichzumachen, *nicht*, dabei möglichst viele Menschen zu töten.«

Der Cavaliere zog seinen Mund zu einem angedeuteten Lächeln. »Wir stehen in diesem Kampf auf verschiedenen Seiten«, sagte er. »Aber wir beide sind nur Krieger unserer Herren.«

Ishikli schnaubte verächtlich. *Ob dieser Mann sein pathetisches Geschwafel allen Ernstes glaubte?*

»Und weiter?«, sagte sie abweisend.

»Ich kann Ihnen nicht *direkt* helfen, Caner«, setzte der Cavaliere fort. »Aber ich *kann* dafür sorgen, dass nicht noch mehr Unschuldige zu Schaden kommen.« Er machte eine Pause, beugte sich weiter nach vorne. Dann fügte er leise hinzu: »Sie können *diesen* Part in Zukunft mir überlassen.«

Ishikli stand auf. Sie ging zur Glasscheibe, die Akins Behandlungsraum mit der Serverzentrale von PROMETHEUS verband, und lehnte sich mit dem Rücken dagegen. Sie verschränkte erneut die Arme vor ihrer Brust, kniff die Augen zusammen. Sie musterte den Cavaliere für einige Augenblicke.

Sie hatte hier eindeutig mehr zu gewinnen als zu verlieren – viel schlimmer konnte es ohnehin nicht werden.

»Ich bin ganz Ohr«, sagte sie. Sie ging zurück zum Tisch, setzte sich und blickte den Cavaliere auffordernd an.

»Nicht hier«, erwiderte er. »Wir sprechen in Ihrer Zelle. Und sollte es anschließend noch notwendig sein, erhalten Sie Ihre Informationen zu gegebener Zeit.«

»Zelle?«, sagte Ishikli pikiert. »Nicht Ihr Ernst?!«

Der Cavaliere schwieg.

»Na großartig!«, sagte Ishikli. »Wie wollen Sie mich dort draußen finden, falls es ›notwendig‹ wird?«

»Ich finde Sie«, sagte der Cavaliere. Er lächelte und fügte hinzu: »Vorausgesetzt, Sie lassen es zu.«

Ishikli zog eine Augenbraue nach oben, konnte sich diesmal jedoch ein angedeutetes Grinsen nicht verkneifen.

»Sehr gut«, sagte der Cavaliere. Er seufzte, erhob sich von seinem Stuhl und stellte sich zur Glasscheibe, während er der Türkin den Rücken zuwandte. Er verschränkte die Arme hinter seinem Kreuz. »Zunächst müssen wir uns allerdings noch über ein anderes Thema unterhalten. Was haben Sie mit einem gewissen Peter Roth zu schaffen?«, sagte der Cavaliere, ohne sich umzudrehen. »Und welche Informationen haben Sie ihm bereits durch Ihren Kontaktmann in diesem Laden in Trastevere zukommen lassen?«

Ishikli presste ihre Augenlider zusammen.

Fuck!

38

Jedes Mal, wenn Roth das Grand Plaza Hotel im Herzen Roms besuchte, war er hin- und hergerissen: Einerseits liebte er das überladene Dekor des großen Salons, die zahlreichen Fresken an der Decke und den Wänden, die goldenen Verzierungen, die aus kunstvollem Bleiglas gefertigten Oberlichter und den imposanten antiken Leuchter im Zentrum des Raumes, die barocken Stühle mit ihrer roten Samtpolsterung ebenso wie die immer äußerst zuvorkommenden, aber auf wundersame Weise niemals wirklich sichtbaren Hotelangestellten, die sich um die Gäste in der Lobby und im Barbereich kümmerten.

Andererseits fühlte er sich in Gesellschaft der Reichen und Schönen immer ausgesprochen unwohl. Er hatte noch nie sonderlich viel mit diesem ganzen angestrengt zelebrierten Luxus-Lifestyle anfangen können, bei dem es doch immer nur um den Schein und viel zu wenig um das Sein zu gehen schien.

»Schicker Laden eigentlich«, sagte Kopetzky in diesem Moment und ließ sich schwungvoll auf ein Sofa fallen. Er schaute sich um. »Ein Glück, dass wir beim MAD ein Spesenkonto haben. Was willst du?« Er winkte einen Kellner zum Tisch.

Für den Bruchteil einer Sekunde wollte Roth sich allen Ernstes ein Mineralwasser bestellen, zögerte.

»Gin Tonic«, sagte er.

»Machen'se mal zwei draus«, sagte Kopetzky in breitem Berlinerisch zu dem Kellner.

»Sehr gerne, Signori«, antwortete dieser in perfektem Hochdeutsch.

»Woher kennst du Sarah Goldblum eigentlich?«, erkundigte sich Roth.

»Wie ich schon sagte«, antwortete Kopetzky, lehnte sich zurück und legte beide Arme von sich gestreckt auf die Rückenlehne, »lange Geschichte ...«

Der Knopf seines Sakkos spannte über dem Bauch, also öffnete er es.

»Was aber viel wichtiger ist: Sie ist einer der besten Field-Operations-Officers, denen ich jemals begegnet bin. Wenn wir auch nur *irgendwie* eine Chance haben wollen, bei der Sache hier erfolgreich rauszukommen, dann mit *dieser* Frau.«

»Hoffen wir das Beste«, sagte Roth. Er war sich im Moment

nicht sicher, wie sehr er sich auf die Urteilsfähigkeit seines Freundes verlassen wollte.

»Da kommt sie auch schon!«, sagte Kopetzky erfreut und richtete sich vom Sofa auf.

Aus dem Augenwinkel beobachtete Roth, dass der Agent doch tatsächlich versuchte, den Bauch einzuziehen.

Von der Lobby aus näherte sich ihnen eine relativ zierliche schwarzhaarige Frau. Sie musste ungefähr in Freudensprungs Alter sein, überlegte Roth, während er von seinem Stuhl aufsprang und den Rücken durchdrückte. Freundlich lächelnd streckte er seine Hand nach vorne, doch die Frau stürmte, ohne von Roth auch nur Notiz zu nehmen, an ihm vorbei und baute sich mit in die Hüfte gestützten Armen vor dem auf dem Sofa sitzenden Kopetzky auf.

»Du hast vielleicht Nerven, mich hierherzuzitieren!«, sagte sie mit tiefer, ein wenig rauchiger Stimme.

»Ich habe dich doch nicht ›hierherzitiert‹, ich ...«, setzte Kopetzky ein wenig hilflos an, kam jedoch nicht weiter, als ihm die Israelin mit einer aufgebrachten Geste das Wort abschnitt.

»›Ich muss deine Schuld bei mir einfordern‹«, sagte sie scharf. »Waren das deine ersten Worte, als du mich heute angerufen hast, oder waren sie es nicht?«

Kopetzky holte Luft, doch wieder kam er gar nicht erst zu Wort. Beinahe tat er Roth im Moment ein bisschen leid. Aber nur beinahe.

»Kein ›Wie geht es dir?‹, kein ›Ich bin in Rom und würde dich gerne wiedersehen‹, kein ›Es tut mir verdammte Scheiße noch mal unfassbar leid, dass ich mich ewig nicht bei dir gemeldet habe, ich bin nämlich nur ein dämlicher, feiger deutscher Mistkerl, der es damals nicht besser wusste – und *habe ich eigentlich schon erwähnt, dass es mir wahnsinnig leidtut?!*‹« Den letzten Teil des Satzes

191

hatte sie dermaßen schnell und auch laut ausgespien, dass sich mittlerweile mehrere Köpfe von den anderen Tischen aus in ihre Richtung drehten.

Sag es nicht!, dachte Roth. Besorgt blickte er zu dem Agenten, der sich mittlerweile ebenfalls erhoben hatte.

»Jetzt beruhige dich erst m...«, begann Kopetzky.

»Wir sollten eine rauchen gehen – und zwar *jetzt*!«, sagte Roth in diesem Moment, sprang abrupt auf, packte die völlig verdutzte Israelin an den Schultern und drehte sie mit sanfter Gewalt zu sich herum. »Peter Roth, übrigens«, fuhr er fort, »und Sie sehen bezaubernd aus.«

Der körperliche Widerstand der Agentin löste sich erstaunlich rasch, sodass Roth sie nicht länger nach draußen bugsieren musste, sondern nur noch höflich zum Schutz einen Arm in knapp fünf Zentimeter Abstand hinter ihrer Taille hielt, während er sie aus dem Hotel geleitete.

Er bot ihr eine Zigarette an und gab ihr Feuer.

»Danke«, sagte sie. »Woher wussten Sie, dass ich rauche?« Sie zog an der Zigarette, legte ihre Rechte auf den linken Ellbogen und blies den Rauch in den Nachthimmel.

»Ihre Stimme«, sagte Roth, »und die Tatsache, dass die Fingerspitzen ihres rechten Zeige- und Mittelfingers vom Nikotin deutlich dunkler gefärbt sind als der Rest Ihrer wundervollen bernsteinfarbenen Hand.«

Die Israelin lächelte, obwohl mehr als offensichtlich war, dass sie Roths aufgesetzte Schmeicheleien durchschaute. »Sarah Goldblum«, sagte sie und reichte ihre Hand zum Gruß. »Unser Dossier hatte mir bereits einiges über Ihre durchaus bemerkenswerten Fähigkeiten verraten, Herr Roth, aber nicht, wie charmant Sie sein können.«

»Für Volk und Vaterland!«, sagte Roth sarkastisch, und grinste ein wenig unbeholfen.

Goldblum lachte hell auf.

Eine Weile standen sie schweigend neben dem Haupteingang, beobachteten das beständige Kommen und Gehen der schwarzen Mercedes-S-Klasse-Limousinen, die in regelmäßigen Abständen mehr oder minder prominente Hotelgäste brachten oder abholten.

»Geht's wieder?«, erkundigte Roth sich und bot Goldblum eine weitere Zigarette an.

Die Israelin nickte. »Das war vorhin äußerst unprofessionell von mir«, sagte sie. »Ich hätte mich besser im Griff haben müssen. Es ist nur so, dass Thomas und ich …«

Roth wiegelte ab. »Sie brauchen sich vor mir nicht zu rechtfertigen«, sagte er. »Kopetzky kann manchmal ein unfassbares Arschloch sein – offen gestanden haben Sie mir passagenweise ziemlich aus der Seele gesprochen.«

Erneut lachte Goldblum herzlich auf. »Wie lange kennen Sie ihn eigentlich schon?«, erkundigte sie sich. Sie zog an ihrer Zigarette.

Roth rechnete kurz im Kopf nach, beschloss dann jedoch, ein wenig abzurunden. »Gut zwanzig Jahre«, sagte er.

Goldblum kniff die Augen zusammen und grinste Roth spitzbübisch an. »Sie brauchen sich vor mir nicht jünger zu machen, als Sie sind, Herr Roth.«

Roth räusperte sich. Betreten blickte er auf seine Schnürsenkel.

»Wollen wir mal wieder rein?«, fragte er ausweichend.

Die Israelin nickte. Sie hakte sich bei ihm unter. »Sie haben recht«, sagte sie, während sie sich in Bewegung setzte. »Bringen wir erst einmal diesen Einsatz hinter uns. Alles andere können wir ja danach besprechen. Vielleicht bei einem gemeinsamen Abendessen?«

Knapp eine Dreiviertelstunde und vier Gin Tonic später saßen sie zu dritt reihum mit geneigten Köpfen über dem vor ihnen auf dem Tisch ausgebreiteten Plan der ersten drei Untergeschosse der Klinik Santo Spirito, den Oberstleutnant Andretti ihnen zur Verfügung gestellt hatte.

»Über diesen Wartungsschacht hier«, sagte Goldblum und tippte mit dem Finger auf eine bestimmte Stelle des Plans, »kann ich uns Zugang zur Ebene vier verschaffen. Wir können auch das Gebiet rund um den Schacht im Technikraum im Erdgeschoss sichern. Allerdings ...« Sie zögerte, wirkte für den Bruchteil einer Sekunde unentschlossen.

»Ihr wollt Ebene vier nicht infiltrieren, solange ihr nicht sicher wissen könnt, was euch dort erwartet«, sagte Kopetzky an ihrer Stelle. Er stieß ein verächtliches Schnauben aus. »Hätte ich mir denken können.«

Die Israelin blieb von seinem vorwurfsvollen Tonfall unbeeindruckt. »Unsere Beteiligung an dieser Mission darf unter keinen Umständen auffliegen. Solange wir nur die Skizze der Türkin haben, ist mir das zu wenig.«

»Wir werden noch deutlich mehr Informationen von ihr bekommen«, mischte Roth sich ein. »Ich bin nur noch nicht sicher, wann, aber ...«

»Ich fürchte, ›Informationen‹ allein werden nicht ganz ausreichen«, sagte Goldblum vage. »Es gibt da nämlich noch ein Problem.«

Roth runzelte die Stirn. Er blickte die Agentin fragend an.

Wieder war es Kopetzky, der ihm zuvorkam. »Ihr wollt, dass die Türkin *ebenfalls* dort unten reingeht, richtig?«, sagte er. »Beinahe wäre ich so naiv gewesen, dir zu glauben, dass dein Verein uns aus bloßer Nächstenliebe und weil du mir einen Gefallen schuldest helfen würde.«

»Ich verstehe nicht ganz?«, sagte Roth irritiert.

»Ganz einfach«, sagte Kopetzky zu ihm gewandt. »Dieses Miststück verschweigt uns etwas.« Abrupt sah er zu Goldblum: »Jetzt spuck's schon aus! Was ist euer Interesse an Ebene vier?«

Goldblum ignorierte die Beleidigung durch den sichtlich aufgebrachten Agenten. Prüfend blickte sie von Kopetzky zu Roth und wieder zurück. Offenbar schien sie einen Entschluss gefasst zu haben.

»Sagt euch das PROMETHEUS-Programm etwas?«

»Das bitte *was*?!«, antwortete Kopetzky.

»Das dachte ich mir«, sagte Goldblum kühl. »Wir sind selbst nur durch Zufall darauf gestoßen: In einem der Flüchtlingslager im Libanon, das wir wegen einer anderen Mission unter strikter Überwachung hatten, kam es vor einigen Monaten zu einem schweren Zwischenfall mit über vierzig Verletzten und neun Toten. Mehrere der männlichen Insassen hatten unabhängig voneinander und ohne jegliche Vorwarnung oder erkennbaren Anlass, dafür aber mit extremer Brutalität, ihre Kollegen attackiert. Vier der Angreifer wurden von den Sicherheitsleuten erschossen, zwei von ihnen konnten wir zum Glück lebend einsacken.«

»Gab es eine Verbindung zwischen den Tätern?«, erkundigte sich Roth.

Goldblum nickte. »Wir haben es lange übersehen, weil wir in einer völlig anderen Richtung nach Zusammenhängen gesucht hatten«, begann sie. »Aber dann stießen wir tatsächlich auf eine Verbindung: Alle sechs waren knapp vier Monate zuvor wegen schwerer psychischer Probleme klinisch behandelt worden.«

»Das besagt doch noch gar nichts«, wiegelte Kopetzky ab.

»Dass diese Arschlöcher einen an der Klatsche hatten, war ja wohl von vornherein klar.«

Irgendwo in Roths Hinterkopf klingelte etwas. Er wandte sich an die Israelin. »Lassen Sie mich raten«, sagte er. »Sämtliche Amokläufer wurden zuvor in Kliniken behandelt, die vom Malteser Ritterorden finanziert werden?«

Die Agentin blickte Roth überrascht an. »Bingo!«, sagte sie mit einer Mischung aus Erstaunen und Anerkennung. »Aber wie kommen Sie darauf?«

»Ich hatte erst kürzlich das Vergnügen, eine sehr ähnliche Einrichtung in Berlin besichtigen zu dürfen«, sagte Roth. »Wir lassen Ihnen den Einsatzbericht zukommen. Den Rest hab ich mir anhand Ihrer Erzählungen zusammengereimt.«

Goldblum lächelte ihn für einen Augenblick erfreut an und neigte kokett den Kopf ein wenig zur Seite. Dann fuhr sie mit gesenkter Stimme fort: »Wir vermuten, dass PROMETHEUS dazu verwendet wird, eine extrem wirkungsvolle neuartige Form der Gehirnwäsche zu implementieren – allerdings wissen wir noch nicht hundertprozentig, wie der Prozess funktioniert.«

»Wie wirkungsvoll?«, unterbrach Kopetzky sie ungeduldig.

»Irreversibel«, sagte Goldblum trocken. »Im Endeffekt eine vollständige Re-Programmierung der für die Impulskontrolle und Erinnerungen zuständigen neuronalen Netzwerke. Offenbar nutzen sie dazu auch eine eigens entwickelte Droge, deren Zusammensetzung wir leider ebenfalls noch nicht entschlüsseln konnten. Aber im Ergebnis ist das Resultat bemerkenswert: Es gibt für jeden der Behandelten eine eigene einzigartige Schlüsselphrase. Sobald diese Trigger-Sequenz – das kann ein einzelnes Wort, aber auch ein vollständiger Satz sein – in der Nähe der behandelten Person ausgesprochen wird, aktiviert sich der durch PROMETHEUS implementierte Ablauf im Gehirn des Patienten und wird so lange ausgeführt, bis entweder das Ziel erreicht ist oder das Subjekt selbst ausgeschaltet wurde. Der Ablauf lässt sich, wenn er einmal in Gang gesetzt wurde, nicht mehr stoppen.«

»Whoa!«, entfuhr es Roth. »Kein Weg zurück also?«

Goldblum schüttelte den Kopf. »Nicht soweit wir wissen«, sagte sie. »Die einzige Achillesferse des Verfahrens ist, dass es offenbar sehr lange Zeit für eine erfolgreiche Implementierung benötigt – wir gehen von mindestens vier bis sechs Wochen für eine vollständige ›Behandlung‹ aus.«

Kopetzky kratzte sich am Kinn. Dann fuhr er sich mit den Händen umständlich durch die Haare, rutschte auf dem Sofa nach hinten und fixierte die Israelin.

»Das ist zwar durchaus beeindruckend«, sagte er nachdenklich, »aber es erklärt noch nicht, was ihr dort unten *wirklich* wollt.«

Goldblum ließ sich erneut nicht von ihm aus der Ruhe bringen. »Wir gehen davon aus, dass es für die über ganz Europa verteilten Kliniken eine zentrale Steuerungseinheit geben muss, die weitaus leistungsfähiger ist als die normalen PROMETHEUS-Systeme.« Sie machte eine Pause und beugte sich weit nach vorne. »Wir konnten allerdings nie herausfinden, wo *genau* sie sich befindet – *zumindest bis jetzt.*«

»Ich verstehe trotzdem nach wie vor nicht«, mischte Roth sich wieder in das Gespräch ein, »weshalb Sie Ishikli unbedingt bei der Mission dabeihaben wollen?«

»Weil es gut möglich ist«, sagte Goldblum, »dass Akin Caner ein vertrautes Gesicht sehen sollte, wenn wir ihn aufwecken. Falls er einer Behandlung durch PROMETHEUS unterzogen wurde, besteht aufgrund des kurzen Zeitraumes zwar noch keinerlei Gefahr einer erfolgreichen Re-Programmierung, aber ich habe trotzdem nicht die geringste Lust, bei unserer Rettungsmission womöglich von ihm attackiert zu werden.«

Kopetzky verschluckte sich, hustete heftig: »Ich kauf dir diesen Scheiß trotzdem nicht ab, Sarah! Ihr wollt euch doch die Steuerungseinheit dieses ›Supercomputers‹ unter den Nagel reißen!«

Goldblum schwieg.

Kopetzky schnaubte. »Wusst ich's doch!«, fauchte er. »Aber das kannst du dir abschminken – kommt überhaupt nicht infrage!«

Roth riss die Augen auf, doch Kopetzky ließ ihn nicht zu Wort kommen und setzte nach: »Und versuch gar nicht erst, mich zu erpressen – Ishikli Caner mag vielleicht Roth hier sehr viel bedeuten, aber mir geht sie offen gestanden massiv am Arsch vorbei. Wenn du nicht mitspielst, holen wir Akin dort mit anderer Hilfe raus.«

Roth war fassungslos. *Spinnt der denn jetzt komplett?!* Wütend drehte er sich zu dem neben ihm sitzenden Agenten um und holte Luft, doch diesmal war Goldblum schneller.

»Jetzt reg dich erst mal ab«, sagte sie mit einem schmalen Lächeln auf dem Gesicht. »Wir hätten ohnehin vorgeschlagen, alles, was wir an Informationen dort unten finden, zwischen unseren Diensten zu teilen. *Mit eurer Hilfe kommen wir bei der Sache nämlich deutlich schneller voran als ohne.*« Sie streckte ihre rechte Hand nach vorne. »Deal?«

Kopetzky zögerte.

Roth ergriff Goldblums Hand.

»Deal!«, sagte er und fügte zu Kopetzky gewandt in schneidendem Tonfall hinzu: »Und *wag es JA nicht, mir jetzt zu widersprechen!*«

»Sehr gut«, sagte die Israelin. Sie blickte auf ihre Armbanduhr. »Dann schlage ich vor, ich trommle mein Team zusammen und setze mich an den Einsatzplan.

Kopetzky nickte.

»A domani!«, sagte Goldblum, machte kehrt und marschierte in Richtung Ausgang.

Roth sprang auf, funkelte Kopetzky noch einmal bitterböse an und eilte der Israelin hinterher. Er hielt sie an der Schulter zurück.

»Ja?«, sagte sie ein wenig irritiert.

»Die Türkin ist mir wirklich wichtig«, sagte Roth.

»Ich weiß«, sagte Goldblum verständnisvoll.

Roth nahm die Hand von ihrer Schulter. »Kann ich mich darauf verlassen, dass Ihre Männer dort unten keinen Scheiß bauen werden?«

Erneut legte sich dieses spitzbübische, sehr spezielle Grinsen auf Goldblums Lippen. Sie zwinkerte Roth zu, dann wandte sie sich von ihm ab und ging zum Ausgang. Ohne sich noch einmal umzudrehen, winkte sie mit ihrer rechten Hand und sagte: »Wer hat denn etwas von ›Männern‹ gesagt?«

39

In dem kleinen, fensterlosen Raum, in den der Cavaliere sie nach dem Verhör gesperrt hatte, hatte Ishikli die ganze Nacht über kaum Schlaf gefunden. Auf Vareses Geheiß hatte man sie heute Morgen wieder nach draußen eskortiert. Der Cavaliere hatte ihr versichert, Akin genügend Zeit zu verschaffen, sodass sie sich wegen des Timers keine übermäßigen Sorgen mehr machen müsse. Vollständig aufhalten könne er das Gift im Körper ihres Bruders allerdings nicht. Und die Tatsache, dass Kemals Laden aufgeflogen war, machte alles nicht unbedingt einfacher für sie.

Sie warf einen raschen Blick über ihre linke Schulter und

sprintete auf die andere Seite der Viale Marco Polo, wo ein Touristenpärchen gerade seine Fahrräder zur Seite gestellt hatte, um ein Selfie zu schießen. Ehe die beiden auch nur ansatzweise mitbekamen, was gerade geschah, hatte Ishikli sich eines der Fahrräder geschnappt und trat bereits energisch in die Pedale. Es führte kein Weg daran vorbei, diesmal musste sie ein höheres Risiko eingehen und einen Großteil der Strecke bis zu ihrem Ziel oberirdisch zurücklegen. Jetzt, wo Kemals Laden de facto als Sperrgebiet galt, konnte sie nicht mehr so einfach wie ursprünglich geplant persönlichen Kontakt zu Peter Roth aufnehmen. Außerdem fehlten ihr beinahe vier Stunden Zeit zur Ausführung ihres Plans, nachdem der Cavaliere sie die Nacht über sicherheitshalber in dieser beschissenen Zelle im Bunker festgehalten hatte.

Fuck! Fuck! Fuck!

Unmittelbar nachdem Ishikli den Beginn der Via Appia Antica knapp sechs Kilometer südlich des Stadtzentrums erreicht hatte, bog sie in eine Seitenstraße und sprang vom Fahrrad.

Sie schloss die Augen, um sich den Zugangspunkt in Erinnerung zu rufen, dann lief sie zu einer nahe gelegenen Hauseinfahrt und betrat den Innenhof. Nach einigen Sekunden fand sie im hinteren Bereich den ehemaligen, mittlerweile ausgetrockneten Hausbrunnen. Sie schob die zur Abdeckung darüber angebrachten Holzlatten zur Seite und begann, über die roh behauenen Felssteine nach unten zu klettern.

Der Abstieg verlief einigermaßen reibungslos – abgesehen von der Tatsache, dass sie auf den von der Luftfeuchtigkeit glitschigen Steinen den Halt verloren, und die letzten drei Höhenmeter auf dem kürzest möglichen Weg zurückgelegt hatte.

Ishikli rieb sich ihr schmerzendes Becken, holte die Stirnlampe aus dem Rucksack und versuchte sich zu orientieren. Einmal mehr war sie von der Genauigkeit der ihr vom Kardinal zur

Verfügung gestellten Karten beeindruckt. Die Tunnel in diesem Bereich der Stadt waren deutlich älter und auch deutlich niedriger als die am Tag zuvor in Ostiense. Dennoch würde sie in spätestens einer halben Stunde ihr Ziel erreicht haben: die San-Sebastian-Katakomben, direkt unterhalb der gleichnamigen Basilika. San Sebastiano fuori le Mura war bedeutend kleiner als die Paulskirche und auch architektonisch deutlich schlichter. Genau an diesem Punkt hatte der Cavaliere gestern noch eingehakt: Durch die weniger aufwendige Bauweise hatte die Kirche auch weniger statische Schwachstellen; und das sollte sich Ishikli zu Nutzen machen. Der Cavaliere hatte sie explizit angewiesen, die Sprengladungen so zu platzieren, dass sie zwar einen Großteil der Katakomben zum Einsturz bringen würden, nicht jedoch die Basilika. Er wollte persönlich dafür Sorge tragen, dass der Kardinal Ishiklis Bemühungen trotzdem zu schätzen wusste und Akin das Gegengift erhielt.

Ich hoffe, du täuschst dich nicht, dachte Ishikli besorgt.

Doch im Moment hatte sie andere Probleme: Im Gegensatz zu der versteckten Zisterne unter der Paulskirche waren die Katakomben von San Sebastiano für den Publikumsverkehr geöffnet. Das war auch der Grund, weshalb der Kardinal expliziten Befehl erteilt hatte, am Vormittag zu handeln und nicht wie von Ishikli vorgeschlagen in der Nacht.

Mittlerweile hatte Ishikli die Außenwand der Katakomben erreicht. Sie ging in die Hocke, kontrollierte die Kartuschen mit dem eingefärbten Reizgas.

Hoffentlich wird das ausreichen, überlegte sie, während sie die Kartuschen an ihren Gürtel heftete. Anschließend fischte sie eine Atemschutzmaske und ein Nachtsichtgerät aus dem Rucksack und zog sich beides über den Kopf. Wie vom Cavaliere instruiert, tastete sie die Vertiefungen in der Wand zu ihrer Rechten ab.

Rasch fand sie den beschriebenen Metallhebel und legte ihn zur Seite. Durch die Mauer unmittelbar vor ihr fuhr ein Ruck, dann sprang knirschend ein etwa sechzig Zentimeter breiter Abschnitt zur Seite. Ishikli zwängte sich hindurch und betrat die Katakomben von San Sebastiano.

Mit ausladenden Schritten marschierte Ishikli durch die Gänge, schenkte den zahlreichen frühchristlichen Fresken genauso wenig Beachtung wie den kunstvoll gemauerten Grabstellen in den Wänden links und rechts von ihr. Konzentriert starrte sie auf den Bewegungsdetektor in ihrer Hand. Das Gerät war weit weniger präzise, wenn man sich selbst ebenfalls in Bewegung befand – ein gewisses Restrisiko würde sie in Kauf nehmen müssen. In weniger als zwanzig Minuten öffnete die Kirche an der Oberfläche ihre Pforten, und ein Touristenstrom würde sich in die Katakomben ergießen.

Sie konnte unmöglich das gesamte weitläufige System aus Gängen und Kammern abklappern, die Hauptzugangsrouten mussten reichen.

Soweit schien sie hier unten allein zu sein.

So rasch sie konnte, brachte sie die für eine massive Sprengung deutlich zu gering dimensionierten C4-Ladungen an und versah sie mit den Fernzündern. Dann rannte sie zum Eingang der Katakomben. Sie platzierte die Reizgas-Kartuschen, die, kaum aktiviert, mit einem durchdringenden Zischen grauschwarzen, mit einer milden Tränengaslösung versetzten Rauch verströmten, der sich über die gesamten Treppen nach oben in die Kirche und nach unten in die Katakomben verteilte.

Wenn der Cavaliere seinen Job wie vereinbart erledigte, dachte Ishikli, könnte die Sache hier tatsächlich klappen.

Sie machte auf dem Absatz kehrt, sprintete zurück zu ihrem

Zugangspunkt. Plötzlich bemerkte sie durch das Nachtsichtgerät einen hünenhaften Schatten, knapp acht Meter vor ihr. Sofort presste sie sich hinter einen Mauervorsprung und hielt die Luft an, um kein Geräusch zu verursachen. Der Schatten gehörte zu einem muskulösen, durchtrainierten und mindestens einen Meter neunzig großen Mann. Wie Ishikli selbst trug er eine Atemschutzmaske und darüber ein modernes militärisches Nachtsichtgerät. Er hantierte eine Weile an einer der tragenden Mauern herum, ehe er in einer der kleineren Kammern verschwand.

Wenn dieser Kerl hier in voller Ausrüstung herumpfuschen wollte, war das definitiv nicht ihr Problem. Und falls er dabei zweihundert Tonnen Schutt auf den Schädel bekommen sollte, Pech gehabt.

Vorsichtig schob sie sich an der Wand entlang vorwärts und lauschte in den Nebenraum hinein. Offenbar war der andere immer noch mit irgendetwas beschäftigt, das seine gesamte Aufmerksamkeit zu erfordern schien. Ishikli holte einmal tief Luft, dann sprintete sie, so schnell sie ihre Beine tragen konnten, am Zugang zu der kleinen Kammer vorbei. Sie hörte erst wieder auf zu rennen, als sie die Außenwand der Katakomben erreicht und die versteckte Tür wieder hinter sich geschlossen hatte.

Hektisch riss sie sich das Nachtsichtgerät und die Atemschutzmaske vom Kopf, verstaute beides in ihrem Rucksack und blickte auf ihre Armbanduhr.

Sie musste sich beeilen. Wenn es ihr nicht bald gelingen würde, von Angesicht zu Angesicht Kontakt mit Peter Roth aufzunehmen, sah sie sowohl für die verbliebenen Pilgerkirchen der Ewigen Stadt als auch für sich selbst und Akin schwarz.

Und zwar dunkelschwarz.

40

Vom Dachfirst des gegenüberliegenden Hauses aus beobachtete der Cavaliere durch seinen elektronischen Feldstecher den Platz vor der Basilika San Sebastiano. Er legte den Feldstecher zur Seite und schaute auf seine Armbanduhr. In nicht ganz fünfzehn Minuten würde die Kirche die ersten Menschen einlassen. Vor dem Portal hatte sich bereits eine beachtliche Traube von Touristen angesammelt.

Er hob den neben ihm liegenden Laptop hoch und klappte ihn auf. Mit flinken Bewegungen tippte er auf der Tastatur, loggte sich ins zentrale Einsatzleitsystem der römischen Feuerwehr ein. Rasch hatte er gefunden, wonach er suchte, und aktivierte den stillen Feueralarm der Kirche. In weniger als zehn Minuten würden die ersten Einsatzkräfte eintreffen, und weil sie nicht wissen konnten, was sie erwartete, kämen sie in Begleitung von mindestens zwei Ambulanz-Teams. Wenn die Türkin keinen Fehler gemacht hatte, überlegte er, würde alles wie geplant funktionieren.

Erneut griff er zum Feldstecher, spähte nach unten. Die Ordner hatten offenbar ebenfalls bereits von dem Feueralarm erfahren, denn sie bildeten gerade eine Kette und schoben die teils heftig protestierenden Touristen vom Hauptportal weg.

Ausgezeichnet.

Der Cavaliere stellte die Vergrößerung höher und konzentrierte sich. Bereits nach wenigen Sekunden sah er, was er sich erhofft hatte: Dunkelgrauer Rauch quoll unter dem Portal hervor, zunächst zaghaft, dann immer stärker.

Nun konnte er das vereinbarte Signal an die Türkin geben, um die vorgetäuschte Sprengung zu aktivieren. Er zog die Leuchtpistole aus dem rechten Schulterholster, streckte seinen linken Arm nach oben und wollte gerade abdrücken, als die ohrenbetäubend laute Salve eines automatischen Gewehrs unten auf dem Platz die Luft zerschnitt.

Augenblicklich ließ sich der Cavaliere wieder flach auf den Bauch fallen und spähte durch den Feldstecher: Auf dem von drei Seiten von Gebäuden begrenzten Platz herrschte Chaos, die Menschen schrien und liefen panisch hin und her, während sie von drei mit Kalaschnikows bewaffneten und gänzlich in Schwarz gekleideten Männern zurück zur Kirche gedrängt wurden. Die Angreifer schossen immer wieder mit gezielten, kurzen Feuerstößen wahllos in die Menge.

Instinktiv riss der Cavaliere seine Glock aus dem anderen Holster und legte auf die Männer unten am Platz an.

Vollkommen sinnlos!

Auf diese Entfernung würde er allerhöchstens die Touristen erwischen, aber keinen einzigen gezielten Schuss auf die Bewaffneten abgeben können.

Wo bei allen Heiligen blieben die Einsatzkräfte?!

Ohne weiter darüber nachzudenken, sprang der Cavaliere auf die Beine und stürmte nach vorne zur Dachkante. Auf den letzten Metern ließ er sich zur Seite fallen, schlitterte über die Dachziegel hinweg auf den Mauervorsprung zu und schwang sich an der Dachrinne nach unten auf die Fassade. Zu seinem Glück hatte er die darunterliegende Fensterfront richtig im Gedächtnis behalten, denn seine Füße fanden sofort Halt auf dem Gesims des Fensterrahmens. Er blickte die Fassade entlang, um die beste Route zur Straße festlegen zu können, dann kletterte er, so rasch es ihm möglich war, die verbleibenden zwei Stockwerke nach unten, während hinter ihm auf dem Platz immer noch blutiges Chaos herrschte.

Obwohl die ganze Aktion des Cavaliere keine dreißig Sekunden gedauert hatte, bot sich ihm ein desaströser Anblick, als er auf den Platz rannte: Mindestens dreißig Menschen lagen bereits schwer verletzt oder tot inmitten großer Blutlachen auf dem Boden, während die Angreifer mittlerweile zwar nicht mehr wahllos in die Menge feuerten, jedoch verhinderten, dass sich die Touristen von der Kirche entfernen konnten.

Er musste handeln!

Noch im Rennen nahm der Cavaliere den am weitesten links stehenden Angreifer unter Feuer. Er traf ihn am Oberschenkel, rollte herum, als die beiden anderen das Feuer erwiderten, und suchte hinter einem Mauervorsprung des Seitengebäudes Deckung, während ihm die Projektile um die Ohren pfiffen.

Aus der Ferne hörte er das Geräusch von Sirenen.

Endlich!

Immer noch unter Dauerbeschuss stehend, zog er den Spannhebel der Leuchtpistole nach hinten, klemmte ein Stück des von der Wand abgesplitterten Putzes vor den Abzug und schleuderte die Waffe so weit er konnte auf die andere Seite des Platzes.

Jetzt komm schon!

Mit lautem Getöse detonierte die Leuchtkugel, irrlichterte quer über den Platz und zog wie erhofft die Aufmerksamkeit der beiden verbliebenen Schützen auf sich.

Der Cavaliere schickte ein Stoßgebet zum Himmel, dass die Angreifer in der Zwischenzeit ihre Positionen nicht verändert hatten, umfasste seine Waffe mit beiden Händen und trat entschlossen zurück auf den Platz.

Er erwischte den Ersten an der Schulter, den Zweiten mit einem Streifschuss am rechten Oberarm. Die Sirenen der Einsatzfahrzeuge waren mittlerweile deutlich zu hören.

Der am leichtesten verletzte der drei Männer brüllte ein Kommando, das der Cavaliere nicht verstehen konnte. Daraufhin zogen sie ihren am Boden liegenden Kollegen mit dem Oberschenkeldurchschuss auf die Beine und suchten rasch das Weite.

Das Adrenalin in seinem Körper führte dazu, dass der Cavaliere seine Umgebung sehr viel klarer und deutlicher wahrnahm.

Warum hatten die Kerle versucht, die Menschen zur Kirche hinzutreiben?

Plötzlich traf es ihn wie ein Schlag.

»Weg hier! Weg hier! Weg hier!«, rief er auf Englisch, Italienisch und Deutsch. Die völlig verängstigten Menschen rührten sich jedoch nicht von der Stelle.

Porca Puttana! Merda!, fluchte der Cavaliere. Er hob seine Glock und schoss dreimal in die Luft. So schnell er konnte, stürmte er zu den Touristen hin.

»Verdammt noch mal, verschwinden Sie endlich von hier!«, brüllte er aus Leibeskräften auf Englisch. »Sie müssen weg vom Gebäude!«

In diesem Moment erschütterte eine enorme Detonation den Boden unter ihm so heftig, dass es ihn von den Beinen riss. Der Cavaliere rollte über seine Schulter ab, nutzte den eigenen Schwung, um sich wieder abzustoßen, und kauerte sich dicht an die Mauer des Nebengebäudes. Zum Schutz riss er die Arme über den Kopf. Er sah gerade noch, wie die Vorderfront der Basilika San Sebastiano unter einer enormen Schuttwolke in sich zusammensackte.

Plötzlich traf ihn etwas am Hinterkopf, er spürte sein Blut warm den Nacken herunterrinnen. Gehetzt blickte er hinter sich, sah, wie mehrere Sanitäter aus ihren Einsatzfahrzeugen sprangen und in seine Richtung liefen. Dann wurde ihm schwarz vor Augen.

41

Obwohl sie bereits mehr als einen Kilometer von der Basilika San Sebastiano entfernt war, konnte Ishikli die Erschütterung der massiven Detonation unter ihren Füßen deutlich spüren. Abrupt hielt sie an und fuhr herum. Eine dunkle Wolke aus Rauch und Staub stieg über der Via Attica Antica auf.

Was zur Hölle …?!

Cavaliere Varese mochte ein psychopathischer Fanatiker sein, dachte sie, aber er war ein Mann seines Wortes – dessen war sie sich sicher.

Das hast du Dreckskerl dort unten also gemacht!

Wer auch immer der geheimnisvolle Dritte gewesen war, der sie in den Katakomben überrascht hatte, er musste für diese Explosion verantwortlich sein. Aber wer hatte ihn beauftragt? Di Malatesta?

Falls dem so wäre, überlegte Ishikli, dann lag in puncto Vertrauensverhältnis zwischen dem Kardinal und seinem Kettenhund offenbar weit mehr im Argen, als sie bislang vermutet hatte.

Scheiße!

Sie musste einen kühlen Kopf bewahren. Eine zweite dem Erdboden gleichgemachte Kirche änderte alles – es würde nicht mehr lange dauern, bis die gesamte Polizia di Stato und sämtliche Geheimdienste Italiens an dieser Sache dran sein würden. Den Einsturz der Paulskirche hätten die Behörden vermutlich noch als

Unfall vertuschen können; aber wenn eine weitere der sieben römischen Pilgerkirchen eindeutig durch eine unterirdische Explosion zerstört wurde, dann war das ein gefundenes Fressen für die Medien. Sie sah die Schlagzeilen schon vor sich:

»Anschlagserie auf die heiligen Stätten Roms, wenige Tage vor der Ostermesse!«

Ishikli versuchte sich zu konzentrieren.

Hektisch holte sie ihr Mobiltelefon aus der Tasche und aktivierte die Tracking-App, mit der sie den GPS-Sender in dem Gerät, das sie Roth hatte zukommen lassen, verfolgen konnte.

Gut, dachte sie. Anscheinend befand er sich immer noch in seinem Hotel.

Ihr war bewusst, dass sie ein enormes Risiko einging, wenn sie ihren Plan jetzt änderte, aber ihr blieb keine andere Wahl.

Rasch tippte sie eine Kurznachricht, stellte die automatische Wiederholung sicherheitshalber auf 10 und drückte auf Senden.

Stell jetzt keine Fragen. In 30 min, Bar in deinem Hotel. Kein Wort zu Kopetzky! Und schalt den Fernseher ein.

42

Das nervige Piepen seines Mobiltelefons wollte kein Ende nehmen. Wütend schnappte Peter Roth es sich von seinem Nachttisch und richtete sich auf. Er fuhr sich mit der linken Hand mehrere Male über das Gesicht, um zumindest halbwegs munter zu werden.

Als er die zehn unmittelbar nacheinander eingelangten Textnachrichten öffnete, war er allerdings mit einem Mal hellwach.

Sie lauteten alle gleich, und ihr Inhalt verhieß nichts Gutes. Erst jetzt wurde ihm das hektische Geheule zahlreicher Sirenen bewusst, das gedämpft von draußen durch die Fensterscheiben in sein Zimmer drang. Er legte das Telefon beiseite, schwang seine Beine aus dem Bett und schaltete den Fernseher ein.

Ach. Du. Schei-ße!

Die Meldungen zu den Opferzahlen der von den Medien offen als Terroranschlag bezeichneten Zerstörung der Basilica San Sebastiano fuori le Mura schwankten, doch übereinstimmend berichteten sämtliche Sender von zumindest achtunddreißig schwer verletzten und dreizehn getöteten Personen. Für den späten Vormittag sei eine Pressekonferenz der römischen Bürgermeisterin gemeinsam mit dem Polizeipräsidenten der Stadt angekündigt.

Was hast du getan?!

So schnell er konnte, sprang Roth aus dem Bett und zog sich Hose und Hemd über. Er griff erneut zu seinem Telefon, zögerte einen Augenblick. Dann wählte er Thomas Kopetzkys Nummer.

43

Mit einer katzenhaften Bewegung zwängte sich Ishikli durch die Tür des Hintereingangs zur Strawinskij Bar in Roths Hotel. Offenbar schien Kopetzky kein Geld des deutschen Steuerzahlers zu schade für seine Spesenabrechnung zu sein, denn das in der Nähe der Spanischen Treppe gelegene Hotel de Russie mit seinem berühmten mehrgeschossigen Innenhof zählte mit zu den teuersten Adressen der Stadt.

Das sah diesem alten Ekel ähnlich.

Sie schälte sich aus ihren schwarzen Jeans und dem grauen Tanktop und verstaute beides in ihrem Rucksack. Hektisch fingerte sie den weißen Jumpsuit, den sie auf dem Weg hierher besorgt hatte, aus der Einkaufstüte und biss das mit einem Plastikhaken fixierte Preisschild herunter.

Just in diesem Moment kam ein Küchenhelfer mit mehreren prall gefüllten Mülltüten in seinen Händen um die Ecke. Stocksteif blieb er vor der halb nackten Ishikli stehen und starrte sie mit weit aufgerissenen Augen an, während seine Kinnlade den kürzesten Weg in Richtung Fußboden suchte.

»Was glotzt du so dämlich?!«, blaffte Ishikli auf Italienisch und stieg in den Einteiler. »Hilf mir gefälligst mit dem Reißverschluss!« Sie wandte dem jungen Mann ihren Rücken zu.

Fünf Mülltüten fielen ohne eine Millisekunde Verzögerung zu Boden.

Wenige Minuten später hatte Ishikli ihre Erkundung möglicher Fluchtwege im Backdoor-Bereich des Hotels abgeschlossen und den Rucksack in einem sicheren Versteck in einem der Abluftschächte verstaut. Mittlerweile trug sie zu ihrem Jumpsuit auch noch einen eleganten schwarzen Sommerhut mit ausladender kreisrunder Krempe und war in äußerst unbequeme, aber topmodische schwarze High Heels geschlüpft. Vorsichtig öffnete sie die Servicetür und spähte in die Lobby.

Mit ihrem jetzigen Outfit würde sie unter den übrigen Gästen nicht weiter auffallen. *Und vor allem nicht bereits auf den ersten Blick wie eine Terroristin wirken – hoffte sie zumindest.*

Sie setzte einen möglichst teilnahmslosen Gesichtsausdruck auf und marschierte schnurstracks in Richtung Bar, die zu dieser frühen Stunde wie geplant noch nicht besucht war. Unmittelbar vor dem Eingangsbereich hielt sie inne, steuerte zu einer mannshohen Topfpflanze und schaute vorsichtig in den Raum hinein.

In einem der schweren Lounge-Sessel saß ein sichtlich noch deutlich zerknautschter Peter Roth und schaute in Abständen von nur wenigen Sekunden andauernd nervös auf seine Armbanduhr.

Ishikli sah sich noch ein letztes Mal um, dann betrat sie die Bar.

Als er sie erblickte, zuckte Peter Roth kurz zusammen. Seine Augen waren blutunterlaufen. Offenbar hatte er in der letzten Nacht nicht sonderlich viel Schlaf bekommen.

Sie wollte gerade ansetzen, ihm die Situation zu erklären, doch noch ehe sie zu sprechen beginnen konnte, sprang Roth ohne Vorwarnung auf, stürmte auf die Türkin zu und umarmte sie so fest, dass ihr beinahe die Luft wegblieb.

»Okay, okay, okay!«, sagte sie lachend und schob ihn von sich weg. »Ist ja schon gut!«

»Bitte sag mir, dass du das nicht warst!«, sagte Roth leise. Er wich einen weiteren Schritt zurück.

»Ich war es nicht«, entgegnete Ishikli trocken. »Aber ich habe eine ziemlich gute Idee, *wer* für diese Scheiße verantwortlich ist.«

»So rührend ich die Szene hier auch finde«, sagte Thomas Kopetzky in diesem Moment und betrat hinter Ishikli den Raum. »Aber wenn Sie Informationen über ein paar gewichtige Leichen im Keller des Vatikans für uns haben, Caner, dann spucken Sie sie gefälligst endlich aus.« Ohne Umschweife ging er hinter den Tresen und bediente sich am Whisky. »Und ich kann nur für Sie hoffen«, fügte er hinzu, nachdem er sein Glas gefüllt hatte, »dass diese Informationen für uns auch *nützlich* sind.« Er hob das Glas, trank und wies damit zu Roth. »Wenn Peter mich nicht so intensiv bearbeitet hätte, Ihnen noch eine Chance zu geben, würd ich Sie auf der Stelle hochnehmen lassen.«

Wütend funkelte Ishikli Peter Roth an, der betreten zu Boden blickte und sich wieder in den Ledersessel setzte.

»Ich hatte keine andere Wahl, als ihn einzuweihen«, flüsterte er, ohne aufzusehen.

Ishikli schwieg eisern. Sie konnte es nicht fassen, dass Roth sie an Kopetzky verraten hatte! Was zur Hölle hatte er sich dabei gedacht?

»Wird das irgendwann noch was?«, sagte Kopetzky unwirsch. »Wenn Sie nicht kooperieren wollen, soll es mir auch recht sein, Caner. Falls ich Sie an die Italiener ausliefere, macht sich das auch ganz gut in meinem Lebenslauf.«

»Ich denke nicht, dass das eine Option ist«, sagte eine weibliche Stimme in diesem Moment.

Sarah Goldblum betrat den Raum und steuerte direkt auf Ishikli zu. »Ich bin froh, dass ich es noch rechtzeitig hierhergeschafft habe, um Schlimmeres zu verhindern.« Sie warf Kopetzky einen Blick zu, mit dem man ohne Probleme einen Maschendrahtzaun hätte durchschneiden können, griff in die Innentasche ihres Armani-Blazers und beförderte einige Dokumente zutage.

Ishikli stand mit weit aufgerissenen Augen vollkommen perplex in der Mitte des Raumes. Sie streckte die Arme mit den Handflächen nach oben zur Seite, dann drehte sie sich zu Roth und formte mit ihren Lippen lautlos die Worte: WHAT. THE. FUCK?! Roth zuckte allerdings nur entschuldigend mit den Schultern. Mit einem wütenden Fauchen wandte sie sich von ihm ab und adressierte Goldblum: »Und WER bitte sind Sie jetzt?!«

»Sarah Goldblum«, sagte die Israelin freundlich. »Ihre neue Vorgesetzte.«

»Wie bitte?!«, presste Kopetzky entsetzt hervor. Er verschluckte sich.

Goldblum schenkte ihm ein eisiges Lächeln. »Ishikli Caner

steht seit heute Morgen offiziell im Dienst der israelischen Botschaft«, sagte sie. Sie reichte Ishikli einen Diplomatenpass und fügte hinzu: »Und sie genießt damit vorläufig diplomatische Immunität. Wenn dir das nicht passt, kannst du gerne einen Ausweisungsantrag an das italienische Innenministerium stellen.« Goldblum trat näher an Kopetzky heran, lehnte sich mit dem linken Ellbogen auf den Tresen und griff sich mit der Rechten sein halb volles Whiskyglas. »Oder«, sagte sie, leerte das Glas und knallte es schwungvoll zurück auf die Holzplatte, »du ersparst uns endlich deine unsinnige Ego-Show, und wir kümmern uns stattdessen darum, wie wir die Sache hier über die Bühne bringen können!«

Ishikli empfand gerade sehr große Sympathie für diese Sarah Goldblum ... Sie lächelte und setzte sich auf die Lehne von Roths Lounge-Sessel. Sie beugte sich zu ihm hinunter. »Kopetzky hatte keine Ahnung, dass du dem Mossad ebenfalls Bescheid gegeben hast, hab ich recht?«, flüsterte sie.

Roth schüttelte den Kopf. »Es erschien mir sicherer für dich«, sagte er.

Ishikli legte ihm die Hand auf die Schulter. Sie schlug ihre Beine übereinander und lehnte sich zurück. »Gute Entscheidung«, sagte sie. »Deshalb werde ich dir auch nicht den Kopf abreißen. Vorläufig jedenfalls.«

Vor Aufregung oder Zorn immer noch schwer atmend kam Kopetzky hinter dem Tresen hervor und setzte sich gegenüber von Roth und Ishikli in einen der Ledersessel. Auffordernd blickte er zu Sarah Goldblum. Die Israelin grinste den Agenten noch einmal übertrieben breit an, dann setzte sie sich neben Roth.

»Dann schießen Sie mal los«, knurrte Kopetzky. »Aber wenn Ihnen das Leben Ihres Bruders lieb ist, versuchen Sie gar nicht erst, uns zu verarschen.«

Ishikli rollte genervt mit ihren Augen. Sie räusperte sich, dann begann sie zu erzählen. Und sie hatte diesmal absolut nicht vor, etwas wegzulassen. Ganz im Gegenteil.

Nachdem Ishikli etwas mehr als zwanzig Minuten später beinahe zum Ende gekommen war, blickte Sarah Goldblum nachdenklich auf ihre Aufzeichnungen. Kopetzky stand inzwischen bereits wieder hinter der Bar. Er goss sich einen weiteren Whisky ein. Auf seiner Stirn hatten sich tiefe Sorgenfalten gebildet.

Die Türkin saß immer noch neben Roth auf der Armlehne des Ledersessels. Sie hatte einen Arm hinter sich auf die Rückenlehne gelegt und war leicht in Roths Richtung nach unten gerutscht.

»Ich bin mir nur wie gesagt nicht sicher«, schloss sie ihren Bericht, »welche Rolle Cavaliere Varese in der ganzen Sache spielt. Dieser Mann ist mir nach wie vor ein Rätsel.«

Goldblum blätterte in ihren Unterlagen. »Sind Sie bezüglich der Mannstärke des Wachpersonals der vierten Klinikebene sicher?«, erkundigte sie sich. Sie schaute auf und fixierte Ishikli. »Wenn wir da reingehen, will ich möglichst wenig unangenehme Überraschungen erleben.«

Ishikli schüttelte den Kopf. »Keine Sorge«, sagte sie. »Ich bin absolut sicher, dass sie nicht mehr Security dort haben. Der Kardinal scheint sich in diesem Bunker ziemlich sicher zu fühlen.«

Die Israelin nickte zufrieden. »Sehr gut«, sagte sie. »Dann sollten wir keine allzu großen Schwierigkeiten damit haben, über die ersten drei Ebenen von Santo Spirito auch Zugang zum vierten Untergeschoss finden zu können.«

»Tja«, sagte Roth zynisch, »aber nur, wenn man ignoriert, dass Sie komplett falschliegen.« Er richtete sich auf.

Goldblum runzelte die Stirn, blickte Roth auffordernd an. »Was in aller Welt meinen Sie damit?«

»Ziemlich simpel«, sagte Roth. »Ich meine damit, dass sich vermutlich weder Akin Caner noch PROMETHEUS unter Santo Spirito befinden. Falls dort tatsächlich eine vierte Ebene existieren sollte, dann finden wir dort wahrscheinlich alles Mögliche, aber weder Ishiklis Bruder noch diesen ›Supercomputer‹.«

Kopetzky schwieg.

»Erleuchten Sie uns doch bitte«, sagte Goldblum. Sie verschränkte die Arme vor ihrer Brust und lehnte sich zurück.

Roth stand auf. Er wandte sich zu Ishikli, die inzwischen komplett in den Stuhl gerutscht war. »Du hast erzählt, euer Treffpunkt sei jedes Mal vor der Engelsburg gewesen, richtig? Dort hat man dich in einen schwarzen Van verfrachtet, dir einen blickdichten Sack über den Kopf gezogen, und ihr seid losgefahren?«

Die Türkin nickte, wirkte jedoch ein wenig verdutzt. »Ja, und?«, sagte sie.

»Ganz einfach«, fuhr Roth fort, »das Klinikum Santo Spirito liegt direkt neben der Engelsburg, und selbst bei *meiner* Gehgeschwindigkeit benötigt man für die knapp zweihundert Meter keine fünf Minuten. Du hingegen bist dir sicher, dass ihr jedes Mal mindestens fünf Minuten *mit dem Auto* unterwegs wart. Außerdem hast du mit Ausnahme des Kliniklogos an den Wänden des Raumes, in den man dich gebracht hat, keinerlei weitere Anhaltspunkte.« Roth machte eine kurze Pause und blickte in die Runde, ehe er hinzufügte: »Das bedeutet für mich: Falls die Typen nicht aus Langeweile mit dir im Kreis rund um die Engelsburg gefahren sind, wart ihr definitiv *nicht unter Santo Spirito*.«

Ishikli riss die Augen auf. *Roth hatte recht! Wie hatte sie nur so blind sein können!* Eine solche Volte passte hervorragend zu dem, was sie bislang über Kardinal di Malatesta und sein hochgradig strategisches Denken wusste: Er würde sich stets für *alle* möglichen Konstellationen absichern wollen.

»Wenn Sie mit dieser Vermutung richtigliegen, Herr Roth«, sagte Sarah Goldblum in diesem Moment, »haben wir ein massives Problem.

»Ich würde eher sagen, wir sind gewaltig am Arsch«, mischte Kopetzky sich ein.

»Immer mit der Ruhe«, sagte Roth. »Wir können es zumindest vom Radius her eingrenzen.«

»Großartig«, sagte Kopetzky. »Das wären dann ja nur noch fünfundzwanzig Quadratkilometer der Fläche Roms, unter denen sich dieser Bunker befinden könnte!«

»Dein Zynismus bringt uns hier nicht weiter«, sagte Goldblum trocken. Sie legte ihre rechte Hand ans Kinn und blickte nachdenklich ins Leere. »Selbst der Vatikan könnte ein solches Bauprojekt nicht unbemerkt durchführen. Der Tiefbau unter Santo Spirito war – zumindest mit den drei Ebenen, von denen wir sicher wissen – ja ein offiziell genehmigtes Projekt.«

»Wie sieht es mit der geplanten Erweiterung des U-Bahn-Netzes aus, von der Sie uns erzählt haben?«, warf Roth ein. »Könnte uns das weiterhelfen?«

Goldblum schnippte mit den Fingern und nickte mehrmals. Sie griff zu ihrem Telefon, gab ein paar kurze Anweisungen in ihrer Muttersprache und beendete die Verbindung. Sie wandte sich zu Roth: »Meine Mitarbeiter senden mir unverzüglich die Pläne der vorläufigen Streckenführung der Linie D. Damit sollten wir die infrage kommenden Standorte auf zwei, maximal drei Möglichkeiten einschränken können.«

»Könnten wir nicht auch die am Projekt beteiligten Baufirmen kontaktieren?«, erkundigte sich Roth.

Goldblum und Kopetzky schüttelten beinahe zeitgleich den Kopf.

»Zu riskant«, sagte Kopetzky. »Außerdem würde es zu lange

dauern, bis wir aus denen was rausbekommen. Der Vatikan kann in der Wahl seiner Mittel *sehr* überzeugend sein, wenn es darum geht, Menschen zum Schweigen zu bringen.«

»Dem muss ich leider zustimmen«, pflichtete ihm Goldblum bei.

»Wir können die Lage des Bunkers also bestenfalls eingrenzen«, fasste Kopetzky zusammen, »aber nicht genau bestimmen.«

Ishikli schloss die Augen. »Also bleibt uns trotz allem nur eine Möglichkeit, um herauszufinden, wo *genau* mein Bruder gefangen gehalten wird ...«

»Was meinst du damit?«, fragte Roth, obwohl er befürchtete, die Antwort bereits zu kennen.

»Ich muss dort noch mal rein!«

44

Unmittelbar nach der Versorgung der etwa vier Zentimeter langen Platzwunde an seinem Hinterkopf war der Cavaliere aufgesprungen und hatte unter heftigem Protest der behandelnden Ärzte die Entlassungspapiere mitsamt dem Haftungsausschluss gegenüber der Klinik unterzeichnet.

Er war außer sich vor Zorn! Wütend stürmte er den Flur entlang in Richtung des Notausganges zum Treppenhaus. Just als er die Tür nach außen drücken wollte, hielt ihn jemand an der Schulter zurück. Instinktiv handelte der Cavaliere, griff sich im Umdrehen den Arm des anderen und presste ihn auf dessen Rücken.

»Commissario Daniele Ribali«, stöhnte der Mann unter Schmerzen und beeilte sich, mit der freien Hand seinen Dienstausweis herauszuholen. »Ich will nur mit Ihnen reden, Signore Traveto!«

»Was wollen Sie von mir?«, erkundigte er sich skeptisch und ließ Ribalis Arm los.

Der Polizist streckte umständlich den Rücken durch, kreiste mit seinen Armen und rieb sich die lädierte Schulter.

»Sie haben verdammt gute Reflexe für einen Studiengesandten des Vatikans«, sagte der Commissario sarkastisch. »Lernt man so was bei euch im Bibliothekars-Kurs?«

»WAS wollen Sie?!«, wiederholte der Cavaliere gereizt. Er stand kurz davor, diesen Schwätzer auf der Stelle in den Boden zu rammen.

Der Commissario blieb unbeeindruckt. Sämtliche aufgesetzte Freundlichkeit war mit einem Mal aus seinem Gesicht gewichen. »Wie ich schon sagte«, begann er, »will ich lediglich mit Ihnen reden, Signore ›Traveto‹ ...«

Die Art, wie der Polizist den Nachnamen seiner falschen Identität betonte, gefiel dem Cavaliere ganz und gar nicht.

»Sie scheinen der Held der Stunde zu sein«, fuhr der Commissario fort. Er machte eine bewusste Pause, musterte die Mimik des Cavaliere, der sein Gegenüber aber nur völlig unbewegt anstarrte und schwieg.

»Wie Sie wollen. Sie wissen ganz genau, dass Sie diplomatische Immunität genießen, außerdem ist die Beweislage eindeutig: Sie haben heute in Nothilfe gehandelt.« Wieder machte er eine gekünstelte Pause.

Der Cavaliere spannte seine Nackenmuskulatur an und ballte die Fäuste.

Er gab diesem Idioten noch genau eine Minute!

Der Polizist setzte ein feistes Grinsen auf.

»Was mich hingegen *sehr* interessieren würde«, fuhr er fort,

»ist einerseits, *was* Sie heute vor San Sebastiano *überhaupt* zu suchen hatten, und andererseits, wieso in drei Teufels Namen Sie dort mit einer geladenen Glock-19-Pistole und einem Schulterholster aufgetaucht sind?!« Den letzten Teil des Satzes hatte der Polizist in eisigem Tonfall ausgespien.

Der Cavaliere seufzte.

»Ich besitze eine Erlaubnis zum Führen einer geladenen Waffe«, sagte er. »Sehen Sie in Ihrem System nach. Und weil Sie keinerlei Handhabe haben, mich hier noch weiter festzuhalten, werde ich jetzt gehen. Wenden Sie sich für alle weiteren Fragen an das Koordinationsbüro der Schweizergarde im Vatikan, dort wird man Ihnen Auskunft geben.«

Ohne Commissario Ribali auch nur eines einzigen weiteren Blickes zu würdigen, machte der Cavaliere auf dem Absatz kehrt und stürmte nach draußen ins Treppenhaus. Immer zwei Stufen auf einmal nehmend, hastete er, so schnell er konnte, nach unten. Er hatte mit diesem Dilettanten schon genug Zeit vergeudet! Er musste den Kardinal unbedingt zur Rede stellen, noch bevor Ishikli Caner erneut zum Rapport würde erscheinen müssen. Denn mittlerweile hatte er einen sehr plausiblen Verdacht, was heute vor San Sebastiano *tatsächlich* geschehen war – und wer dafür verantwortlich sein musste.

45

Mit vereinten Kräften versuchten Roth und Kopetzky Tenente Coronello Andretti in der Zentrale des CII gerade verzweifelt davon zu überzeugen, dass Ishikli Caner mittlerweile – mehr oder weniger – als Undercover-Agentin für den MAD tätig sei und man mit ihrer Hilfe weitere Anschläge würde verhindern können.

»Morgen ist Ostersonntag«, herrschte der Oberstleutnant sie an. »Rom hat innerhalb von achtzehn Stunden zwei seiner bedeutendsten Kirchen verloren, dreizehn Menschen sind tot, ich habe hier Terrorwarnstufe fünf und noch keine Ahnung, wer hinter dem Massaker von San Sebastiano steckt!« Seine Stimme hatte sich mehrmals beinahe überschlagen, er schnappte nach Luft.

»Umso wichtiger«, sagte Kopetzky in die Pause hinein, »dass wir unsere Kräfte sinnvoll bündeln.« Er war sichtlich um einen ausgleichenden Tonfall bemüht. »Die Methoden der Türkin mögen etwas unkonventionell sein, aber manchmal heiligt am Ende der Zweck die Mittel, und ...«

»Ach halten Sie doch Ihr verdammtes Maul!«, brüllte Andretti. »Ich habe mich über Sie und Ihre ›unkonventionellen Methoden‹ erkundigt, Kopetzky. Sie würden, ohne mit der Wimper zu zucken, Ihre eigene Tochter verkaufen, wenn Sie sich dadurch einen persönlichen Vorteil erhofften!«

Ganz falscher Vergleich!, dachte Peter Roth schockiert und zuckte zusammen.

Kopetzky richtete sich umständlich auf, ging um den Besprechungstisch herum und stellte sich vor den Italiener, der ihn um mehr als einen Kopf überragte. Als er zu reden begann, sprach er sehr, sehr leise, aber erstaunlich deutlich: »Jetzt hören Sie mir mal zu, Sie aufgeblasenes Itaker-Arschloch: Jeder Blinde mit einem Krückstock kann erkennen, dass Sie mit der Situation hier gerade hoffnungslos überfordert sind. Glauben Sie etwa, Ihre ach so tolle Ausbildung an der Militärakademie kann 35 Jahre Einsatz im Feld ersetzen?«

Er trat einen weiteren Schritt näher, bis sein Gesicht kaum noch von dem des vollkommen fassungslosen Italieners entfernt war. Ohne jegliche Vorwarnung schlug Kopetzky ihm seine Faust fest gegen den Solarplexus. Andrettis Lungen leerten sich mit einem erstaunten Schnauben, dann krümmte er sich zusammen, hielt sich mit der rechten Hand an der Tischkante fest und atmete flach und schnell.

Kopetzky beugte sich zu ihm nach vorne. »Erwähnen Sie *nie wieder* meine Tochter«, flüsterte er. »Und wenn Sie fertig damit sind, Ihren Lehrbuch-Scheiß abziehen zu wollen, lassen Sie die Erwachsenen anfangen zu arbeiten.«

»Wie ich sehe, komme ich gerade noch rechtzeitig«, sagte Julia Freudensprung in diesem Moment, während sie den Raum betrat. Sie hielt eine Wasserflasche in der Hand, ging zu Andretti und reichte sie dem Italiener, der sie dankbar annahm und sich wieder aufrichtete. Freudensprung legte ihm fürsorglich eine Hand auf die Schulter.

»Geht's wieder?«, erkundigte sie sich.

Andretti nickte und trank einen Schluck Wasser.

»Gut«, sagte Freudensprung. Sie klatschte in die Hände. »Meine Herren, wir sind wohl alle ziemlich mit den Nerven runter. Aber wenn wir jetzt nicht zusammenarbeiten, wächst uns die Sache über den Kopf und begräbt uns vollständig unter sich. Deshalb schlage ich vor, dass wir das Kriegsbeil so lange nicht wieder hervorholen, bis wir die Hintermänner dieser Anschläge gefunden und dingfest gemacht haben.« Sie blickte reihum in die Runde. »Einverstanden?«

Andretti reichte Kopetzky die Hand. »Es tut mir leid«, sagte er. »Ich hatte die Information über Ihre Tochter im Bericht zwar gelesen, aber vorhin nicht mehr daran gedacht. Ich hätte das nicht sagen dürfen.«

»Tut's noch so richtig weh?«, sagte Kopetzky.

Der Italiener nickte.

»Gut«, sagte Kopetzky. »Dann Schwamm drüber!«

Freudensprung wandte sich zu Roth und Andretti. »Ich denke«, begann sie, »wenn Peter dieser Türkin vertraut, Tenente Coronello, dann können Sie das ebenfalls. Er hat mich – was diese Dinge anbelangt – noch nie enttäuscht.«

Oberstleutnant Andretti wirkte nach wie vor skeptisch. »Warum haben Sie mir die Verwicklung dieser Frau in den Einsturz von San Paolo verschwiegen?«

Kopetzky blickte überrascht zu Freudensprung, doch die zuckte nur ahnungslos mit den Schultern.

Andretti, dem der Blickwechsel nicht entgangen war, fügte hinzu: »Wir haben es selbst herausgefunden. Aber das ist jetzt irrelevant. Solange Sie mir versichern können, dass Ishikli Caner mit dem Anschlag auf San Sebastiano nichts zu tun hat, können Sie auf meine Unterstützung zählen. Sie haben mein Wort.«

Erleichtert atmete Roth auf. »Sie hat weder diese Kirche in die Luft gejagt«, sagte er zum Oberstleutnant gewandt, »noch die Menschen auf dem Vorplatz getötet – darauf gebe ich Ihnen *mein* Wort.«

In diesem Moment wurde die Tür zum Besprechungsraum von außen aufgestoßen und ein hochgradig aufgeregt wirkender Mitarbeiter Andrettis steckte seinen Kopf herein.

»Ich sagte, wir wollen nicht gestört werden!«, herrschte Andretti ihn an.

»Verzeihen Sie, Tenente Coronello«, japste der Mann, »aber Sie sollten auf der Stelle den Fernseher einschalten!«

Andretti runzelte irritiert die Stirn und griff zur Fernbedienung. »Welcher Sender?«, erkundigte er sich.

»Youtube«, sagte sein Mitarbeiter. »Gleich der erste Vorschlag ganz oben – die Zugriffszahlen gehen gerade durch die Decke!

Wir versuchen bereits, das Video sperren zu lassen, aber das wird noch dauern!«

Andretti aktivierte den großen Flachbildschirm an der Wand und wechselte in den Webbrowser des Geräts:

Ein komplett abgedunkelter Raum. Im Vordergrund, von einem hellen Strahler angeleuchtet, ein einfacher Schreibtisch, dahinter, an der Wand, die alte Kriegsflagge des Osmanischen Reiches, auf dem Tisch zwei gekreuzte Krummschwerter und ein Halbmond.

Nach einigen Sekunden betrat vom rechten Bildrand aus eine komplett in Schwarz gekleidete Person mit einer Sturmhaube die Szenerie. Sie setzte sich auf den Stuhl, hob einige Papiere in die Höhe und blickte genau in die Kamera.

»Meine bewaffneten Brüder und Schwestern in Allah«, begann die Person mit fester Stimme in englischer Sprache. »Die Zeit ist gekommen. Rom hat die Früchte unseres Zorns gekostet. Aber das war erst der Anfang.«

Als Roth die Stimme des Sprechers erkannte, wurde ihm auf der Stelle speiübel. So schnell er konnte, griff er sich den neben ihm stehenden Mülleimer und musste sich übergeben.

Unmöglich! Das durfte einfach nicht wahr sein!

46

Unsere Vorfahren haben einst einen Eid auf den Propheten geschworen, die Kreuzritter für die Eroberung und Zerstörung unserer heiligen Stätten zu strafen. Lasst uns ihr Andenken ehren und zu Ende bringen, was sie begonnen haben! Die Zeit ist gekommen, um Rache zu üben an all denen, die unsere Brü-

der und Schwestern, Söhne und Töchter niedergemetzelt haben, an all denen, die jeden Tag, jede Stunde, jede Minute und Sekunde im Namen ihrer verderbten ›westlichen Werte‹ seit über tausend Jahren nicht aufhören wollen, immer weiter und weiter unsere Familien und unsere Kinder brutal abzuschlachten! Meine geliebten Brüder und Schwestern auf der ganzen Welt, die Zeit ist gekommen, Allahs Feuer auf unsere Unterdrücker niederregnen zu lassen! Steht auf, mit dem glorreichen Osmanischen Reich als eurem Verbündeten! Steht auf und versteckt euch nicht länger! Steht auf und versteckt euch nicht länger in den Schatten! Kämpft mit uns im Licht! Denn Allah ist mit uns!

Mit diesen Worten zog sich die Sprecherin in der Videoaufzeichnung die Maske vom Gesicht und starrte direkt in die Kamera.

»*Rom wird brennen, und Rom wird fallen!*«, sagte Ishikli Caner. »*Und mit Rom die ganze sogenannte westliche Welt! Alle Muslime, die Türkei und ihr glorreicher Präsident und Führer, sie alle stehen hinter uns, meine Brüder und Schwestern! Allah-hu Akbar!*« Dann wurde das Bild schwarz, und die Aufzeichnung startete nach wenigen Sekunden erneut.

Thomas Kopetzky ging zum Fernseher, schaltete ihn aus.

»Wir sollten jetzt keine voreiligen Schlüsse ziehen«, begann er ein wenig hilflos, »und uns zunächst überlegen, wie wir die Situation in den Griff …«

»Sparen Sie sich Ihre Bemühungen!«, fiel ihm Andretti ins Wort. Seine gesamte Körperhaltung hatte sich komplett verändert, es wirkte, als wäre sämtliche Energie aus ihm entwichen. Seine Bewegungen wirkten abgehackt, beinahe apathisch. »Die Behauptungen dieser Frau sind eine diplomatische Katastrophe, wie ich sie in meiner gesamten Karriere noch nicht erlebt habe – ist Ihnen das überhaupt klar, Kopetzky?!« Seine Stimme zitterte, war deutlich höher als üblich.

»Jetzt machen Sie sich mal nicht in Ihr Designer-Hemd, Andretti«, entgegnete der Agent. »Es kommt alle Tage mal vor, dass irgendwelche vollkommen durchgeknallten Terrorgruppen behaupten, sie hätten die offizielle Rückendeckung einer Regierung. Die Türken werden jeglichen Zusammenhang leugnen, die muslimische Glaubensgemeinschaft wird die Anschläge zutiefst verurteilen, der Vatikan wie üblich zur Versöhnung aufrufen, und nach ein paar Wochen legt sich die ganze Aufregung wieder – denken Sie doch nur an Nizza oder das Bataclan-Massaker in Paris! Das öffentliche Gedächtnis ist äußerst kurz. Glauben Sie mir, das ist nicht das erste Mal, dass ich so was hier erlebe, und noch ist nicht aller Tage Abend!«

»Aber nur«, sagte Roth in diesem Moment leise, »solange es keine *Beweise* für die Behauptungen der Terroristen gibt ...«

»Wie bitte?!«, fragte Kopetzky irritiert. »Was hast du gerade gemurmelt?«

Roth hob seinen Blick, starrte Kopetzky mit weit aufgerissenen Augen an: »Ich sagte«, wiederholte er hart und sehr deutlich, »wenn Beweise für die Behauptung, der türkische Präsident stünde hinter den Anschlägen, an die Öffentlichkeit durchgestochen werden, haben Europa und die NATO ein massives Problem, verdammt!« Es bereitete ihm erhebliche Mühe, nicht die Beherrschung zu verlieren.

Kopetzky holte tief Luft, öffnete den Mund, zögerte, schloss ihn wieder, blickte zu Andretti, dann zurück zu Roth.

»Welches Interesse sollte der Vatikan daran haben, die auf dem Datenträger enthaltenen Informationen nach außen zu ...?!«, begann er skeptisch.

»Das WISSEN wir eben nicht!«, brüllte Roth mit sich überschlagender Stimme. »Sie könnten tausend Gründe haben oder nur einen einzigen, das Ergebnis wäre das gleiche: eine Kriegserklärung an Italien und Ishiklis Todesurteil!«

»Aber dadurch würde doch auch die Verwicklung des Heiligen Stuhls öffentlich werden, oder etwa nicht?«, mischte Freudensprung sich ein, sichtlich bemüht, den völlig aufgebrachten Roth ein wenig zu beruhigen.

»Nicht notwendigerweise«, antwortete Roth, bereits wieder etwas gefasster. »Es liegt im alleinigen Ermessen des Vatikans, welchen Teil der Informationen sie veröffentlichen und vor allem auch, *wie* sie das tun.«

Andretti räusperte sich.

»Ich fürchte«, sagte er, »Signore Roth hat recht. Wenn diese Beweise an die Öffentlichkeit geraten würden, hätten wir es nicht mehr mit einem schrecklichen islamistisch motivierten Anschlag zu tun, sondern mit einem völkerrechtlich betrachtet kriegerischen Akt eines NATO-Staates gegen einen anderen.« Er machte eine Pause, rang sichtlich um Fassung und fügte hinzu: »Und ich will mir gar nicht ausmalen, was dann hier los wäre …«

Einige Sekunden lang beherrschte bleiernes Schweigen den Raum.

»Und was bedeutet das für Ishikli Caner jetzt *ganz konkret?*«, erkundigte Freudensprung sich bedrückt.

Roth kam dem Italiener mit einer Antwort zuvor.

»Einsatzfreigabe für tödliche Waffengewalt bei Erstkontakt«, sagte er emotionslos. »Und wäre ich an Andrettis Stelle, würde ich nicht anders handeln. Ihm bleibt gar keine andere Wahl, als diesen Befehl zu erteilen.«

Die gesamte Polizei Roms und sämtliche Geheimdienste Italiens würden Ishikli Caner erbarmungslos jagen! Und man würde sofort das Feuer auf sie eröffnen, sobald die Türkin irgendwo auftauchte.

Roth rieb sich mehrmals mit den Handflächen über das Gesicht, ehe er seine Arme mit einer abrupten Bewegung wieder nach vorne riss und den Italiener direkt anblickte: »Wie viel Zeit können Sie uns verschaffen?«

»Gar keine«, sagte Andretti. »Aber ich kann dafür sorgen, dass ich Sie *nicht* für Ihren direkten Kontakt zu Ishikli Caner festnehmen lasse. Sie sollten am besten von hier verschwinden, und es würde nicht schaden, wenn sich auch Maggiore Kopetzky eine Zeit lang nicht mehr hier in der Zentrale blicken lassen würde.« Er sah zu Freudensprung. »Aber ich denke, ich kann Ihnen trotzdem entgegenkommen – ich sehe nämlich nichts, was *grundsätzlich* im Moment gegen die Anwesenheit eines Verbindungsoffiziers sprechen würde ...«

»Dan-ke!«, sagte Kopetzky bestimmt, schnappte mit der Linken Roths Unterarm und drehte ihn in Richtung der Tür. »Das ist mehr als großzügig von Ihnen und, offen gestanden, auch mehr, als ich erwartet hätte. Sie haben mein Wort, Andretti: Wir werden dafür sorgen, dass es keine weiteren Opfer mehr gibt!«

Mit einem gequälten Lächeln streckte der Oberstleutnant Kopetzky seine Rechte hin. »Sie sind dort draußen auf sich allein gestellt. Viel Glück!«

Kopetzky ergriff die Hand des Italieners. »Das werden wir noch sehen«, sagte er lakonisch. Er wandte sich an Freudensprung, während Roth dem Oberstleutnant ebenfalls die Hand schüttelte und das Besprechungszimmer verließ. »Halt dich hier in der Kommandozentrale bitte bereit. Kann gut sein, dass wir deine Hilfe brauchen werden.«

»Mach ich«, sagte die Polizistin. »Und, Thomas?«

Kopetzky blieb stehen, drehte sich noch einmal zu ihr um.

»Ja?!«

»Kommt bitte in einem Stück zurück!«

»Kann ich dir nicht versprechen«, antwortete Kopetzky trocken, während er Roth nach draußen folgte. »Aber wir werden es auf jeden Fall versuchen ...«

47

Zielstrebig hetzte der Cavaliere durch das Vorzimmer zu Kardinal di Malatestas Büro. Er ignorierte die verzweifelten Versuche des persönlichen Sekretärs, ihn aufzuhalten. Kommentarlos packte Varese den jungen Mann an der Gurgel. Ohne seinen Schritt zu verlangsamen, schob er ihn vor sich her, bis er die Tür zu den Prunkräumen erreichte, dann drückte er seine rechte Hand noch einmal zusammen und stieß den Sekretär gegen die Wand. Die Verriegelung des zweiten Flügels ignorierend, warf er sich mit seinem gesamten Körpergewicht gegen die Doppelflügel. Holz splitterte, der Cavaliere betrat den Raum und fand vor, was er erwartet hatte:

Oberst Nokhanov stand mit verschränkten Armen neben dem Schreibtisch des Kardinals, di Malatesta selbst saß dahinter. Der Russe starrte den Cavaliere mit einer Mischung aus Überraschung und Verachtung aus seinen eng zusammenliegenden Augen an, wohingegen der Kardinal nicht sonderlich erstaunt wirkte.

»Varese!«, bellte Nokhanov. »Sie Vollidiot hätten beinahe einen meiner besten Männer getötet!«

Der Cavaliere ging schnurstracks auf den Oberst zu. »RAUS!«, brüllte er.

Der Russe rührte sich nicht, dann blickte er fragend zum Kardinal. Di Malatesta nickte ihm zu.

»Seien Sie doch so freundlich und schließen Sie die Tür hinter sich, Oberst«, rief der Kardinal ihm nach. Er erhob sich und kam um seinen Schreibtisch herum.

»Du solltest dich besser schonen, Coccolo«, sagte er sanft und hob den Arm. »Man berichtete mir, du hättest eine leichte Gehirnerschütterung davongetragen?«

Der Cavaliere schlug seine Hand weg, packte ihn am Revers.

»Du *Heuchler*!«, zischte er. »*Wie-so*?!«

Der Kardinal zeigte keinerlei Zeichen von Anspannung. »Lass mich los, Gianfranco«, sagte er freundlich. »Dann kann ich dir alles in Ruhe erklären.«

»WIESO?!«, brüllte der Cavaliere. Er stieß den Kardinal so schwungvoll von sich weg, dass di Malatesta unsanft mit seinem Becken gegen die Kante des Schreibtisches knallte. »Und komm mir nicht mit irgendwelchen Ausflüchten! Nokhanovs Söldner hatten eindeutige Anweisungen, so viele Menschen wie möglich zu töten! Warum hast du mich nicht eingeweiht?«

Der Cavaliere fuhr herum, stieß einen kaum unterdrückten Schrei aus und setzte sich auf das Sofa der barocken Sitzgruppe vor dem Kamin. Er öffnete die Kristall-Karaffe auf dem Tisch, nahm sich ein Glas und füllte es bis knapp unter den Rand mit Cognac.

Mittlerweile hatte di Malatesta sich wieder aufgerappelt. Er bewegte seinen Nacken langsam nach links und nach rechts und wieder zurück, bis seine Halswirbelsäule ein deutlich wahrnehmbares Knacken von sich gab. Ein kühles Lächeln legte sich auf seine Lippen. »Die Frage ist doch vielmehr, was *du* heute vor San Sebastiano zu suchen hattest ... Aber ich denke, ich kenne die Antwort darauf bereits: Du wolltest sicherstellen, dass Ishikli Caner ihren Auftrag auch ordentlich ausführt, nicht wahr? *Deshalb warst du doch dort? Nicht wahr, Coccolo?*« Beim Aussprechen der letzten beiden Sätze hatte sich seine Stimme merklich gesenkt. Sein Lächeln war verschwunden.

Der Cavaliere leerte sein Glas in einem Zug. Er beugte sich nach vorne, stützte den rechten Ellbogen auf den Oberschenkel und massierte sich die Nasenwurzel. Ohne aufzublicken, sagte er: »Warum hast du mich hintergangen, Stefano?« Er hob den Kopf und schaute den Kardinal direkt an.

Di Malatesta setzte einen irritierten Gesichtsausdruck auf. »Ich dich hintergangen?! Was für ein Unsinn! Erstens musste ich sicherstellen, dass diese Türkin nicht wieder in letzter Sekunde ihr Gewissen entdeckt, zweitens bin ich immer noch dein Vorgesetzter – was du in letzter Zeit öfter zu vergessen scheinst –, und drittens ...« Er machte eine Pause, ging zur Sitzgruppe, baute sich vor dem Cavaliere auf. »Und drittens«, fuhr er fort, »wenn hier jemand jemanden hintergangen hat, dann du mich! Dachtest du ernsthaft, ich würde nicht herausfinden, dass die Türkin offenkundig menschliche Opfer vermeiden wollte und San Paolo geräumt hat, bevor sie die Sprengladungen hochgehen ließ?!«

»Das ging dich nichts an«, sagte der Cavaliere ruhig. »Ihr Auftrag war, die Kirche zu sprengen, und das hat sie getan. Wie sie ihn durchführt, war allein ihre Sache.«

»Oh«, sagte der Kardinal mit zynischem Unterton. »Seit wann entscheidest du, was mich ›etwas angeht‹? Ich glaube, Gianfranco, du überschätzt dich ganz massiv. Offensichtlich hast du vergessen, wo deine Position ist.«

Der Cavaliere lachte kurz auf. »Und deine eigene Position?«, sagte er leise und erhob sich. »Du bist Diener und Vertreter Gottes auf Erden, aber du bist nicht Gott!«

»Spar dir deinen blasphemischen Unsinn«, sagte der Kardinal abwertend. »Du unterstehst meinem Befehl. Und ich erwarte, dass du meine Befehle in Zukunft ausführst, ohne sie zu hinterfragen.«

Er trat näher an den Cavaliere heran und änderte erneut seinen Tonfall. »Du bist ein Krieger Gottes, Coccolo. Kein General. Ich *brauche* dich. Ohne dich werde ich scheitern. Ohne dich *bin* ich *nichts*. Und Gottes Wille wird nicht geschehen, wenn ich mir deiner bedingungslosen Loyalität nicht zu einhundert Prozent gewiss sein kann!«

Der Cavaliere schwieg. Er schloss die Augen, atmete langsam ein und wieder aus. *Selbst Jesus Christus hatte auf dem Ölberg an seinem Vater gezweifelt. Wollte Gott ihn prüfen? Würde er ihm den rechten Weg weisen, wie er es immer getan hatte?*

Hab Vertrauen, Gianfranco, hab Vertrauen!

»Kann ich auf dich zählen, Coccolo?«, hakte der Kardinal mit sanfter, aber ein wenig ungeduldiger Stimme nach.

Der Cavaliere öffnete die Augen. »Ja, *Eminenz*«, sagte er bestimmt. »Du *kannst* auf mich zählen.«

48

»Ich soll *was?!*«, sagte Ishikli skeptisch und betrachtete die etwa drei Zentimeter lange pillenförmige Kapsel in ihrer Hand. »Und wenn ich bei dem Versuch, das Ding runterzuwürgen, ersticke?«

»Dann pressen wir den Sender wieder aus Ihrer Speiseröhre und Sie versuchen es noch einmal«, sagte die blonde Israelin neben ihr trocken.

Sie trug eine schwarz-graue Tarnuniform ohne Rang- oder Hoheitsabzeichen. Sarah Goldblum hatte sie Ishikli etwa zehn Minuten zuvor als Leutnant Elsa Anschel vorgestellt und erklärt, die Soldatin des Mossad würde beim bevorstehenden Einsatz als Team-Leader vor Ort agieren.

»Wir haben leider keine andere Möglichkeit«, fuhr Anschel fort. »Ein Implantat würde beim Scan auffallen. Die Größe des Senders ist aufgrund der Batterie notwendig, damit wir ihn von der Leitzentrale aus aktivieren können. Andernfalls besteht die Gefahr, dass er entdeckt wird, obwohl er sich in ihrem Dünndarm befindet.«

Na großartig!, dachte Ishikli.

»Kann ich wenigstens einen Wodka bekommen?«

Leutnant Anschel schüttelte den Kopf. »Alkohol wäre kontraproduktiv.«

Ishikli machte eine abwehrende Handbewegung, würgte einige Sekunden lang herum, schluckte und sagte: »Erledigt. Und jetzt?«

Die Israelin grinste verhalten, setzte aber sofort wieder einen neutralen Gesichtsausdruck auf.

»Jetzt«, übernahm Sarah Goldblum erneut die Führung im Gespräch, »rekapitulieren wir gemeinsam ein letztes Mal den Einsatzplan in allen Einzelheiten.« Sie blickte auf ihre Armbanduhr. »Dann sollten hoffentlich bald Roth und Kopetzky hier auftauchen. Wir benötigen auf jeden Fall ihre Unterstützung, wenn wir Sie sicher zum Treffpunkt bringen wollen. Seit der Veröffentlichung des Videos ist dort draußen die Hölle los.« Sie machte eine Pause und trat auf Ishikli zu. Als sie weitersprach, klang sie ehrlich besorgt. »In dem Moment, in dem Sie das Gelände der israelischen Botschaft verlassen, sind Sie Freiwild. Mithilfe der U-Bahn-Route war es uns möglich, die potenzielle Lage der Bunkeranlage auf drei Standorte einzugrenzen. Trotzdem können wir Sie erst wieder unterstützen, sobald wir die *exakte* Position der PROMETHEUS-Server kennen.«

»Ab der Lokalisierung des Gebäudes«, begann Leutnant Anschel, »benötigt das Einsatzteam etwa fünf Minuten, bis es vor Ort ist. Wir gehen davon aus, dass weitere zehn Minuten zu kalkulieren sind, bis es die unterirdische Bunkeranlage erreicht beziehungsweise den Rückzugsbereich sichern konnte. Das bedeutet, dass ...«

»Ich weiß, dass ich eine Viertelstunde alleine durchhalten muss«, fiel ihr Ishikli ein wenig genervt ins Wort. »Sie erklären es mir ja jetzt schon zum dritten Mal!«

»Wir haben unsere Vorschriften«, sagte die Israelin trocken. »Jedenfalls wird das Einsatzteam, sobald ...«

Ishikli stieß einen tiefen Seufzer aus. »Anschel, verschonen Sie mich mit dem Scheiß! Ich hab's kapiert, und ihre Vorschriften werden mich dort unten auch nicht schützen können!«

»Ich verstehe Ihre Haltung und auch, dass Sie nervös sind«, schaltete Goldblum sich wieder ein. »Aber wir sind hier, um zu helfen, und ...«

Hielten sie hier eigentlich alle für vollständig verblödet?!

Ishikli fuhr herum und schnauzte Goldblum an: »Kommen Sie mir jetzt nicht auf die Tour! Sie nutzen meine Situation gerade schamlos zu Ihrem eigenen Vorteil aus, denn Sie geben in Wahrheit einen Dreck auf mich oder das Leben meines Bruders. Also – bitte! – lassen wir das und tun nicht mehr länger so, als ob wir hier alle die besten Freunde wären!«

Goldblum kniff die Augen zusammen. Anschel räusperte sich verlegen und verschränkte die Arme hinter ihrem Rücken.

»Wie Sie wollen«, sagte Goldblum kühl. »Sobald der Alarm in der Einrichtung anschlägt, müssen Sie selbst zusehen, wie Sie zurechtkommen. Unsere Priorität gilt der Sicherstellung der Leiteinheit von PROMETHEUS. Immerhin konnten wir den italienischen CII dazu bewegen, uns nicht in die Quere zu kommen. Das gilt allerdings nicht für die Polizia di Stato und die Carabineri. Sobald sich das Einsatzteam den Zugang freigesprengt hat, bleiben uns etwa zehn Minuten, um die ganze Aktion abzuschließen, bis das gesamte Gelände eingekesselt sein wird.« Sie atmete durch. Ihre Gesichtszüge entspannten sich ein wenig, ehe sie in sanftem Tonfall hinzufügte: »Das bedeutet, Sie haben ab diesem Zeitpunkt *weniger* als zehn Minuten, um Ihren Bruder heil dort rauszubringen.«

Goldblum trat näher an Ishikli heran. Sie legte ihr die Hand auf die Schulter und senkte ihre Stimme. »Glauben Sie mir, Caner«, flüsterte sie, »ich gebe *mehr* als nur ›einen Dreck‹ auf das Leben Ihres Bruders. Ich habe meinen eigenen 2014 bei einem Anschlag in Tel Aviv verloren.« Die Israelin seufzte entschuldigend. »Aber mir sind die Hände gebunden.«

Ishikli kreiste mit dem Nacken. Sie streifte Goldblums Hand ab.

»Wie auch immer«, sagte sie. Ihr war durchaus bewusst, dass die Israelin versuchte, ihr Zuversicht zuzusprechen. Aber das änderte nichts an der Tatsache, dass die Chancen für sie und Akin, lebend aus diesem Bunker rauszukommen, gegen null tendierten. »Sorgen Sie einfach nur für genügend Ablenkung. Alles andere bekomme ich schon auf die Reihe.«

Goldblum nickte.

»Wir werden Sie nicht im Stich lassen«, sagte Anschel in diesem Moment. Es klang ehrlich. Die nur knapp einen Meter sechzig große, muskulöse Israelin machte einen Schritt auf Ishikli zu. Sie schaute ihr direkt in die Augen. »Und versprechen Sie mir eines, Caner: Treten Sie diesen Dreckskerlen dort unten *so richtig* in den Arsch!«

»Sind Sie bereit?«, mischte Goldblum sich ein. In ihrer Linken hielt sie eine elektrische Haarschneidemaschine in die Höhe und blickte die Türkin auffordernd an.

Ishikli seufzte genervt. »So bereit, wie man nur sein kann ...«, sagte sie, setzte sich auf den Stuhl in der Mitte des Raumes und schloss die Augen.

49

Eine schwarze Mercedes-S-Klasse-Limousine mit Diplomaten-kennzeichen schlängelte sich, so gut es ging, durch den zähflüssigen römischen Abendverkehr. Trotz des bedeckten Himmels zeigte das Thermometer noch immer mehr als fünfundzwanzig Grad Celsius. Es herrschte drückende Schwüle.

Thomas Kopetzky blickte durch die verdunkelte Seitenscheibe nach draußen. Seit der Wagen der israelischen Botschaft sie eine knappe halbe Stunde zuvor beim Gelände des CII abgeholt hatte, hatte er kein Wort gesagt. Roth fragte sich, was in ihm vorging, kannte seinen alten Freund aber gut genug, um zu wissen, dass jedes Nachfragen zwecklos wäre.

Um sich vorzubereiten, schlug er die Akte über den Kardinal auf, die ihnen der Fahrer ausgehändigt hatte, und begann zu lesen:

1969 in der kalabrischen Hauptstadt Catanzaro als einziger Sohn einer erst siebzehnjährigen heroinabhängigen Prostituierten geboren, wuchs er in ärmsten Verhältnissen auf. Als er erst sechs Jahre alt war, wurde seine Mutter von ihrem Zuhälter halb tot geprügelt; die Wohlfahrt steckte den Jungen daraufhin in eine vom Jesuitenorden finanzierte Erziehungsanstalt.

Über verschiedene Stationen landete er an der päpstlichen

Universität Gregoriana in Rom, wo er auch den um vier Jahre jüngeren Gianfranco Varese kennenlernte.

Roth überflog den Rest des Berichts: zwei Wirtschaftsstudiengänge, Oxford und Harvard, kometenhafter Aufstieg innerhalb des Vatikans, vor zwei Jahren dann die Ernennung zum Kardinalstaatssekretär – der Nummer zwei in der Hierarchie des Vatikans.

Mit einem beinahe anerkennenden Seufzer ließ Roth sich zurück in die Polsterung des Mercedes fallen und schlug die Akte zu.

»Sag mir jetzt bitte nicht, dass dich dieser Drecksskerl beeindruckt«, knurrte Kopetzky in diesem Moment. Er versuchte, das Seitenfenster zu öffnen, und fingerte seine Zigaretten aus dem Sakko. Die Scheibe rührte sich nicht von der Stelle. Verärgert klopfte er gegen das Panzerglas, das den Fahrgastraum von der vorderen Sitzreihe abtrennte.

»Ja?«, erkundigte sich der Fahrer über die Sprechverbindung.

»Machen Sie mir das Fenster auf!«, blaffte Kopetzky ihn ansatzlos an.

»Tut mir leid«, antwortete der Fahrer. »Sicherheitsvorschriften. Außerdem können Sie hier drin nicht rauchen – das Fahrzeug verfügt über einen automatischen Unterdruckmechanismus zur Brandbekämpfung.«

Der Agent murmelte einen für Roth unverständlichen Fluch. Widerwillig steckte er seine Marlboro zurück in die Innentasche.

»Ich muss zugeben«, sagte Roth, »dass ich schon langweiligere Lebensgeschichten gelesen habe.«

Kopetzky schnaubte. »Das Einzige, was mich im Moment interessiert, ist, wie wir diesen Psychopathen aus dem Verkehr ziehen können. Die Aussage einer in den Augen der Behörden ›islamistischen Terroristin‹ wird uns dabei nämlich *nicht* sonderlich weiterhelfen!«

»Woher wisst Ihr überhaupt so viel über di Malatesta?«, fragte Roth.

»Die deutschen Dienste hatten ausgesprochen wenig, weil er nicht in unser Fadenkreuz geraten war«, sagte Kopetzky lapidar. »Das meiste davon stammt vom Mossad. Sie verdächtigen di Malatesta offenbar schon seit Längerem, in die Terrorfinanzierung verstrickt zu sein. Und frag mich jetzt bitte *nicht*, woher der *Mossad* seine Informationen hat!«

»Wir erreichen in Kürze die Botschaft«, meldete sich der Fahrer in diesem Moment. »Ich habe Order erhalten, nicht die Haupteinfahrt zu benutzen. Sie müssen die letzten Meter zu Fuß zurücklegen.«

»Na wenigstens kann ich dabei rauchen«, brummte Kopetzky.

50

Bedächtig und sacht drückte der Cavaliere die Tür seines Büros zu. Die rechte Hand flach gegen das warme Zedernholz gepresst, die linke am Knauf. Er schloss die Augen, holte tief Luft, hielt einige Sekunden lang den Atem an. Während er seine Rechte langsam über das Türblatt gleiten ließ, drehte er sich halb herum. Er atmete ein, öffnete die Augen. Immer noch hielt er den Türknauf fest umklammert, die Sehnen seiner Hand zeichneten sich wie weiße Klingen unter der Haut ab.

Einen Augenblick lang zitterte sein gesamter Arm heftig, dann löste er die Umklammerung seiner Finger.

Er durchquerte den Raum, blieb vor dem Bücherregal stehen. Er öffnete die Karaffe, nahm ein Glas, goss den Cognac bis zum

Rand hinein, trank. Das machte er zweimal. Dann stellte er Karaffe und Glas zurück, ließ seinen Blick über die Buchrücken schweifen, nahm gezielt eines der Werke heraus. Er lehnte sich gegen das Regal, legte den Kopf in den Nacken, spürte, wie der Alkohol sich wärmend in seinem Brustkorb ausbreitete, genoss für einen Augenblick diesen so speziellen Geruch der alten Bücher.

Unvermittelt ließ er den Kopf wieder nach vorne schnellen und schlug das Buch auf. Mit flinken Bewegungen blätterte er durch die mehr als dreihundert Jahre alten Seiten, bis er den neunzehnten Gesang in Dante Alighieris »Inferno« gefunden hatte.

Der 8. Kreis der Hölle.

Er begann daraus vorzulesen, zunächst leise, mit gebrochener Stimme, dann lauter und immer lauter, wiederholte die Passage und wiederholte und wiederholte sie, fand Sicherheit und Zuversicht in diesen Worten:

Wieviel Geld wollte Unser Herr denn wohl vom Heiligen Petrus haben, bevor er ihm die Schlüssel anvertraute? Gewiss verlangte er nichts anderes als ›Folge mir nach‹.

Was er im Begriff war zu tun, war Betrug. Betrug und Verrat. Doch Gott würde sehen, dass in seinem Handeln keine Sünde lag!

Er ging zum Schreibtisch, setzte sich in den Drehstuhl und aktivierte den Mechanismus, der das Geheimfach des Tisches öffnete. Er nahm den USB-Stick heraus, verband ihn mit dem Computer.

Wenn Stefano auch nur die leiseste Ahnung davon hätte, dass diese Kopie existierte, würde er ihn auf der Stelle eliminieren lassen. Der Cavaliere versuchte, diesen Gedanken, so gut es ging, wegzuschieben. Er aktivierte die Decodierungs-Software.

Denn ich bin dein Hirte ..., murmelte er leise vor sich hin, während die Statusanzeige auf dem Bildschirm sich kontinuierlich füllte.

Er küsste seine zur Faust geballte rechte Hand und bekreuzigte sich. Mit einem kurzen Piepton signalisierte das Gerät ihm den Abschluss der Decodierung.

Der Cavaliere begann zu lesen.

Zunächst noch zögernd, dann schneller und immer schneller bewegten sich seine Augäpfel von links nach rechts, Zeile für Zeile, rasten über Konstruktionszeichnungen für vollautonome Flugdrohnen, chemische Formeln, mathematische Berechnungen zum Schwarmverhalten von Vögeln, Flugrouten, Flussdiagramme, mehrfach verschlüsselte Codes und Baupläne für Steuerungsplatinen, über detaillierte Ausführungen zur Wirkung des Giftes Sarin und blieben schließlich an einem Namen hängen, den er in diesem Zusammenhang noch nie gehört hatte: Lazarus.

Bilder des Kellergewölbes in Istanbul, durch das Nokhanov ihn geführt hatte, tauchten auf, bedrängten ihn, die Körper dieser getöteten unschuldigen Mädchen, das dreckige Grinsen des Russen – die Erinnerungen an all dieses Leid legten sich wie schwere eiserne Bänder um seinen Brustkorb und schnürten ihm die Kehle zu.

Ein-hundert-fünfzig-tausend Gläubige würden zur diesjährigen Ostermesse erwartet. Einhundertfünfzigtausend Mütter, Töchter, Väter, Brüder, Schwestern, Söhne. *Einhundertfünfzigtausend gläubige Seelen. Sie alle sollten auf grausame Weise getötet werden.*

Stefano.

Stefano wollte all diese Menschen töten.

Seine von Gott verliehene Macht für irdische Zwecke missbrauchen.

Der achte Kreis der Hölle.

Ein heißer Stich durchzuckte den Nacken des Cavaliere, alles in ihm verkrampfte sich. Gerade noch rechtzeitig konnte er seinen Kopf zur Seite wenden, übergab sich heftig.

Er richtete sich wieder auf, wischte sich den Speichel vom Gesicht und zwang sich, erneut auf den Monitor zu blicken. Er musste den Weg, auf den Gott ihn geführt hatte, jetzt bis zum Ende gehen. Es war vermutlich seine bislang schwerste Prüfung. Und vielleicht auch seine letzte. Aber er würde seinen Herrn nicht enttäuschen. Nie wieder.

Als der Cavaliere das gesamte Dokument zwanzig Minuten später vollständig gelesen hatte, fühlte er in sich nichts als Leere. Eine tiefe, bodenlose Leere.

Er schob seinen Stuhl zurück, erhob sich, ging zum Fenster, sog gierig die feuchte Nachtluft in seine Lungen.

Ehe der Hahn kräht, wirst du mich dreimal verleugnen.

Sein Mund formte diese Worte, doch es drang kein Laut aus seiner Kehle. Mit einem stillen Schrei sank der Cavaliere auf die Knie. Seine Schultern bebten, die Augen füllten sich mit Tränen. So fest er konnte, schlang er die Arme um seinen Oberkörper, wippte vor und zurück und vor und zurück.

Mit einem Mal hielt er still.

Er schüttelte den Kopf, schloss erneut die Augen. Seine Lippen bewegten sich, flüsterten ein letztes Mal diesen einen Satz, den der Herr Jesus Christus zu seinem Jünger Petrus gesagt hatte, in der Nacht vor seiner Kreuzigung.

Unvermittelt riss er die Augen auf, reckte sein Kinn nach oben, wischte sich mit dem Ärmel über das Gesicht und stemmte sich auf die Beine.

Und wenn ich mit dir sterben müsste, so will ich dich nicht verleugnen!, sagte er mit fester Stimme in die dunkle Nacht hinein.

Denn *Gottes* Wille *allein* geschehe!

Der Cavaliere nahm den USB-Stick an sich und wandte sich zum Ausgang.

»Was hast du nur getan, Stefano!«, murmelte er, während er aus seinem Büro hinausstürmte und sich auf den direkten Weg zur Engelsburg machte. Er betete, dass die Türkin trotz allem am vereinbarten Treffpunkt auftauchen würde.

Was hast du nur getan!

Er musste umgehend persönlich mit Ishikli Caner sprechen. Und er musste Lazarus finden, koste es, was es wolle!

Wenn es dafür nicht bereits zu spät war!

51

Mit besorgtem Gesichtsausdruck beobachtete Roth die beiden Agenten durch die schalldichte Scheibe aus Sicherheitsglas. Seit über zehn Minuten stritten sie sich nun bereits im abhör- und überwachungssicheren Besprechungsraum der israelischen Botschaft. Roth hatte vehement dagegen protestiert, ausgesperrt zu werden, doch Sarah Goldblum zeigte keinerlei Kompromissbereitschaft: Entweder, sie und Kopetzky sprachen unter vier Augen miteinander, oder der Mossad würde die ganze Aktion allein durchziehen – und keinerlei Rücksicht auf etwaige Verluste wie Ishiklis Bruder nehmen.

Instinktiv zog Roth trotz der massiven Panzerscheibe vor ihm den Kopf zwischen seine Schultern, als die Israelin in diesem Moment ein Buch nach Kopetzky schleuderte.

Schien ja alles prima zu laufen …

Der Agent stand mit hochrotem Kopf und wild gestikulierend mit seiner Hüfte gegen den Besprechungstisch gelehnt, während Goldblum ohne Unterlass im Kreis um den Tisch herumlief und permanent auf Kopetzky einredete. Roth hätte zu gern gewusst, worüber die beiden sich dermaßen heftig in die Haare geraten waren. Außerdem lief ihnen die Zeit davon.

»Wenn man es nicht besser wüsste«, hörte er Ishiklis Stimme hinter sich, »könnte man fast meinen, die beiden wären ineinander verknallt.«

Roth drehte sich um, sein Unterkiefer klappte nach unten. Er brauchte einige Augenblicke, um sich wieder zu sammeln.

Ishiklis ohnehin schon blasses Gesicht wirkte durch die viele Schminke, die man aufgetragen hatte, beinahe blütenweiß. Sie trug ein eng anliegendes rotes Kleid, dessen Beinschlitz beinahe bis zur Hüfte reichte, knallroten Lippenstift und eine blonde Perücke.

Als sie die riesige Sonnenbrille abnahm, erkannte Roth, dass man ihr zusätzlich noch blaue Kontaktlinsen verpasst hatte. In ihren schwarzen High Heels überragte sie ihn um mehrere Zentimeter.

»Du siehst …«, stammelte er.

»Umwerfend aus«, sagte Ishikli. »Danke, ich weiß.« Sie hob den rechten Unterschenkel und nestelte den Schuh von ihrem Fuß. »Ich frage mich allerdings, wie ich in diesen beschissenen Dingern rennen soll.«

Roth musste schmunzeln.

»Eure Taktik könnte funktionieren«, sagte er.

Ishikli zog die Augenbrauen nach oben. »Sehe ich genauso«,

sagte sie, während sie auf einem Bein hüpfte, und sich mit der anderen Ferse beschäftigte. »Da ich immerhin auffalle wie ein Pfau im Hühnerstall, kommen diese uniformierten Vollidioten hoffentlich nicht auf die Idee, dass ich die türkische Terroristin sein könnte, nach der sie alle so hektisch suchen.« Endlich hielt sie auch den zweiten Schuh in der Hand.

Roth nickte. »Islamistische Terroristinnen haben mindestens sonnengegerbte Haut, pechschwarze Haare, einen Damenbart und tragen Tarnkleidung, wenn sie auf der Flucht sind«, sagte er. Er hatte Mühe, sein Amüsement über das Outfit der Türkin zu verbergen.

Ishikli ignorierte ihn. »Worüber reden die beiden so angeregt?«, fragte sie und deutete mit den Stöckelschuhen in Richtung des Besprechungsraums.

Roth zuckte mit den Schultern: »Das wüsste ich auch gerne.«

Ishikli ging näher an die Glasscheibe heran. Sie beugte sich nach vorn, kniff die Augen zusammen und wirkte für einige Sekunden äußerst konzentriert. Dann richtete sie sich wieder auf und drehte sich zu Roth.

»Sie diskutieren anscheinend darüber, was mit mir geschehen soll, wenn alles vorbei ist«, sagte sie. »Kopetzky will mich in Deutschland in Schutzhaft nehmen, Goldblum nach Israel verfrachten und mir eine neue Identität verpassen. Oder so ungefähr jedenfalls – ich bekomme nur etwa jedes dritte Wort mit.«

Roth setzte einen ungläubigen Gesichtsausdruck auf.

»Lippenlesen?!«, fragte er. »Jetzt nicht dein Ernst, oder?!«

»Es gibt so einiges, was du noch nicht über mich weißt«, feixte Ishikli.

»Den Eindruck habe ich allerdings auch«, antwortete Roth.

Sein Telefon meldete sich mit einem durchdringenden Piepton. Julia Freudensprungs Name blinkte auf dem Display.

»Wir haben ein Problem«, sagte seine Partnerin ohne Umschweife.

Eines?!, dachte Roth.

»Was hast du für uns?«, sagte er und schaltete auf Lautsprecher.

»Der MAD hat die Zahlungsströme in Rekordzeit nachverfolgen können«, fuhr Freudensprung fort.

Roth runzelte die Stirn. »Keine Verbindung zu Kardinal di Malatesta, nehme ich an?«, sagte er.

»Doch«, sagte Freudensprung zu seiner Verwunderung. »Aber nichts Illegales. Er hat über mehrere Offshore-Trusts insgesamt mehr als achthundert Millionen Euro auf einen Zusammenbruch der türkischen Wirtschaft gewettet.«

Roth rekapitulierte das Gehörte. Er neigte den Kopf zur Seite. »Wie viel könnte er damit verdienen?«

»Bei einem Absturz der türkischen Lira«, sagte Freudensprung, »und einem Crash am Aktienmarkt knapp neun Milliarden Euro.«

Roth und Ishikli schnappten hörbar nach Luft.

»Wie zur Hölle will er das bewerkstelligen?«, sagte Roth. In ihm keimte ein ausgesprochen unangenehmer Verdacht.

»Damit wären wir bei unserem Problem«, sagte Freudensprung. »Sie haben einen Teil der Gelder über zwei direkt dem Sohn des türkischen Präsidenten gehörige Firmen umgeleitet.«

»Und?!«, unterbrach Ishikli ungeduldig.

Die Polizistin seufzte lang gezogen, ehe sie weitersprach. »... und«, sagte sie, »fünf Millionen sind auf einem Schweizer Konto gelandet, lautend auf den Namen ...«

»Ishikli Caner«, sagte Roth.

»Scheiße!«, schnappte Ishikli.

»Ganz genau«, sagte Freudensprung.

Roth schüttelte vehement den Kopf. »Moment mal«, begann er und versuchte, einen möglichst ruhigen Tonfall in seine Stimme zu legen. »Andretti hat es doch gesagt: Selbst wenn der Vatikan diese Information an die Öffentlichkeit durchstechen würde, wäre das Ergebnis bei den beiden bisher erfolgten Anschlägen maximal eine extrem schwere diplomatische Verstimmung zwischen der Union und der Türkei, aber noch kein Grund, einen Krieg anzufangen – es sei denn ...« Er hielt inne.

Ishikli blickte ihm direkt in die Augen. Offensichtlich hatte sie den gleichen Gedanken.

»Es sei denn«, sprach Freudensprung aus, was sie alle dachten, »sie planen noch etwas Größeres. Etwas *sehr* viel Größeres.«

»Was haben wir verpasst?«, sagte Thomas Kopetzky in diesem Moment. Hinter ihm trat Sarah Goldblum mit einem erstaunlich entspannten Gesichtsausdruck aus dem Besprechungsraum.

»Einiges«, sagte Roth. »Ich setz dich gleich ins Bild.« Er deaktivierte den Lautsprechermodus und hielt sich sein Telefon wieder ans Ohr. »Danke, Julia. Wir melden uns, sobald wir was haben.« Damit beendete er die Verbindung und wandte sich wieder an die beiden Agenten. »Das wird euch jetzt gar nicht gefallen«, begann er.

Kopetzky rollte mit den Augen. »Als ob das was Neues wäre«, sagte er lapidar. »Spuck's endlich aus!«

Etwa zehn Minuten später saßen Roth, Kopetzky und Ishikli auf den Stufen zum Innenhof der Botschaft. Der Agent holte seine Zigaretten heraus und reichte die Packung herum. Schweigend gab er den anderen Feuer. Dann steckte er sich seine eigene Kippe an.

Er paffte einige Male, inhalierte tief, blies den Rauch durch Nase und Mund wieder aus. Eine Weile kaute er nachdenklich auf seiner Unterlippe herum. »Ihr wisst, was das bedeutet. Ein noch größerer Anschlag durch eine direkt von der Familie des türkischen Präsidenten finanzierte Terroristin *muss* von Italien als kriegerischer Akt gewertet werden – die hätten gar keine andere Wahl mehr.«

Ishikli hielt ihren Blick starr auf einen imaginären Punkt vor sich gerichtet. Ihre Zigarette war mittlerweile beinahe zur Hälfte heruntergebrannt. Sie hatte kein einziges Mal daran gezogen.

»Nur wenn ihr mich *sofort* ausliefert, *bevor* ein weiterer Anschlag geschieht«, sagte sie und nahm einen tiefen Zug, »könnt ihr dieses ganze Fiasko noch aufhalten.« Sie inhalierte erneut. »Ja«, fuhr sie fort, »wir wissen *genau*, was das bedeutet.«

»Kommt überhaupt nicht infrage!«, protestierte Roth und sprang auf die Beine. »Es *muss* einen anderen Weg geben! Wenn wir sie jetzt an die Behörden ausliefern, wird Kardinal di Malatesta ihren Bruder, ohne mit der Wimper zu zucken, töten – was ist mit ihrem israelischen Diplomatenstatus?«

Kopetzky blickte Roth nur resigniert an und schüttelte den Kopf. »Man würde sie fallen lassen wie eine heiße Kartoffel und jegliche Verbindung zu ihr leugnen.«

»Und unser Zeugenschutzprogramm?!« Roth ließ nicht locker. »Könnten wir nicht versuchen ...«

»Er hat *recht*, Peter!«, fiel ihm die Türkin harsch ins Wort. »Es *gibt* keine andere Möglichkeit. Zumindest solange wir nicht wissen, was dieses Arschloch im Vatikan genau vorhat, und wir einen Weg finden, es zu verhindern.« Sie dämpfte ihre Zigarette neben sich auf der Stufe aus und schnippte den Stummel in den Innenhof. »*Game over*«, flüsterte sie. Sie starrte erneut ins Nirgendwo.

Roth holte Luft, wollte etwas sagen, wollte ihr irgendwie helfen. Doch er wusste beim besten Willen nicht, wie. Er schwieg. Er setzte sich neben sie. Er legte seinen Arm um ihre Schultern, und sie, sie ließ ihn gewähren.

»Ich geh rein und bespreche die Details mit Goldblum«, sagte Kopetzky. Er stemmte sich umständlich auf die Beine und verschwand im Inneren des Gebäudes.

»Ich weiß, wie viel Akin dir bedeutet«, sagte Roth nach einer Weile in die Stille hinein. Er fühlte sich unendlich hilflos. »Ich kann Kopetzky immer noch davon überzeugen, deinen Bruder rauszuholen.«

»WO willst du ihn denn rausholen?«, sagte Ishikli leise. Flüssigkeit sammelte sich am unteren Rand ihrer Augen. »Ihr wisst ja noch nicht einmal, wo er festgehalten wird. Und ohne mich werdet ihr weder Akin noch den Standort von PROMETHEUS finden.«

»Korrekt«, ertönte Leutnant Anschels Stimme hinter ihnen. »Und das ist genau der Grund, weshalb wir Sie jetzt schnellstens hier rausschaffen müssen.«

Ishikli und Roth sprangen gleichzeitig auf die Beine und fuhren herum. Die israelische Agentin stand in voller Kampfmontur auf dem Podest der Treppe. In ihrer linken Hand hielt sie eine automatische Maschinenpistole, in ihrer rechten einen schwarzen Rucksack. Sie machte einen Schritt auf Roth zu und presste ihm den Rucksack vor die Brust. »Nehmen Sie!«, sagte sie in einem Tonfall, der keinen Widerspruch duldete. »Und dann folgen Sie mir! Wir haben ein Zeitfenster von drei Minuten.«

»Ich verstehe nicht ganz«, sagte Roth, setzte sich jedoch unverzüglich in Bewegung und folgte der Israelin.

Anschel wandte im Gehen den Kopf zu ihm nach hinten. »Unsere Regierung wäre offiziell freilich zutiefst bestürzt, sollte ein Konflikt zwischen der EU und der Türkei militärisch eskalieren, aber ...« Sie hielt einen Moment inne, während sie das Rad der Sperrvorrichtung einer schweren Panzertür am anderen Ende des Innenhofs schwungvoll aufdrehte. »... aber«, fuhr sie fort, während die Tür knarrend zur Seite schwang, »was der Mossad unter

248

keinen Umständen akzeptieren kann, ist, wenn PROMETHEUS weiterhin in den falschen Händen bliebe.« Sie trat zur Seite und machte mit ihrem Arm eine einladende Geste in Richtung des Tunnels.

Ishikli bewegte sich nicht.

»WAS wollen Sie dafür?«, sagte sie kühl.

»Das werden Sie früh genug erfahren«, antwortete Anschel vollkommen emotionslos. »Dieser Zugang bringt Sie direkt bis zur Piazza del Popolo. Von dort aus sind Sie auf sich allein gestellt.«

Roth spähte in den aus rohem Ziegel gemauerten Tunnel, der im Abstand von etwa zehn Metern durch einzelne Glühlampen spärlich beleuchtet war. Er blickte zuerst zu Leutnant Anschel, dann zu Ishikli, dann zurück zu Anschel.

»Sie ist nicht auf sich allein gestellt«, sagte er entschlossen und betrat den dahinterliegenden Gang.

Nach wenigen Metern stoppte er, drehte sich zu Ishikli um. Sie hatte sich nicht von der Stelle gerührt.

»Versuch gar nicht erst, es mir auszureden«, sagte er. »Du weißt ganz genau, wie stur ich sein kann.«

Ishikli schüttelte kurz stumm den Kopf, dann rollte sie mit den Augen und trat hinter Roth in den Tunnel.

»Anschel!«, rief Roth, nachdem er sich bereits wieder umgedreht hatte und den Gang entlangtrabte. »Was ist in dem Rucksack?!«

»Einige Werkzeuge, die sich als nützlich erweisen werden«, hörte er die Stimme der Israelin. »Sie sollten sich daran erinnern können, wie man damit umgeht.« Erneut knarrte die schwere Panzertür, als Anschel sie von außen zuschob. Unmittelbar bevor die Stahlzylinder ins Schloss fielen, ergänzte die Agentin: »Und Damenturnschuhe!«

52

Immer zwei Stufen auf einmal nehmend, hetzte der Cavaliere die breite Steintreppe in Richtung des Haupteingangs des Palazzo hinunter. Kaum hatte er die Vorhalle erreicht, wandte er sich nach links und steuerte mit schnellem Schritt den Durchgang zum Seitenflügel an.

»Gianfranco!«, hallte die Stimme des Kardinals in diesem Moment durch den Gang. »Wir waren gerade auf dem Weg zu dir!«

Der Cavaliere presste die Lider aufeinander, schob seinen Unterkiefer nach vorn und schickte einen ganz und gar unchristlichen Fluch gen Himmel.

Freundlich lächelnd legte er die Hände hinter seinem Rücken ineinander, richtete den Blick demütig zu Boden und sagte: »Eminenz, wie kann ich zu Diensten sein?«

Der Kardinal und sein Begleiter kamen auf ihn zu.

»Commissario Ribali«, presste der Cavaliere zwischen seinen zusammengebissenen Zähnen hervor. »Ich bin erfreut, aber durchaus erstaunt, Sie so bald schon wieder zu sehen.«

»Die *Freude* ist ganz auf meiner Seite, Signore *Varese*«, entgegnete der Polizist unbeeindruckt.

Der Cavaliere riss erstaunt die Augen auf, blickte zum Kardinal, hatte sich jedoch einen Lidschlag später wieder gefasst.

»Sei unbesorgt«, sagte di Malatesta in sanftem Tonfall. »Ich habe vollstes Vertrauen zum Commissario.« Er trat einen Schritt nach vorn und legte Ribali seine Hand auf die Schulter. »Aufgrund der aktuellen Umstände war es unumgänglich, ihn sowohl über deine wahre Identität als auch über deinen tatsächlichen Aufgabenbereich zu informieren.«

Wie bitte?!, schoss es dem Cavaliere durch den Kopf, doch der Kardinal ließ ihm keine Gelegenheit zu reagieren.

»Ich habe den Commissario bereits darüber in Kenntnis gesetzt, dass du für die gesamte Koordination der Sicherheitsmaßnahmen für die morgige Ostermesse verantwortlich bist«, fuhr di Malatesta fort. »Die Geheimhaltung der Identität meines wichtigsten Sicherheitsexperten ist außer gegenüber wenigen Auserwählten ein gewichtiger Bestandteil unseres Konzepts.«

»Im Übrigen eine äußerst sinnvolle Maßnahme«, pflichtete ihm Ribali bei. Sein Tonfall war nun merklich sanfter als noch eben zuvor, wie dem Cavaliere auffiel.

Ribali trat an ihn heran, beugte seinen Oberkörper ein wenig nach vorn und flüsterte: »Das erklärt natürlich auch Ihren ›Auftritt‹ vor San Sebastiano – selbst wenn meine Arbeit um einiges einfacher gewesen wäre, wenn Sie mich im Krankenhaus bereits eingeweiht hätten.«

Der Cavaliere räusperte sich und trat einen Schritt zurück. Die Nähe dieses Menschen war ihm zutiefst unangenehm.

»Sicher haben Sie Verständnis dafür«, sagte er, »dass mir das nicht möglich war.« Mit einem angedeuteten Nicken in Richtung des Polizisten wandte sich der Cavaliere an Kardinal di Malatesta: »Nachdem dieses Missverständnis nun aufgeklärt ist, gehe ich davon aus, dass wir hier fertig sind. Ich habe – wie Sie sich sicherlich denken können, Eminenz – dringende Angelegenheiten, um die ich mich kümmern muss.«

Ein breites Grinsen legte sich über das Gesicht des Kardinals. »Weit gefehlt, mein lieber Gianfranco«, begann er. »Ich halte es für ausgesprochen bedeutsam, dass du dem Commissario unser Sicherheitskonzept in sämtlichen Details erläuterst. Bei der derzeitigen Bedrohungslage wäre es unverzeihlich, falls uns auch nur der geringste Fehler in der Planung unterliefe. Und ...«, er unterbrach seinen Vortrag, um sich erneut Ribali zuzuwenden, »... ich bin überzeugt davon, dass der unvoreingenommene Blick eines ausgewiesenen Experten auf diesem Gebiet nicht schaden kann. Vier so überaus erfahrene Augen sehen am Endes des Tages doch mehr als zwei – selbst wenn es die deinen sind, Gianfranco.«

»Auf ein Wort, Kardinal«, sagte der Cavaliere, packte di Malatesta fest an seinem rechten Oberarm und zog ihn einige Schritte zur Seite.

»Was fällt dir ein!«, zischte der Kardinal leise.

»Bitte verzeih, Eminenz«, sagte der Cavaliere mit mühsam unterdrücktem Zorn. »Aber du weißt, *wohin* ich unterwegs bin. Meinst du nicht, dass im Moment *eben genau diese ›Angelegenheit‹* unsere volle Aufmerksamkeit für das ›Sicherheitskonzept‹ verdient?!«

Die Körperhaltung des Kardinals entspannte sich. Er trat einen Schritt nach hinten. »Mach dir darum keine Sorgen«, sagte er freundlich. »Oberst Nokhanov kümmert sich bereits um alles.«

Dann löste er sich aus dem Griff des Cavaliere und ging zurück zu Commissario Ribali.

»Wenn ich die Herren nun in unseren Besprechungssaal bitten dürfte?«, sagte di Malatesta in zuckersüßem Tonfall. »Ich bin sicher, wir werden in Kürze schon sämtliche Punkte abgearbeitet haben.«

Porca puttana!

»Selbstverständlich, Eminenz«, sagte der Cavaliere und wies Ribali mit dem Arm den Weg zum Besprechungsraum. »Sie werden sehen, wir haben sämtliche Eventualitäten bedacht. Ich garantiere Ihnen: Die Osterfeierlichkeiten werden morgen ohne jegliche Zwischenfälle über die Bühne gehen.«

Während der Cavaliere den Saal betrat, beobachtete er di Malatesta aus dem Augenwinkel: Der Kardinal lächelte selbstgefällig, die Handflächen vor seinem Brustkorb ineinandergelegt. An der Wand hinter dem Kardinalsstuhl waren zwei von Nokhanovs Söldnern mit vollautomatischen Waffen postiert. *Offensichtlich eine weitere ›Sicherheitsmaßnahme angesichts der außergewöhnlichen Umstände‹ ...*

Die Gedanken des Cavaliere überschlugen sich. Er durfte sich vorläufig keine Blöße geben! Commissario Ribali jetzt bereits reinen Wein einzuschenken war keine Option – dadurch würde er nicht nur sein eigenes Todesurteil unterschreiben, sondern auch das des Polizisten. Es half nichts, er musste so schnell wie möglich einen Weg finden, mit der Türkin in Kontakt zu treten – koste es, was es wolle!

Unterschätz mich nicht, Stefano, dachte er grimmig. Eine Bibelstelle blitzte in seinen Gedanken auf: *Denn ich bin nicht gekommen, um Frieden zu bringen, sondern das Schwert!*, hatte Jesus zu seinen Jüngern gesprochen.

»Bis zum Beginn der Feierlichkeiten haben wir noch zehn Stunden«, sagte der Kardinal in diesem Moment freundlich. Er setzte sich auf seinen Stuhl. »Wollen wir anfangen?«

»Sehr wohl, Eminenz«, sagte der Cavaliere. »Je früher wir beginnen, desto mehr Zeit bleibt uns, die Feierlichkeiten noch abzusagen, sollten wir *tatsächlich* eine gravierende Sicherheitslücke in unserem Konzept entdecken.«

Ribali setzte sich ebenfalls, er und di Malatesta brachen in Gelächter aus.

»Eher friert vermutlich die Hölle zu!«, versuchte der Commissario sich in einem Scherz.

»Dafür bräuchte es allerdings ein göttliches Wunder«, sagte der Kardinal bedächtig. »Und *Wunder*, geschätzter Commissario, geschehen leider äußerst selten. Oder in diesem Fall: Zum Glück!«

In diesem Moment wurden die goldvertäfelten Flügeltüren aufgestoßen, zwei Uniformierte der Schweizergarde betraten den Raum, einer von ihnen proklamierte mit übertriebenem Pathos: »Seine Heiligkeit, Papst Urban IX.!«, und machte einen Schritt zur Seite.

»Ich bin ziemlich sicher, dass alle Anwesenden *wissen*, wer ich bin, Schwachkopf!«, fauchte der Papst, während er auf seinen Stock gestützt, aber würdevoll durch die Tür kam.

Sein Blick fiel auf Ribali.

»Was macht *der* hier?!«

Di Malatesta erhob sich, holte Luft, um zu antworten. Ribali kam ihm zuvor.

»Heiliger Vater«, begann er unterwürfig, »bitte verzeihen Sie! Der Kardinalstaatssekretär hielt es angesichts der Terroranschläge für sinnvoll, mich ...«

Der Papst kniff die Augen zu schmalen Schlitzen zusammen.

»Ich kann mich *nicht* erinnern, SIE etwas gefragt zu haben!«, sagte er in schneidendem Tonfall. »Aber gut zu wissen, dass es sich offenbar mittlerweile doch tatsächlich schon bis zur Polizei herumgesprochen hat, dass wir ZWEI UNSERER BEDEUTENDSTEN PILGERKIRCHEN VERLOREN HABEN!« Den letzten Satzteil hatte er in einer Bestimmtheit und Lautstärke ausgespien, dass der Cavaliere nicht umhinkonnte, erneut eine gewisse Bewunderung für diesen körperlich so unscheinbaren und schmächtigen Mann zu empfinden.

»Eure Heiligkeit«, sagte der Kardinal rasch, »es gibt absolut keinen Grund zur Sorge. Wir müssen jetzt alle einen kühlen Kopf bewahren und der Welt zeigen, dass die katholische Kirche seit Jahrtausenden ein stabiler Anker für *alle Menschen* ist. Vorschnelle und überzogene Reaktionen wie die Absage der Ostermesse wären Wasser auf die Mühlen unserer Feinde.«

Der Papst neigte für einen Moment prüfend den Kopf zur Seite, signalisierte den Gardisten mit einer Handbewegung, sie sollten draußen warten, und setzte sich neben Ribali. Er legte die Hände aufeinander, blickte auffordernd zum Kardinal.

»Überzeugen Sie mich, di *Malatesta*«, sagte er. »Und sparen Sie sich gefälligst dieses Protokoll-Gelaber! Wenn es Ihnen vor dem Polizisten hier unangenehm ist, dann schicken Sie ihn verdammt noch mal endlich raus!« Er sah kurz zu Ribali, fügte hinzu: »Und ja, ich weiß, wer Sie sind, Sie Flasche – aber bilden Sie sich bloß nichts drauf ein!«

Amüsiert zog der Kardinal seine linke Augenbraue nach oben.

»Keineswegs«, sagte er, während er zu der auf dem Tisch stehenden Rotweinkaraffe griff und reihum die Gläser füllte.

»Der Commissario genießt mein vollstes Vertrauen.«

»Schön für dich, Stefano!«, sagte der Papst, nahm sein Glas, leerte es in einem Zug und stellte es schwungvoll zurück. »Dann können wir uns die Förmlichkeiten ja sparen. Also?! Wie willst du mir die ganze Scheiße hier am Vorabend der Ostermesse erklären? Ich bin ganz Ohr ...«

Di Malatesta füllte das Glas des Papstes erneut, trat einen Schritt zurück, drehte sich zum Fenster.

»Du kannst völlig unbesorgt sein«, begann er nach einigen Sekunden. »Alles, was geschieht, ist Gottes Wille.« Abrupt fuhr er herum, stemmte beide Arme auf die Tischplatte, beugte sich nach vorne. »Und was hätte uns denn Besseres passieren können als diese ...« Er unterbrach sich, schien intensiv nach den richtigen Worten zu suchen. »Diese so gänzlich schrecklichen Anschläge?!«, setzte er fort. »So grausam das alles auch sein mag, Bernardo, aber wenn wir jetzt richtig reagieren, wird die Christen-

heit sich endlich wieder unter unserem Schutz zusammendrängen! Die Menschen haben Angst, ja, aber sie sind nicht dumm!
Jetzt ist der Moment, Stärke in unserem Glauben zu zeigen!«

Ribali wirkte unsicher, griff zu seinem Weinglas, trank einen
ausgiebigen Schluck.

»Meinen Sie nicht«, begann er vorsichtig, »dass ich vielleicht
doch besser draußen warten sollte?«

Der Kardinal hieb fest mit der flachen Hand auf die Tischplatte.

»Aber wozu *das* denn, mein Lieber?«, wandte er sich in zuckersüßem Tonfall an den Polizisten. »Die Kirche hat keinerlei Geheimnisse gegenüber ihren Gläubigen. Wir wollen unsere gottgegebene Macht doch zum Wohle aller Christen verwenden, nicht
etwa nur zu unserem eigenen!«

Der Cavaliere schloss für einen Moment die Augen, ballte
seine Hände zu Fäusten.

»Hast du irgendetwas hinzuzufügen, Gianfranco?!«, fragte der
Kardinal spitz. Die Bewegung des Cavaliere war ihm offenbar
nicht entgangen.

»Nein, Eminenz«, presste der Cavaliere hervor. »Natürlich
nicht.« Er blickte zu Boden.

»Das dachte ich mir«, sagte der Kardinal. An den Papst gewandt fuhr er fort: »Den Politikern der gesamten muslimischen
Welt bleibt doch gar nichts anderes übrig, als diese Anschläge
zu verurteilen! Aber dem Islam fehlte von Anbeginn an etwas,
was *wir* haben: *eine* Führungsfigur! Ein *lebender* Mensch, der sie
ALLE unter dem Schutzschirm des Glaubens versammeln kann!
Die Christen in Europa sind verunsichert und sehnen sich nach
Schutz. Sie sehnen sich nach diesem *einen* Vater, an den sie sich
alle wenden können!« Er machte eine beinahe theatralische Pause,
doch Urban IX. kam ihm zuvor.

»Schon gut, Stefano«, sagte der Papst abwiegelnd. »Ich hab's begriffen. Und ich muss gestehen, deine Argumentation hat einen gewissen Charme.« Er erhob sich aus seinem Stuhl, ging zum Ausgang, drehte sich um. »Aber was ist mit der Politik? Haben wir das im Griff? Ich bin sicher, dass der Innenminister nicht unbedingt begeistert sein wird, wenn wir darauf bestehen, die Ostermesse trotz der Anschläge abzuhalten ...«

Ein schmales Lächeln legte sich auf die Lippen des Kardinals. Er fixierte Commissario Ribali mit seinem Blick.

»Ich bin absolut sicher«, sagte er, »dass sich der Innenminister überzeugen lassen wird, wenn ein erfahrener Experte der Polizei ihm bestätigt, dass die Abhaltung der Feierlichkeiten sicher ist, nicht wahr?«

Ribali rutschte nervös in seinem Stuhl herum, straffte umständlich seine Haltung.

»Dafür müsste ich allerdings zuerst vollständig in das Sicherheitskonzept eingeweiht werden«, sagte er. »Aber ich gehe davon aus, dass hier alles seine Richtigkeit hat. Und in diesem Fall wird der Minister meiner Empfehlung sicherlich Folge leisten.«

»Natürlich«, sagte der Kardinal.

Der Papst schien zufrieden.

»Gut«, sagte er nur, wandte sich zum Gehen. »Gott mit Ihnen, meine Herren.«

Der Cavaliere schwieg, blickte dem Pontifex besorgt nach. Er trat näher an Ribali heran.

»Ich bringe Sie am besten umgehend zum Kommandanten der Garde«, sagte er und bedeutete dem Polizisten, er solle aufstehen. »Er kann Sie am besten in alle Details unseres Sicherheitskonzepts einweisen.«

»Eine ganz hervorragende Idee!«, sagte der Kardinal. Er wirkte sichtlich zufrieden. »Und sobald du den Commissario nach unten zur Garde gebracht hast, meldest du dich unverzüglich wieder bei mir. Es gibt noch einiges zu besprechen ...«

»Selbstverständlich, Eminenz«, sagte der Cavaliere. »Was immer Ihr wünscht.«

Er musste zusehen, dass er so schnell wie nur irgendwie möglich von hier wegkam! Es war höchste Zeit, endlich die Türkin zu kontaktieren!

53

Roth verstaute das Sturmgewehr wieder in dem schwarzen Rucksack und bemühte sich, mit der vor ihm laufenden Ishikli Schritt zu halten. Seit knapp zehn Minuten trabten sie nun schon durch den Tunnel, der die israelische Botschaft mit der Piazza del Popolo verband – wenn er Leutnant Anschels Instruktionen richtig im Kopf hatte, mussten sie sich im Moment in etwa auf Höhe der Nationalgalerie für Moderne Kunst befinden.

Ishikli hielt ihre roten Stöckelschuhe in der linken Hand, während sie mit der rechten versuchte, das eng anliegende Kleid so weit nach oben zu ziehen, dass es ihr wenigstens ansatzweise möglich war, darin zu laufen.

»Beschissener verfickter Drecksfetzen!«, fluchte sie. »Ich werde nie verstehen, warum Frauen so etwas freiwillig anziehen!«

Roth konnte sich ein Grinsen nicht verkneifen.

»Das hab ich gesehen!«, sagte Ishikli, ohne sich umzudrehen.

»Die Hälfte der Strecke sollten wir hinter uns haben«, sagte Roth. »Hast du dir schon überlegt, wie wir von dort aus unbemerkt zur Engelsburg kommen?«

»Yup«, entgegnete Ishikli, während sie nun auch ihre Linke zu Hilfe nahm, um das Kleid bis knapp zur Hüfte zu raffen.

»Und? Willst du mich an deinen Überlegungen teilhaben lassen?«

»Was hat Anschel uns in den Rucksack gepackt?«, fragte Ishikli. »Ist es brauchbar?«

Roth gab ein Schnauben von sich.

»Vier Neun-Millimeter-Jerichos mit jeweils drei, eine Tavor 21 mit vier Wechselmagazinen, zwei Combatmesser aus Karbonfaser, zwei Feldmesser, einige Fernzünder und jede Menge Semtex-Plastiksprengstoff«, sagte er. Er kam jedoch nicht mehr dazu, auch die schnippische Bemerkung, die ihm auf der Zunge lag, auszusprechen, weil er beinahe in die Türkin hineingerannt wäre.

Ishikli war abrupt stehen geblieben. Sie drehte sich zu ihm um und streckte ihren rechten Arm nach vorne.

»*Sem-tex?*«, sagte sie ein wenig überbetont und zog beide Augenbrauen nach oben. »Welches, und wie viel davon?«

Roth hielt ihr den Rucksack hin.

»Genug«, sagte er trocken. »Soweit ich es erkennen kann, Semtex-10 – oder etwas Ähnliches. Ich vermute, dass es sich um eine Eigenmarke handelt – das Zeug in den größeren Paketen ist vollkommen farblos.«

Ishikli nahm den Rucksack entgegen und öffnete ihn. Sie fischte die beiden Kampfmesser sowie einige kleine, rechteckige Päckchen mit dem Aufdruck einer bekannten Kaugummi-Marke heraus.

»Nicht besonders innovativ«, sagte sie, während sie die Päckchen inspizierte, »aber immer noch die wirkungsvollste Tarnung.«

Sie ließ alle Päckchen bis auf eines zurück in den Rucksack fallen und reichte ihn Roth. Anschließend nestelte sie einige Sekunden lang an ihrer Perücke herum, bis die beiden kleinen Combatmesser darunter verschwunden waren. Zuletzt schob sie ihr Kleid noch weiter nach oben. Sie fixierte das Semtex im Strumpfband neben ihren Zigaretten.

Auffordernd funkelte sie Roth an.

»Was ist?!«, fragte er.

»Hast du mir jetzt lange genug auf den Hintern gestarrt?« Ishikli kniff die Augen zusammen.

»Jetzt stell dich nicht so an!«, sagte Roth, wandte sich ab und blickte zu Boden. »Außerdem habe ich dir nicht auf den Hintern gestarrt.«

Ishikli verdrehte die Augen. »Wie auch immer«, sagte sie. »Wir müssen weiter – bis zur Piazza del Popolo brauchen wir noch mal zehn Minuten –, das sollte reichen, um dir alles zu erklären.

Wie überaus großzügig!, dachte Roth und sagte: »Schieß los, ich bin ganz Ohr!«

54

Oberst Sergej Nokhanov zog noch einmal an seiner selbst gedrehten Zigarette, ehe er den Stummel in hohem Bogen in den Tiber schnippte. Durch seine verspiegelte Sonnenbrille beobachtete er die Menschenmassen, die sich trotz der schon weit fortgeschrittenen Stunde über die Ponte Sant'Angelo auf die Engelsburg zuschoben.

Er drehte das linke Handgelenk nach oben und blickte auf seine Poljot: 01:10h. Diese türkische Fotze hatte noch genau zwanzig Minuten Zeit, um hier aufzutauchen. Und er war sich sicher, *dass* sie auftauchen würde!

Ein Touristenpärchen steuerte schnurstracks auf ihn zu und fuchtelte mit einem Handy vor seinem Gesicht herum.

Offenbar Amerikaner, offenbar angetrunken. Beides widerte ihn an.

Mit einem freundlichen Lächeln auf den Lippen nahm er das Handy an sich. Er wartete, bis die beiden mit der Engelsburg im Rücken Position bezogen hatten, ehe er ein paarmal auf den Auslöser drückte und das Gerät zurückgab.

Er konnte keine unnötige Aufmerksamkeit gebrauchen.

Er aktivierte den Funksender an seinem Ohr. Einige Sekunden lang lauschte er angestrengt. »Da«, sagte er auf Russisch. »Charascho!«

Sehr gut.

Sämtliche Männer waren in Position. Die Kontakte des Kardinals hatten trotz der höchsten Terrorwarnstufe dafür sorgen können, dass im Umkreis von vierhundert Metern rund um die Engelsburg zwischen 00:30h und 01:30h kein einziger Uniformierter aufgetaucht war.

Ein angedeutetes Grinsen legte sich auf sein Gesicht: Diese affektierte Schwuchtel imponierte ihm, auch wenn er es ungern zugab. Hätten Sie damals in der Sowjetunion bereits Führungspersonen von diesem Format gehabt, die ganze Scheiße wäre niemals so fürchterlich den Bach runtergegangen.

Wütend trat er gegen einen kleinen Stein, der sich klackernd seinen Weg zur Ufermauer des Tibers suchte. Er stieß einen leisen Fluch in seiner Muttersprache aus.

Kardinal di Malatesta wusste wenigstens, dass man Opfer in Kauf nehmen musste, wenn man Großes erreichen wollte. Ganz im Gegensatz zu seinen damaligen Vorgesetzten, als er den neuartigen Kampfstoff an diesem erbärmlichen Dorf in Georgien hatte testen lassen – *erfolgreich* hatte testen lassen ...

Offensichtlich waren doch nicht alle Schwuchteln nur schwanzlutschende Weicheier.

Der Funksender in seinem Ohr gab ein knackendes Geräusch von sich. Rasch aktivierte er die Sprechverbindung und lauschte erneut. Er nickte einige Male, dann schaltete er das Gerät wieder auf Stand-by. Er runzelte die Stirn.

Seine Männer hatten ihm mitgeteilt, dass die Schlampe soeben auf der Piazza del Popolo aufgetaucht war. Soweit hatten sie es erwartet. Womit er nicht gerechnet hatte: *Sie war nicht allein.*

Das änderte einiges, dachte der Oberst und tippte eine Kurznachricht auf seinem Telefon. Aber er würde auch mit dieser neuen Situation umgehen können. Seit der Kardinal ihm diesen arroganten Scheißkerl Varese vom Hals geschafft hatte, waren die Dinge ohnehin gelaufen wie am Schnürchen – es war vielleicht der einzige Fehler von di Malatesta gewesen, ihn selbst nicht von Anfang an mit der Leitung der *gesamten* Mission betraut zu haben.

Varese hatte einfach nicht das Zeug dazu, einen Feldeinsatz richtig durchzuführen. Denn, und das hatte Oberst Nokhanov in all seinen Jahren bei der Armee mehr als einmal bewiesen, manchmal war es geradezu *notwendig*, direkte Befehle zu ignorieren und sie zum Wohl des großen Ziels ein wenig anzupassen. Der Kardinal mochte zwar glauben, alles perfekt geplant zu haben, aber selbst ein großer Stratege machte Fehler.

Doch er, Oberst Sergej Nokhanov, würde diesen Fehler korrigieren. Er würde sicherstellen, dass Rom am morgigen Sonntag *tatsächlich* in einem Meer aus Leichen unterging. Ganz so, wie es ihr Ziel war.

Sein Mobiltelefon signalisierte ihm den Eingang einer Nachricht. Er nahm es aus der Tasche und entsperrte den Bildschirm:

Wir brauchen nur die Türkin lebend. Eliminieren Sie sämtliche Zeugen.

Lächelnd steckte Nokhanov das Telefon wieder zurück. Er sah

noch einmal auf seine Armbanduhr, ehe er den Blick wieder zum Tiber richtete.

Dann komm mal her, Kätzchen, dachte er amüsiert. *Lass uns tanzen!*

55

»Bist du sicher, dass diese Sugar-Daddy-Nummer funktionieren wird?«, fragte Roth, während er vorsichtig um die Ecke spähte. Langsam zog er das rostige Eisengitter hinter sich zu und verschloss den Zugang zum Tunnel. »Wenn wir auffliegen, bevor wir beim Tiber unten sind, sind wir am Arsch.«

»Es ist auf jeden Fall authentisch«, sagte Ishikli. Sie schob sich an Roth vorbei auf die Straße. »Du wirkst nämlich definitiv wie *der* Typ Mann, der sich eine Frau wie mich niemals auf andere Weise angeln könnte. Außerdem ist es unsere einzige Möglichkeit.«

Roth wollte aufbegehren. Als er zu Ishikli sah, bemerkte er ihr breites Grinsen.

»Sehr witzig.«

Er trat neben der Türkin auf die mit Kopfsteinen gepflasterte Straße hinaus und stellte sich vor sie. »Wie schaffst du es überhaupt, so ruhig zu bleiben?«

Ishikli zuckte mit den Schultern. »Wie meinst du das?«, fragte sie in einem übertrieben gleichgültigen Tonfall. »Bloß weil mein Leben, das meines Bruders und vermutlich die Leben zahlreicher Unbeteiligter auf dem Spiel stehen?«

Roth legte ihr die rechte Hand auf die Schulter und drückte vorsichtig zu. »Ishikli«, begann er, »du musst das alles nicht machen. Ich bin sicher, Thomas und ich finden auch noch eine andere Lösung, um Akin dort rauszuholen und Schlimmeres zu verhindern!«

Sie stieß seine Hand beiseite und trat einen Schritt zurück, streckte beide Arme aus, spreizte die Finger und drehte sich einmal rasch um die eigene Achse. Dann schrie sie auf.

Einmal.

Kurz.

Sie atmete tief ein und wieder aus, packte Roth hart bei den Schultern und sagte sehr, sehr leise: »Wenn ich nicht ruhig bleibe, Peter, drehe ich auf der Stelle durch. Ich muss jetzt funktionieren. Ich muss es einfach, muss es einfach, muss es einfach! Wenn du nicht funktionierst, bist du nichts wert. Wenn du nichts mehr wert bist, bist du tot! So, Peter, habe ich es bei den Grauen Wölfen gelernt. Und es hat mir mehr als einmal das Leben gerettet!«

Roth schwieg betreten und senkte seinen Blick. Er wusste, dass die Türkin recht hatte. Aber dieses Wissen machte nichts besser. Er wollte ihr helfen, alles in ihm schrie danach, einen Weg finden zu können, die Situation aufzulösen, alles zum Guten zu wenden.

»Ich lass dich nicht im Stich«, sagte er ein wenig hilflos.

»Ich weiß«, sagte Ishikli. »Deshalb leg jetzt endlich deine Hand um meine Hüfte und lass uns gehen. Wir haben schon viel zu viel Zeit hier verschwendet!«

Der kreisrunde Platz, in dessen Mitte ein Obelisk aus der Epoche Ramses des Zweiten hell erleuchtet mehr als sechsunddreißig Meter in den römischen Nachthimmel ragte, war trotz der späten Stunde noch von zahlreichen Touristen bevölkert, die vermutlich wegen der bevorstehenden Ostermesse angereist waren.

Ishikli hatte sich bei Roth untergehakt. Während sie so rasch

und unauffällig wie möglich quer über den Platz zur Porta del Popolo gingen, nahm keiner der patrouillierenden Polizisten Notiz
von ihnen. Unbehelligt erreichten sie das große, einem Triumph-
bogen nachempfundene Tor, das die Piazza mit der Uferstraße
des Tibers verband.

»Wie weiter?«, fragte Roth, als sie auf der anderen Seite angekommen waren.

»Wir schlendern ganz gemütlich zum Ufer und dann die Treppen hinunter«, antwortete Ishikli. »Viele Pärchen finden das ro-
mantisch, das wird hoffentlich keinem Schwein verdächtig vor-
kommen.«

Roth nickte. In Gedanken versuchte er die Entfernung bis zur
Engelsburg abzuschätzen. Er sah auf seine Armbanduhr. »In dem
Tempo schaffen wir das aber nie, bevor irgendeiner der Polizisten
doch noch auf uns aufmerksam wird!«

»Richtig«, sagte Ishikli, während sie seine Hand an ihrer Hüfte
etwas tiefer schob, »deshalb werden wir auch eines der Hausboote
um sein Rettungsboot erleichtern.«

Roth zog seine Hand wieder nach oben.

»Wir werden was?!«

»Jetzt stell dich nicht so an!«, fauchte Ishikli und bugsierte
seine Hand erneut südwärts. »Denk von mir aus an Freudensprung. Ich habe keine Lust darauf, dass wir auf den letzten Metern noch auffliegen.«

Roth holte Luft, doch die Türkin schnitt ihm mit einer harschen Geste das Wort ab.

»Sobald wir unten beim Tiber sind, können wir uns die Mas-
kerade sowieso sparen. Und ich kann endlich wieder aus diesen
beschissenen Schuhen raus.«

Roth gab auf und schob Ishikli neben sich her in Richtung
der unmittelbar vor ihnen liegenden Brücke. Während sie das per-

fekte verliebte Paar mimend die Treppen zum Wasser hinunterstiegen, flüsterte er: »Angenommen, alles klappt wie geplant – wie wissen wir, ab wann wir reingehen können? Du musst Akin doch vorher das Gegenmittel verabreicht haben, richtig?«

Mittlerweile hatten sie den befestigten Teil des Tiber-Ufers erreicht, knappe sechs Meter unterhalb des Straßenniveaus.

»Korrekt«, sagte Ishikli und zog sich die roten High Heels aus. »Aber wenn der Alarm in der Klinik zu früh anschlägt, haben wir ein massives Problem.«

In diesem Moment explodierte eine der Granitplatten neben ihr. Scharfkantige Steinsplitter stoben ihnen entgegen, während ein helles Sirren in der Luft ein weiteres Projektil ankündigte.

Instinktiv zogen Roth und Ishikli die Köpfe zwischen ihre Schultern und sprangen hinter einem der an der Kaimauer befestigten Hausboote in Deckung. Über ihnen auf der Straße waren bereits aufgeregte Schreie zu hören. Kaum einen Atemzug später schrillte auch schon die erste Sirene. Flackernde blaue Lichter erhellten die Ufereinfassung.

»Fuck!«, brüllte Ishikli. »Kannst du sehen, woher es kommt?«

Roth schüttelte den Kopf. »Das kommt von *sehr* weit weg«, sagte er, während er fieberhaft überlegte, wie sie irgendwie von hier entkommen könnten. »Das zweite Projektil haben wir *gehört*, bevor wir den Einschlag sehen konnten. Vier-, vielleicht fünfhundert Meter – mindestens! Der Scharfschütze muss irgendwo westlich von uns sein!«

Das Geräusch der Polizeisirenen war mittlerweile bedrohlich näher gekommen.

Hektisch blickte Roth die Treppen zur Uferstraße hinauf. Sie saßen wie die Kaninchen in der Falle!

So schnell er konnte, öffnete er den Rucksack und holte eine der größeren Packungen Semtex sowie einen Fernzünder heraus.

»Was soll das werden?«, rief Ishikli. Sie hob ihren Kopf einige Zentimeter und spähte über das Bootsdach hinaus. Keine Sekunde später spritzten Funken von der Blecheinfassung der Eindeckung, als ein weiteres Geschoss nur wenige Zentimeter neben ihrem Gesicht einschlug.

Roth presste den Zünder in das Päckchen und warf es so weit er konnte die Treppen hinauf.

»Der Scharfschütze braucht ein Nachtsichtgerät«, brüllte Roth gegen den Lärm der Sirenen an. Er zog zwei der Jericho-Pistolen hervor, reichte eine davon Ishikli. »Ich zähle von drei runter. Sobald ich den Auslöser gedrückt habe, bleiben uns etwa zehn Sekunden, bis sich seine Zieloptik von dem Lichtblitz der Explosion wieder erholt hat. Die Treppe ist dann hoffentlich schon komplett im Eimer, was uns die Polizei zumindest kurz vom Leib halten sollte.« Er lud seine Pistole durch, ehe er hinzufügte: »Schaffen wir es allerdings nicht, das Beiboot in diesem Zeitfenster zu Wasser zu lassen …«

»Wir *schaffen* es!«, unterbrach ihn Ishikli. »Bereit?«

»Bleibt mir ja nichts anderes übrig«, sagte Roth. Er schloss die Augen: Drei, zwei, eins …

Roths Ohren waren noch taub von dem fürchterlichen Knall der Explosion. Das Semtex hatte einen grellen Feuerball in die kühle Nachtluft über Rom geschleudert, aber weit weniger von der Treppe vernichtet, als sie gehofft hatten.

Beinahe zeitgleich waren er und Ishikli aufgesprungen und über das Dach des Hausbootes auf die andere Seite gesprintet. In Ishiklis Hand sah er eines der Combat-Messer, mit dem sie bereits damit beschäftigt war, die vordere Halteleine durchzuschneiden. Roth schüttelte den Kopf, um wieder klarer zu werden, ließ sich auf den Bauch fallen und löste mit geschickten Handgriffen den

Knoten der Leine, die das Heck des Beibootes hielt. Mit einem dumpfen Klatschen schlug es auf der Wasseroberfläche auf. Roth und Ishikli hechteten hinein.

Bitte spring an!, schickte Roth ein Stoßgebet zum Himmel. So fest er konnte riss er mehrmals an der Leine des Anlassers.

Mit einem widerwilligen Sprotzen erwachte der Zweitaktmotor zum Leben. Ohne noch einmal nach hinten zu blicken, drehte Roth den Handgriff des Außenborders bis zum Anschlag nach links. Er suchte eine sichere Sitzposition, ehe er gehetzt zurück zur Brücke blickte.

»Alles okay?«, brüllte er, während er versuchte, das Schlauchboot in der Mitte des Flusses zu stabilisieren.

»Nein!«, schrie Ishikli zurück. »Aber ich bin unverletzt. Du?«

»Der Treppe ist fast nichts passiert«, rief er. »Das wird die Carabinieri nicht lange aufhalten ...«

Rechts neben dem Bug stoben mehrere Wasserfontänen in die Höhe, gefolgt vom Knattern automatischer Waffen.

Roth fuhr herum. Drei Polizisten hatten an der Uferbefestigung Position bezogen und feuerten in kurzen Abständen.

Scheiße!

»Du musst steuern«, brüllte Roth. Er lud seine Pistole durch.

Ishikli rutschte nach hinten, umfasste den Griff des Außenborders.

»Was soll das, du Idiot?!«, herrschte sie ihn an.

Roth stemmte sich auf die Beine, legte an und gab drei gezielte Feuerstöße in Richtung der Polizisten ab.

»Der Scharfschütze erwischt uns nicht mehr«, schrie er, verzweifelt darum bemüht, einigermaßen das Gleichgewicht zu halten.

Erneut schlugen zahlreiche Projektile bedrohlich nahe neben dem Schlauchboot ins Wasser.

Roth erwiderte das Feuer, so gut er konnte.

»FUUUCK!«, hörte er Ishiklis Stimme. Er fuhr herum und sah gerade noch die beiden Kajakfahrer, die sich vor ihnen befanden.

Dann schlug das kalte Wasser des Tibers über seinem Kopf zusammen.

56

Heftig fluchend und mit tief geducktem Körper versuchte Ishikli, das Schlauchboot nach dem Ausweichmanöver wieder gerade zu richten. Ihre Gedanken rasten. Vorsichtig hob sie den Kopf und blickte nach hinten. Von Roth war keine Spur zu sehen, doch zumindest hatten die Carabinieri das Feuer eingestellt – offenbar waren sie mittlerweile außer Reichweite.

In etwa hundert Metern Entfernung vor ihr konnte sie bereits die Engelsbrücke ausmachen.

Fieberhaft versuchte sie, die einzelnen Puzzleteile in ihrem Kopf zu einem sinnvollen Bild zusammenzufügen. Es gab im Endeffekt nur eine einzige Erklärung – und die gefiel ihr ganz und gar nicht!

Denk nach, verdammt, denk nach!

Peter Roth war nichts passiert, dessen war sie sich sicher. Sie konnte ihm jetzt nicht mehr helfen. Er würde sich selbst helfen können! Immer und immer wieder sagte sie es sich in Gedanken vor: *Er ist ausgebildeter Fallschirmjäger! Er ist ein ausgezeichneter Schwimmer!*

Aber wenn er es nicht dennoch irgendwie schaffte, ihr zu folgen, war alles verloren! Unvermittelt begann sie am ganzen Körper heftig zu zittern, spürte, wie ihre Hände sich zu verkrampfen begannen.

Sie konzentrierte sich auf ihre Atmung, ihren Herzschlag, schloss die Augen, atmete tief ein und wieder aus. Ihr Puls beruhigte sich.

Sie verlangsamte die Fahrt, steuerte das Schlauchboot einige Meter von der Brücke entfernt ans Ufer und sprang auf die Uferpromenade. In gebückter Haltung und stets die sich ihr bietenden Schatten ausnützend, lief sie zur Befestigungsmauer des Tiberbeckens. Sie blickte sich noch einmal um, dann begann sie auf den grob behauenen Kalksteinen nach oben zu klettern.

Oben angekommen, verharrte sie einige Sekunden lang flach auf dem Bauch liegend. Alles blieb ruhig. Vorsichtig stemmte sie sich auf die Beine, suchte Schutz hinter einer der Platanen, ehe sie zum Brückenkopf und der dahinterliegenden Engelsburg spähte.

Sie entdeckte Nokhanov sofort.

57

Vor.

Drei-und-zwan-zig.

Zurück.

Vor.

Drei-und-zwan-zig.

Zurück.

Beide Lungenflügel brannten wie Feuer, doch Roth wusste, dass er noch länger unter Wasser bleiben musste. Seine

Schwimmzüge sollten kraftvoll sein, aber nicht hektisch. Er würde sich sonst zu schnell verausgaben.

Körpergedächtnis ...

Der schwere Rucksack auf seinem Rücken machte es einfacher, unter der Oberfläche zu bleiben, doch wenn er bei dem Sturz aus dem Boot die Orientierung verloren hatte und in die falsche Richtung tauchte, war alles vorbei. Im schlammigen Flusswasser wäre es selbst bei Tageslicht fast unmöglich gewesen, sich zu orientieren, doch um diese Uhrzeit war er vollkommen blind.

Roth hatte noch im Fallen sofort die Augen geschlossen und bis jetzt nicht mehr geöffnet – er konnte nur beten, dass er sich auf das gegenüberliegende Ufer zubewegte –, so würden seine Augen wenigstens sofort wieder funktionieren, sobald er es erreicht hatte.

Mit einem lauten Prusten durchbrach er die Wasserkante, schnappte gierig nach Luft. Der Sauerstoff flutete seinen Körper, das Brennen in seinem Brustkorb wurde zunächst noch sehr viel schlimmer, ehe sich seine Muskeln wieder entspannten und er in der Lage war, einen klaren Gedanken zu fassen – doch auch das kannte er aus seiner Zeit in Kandahar. Er geriet nicht in Panik.

Konzentriert sah er sich um: Das rettende linke Flussufer war nur noch etwa eine Armlänge von ihm entfernt. Unter Wasser hatte er weitere fünfzig, vielleicht sechzig Meter zwischen sich und die Carabinieri bringen können – die Polizisten gaben ihre Position mittlerweile auf und rannten in diesem Moment die Treppen zurück zur Straße hoch.

Roth wandte den Kopf in die andere Richtung: Von Ishiklis Boot war weit und breit nichts mehr zu sehen. Erleichtert atmete er auf, denn das konnte nur bedeuten, dass sie unversehrt davongekommen war!

So schnell es ihm möglich war, kletterte er aus dem Wasser,

ging in die Hocke und rastete ein paar Sekunden in dieser Position, um seine Kräfte wieder zu sammeln. Dann hastete er die Steintreppen zur Straße nach oben und drehte sich suchend um die eigene Achse.

Der Zweck heiligt manchmal die Mittel!, redete er sich ein, während er den Gasgriff der Vespa nach unten drehte und in seinem besten Italienisch Entschuldigungen nach hinten brüllte. Der heftig fluchende Eigentümer des Fahrzeugs, den er eben zuvor mitsamt seinem Roller durch einen schwungvollen Tritt zu Boden gestoßen hatte, schien sich jedoch nicht sonderlich dafür zu interessieren.

Scheiß drauf, Shit happens!, dachte Roth, duckte sich tiefer hinter die Verkleidung und beschleunigte weiter.

Er musste rechtzeitig zu Ishikli gelangen! Sonst würde er sie vermutlich niemals wiedersehen!

58

»ZWEI Finger, Sergej!«, sagte Ishikli.

Mit der rechten Hand presste sie den Lauf ihrer Jericho in den Nacken des Russen, mit der linken drückte sie das Combatmesser auf Höhe des Herzens gegen seinen Rippenbogen. Ein Teil von ihr wünschte sich sogar, dass er herumfuhr und versuchte, ihr mit einer Drehbewegung die Pistole zu entreißen – er würde sich das Messer durch seinen eigenen Schwung bis zum Heft in die Seite rammen.

»Dein Onkel wäre stolz auf dich«, antwortete Nokhanov unbeeindruckt. Er wirkte weder überrascht noch verängstigt, während er langsam zu seinem Holster griff, die Pistole herausnahm und sie über seine linke Schulter nach hinten reichte. »Darf ich mich umdrehen?«

»Nein«, sagte Ishikli. Ohne die Position der Klingenspitze zu verändern, schob sie ihre Linke mitsamt dem Messer kampfbereit nach oben und griff sich die Pistole. Erst als sie sich vergewissert hatte, dass Nokhanovs Waffe durchgeladen war, drückte sie den Sicherungshebel mit dem Daumen nach unten, ließ das Combatmesser zu Boden fallen und presste die Mündung gegen Nokhanovs Seite. Mit zwei Schusswaffen war sie im Vorteil – er konnte ihr unmöglich beide gleichzeitig entreißen.

»Du wirst genau so bei mir stehen bleiben wie jetzt«, sagte sie, während sie sich näher an den Russen schob. Er roch nach der gleichen unangenehmen Mischung aus Schweiß und billigem Aftershave, die sie aus ihrer Kindheit in Erinnerung hatte. »Wir gehen jetzt langsam zu deinem Lieferwagen und steigen gemeinsam hinten ein. Wenn wir drin sind, kannst du deinen Scharfschützen zurückpfeifen. Verstanden?«

»Du reagierst über«, sagte Nokhanov. »Dimitri sollte lediglich deinen Begleiter ausschalten.«

»Spar dir den Bullshit!«, herrschte Ishikli ihn an. »Und jetzt beweg dich!«

Nachdem Nokhanov den Griff des Laderaums von innen verriegelt hatte, befahl Ishikli ihm, sich auf den Boden zu setzen und sich umzudrehen. Ohne weitere Aufforderung griff er an sein Ohr, aktivierte einen Funksender und gab Anweisungen in seiner Muttersprache. Für einen Augenblick verfinsterten sich seine Gesichtszüge, doch er hatte sich unmittelbar darauf wieder im Griff.

Erleichterung machte sich in Ishiklis Körper breit: Der Gesichtsausdruck des Russen konnte nichts anderes bedeuten, als dass der Scharfschütze die Eliminierung seines Ziels nicht hatte bestätigen können – Peter Roth war also noch irgendwo dort draußen!

Sie ging in die Hocke, bis sie mit Nokhanov auf Augenhöhe war.

»Hör mir jetzt gut zu, Arschloch«, begann sie. »Ich bin hier, weil ich meinen Bruder zurückwill. Ich habe keine Ahnung, was du hier schon wieder für ein Drecksspiel abziehst und warum du beim Treffpunkt gewartet hast und nicht Cavaliere Varese.« Sie machte eine Pause, lud eine der Pistolen durch, um die Patrone aus der Ladekammer auszuwerfen, löste den Schlitten aus seiner Führung und entfernte das Magazin. Anschließend legte sie die Einzelteile der Waffe neben sich auf den Boden, löste ihr Sturm-feuerzeug und die Zigaretten vom Strumpfband und steckte sich eine an.

»Aber weißt du was, Sergej?«

Langsam atmete sie durch die Nase aus. Eine dünne Wolke aus blauem Rauch waberte vor ihr in der Luft. »Deine Beweggründe interessieren mich einen Scheißdreck! Du wirst jetzt deinen Kar-dinal anrufen und mir anschließend das Telefon geben.«

Nokhanov riss die Augen auf, bewegte sich jedoch nicht.

Ishikli schnaubte genervt.

»Ich habe Informationen«, sagte sie, »die ihn interessieren werden. Der Geheimdienst weiß von seinen Börsenspekulatio-nen, und sie wissen auch, dass er einen weiteren, noch sehr viel größeren Anschlag plant.« Sie machte eine kurze Pause, zog an der Zigarette und blies dem Russen den Rauch ins Gesicht. »Und je nachdem«, fuhr sie fort, »wie das hier jetzt abläuft, kann ich ihm entweder davon erzählen, dass du vorhin versucht hast, mich

wie eine Ratte abknallen zu lassen, oder nicht. Deine Entscheidung.«

Ishikli konnte beinahe sehen, wie es in Nokhanov arbeitete.
Plötzlich hob er die Handflächen in die Höhe und machte eine be-
schwichtigende Geste in ihre Richtung.

»Wenn du mich verarschst, du anatolische Schlampe«, sagte
er, während er vorsichtig sein Mobiltelefon aus der Innentasche
seines Jacketts holte, »dann lass ich dich von jedem meiner Männer einzeln durchficken, ehe ich dich meinen Hunden vorwerfe!«

Ishikli lachte laut auf.

»Links oder rechts?«, fragte sie, als der Russe ihr das Telefon
reichte. Sie deutete mit dem Lauf der Pistole in Richtung seiner
Knie.

Nokhanov starrte sie vollkommen verdattert an.

»Ich habe keine Ahnung, was du meinst«, knurrte er. »Kardinal di Malatestas Privatnummer liegt auf Kurzwahltaste eins.«

»Gib mir die Autoschlüssel«, sagte Ishikli und aktivierte die
Kurzwahl. »Du wirst sie heute vermutlich nicht mehr brauchen.«

59

Roth stellte die Vespa im Schatten unter einer Akazie ab und
duckte sich dahinter. Das gelbliche Licht der Straßenlaternen
drang kaum durch das dichte Blattwerk. Angestrengt kniff er die
Augen zusammen und schaute zur anderen Straßenseite. Hinter
dem schwarzen Mercedes-Van mit den diplomatischen Kennzeichen des Vatikans schlossen sich in diesem Moment mehr als vier

Meter hohe Eisentore, bevor sich erneut zwei Wachleute mit automatischen Waffen davor positionierten.

Die Villa Farnesina in Trastevere glich einer Festung: Die Mauern, die die Gartenanlagen rund um die Villa umfassten, wiesen beinahe die gleiche Höhe auf wie das massive Einfahrtstor, auf ihnen wellte sich mit scharfen Klingen bewehrter NATO-Draht, zudem gab es zahlreiche Überwachungskameras.

Zumindest hatten sie mit der Lokalisierung des geheimen Untergeschosses recht gehabt, überlegte Roth. *Ein Einsatzteam des Mossad sollte sich also in unmittelbarer Nähe befinden.*

Erschöpft ließ er sich mit dem Rücken gegen den Stamm des Baumes sinken. Seine Gedanken rotierten. Was er vorhin gesehen hatte, irritierte ihn zutiefst.

Warum saß Ishikli selbst am Steuer? Warum war sie nicht von Cavaliere Varese in Empfang genommen worden? Was hatte Oberst Nokhanov dort zu suchen gehabt, der auf dem Beifahrersitz saß?

Das alles ergab für ihn absolut keinen Sinn! Aber es konnte nichts Gutes bedeuten.

Hoffentlich spielte Ishikli nicht schon wieder ihr ganz eigenes Spiel …

Beim Anblick des Russen hatte sich sein Magen zusammengekrampft. Er war diesem Scheusal zweimal zumindest indirekt begegnet, und beide Male wäre er selbst dabei beinahe draufgegangen.

Hektisch suchte er die Umgebung des Zufahrtstores ab, während er sein Mobiltelefon aus der Tasche zog. Tot. Natürlich, ein ausgedehntes Vollbad im Tiber tat moderner Elektronik selten gut.

Verdammte Scheiße!

Er schleuderte das Gerät in hohem Bogen hinter sich über die Ufermauer und durchwühlte den Rucksack. Kein Funkgerät.

Auch logisch, dachte Roth zynisch. Die Polizei hätte ihn unter Umständen darüber orten können, sobald er es aktivierte.

Und das könnte ja womöglich die Pläne des Mossad durchkreuzen!

Aber es half alles nichts. Er musste jetzt einen kühlen Kopf bewahren.

Einatmen. Ausatmen.

»Shit!«, sagte er leise zu sich selbst und überlegte seine Optionen. Falls der Sender, den die Israelis Ishikli zu schlucken gegeben hatten, aus irgendeinem Grund versagte, dann hätten sie keinerlei Möglichkeiten mehr, Unterstützung anzufordern. Alle anderen Alternativen würden nicht nur den Mossad alarmieren, sondern auch den italienischen Staatsschutz und die Carabinieri auf den Plan rufen. Außerdem könnte es dann bereits zu spät für die Türkin und ihren Bruder sein.

Er war auf sich allein gestellt.

Und er musste einfach ir-gend-wie dort rein!

Sein Blick fiel auf einen weißen Lieferwagen, der knapp dreißig Meter entfernt an der Mauer geparkt war. Skeptisch blickte Roth nach oben, überlegte einige Sekunden. Sein Plan gefiel ihm zwar nicht sonderlich, aber erstens lief ihm die Zeit in Riesenschritten davon, zweitens sah er keine andere Möglichkeit.

Roth straffte die Gurte des Rucksacks, duckte sich tief neben die Ufermauer zum Tiberbecken und lief in gehockter Haltung die Straße entlang, bis er sich auf Höhe des Lieferwagens befand. Mit dem Feldmesser aus dem Rucksack löste er einen etwa faustgroßen Stein aus einem bröckelnden Abschnitt der Flussmauer und schickte ein Stoßgebet zum Himmel, dass dieser alte Trick auch diesmal funktionieren würde. Mit aller Kraft schleuderte er den Brocken in Richtung des Haupttors und sprintete los auf die andere Straßenseite.

Flach auf dem Bauch liegend und mit dem Rücken gegen den Unterboden des Lieferwagens gepresst, beobachtete er, wie die beiden Wachen zurück auf ihre Posten gingen. Sie betätigten einige Male ihre Sprechfunkgeräte an der Schulter, dann stellten sie sich wieder links und rechts des Tores auf.

Immerhin …, dachte Roth. Er drehte sich zur Seite, löste den Rucksack und nahm eines der größeren Semtex-Pakete heraus. Nachdem er den Sprengstoff unter dem Tank des Transporters befestigt und den Funkzünder angebracht hatte, robbte er zur anderen Seite, schob sich nach vorne und stemmte sich auf die Beine.

Erneut lauschte er nach Geräuschen der Wachleute. Nichts. Alles blieb ruhig.

So leise es ihm möglich war, stieg er auf die Motorhaube des Wagens und kletterte aufs Dach. Von der Oberkante der Mauer trennte ihn jetzt nur noch ein knapper Meter.

… und der widerlichste Absperrdraht, den die Menschheit je erfunden hatte.

»Was soll's!«, sagte er leise zu sich selbst. Und sprang.

Mit weit ausgebreiteten Armen landete Roth schräg auf der doppelten Rolle aus Stacheldraht. Er biss die Zähne zusammen, spürte, wie sich eine der Klingen in seinen rechten Oberschenkel bohrte. Die Drahtrollen hatten seinen Aufprall trotzdem wie erhofft weitgehend abgefedert. Mit angehaltenem Atem spähte er in die Tiefe. Unmittelbar vor ihm befanden sich zahlreiche Ziersträucher, eine Lorbeerhecke sowie eine noch junge Platane.

Er stieß einen leisen Fluch aus. Mit einer ruckartigen Bewegung rollte er seinen Körper zur Gartenseite, schlug noch im Fallen die Hände über dem Kopf zusammen und zog die Beine an, so gut es ging.

Falls er die Sträucher verfehlte, würde er sich vermutlich trotzdem das Genick brechen, schoss ihm ein letzter Gedanke durch den Kopf, ehe er hart auf der Lorbeerhecke aufschlug und mit seinem Rücken gegen den Stamm der Platane prallte.

60

»So läuft das sicher nicht!«, sagte Ishikli, während sie Oberst Nokhanov vor sich in die Empfangshalle der Villa Farnesina schob. Die beiden gegenüber dem Eingang postierten Wachen hoben erstaunt ihre Waffen in den Anschlag, doch Ishikli ignorierte sie. »Du kannst deinem Kardinal dankbar sein, dass du noch beide Kniescheiben hast!« Sie klopfte dem Russen mit dem Lauf der Pistole auf die Schulter und bedeutete ihm, stehen zu bleiben. »Offensichtlich hat di Malatesta ein gewichtiges Interesse an deiner Unversehrtheit.«

Sie drehte sich halb zur Seite und blickte zu den beiden Söldnern, die ihre Waffen mittlerweile ein wenig gesenkt hatten und dem Geschehen mit deutlichem Unverständnis in ihren Gesichtern zusahen.

»Entspannt euch, Jungs«, sagte sie. »Das hier geht euch nichts an.«

Nokhanov nickte in Richtung seiner Männer, woraufhin diese unverzüglich wieder ihre Ausgangspositionen einnahmen.

Ishikli musste diesem Arschloch zugestehen, dass er seine Truppen verdammt gut im Griff hatte – es erstaunte sie immer wieder, welchen unbedingten Gehorsam man mit Grausamkeit erzeugen konnte.

Oder mit genügend Geld.

»Dann verabschiede dich von deinem Bruder«, zischte Nokhanov. »Ich werde nicht zulassen, dass du Seiner Eminenz mit einer Waffe in der Hand gegenübertrittst.«

Ishikli bemerkte, wie er seine Oberschenkelmuskeln sprungbereit anspannte.

»Ich muss nur einmal blinzeln, und meine Männer eröffnen das Feuer auf dich«, fuhr der Russe fort. »Und glaub mir, Schlampe, so schnell bist nicht einmal du!«

Unvermittelt machte Ishikli eine rasche Bewegung nach vorn, riss Nokhanovs Kopf an der Stirn zurück und presste ihm den Lauf der Pistole in den Nacken.

»Wollen wir's drauf ankommen lassen, Arschloch?«, flüsterte sie. »Ich an deiner Stelle würde mein Blatt nicht überreizen. Und jetzt bring mich endlich zu ...«

»Was für eine Pracht, nicht wahr?!«, tönte die feste Stimme di Malatestas durch die Halle. Das Geräusch seiner Absätze auf dem Marmorboden brach sich von den mit zahlreichen Fresken verzierten Wänden, als er mit raschen Schritten auf Ishikli und Nokhanov zukam.

Irritiert ließ Ishikli von dem Russen ab, sprang zur Seite, sodass er zwischen ihr und den beiden Wachen stand, und richtete ihre Waffe auf den Kopf des Kardinals.

»Wussten Sie«, setzte di Malatesta unbeirrt fort, nachdem er knapp zwei Meter vor ihr stehen geblieben war, »dass der ursprüngliche Eigentümer, Agostino Chigi ...« Er unterbrach seine Ausführungen und blickte Ishikli direkt in die Augen: »Sie kennen ihn eventuell unter dem Titel, den ihm die Einwohner von Siena verliehen hatten: Il Magnifico – der Erhabene? Nicht zu verwechseln natürlich mit Lorenzo di Medici aus Florenz.«

Was zum ...?!

Ishikli kniff die Augen zusammen. Sie hatte nicht den leisesten Schimmer, was hier gerade vor sich ging.

»Nun denn, sei es, wie es sei«, sprach die Malatesta weiter, der ihr Schweigen offensichtlich als Zustimmung gedeutet hatte. »Jedenfalls genoss Il Magnifico das innige Vertrauen von insgesamt drei Päpsten seiner Zeit. Ich muss allerdings zugeben, dass die Halbwertszeit der Stellvertreter Christi auf Erden im 16. Jahrhundert etwas ... Nun ja, sagen wir, begrenzt war. Dennoch war Chigis enges Verhältnis zum Vatikan über einen langen Zeitraum gegeben, was angenehmerweise nicht nur zur Erschaffung der wundervollen Fresken in der Loggia einen Stock über uns durch Raffael persönlich geführt hat, sondern auch dazu, dass es einen direkten Verbindungsgang zwischen der Sixtinischen Kapelle und hier gibt.«

Der Kardinal breitete seine Arme zur Seite aus und drehte sich langsam einmal um die eigene Achse. »Welche Wunder die Verbindung von Glauben, Kunst, Macht, Einfluss und Gold doch immer wieder hervorgebracht hat, finden Sie nicht?«

Er nahm die Arme wieder herunter und trat einen Schritt näher an Ishikli heran.

»Sie können Ihre Waffe jetzt senken, mein Kind«, sagte er sanft. »Denn der Herr ist Ihr Hirte, kein Leid wird Ihnen geschehen.«

Endlich hatte Ishikli sich wieder einigermaßen gefasst. Sie hielt ihre Pistole weiterhin auf den Kardinal gerichtet und sprach das Erste laut aus, das ihr in diesem Moment durch den Kopf ging: »*Sind Sie auf Koks?!*«

Der Kardinal kicherte.

»Das auch«, sagte er knochentrocken. »Aber das spielt jetzt keine Rolle.«

Schlagartig änderte sich seine Stimmlage. Er hatte jetzt wieder den gleichen leisen, ein wenig schneidenden Tonfall, den Ishikli bereits von ihm kannte. »Und jetzt nehmen Sie endlich diese lächerliche Waffe herunter, Caner. Sie wissen ganz genau, dass ich Sie – zumindest bis morgen Mittag – lebend brauche.«

Ishikli zögerte.

»Sie haben mein Wort«, fügte di Malatesta hinzu. »Ich habe nicht vor, Ihnen oder Ihrem Bruder in irgendeiner Form Schaden zuzufügen.«

Ishikli rührte sich noch immer nicht von der Stelle. Fieberhaft versuchte sie, sich irgendeinen Reim auf die Situation zu machen.

»Ich geb einen Scheiß auf Ihr Wort!«, begann sie, um sich mehr Zeit zum Nachdenken zu verschaffen. »Wer garantiert mir, dass Sie nicht ...«

»*TU!, was man dir sagt!*«, donnerte eine weitere männliche Stimme in diesem Moment durch die Halle. Eine tiefe, rauchige und sehr herrische Stimme. Eine Stimme, die sie erschaudern ließ.

Ishiklis Körper handelte auf der Stelle, er handelte automatisch, er handelte ohne ihr bewusstes Zutun: Abrupt senkte sie die Waffe, entfernte das Magazin, lud sie durch, um die Zündkammer zu leeren, und reichte beides an Kardinal di Malatesta. Dann verschränkte sie die Arme hinter ihrem Rücken, stellte ihre Beine eng nebeneinander, streckte ihren Rücken durch und senkte den Kopf mit dem Blick zu Boden gerichtet.

Vorsichtig schaute Ishikli ein wenig nach oben, obwohl sie bereits wusste, wen sie sehen würde:

Ishmail Gübkal, seinen Stock mit dem Silberknauf in der Hand, kam langsam auf sie zu. Wie immer fand sich auf seinem blütenweißen Seidenanzug nicht eine einzige Falte, und wie immer trug er den massiven Siegelring mit dem Wolfskopf am Mittelfinger seiner linken Hand.

Ishikli spürte Panik in sich aufsteigen. Ihr Magen und ihre Schultermuskeln verkrampften sich, kalter Schweiß bildete sich auf ihrer Stirn, die Arm- und Halsmuskulatur begann zu zittern. Verzweifelt presste sie die Augenlider zusammen, versuchte sich auf Atmung und Herzschlag zu konzentrieren. Sie *durfte* vor diesem Monster unter keinen Umständen auch nur die geringste Schwäche zeigen!

Lang gezogen atmete sie aus, hob ihren Kopf, reckte selbstsicher das Kinn nach vorn und sagte, so emotionslos und kühl es ihr möglich war: »Was *willst* du hier, *Onkel?*«

»Du sprichst, wenn du gefragt wirst!«, brüllte Ishmail Gübkal.

Ishikli hielt seinem Blick noch stand. Aus dem Augenwinkel konnte sie sehen, wie der neben ihr stehende Nokhanov die Lippen zu einem schiefen Grinsen verzog.

Ihr Onkel trat näher an sie heran, hob seine Linke und strich ihr mit den Fingerkuppen sanft über die Wange. »Wie schön du doch geworden bist«, flüsterte er. Eine tiefe Weichheit lag auf einmal in seiner Stimme. »Du wirst deiner Mutter immer ähnlicher.«

Ishikli würgte, schaffte es jedoch, den Brechreiz zu unterdrücken. Noch immer verzog sie keine Miene und starrte ihrem Gegenüber direkt in die Augen.

Gübkal ließ seine Hand langsam über ihren Hals gleiten, wendete sie und strich ihr mit den Fingernägeln über den Ansatz ihres Dekolletés. Vollkommen unvermittelt riss er seine Hand zurück und schlug mit dem Handrücken zu.

Ishiklis Kopf klappte zur Seite. Für den Bruchteil einer Sekunde taumelte sie, ein stechender, gleißend heller Schmerz fuhr durch ihren Unterkiefer.

Doch sie blieb stehen.

Langsam drehte sie ihren Kopf wieder nach vorne, spuckte das Blut, das sich in ihrem Mund gesammelt hatte, auf den Boden und sagte leise:

»WAS willst du hier, *Onkel?*«

Gübkal lachte auf. Er wandte sich an di Malatesta.

»Sie hat auch das Temperament ihrer Mutter!«, sagte er jovial.

Der Kardinal hatte die Szenerie zuvor aufmerksam beobachtet, was Ishikli nicht entgangen war. Er lächelte schmal, trat einen Schritt an Ishmail Gübkal heran und legte ihm seine Hand auf die Schulter.

»Ich denke«, begann er freundlich, »es würde die Angelegenheit dennoch vereinfachen, mein lieber Freund, wenn wir Ihre Nichte ins Bild setzten, denken Sie nicht?«

Gübkal zog erstaunt eine Augenbraue nach oben. Nach wenigen Sekunden nickte er jedoch. »Sie haben recht, Eminenz«, sagte er zu Ishiklis Verwunderung und wandte sich wieder zu ihr. »Ausnahmsweise verdienst du tatsächlich eine Erklärung.« Er schob di Malatestas Hand von seiner Schulter und stützte sich mit beiden Händen auf den Stock. »Der Kardinalstaatssekretär und ich konnten zwischenzeitlich einige äußerst bedauerliche Missverständnisse aus dem Weg räumen – was du im Übrigen bereits wüsstest, hättest du nicht wieder einmal deine Befehle missachtet und auf eigene Faust gehandelt!« Bei den letzten Worten hatte sich seine Stimme wieder merklich verfinstert.

Ehe Ishikli jedoch reagieren konnte, fiel Kardinal di Malatesta Gübkal ins Wort.

»Ich konnte Ihren Onkel davon überzeugen«, begann er, während er sich unmerklich ein wenig zwischen Ishikli und Gübkal drängte, »dass unsere Interessen in dieser Angelegenheit durchaus ähnlich gelagert sind. Der Vatikan hat keinerlei Vorbehalte gegen eine Entmachtung des agierenden türkischen Präsidenten, solange sie zum richtigen Zeitpunkt geschieht.«

»Weshalb wir beschlossen haben, unsere Kräfte zu bündeln«, setzte Ishmail Gübkal fort. »Und bevor du fragst: Deinem Bruder geht es gut. Er ist derzeit noch sediert und befindet sich zur Erholung im Aufwachraum im ersten Stock des Gebäudes – wo du ihm übrigens bis morgen Mittag Gesellschaft leisten wirst.«

Ishikli blinzelte, versuchte zu verstehen, was sie eben gehört hatte. Mit einem Mal stockte ihr der Atem. Völlig fassungslos riss sie die Augen auf.

»Du willst mich *opfern*?!«, brach es aus ihr hervor, nachdem sie begriffen hatte, was die einzig logische Erklärung für die Ausführungen ihres Onkels sein musste.

»Ach Kind«, sagte Gübkal. Er seufzte. »Natürlich schmerzt es mich. Aber du musst das große Ganze im Blick behalten.« Erneut machte er einen Schritt auf seine Nichte zu. »Eine Allianz zwischen dem Vatikan und den Grauen Wölfen eröffnet uns nie dagewesene Möglichkeiten für die Zukunft! Außerdem haben wir Vorkehrungen getroffen, nicht wahr, mein Freund?«

Der Kardinal nickte.

»Ich werde sicherstellen, dass Italien einem Auslieferungsansuchen der Türkei *nicht* zustimmt«, sagte er. »Weshalb Sie die Todesstrafe in Ihrer Heimat nicht zu fürchten haben.«

Ein heller, leicht hysterischer Laut entfuhr Ishikli.

Das durfte doch einfach nicht wahr sein! Ishmail, dieses unfassbare Drecksschwein, hatte sie verkauft wie ein Stück Vieh!

»Und Akin?«, fragte sie.

Gübkal zuckte mit den Schultern. »Was soll mit deinem Bruder sein?«, sagte er emotionslos. »Wir werden ihn morgen von einem Botschaftsmitarbeiter abholen und anschließend zurück nach Istanbul bringen lassen.«

Ishikli schnaubte, doch ehe sie etwas erwidern konnte, fügte der Kardinal hinzu: »Wenn Sie kooperieren, Caner, wird auch für Sie alles reibungslos ablaufen: Sobald morgen alles vorüber ist, werden Sie ganz offiziell in einem heldenhaften Einsatz von der Schweizergarde festgenommen und den zuständigen italienischen Behörden übergeben. Kein weiteres Blutvergießen, keine Lebensgefahr für Sie, keine Probleme.«

Ishikli konnte es immer noch nicht fassen! Sie hoffte inständig, dass der Mossad die Kapsel, die sie hatte schlucken müssen, mittlerweile aktivieren konnte.

Und wo zur Hölle blieb Peter Roth?! Er sollte längst hier sein!

»Oberst Nokhanov wird dich jetzt nach oben bringen«, sagte Gübkal in diesem Moment. »Wenn du ihm *keinerlei* Schwierigkeiten bereitest, habe ich Anweisung gegeben, auf Handschellen oder sonstige Fesseln zu verzichten.«

Nokhanov gab einen grunzenden Laut von sich, der vermutlich Zustimmung signalisieren sollte. Er griff Ishikli hart am Oberarm und flüsterte: »Wir haben also noch die halbe Nacht nur für uns allein, *Kätzchen* ...« Dann schob er Ishikli brutal neben sich her durch die Halle zum Treppenaufgang.

Knapp bevor sie diesen erreicht hatten, rief Kardinal di Malatesta ihnen nach: »Eines noch, bevor Sie gehen!«

Nokhanov stoppte. Er und Ishikli drehten sich um.

Di Malatesta grinste breit. »Das gesamte Gebäude«, sagte er süffisant, »wurde auf meine Anweisung hin bei der letzten Renovierung gegen jegliche elektromagnetische Strahlung abgeschirmt. Sollten Sie also irgendwelche Peilsender am oder im Körper tragen, würde ich mich an Ihrer Stelle nicht allzu sehr darauf verlassen.«

61

»Ich *weiß*, wie spät es ist, und es interessiert mich einen Scheißdreck!«, brüllte Thomas Kopetzky in sein Mobiltelefon. Er verschluckte sich, hustete heftig, setzte in der gleichen Lautstärke nach: »Andretti soll gefälligst seinen Itaker-Arsch auf der Stelle hierherbewegen! Sein Vorgesetzter im Ministerium ist informiert.« Erneut hatte er einen heftigen Hustenanfall. Genervt fingerte er ein Stofftaschentuch aus der linken Hosentasche, hielt es sich vor den Mund und spuckte hinein. Ein zartroter Schleier bildete sich auf dem Baumwollstoff, doch Kopetzky schenkte dem wie immer keine Beachtung und stopfte das Tuch zurück, bevor er seinem Gesprächspartner erneut ins Wort fiel: »Halten Sie gefälligst die Klappe, Sie Analphabet! Hören Sie mir zu: Oberst Renzi ist ein alter Freund von mir. Also entweder Andretti steht in spätestens zwanzig Minuten hier vor mir, oder er und Sie haben die längste Zeit einen Job gehabt!«

Ohne eine Reaktion abzuwarten, legte er auf, beugte sich vornüber und hustete erneut heftig.

Ich sollte dieses Herumgeschreie in Zukunft lassen, dachte er, nachdem er allmählich wieder zu Atem gekommen war. Das war weder gut für sein Herz noch für seine Lungen, noch für sonst *irgendwas* in seinem Körper. Wenn er schon an einem Herz- oder Lungeninfarkt krepieren musste, dann bitte schön in den Armen einer fünfundzwanzigjährigen Nutte und nicht, weil irgendein Scheißitaliener das Wort »Befehlskette« offenbar nur vom Hörensagen kannte!

»Maggiore Kopetzky?«, wurde er vorsichtig von der Seite angesprochen.

Kopetzky drehte sich um und setzte einen mürrischen Gesichtsausdruck auf: »Ja?!«

Vor ihm stand ein schmächtiger uniformierter Polizist. Der Typ war höchstens eine Handbreit höher als ein Saustallgatter und hatte offenbar bereits während des gesamten Telefonats neben Kopetzky gewartet, um ihn ansprechen zu können.

Der Agent riss fragend die Augen auf. »Sie müssen schon mit mir *reden*, Mann, wenn Sie etwas von mir wollen!« Er zündete sich eine Zigarette an, inhalierte tief, hustete, inhalierte erneut.

Der Polizist straffte seine Haltung und sagte: »Commissario Ribali lässt ausrichten, dass Sie nicht befugt sind, ihm Anweisungen zu erteilen. Wenn Sie essenzielle Informationen für ihn haben, möchten Sie diese bitte seinem Sekretär mitteilen.« Der Polizist zögerte kurz und wich einen Schritt zurück, ehe er hinzufügte: »Also, ähem … mir.«

Eine massive Wolke aus blauem Dunst fuhr aus Kopetzkys Mund, zusammen mit einem fassungslosen Laut, irgendwo in der Mitte zwischen hysterischem Lachen und unterdrücktem Schrei.

Er setzte ein übertriebenes Lächeln auf, blinzelte dem Mann freundlich zu und holte erneut sein Handy aus der Hosentasche. Dann suchte er eine Nummer aus der Kontaktliste, wählte sie und hielt sich das Gerät ans Ohr.

»Ähm«, begann der Polizist erneut, »was darf ich Commissario Ribali von Ihnen ausrichten?«

Kopetzky hob den ausgestreckten Zeigefinger vor die Lippen, flüsterte: »Was Sie ausrichten dürfen, guter Mann, weiß ich erst, nachdem ich dieses Telefonat mit Ihrem Polizeipräfekten geführt habe.« Er zog an seiner Zigarette, legte den Kopf in den Nacken, blies den Rauch aus. Dann schaute er dem Polizisten wieder direkt in die Augen und fügte hinzu: »Aber wenn ich raten müsste, würde ich sagen, dass er nicht sonderlich begeistert sein wird, wenn ich ihn mitten in der Nacht auf seinem privaten Telefon anrufe, um ihm mitzuteilen, dass man mir hier Schwierigkeiten bereitet!«

»Sie bluffen!«, sagte der Polizist, dem seine Nervosität deutlich anzusehen war.

Jetzt reicht's!, dachte Kopetzky. Er hatte es im Guten mit dieser absoluten Platzverschwendung von einem Menschen versucht!

»Guiseppe!«, sagte er freundlich, als das Telefonat angenommen wurde. »Ja, ich weiß, wie spät es ist! Ich brauche Ribali so bald wie möglich hier beim Haupteingang.« Er lauschte in den Hörer, während er sich nach vorne beugte und versuchte, das Namensschild des Polizisten zu entziffern. »Danke. Und sorg bitte dafür, dass sein Sekretär, ein gewisser Battista, ab morgen irgendwo in Kalabrien den Verkehr regeln darf!«

Damit beendete er das Gespräch.

Der Polizist starrte ihn mit weit aufgerissenen Augen an, wusste offenbar nicht, wie er reagieren sollte.

Kopetzky atmete tief durch, dann schrie er ihn aus Leibeskräften an: »Verschwinden Sie endlich, bevor ich endgültig die Beherrschung verliere!«

Wo sollte das nur alles enden mit dieser Welt?, sinnierte er, während er dem davonstiefelnden Battista nachblickte. Auf der anderen Seite: Was scherte es ihn? Die paar Jahre bis zu seiner Pensionierung würde er auch noch irgendwie durchhalten, und dann konnte er sich endlich in Ruhe damit beschäftigen, sich zu Tode zu saufen.

Er schaute sich um, fand einen steinernen Poller, der noch nicht von Absperrgittern eingezäunt war, und steuerte ihn an. Mit einem lang gezogenen Seufzen setzte er sich darauf, steckte sich eine weitere Zigarette an und beobachtete einige Minuten lang die Aufbauarbeiten auf dem Platz:

An jeder Ecke wurde geschraubt und gehämmert, Absperrgitter wurden montiert, Sitzreihen für die Ehrengäste aufgestellt, Metallscanner und Durchleuchtungsgeräte installiert – an vier strategisch wichtigen Punkten hatte man überhöhte Wachtürme aus Metallgerüsten errichtet, die einen perfekten Blick über das gesamte Areal ermöglichten. Die Plattformen der Türme wiederum waren mit Platten aus massivem Panzerstahl geschützt, sodass selbst der Beschuss aus einem schweren Maschinengewehr den darauf postierten Sicherheitskräften nichts würde anhaben können. Knapp fünfzig Meter hinter ihm brachte man soeben zwei Wasserwerfer und einen Bergepanzer in Stellung, zwanzig Rettungsfahrzeuge standen schon jetzt bereit, sollte es am morgigen Sonntag zu einer Massenpanik oder einem ähnlich gefährlichen Vorfall kommen – und bis zum Beginn der Ostermesse würde sich diese Zahl noch mehr als verdoppeln. An sämtlichen Zugängen zum Platz hatte man schwer bewaffnete Spezialeinheiten des italienischen Militärs postiert, jede Einheit zusätzlich mit zwei gepanzerten Mannschaftswagen verstärkt, auf deren Gefechtstürmen 25-Millimeter-Schnellfeuer-Kanonen montiert waren.

Er zog an seiner Zigarette, schnippte die Kippe ins Rinnsal, zündete sich eine neue an. Er hob den Kopf, blickte in den Nachthimmel. Wieder hörte er das Geräusch eines der drei Hubschrauber, die permanent über dem Areal kreisten – der gesamte Luftraum in einem Umkreis von zehn Kilometern war für jeglichen Verkehr gesperrt worden.

Nachdenklich kratzte er sich am Hinterkopf. Die Sicherheitsvorkehrungen waren lückenlos. Er selbst hätte es vermutlich nicht anders aufgezogen.

Was wollte er Andretti und Ribali eigentlich sagen? Dass er ein »mieses Gefühl« bei der Sache hatte?

Unvermittelt musste Kopetzky leise auflachen.

Nein, überlegte er, keine gute Idee. Er hatte alle seine Kontakte aufgebraucht, alle persönlichen Gefallen eingefordert, alles, was ihm *irgendwie* zur Verfügung stand, in die Waagschale geworfen. Wenn er sich hierbei irrte und tatsächlich KEIN Anschlag auf dem Petersplatz geplant war, dann konnte er seine Karriere vermutlich vergessen. Dann würde ihm höchstens noch bleiben, bei den Carabinieri anzuheuern und gemeinsam mit diesem Battista in Kalabrien den Verkehr zu regeln. In Deutschland würde er keinen Fuß mehr auf den Boden bekommen. Nicht einmal als Schülerlotse.

Ja, wenn er sich irrte, dann war er ganz gewaltig am Arsch!

Aber sein Bauchgefühl hatte ihn noch *nie* getäuscht. Und genau *das* bereitete ihm extreme Kopfschmerzen. Denn wenn er ehrlich war, wünschte er sich im Moment nichts *mehr*, als dass er sich täuschte …

Mehr als drei Stunden hatte er zuvor im Datenraum der israelischen Botschaft gesessen, hatte sich durch eine nicht enden wollende Flut aus größtenteils unvollständigen Daten gewühlt, sämtliche hier stationierten Datenanalysten des Mossad um ihren Schlaf und Sarah Goldblum vermutlich endgültig gegen sich aufgebracht.

Aber die sollte bloß ihre Klappe halten!

Immerhin war sie es gewesen, die Ishikli Caner aus strategischen Überlegungen heraus die Flucht ermöglichen wollte. Offen gestanden war er sogar ganz froh darüber – er konnte die Türkin im Grunde seines Herzens verdammt gut leiden.

Außerdem hätte er ohnehin nicht anders handeln können! Wenn sich sein Instinkt einmal meldete und er sich in ein Bauchgefühl verbissen hatte, war es ihm immer schon vollkommen unmöglich gewesen, den Dingen einfach ihren Lauf zu lassen.

Eine beschissene Eigenschaft, wenn man genau darüber nachdachte.

Trotzdem konnte er nicht einen einzigen Beweis dafür finden, dass er richtiglag. Wie sollte er Andretti und Ribali dazu bringen, auf ihn zu hören? Wie sollte er sicherstellen, dass es keine undichten Stellen innerhalb der Sicherheitsbehörden gab? Die Wahrheit war: Er hatte keine Ahnung. Aber er *musste* es versuchen.

»WAS soll dieser Unsinn, Kopetzky?!«, riss ihn Tenente Colonello Andrettis markante Stimme aus seinen Gedanken. »Wir haben höchste Terrorwarnstufe UND eine Großfahndung nach Ihrer Terroristin laufen, und Sie beordern mich mitten in der Nacht aus der Zentrale hierher an den im Moment *vermutlich sichersten Platz von ganz Rom?* Haben Sie eigentlich noch alle Tassen im Schrank?!«

»*Das* habe ich nie behauptet«, sagte Kopetzky unbeeindruckt. Er stemmte sich auf die Beine und reichte Andretti die Hand, der sie widerwillig ergriff. »Schön, dass Sie hier sind. Der Einsatzleiter der Polizei sollte ebenfalls in einiger Zeit zu uns stoßen.«

Andretti runzelte die Stirn. »Was hat Commissario Ribali mit dieser Angelegenheit zu tun?«, fragte er. »Seine einzige Aufgabe ist im Moment die Koordination der Sicherheitsvorkehrungen hier am Petersplatz, soweit ich informiert bin, und ...« Andretti stockte. Auf sein Gesicht legte sich ein Ausdruck absoluter Fassungslosigkeit. »Das kann doch nicht Ihr *Ernst* sein, Kopetzky?!«

»Doch«, sagte Kopetzky. »Ist es.«

Er öffnete eine frische Packung Zigaretten. »Und jetzt hören Sie mir einfach mal zu, Andretti. Wir haben noch mindestens eine Stunde Zeit, bevor Ribali hier aufkreuzt. Er muss nicht unbedingt alles wissen, was ich Ihnen gleich erzählen werde. Ich kann zwar nicht genau sagen, warum, aber ich vertraue Ihnen. Ribali hingegen kann ich noch nicht einschätzen.«

»Ribali ist ein nützlicher Idiot«, sagte der Italiener. »Ein absolut treu ergebener Befehlsempfänger, der sehr zuverlässig das ausführt, was man ihm anschafft.« Andretti schaute sich um und ergänzte: »Ich kann mir nicht vorstellen, dass er Dreck am Stecken hat. Allerdings – und da haben Sie recht – hat er nicht das nötige Hirn, um zu erkennen, vom *wem* er Anweisungen besser *nicht* entgegennehmen sollte.« Dann deutete er auf einen Mauervorsprung, der ihnen einen gewissen Sichtschutz bieten würde. »Stellen wir uns dort rüber«, sagte er und setzte sich in Bewegung. »Ich hoffe inständig für Sie, dass Sie *wirklich* etwas Bedeutsames für mich haben!«

»Ich nicht«, sagte Kopetzky. Und er meinte es ehrlich. Er folgte Andretti zum Vorsprung, stellte sich neben den Italiener. Er zog an seiner Zigarette. Dann sah er Andretti in die Augen und begann mit dem Zeigefinger seiner linken Hand aufzuzählen:

»Wenn Sie absolut keine Skrupel hätten und die größtmögliche mediale Aufmerksamkeit erzielen wollten, wo würden Sie zuschlagen?«

Andretti zuckte mit den Schultern. »Da fallen mir zahlreiche Orte ein«, sagte er.

Kopetzky ignorierte ihn, hob den nächsten Finger:

»Wenn Sie unter maßloser narzisstischer Selbstüberschätzung leiden und sich selbst vor der ganzen Welt beweisen wollen, dass Sie der Größte sind, wo würden Sie zuschlagen?«

Der Italiener wirkte inzwischen wieder deutlich angespannt. »Worauf wollen Sie hinaus, Kopetzky?!«

»Wenn Sie hinter einer Verschwörung stecken, die Sie auf einen Schlag um mehrere Milliarden reicher machen würde, wenn Sie damit einen Krieg oder zumindest die schwerste außenpolitische Krise, die die Union jemals gesehen hat, provozieren wollen, wenn Sie alle gläubigen Christen hinter sich scharen und in den nächsten Kreuzzug gegen den Islam führen wollen, *wo* würden Sie zuschlagen?«

»Sie sind doch nicht mehr ganz dicht!«

Genervt setzte Andretti dazu an, sich an dem Agenten vorbeizuschieben. Kopetzky hielt ihn an der Schulter zurück. Er hob den letzten Finger und sagte: »Wenn Sie all das wollen und als Kardinalstaatssekretär des Vatikans die *alleinige Oberhoheit* über die *gesamte Sicherheit* einer Veranstaltung mit über *hundertfünfzigtausend* anwesenden Menschen haben, die noch dazu das *wichtigste Hochfest* der *gesamten Christenheit* ist, *WO* würden Sie zuschlagen?!«

Andretti stockte in seiner Bewegung. Seine Augen weiteten sich.

»Das ...«, begann er, »... das ist ...« Er schüttelte irritiert den Kopf. »Das wäre doch absolut unmöglich! *WIE* sollte Kardinal di Malatesta so etwas denn anstellen? Die bevorstehende Ostermesse ist vermutlich die am besten gesicherte Großveranstaltung, die es jemals gegeben hat!«

»Tja«, sagte Kopetzky und ließ die Schulter des Italieners los. »Genau *das* sollten wir dringend herausfinden.« Er blickte auf seine Armbanduhr. »Und zwar am besten innerhalb der kommenden fünf Stunden!«

62

Peter Roth schlug die Augen auf, blinzelte. Vorsichtig hob er die Arme und befühlte mit den Händen sein Gesicht. Er blickte auf seine Handflächen: nicht besorgniserregend viel Blut, außerdem bereits eingetrocknet. Er gab sich einen Ruck, zog die Beine an, stemmte sich mit den Armen auf alle viere.

Sein Brustkorb schmerzte bei jedem Atemzug, aber das war nicht weiter ungewöhnlich – vermutlich hatte er sich die eine oder andere Rippe gebrochen oder angeknackst, doch der Rucksack hatte einen Großteil der Wucht seines Aufpralls am Baumstamm abgefangen. Langsam schob er sich nach oben, prüfte seinen Stand, unsicher noch, aber das würde sich bald einpendeln. Behutsam tastete er die Schnittwunde an seinem Oberschenkel ab. Auch hier nur erträgliche Schmerzen, kein frisches Blut.

Er blickte auf seine Armbanduhr.

Shit! Er war fast eine halbe Stunde außer Gefecht gesetzt gewesen!

Roth blickte nach oben zur Villa. Vom Randbereich des Gartens aus waren mehrere Terrassen bis zum Gebäude angelegt. Ein kleiner, von Steintreppen unterbrochener Weg führte zwischen den dichten Oleanderbüschen nach oben. Soweit er es erkennen konnte, fanden sich in diesem Bereich keinerlei Kameras. Zudem war es hier hinten beinahe stockdunkel.

In gebückter Haltung lief er zu den Steinstufen und hastete hinauf. Als er auf der letzten Terrasse angekommen war, duckte er sich hinter einen der Büsche und spähte zum Haupteingang:

Genau wie unten beim Einfahrtstor waren auch hier zwei Wachen postiert, vier LED-Strahler tauchten den Bereich vor dem Gebäude in fast taghelles Licht.

Das gefällt mir nicht, das gefällt mir gar nicht.

Er schob sich zurück in den Schatten der Büsche und umrundete das Gebäude, bis er zur Rückseite gelangte. Hier schien alles sicher zu sein. Er nahm den Rucksack von den Schultern, montierte den Schalldämpfer auf dem Sturmgewehr und steckte sich den Fernzünder, die verbliebene Jericho-Pistole sowie das restliche Semtex hinten in den Hosenbund. Dann bedeckte er den Rucksack mit etwas Laub. Er sah sich noch einmal um. Als er sicher war, dass ihn niemand bemerkt hatte, sprintete er über den geschotterten Weg hinüber zum Gebäude.

Mit dem Rücken eng gegen die Hausmauer gepresst, hielt er den Atem an, lauschte erneut angestrengt in die Nacht hinein. Wieder blieb alles ruhig. Er trat einen Schritt zurück und schaute nach oben: Sechs Meter über ihm im ersten Stock erstreckte sich eine Pergola, eine Art überdachter Balkon mit Säulenbögen, über die gesamte Gebäudemitte. Rechts und links der Pergola führten zwei Fallrohre der Regenrinnen an der reich mit Stuck verzierten Fassade nach unten.

Es sollte selbst in seinem Zustand keine unlösbare Aufgabe sein, dort hochzukommen.

In diesem Moment bemerkte er hinter einem der erleuchteten Fenster im Seitenflügel eine Bewegung. Instinktiv duckte er sich zurück in die Schatten und versuchte, einen besseren Blickwinkel zu finden. Jetzt erkannte er ihn: Oberst Sergej Nokhanov stand oben am Fenster und blickte prüfend hinunter in den Garten.

Es war zwar eine gewagte Wette, dachte Roth, aber wenn der Russe dort oben in diesem Zimmer war, würde Ishikli mit etwas Glück auch nicht weit entfernt sein.

Allerdings irritierte ihn der Umstand, dass sich Nokhanov im ersten Stock befand – Roth hatte sich eher darauf eingestellt, sich einen Weg hinunter erkämpfen zu müssen, nicht hinauf.

Nachdem Nokhanov sich wieder vom Fenster abgewandt hatte, wartete Roth noch einige Sekunden, dann begann er am Fallrohr entlang nach oben zu klettern. Unbehelligt erreichte er die Pergola, schwang sich über die Brüstung und ging dahinter in Deckung. Jetzt erst erkannte er, dass das Fenster, über das er einsteigen wollte, aus Panzerglas war – seinen ersten Gedanken, es sturmreif zu schießen und anschließend hineinzuspringen, konnte er also vergessen.

So leise es ihm in seinem Zustand möglich war, schob er sich zurück auf die steinerne Balustrade. Auf dem Bauch liegend, robbte er weiter nach vorn. Er musste unbedingt sehen können, was dort drinnen vor sich ging! Allerdings war es ihm aus seiner Position heraus unmöglich, eine ausreichend gerade Sichtachse zu finden – alles, was er von hier aus erkennen konnte, war ein Teil der Zimmerwand.

Es half nichts, er musste ein größeres Risiko eingehen ...

Roth stemmte sich auf die Beine, hielt sich mit der rechten Hand am Fallrohr fest und lehnte sich so weit wie möglich nach vorn. Endlich konnte er einen Teil des Inneren ausmachen:

Auf einem mobilen Krankenbett lag ein dunkelhäutiger Mann neben zahlreichen Monitoren, auf der Bettkante, mit dem Rücken zum Fenster gewandt, saß eine blonde Frau in einem roten Kleid.

BINGO!

Roth hätte vor Erleichterung beinahe den Halt verloren, konnte sich jedoch abfangen und ging auf der Balustrade in die Hocke.

Falls Nokhanov noch im Raum sein würde, hätten sie allerdings ein gewaltiges Problem – aber wer nicht wagt ...

In kurzen Abständen warf er drei kleine Steinchen so fest er konnte gegen die massive Fensterscheibe.

Jetzt komm schon!

Ishikli bewegte sich nicht.

Gerade als Roth ausholen und es erneut versuchen wollte, sah er, wie sie den rechten Arm nach oben hob.

Was macht sie da?!, schoss es ihm durch den Kopf. Er kniff die Augen zusammen, um besser sehen zu können.

Von hier draußen sah es so aus, als würde sie ihre Finger lockern – sie öffnete und schloss ihre Hand in unregelmäßigen Abständen, ganz so, wie es etwa Tennisspieler machten, wenn ihre Hand vom Halten des Schlägers verkrampft oder überlastet war. Ishiklis Bewegungen schienen nicht willkürlich zu sein, offenbar folgten sie irgendeinem Muster. Sie öffnete und schloss ihre Faust mal in kürzeren, dann wieder in längeren Abständen. Ein wenig wirkte es, als wollte sie ...

Morsezeichen!

Roth lachte in sich hinein. Dann konzentrierte er sich, und hoffte, dass er den Beginn der Abfolge herausfinden konnte:

G. W-A-N-N. S-A-G. W-A-N-N. S-A-G. W-A-N-N.

Das war alles?! Was sollte er ihr sagen? Und was meinte sie mit »wann«?

Nach wenigen Augenblicken dämmerte es ihm endlich. Erneut musste er leise auflachen.

Ishikli kannte ihn offenbar manchmal wirklich besser als er sich selbst.

Gut, dachte er, ich hab's ja verstanden!

Dann warf er sämtliche noch verbliebenen Steinchen als Zeichen, dass sie loslegen konnte, mit voller Kraft gegen die Scheibe, und konzentrierte sich mit allen seinen Sinnen auf Ishiklis darauffolgende Botschaft.

63

»Was machst du da?«, sagte einer der Wachposten mit starkem russischem Akzent.

Ishikli warf genervt den Kopf in den Nacken, wandte sich dem neben der Tür stehenden Söldner zu.

»Erstens«, sagte sie, »habe ich einen verschissenen Krampf in meiner Hand. Zweitens«, sie atmete tief ein, drehte sich vollständig zu dem Mann um und schrie mit sich überschlagender Stimme: »Zweitens bin ich verdammt noch mal nervös, du Scheißkerl! Wie würdest du dich fühlen, wenn man dich in ein paar Stunden den Löwen zum Fraß vorwirft?!«

Ishikli schnappte nach Luft, bemühte sich, dabei noch ein wenig zu hyperventilieren.

Offensichtlich kaufte der Typ ihr das Theater ab, denn er machte eine wegwerfende Handbewegung und lehnte sich wieder mit dem Rücken gegen den Türstock.

»Reg dich ab, Türkin«, sagte er. »Wenn der Oberst erst zurück ist, wirst du schon noch genug Gelegenheit haben zu schreien ...«

Ishikli ignorierte ihn, stützte sich mit beiden Armen auf das Krankenbett und lehnte sich zurück. Hoffentlich hatte Roth draußen vor dem Fenster alles richtig verstanden! Sie drehte sich zu Akin, nahm seine schlaffe Hand. Sie drückte sie, beugte sich nach vorn, legte ihren Kopf auf seinen Brustkorb. Sie schloss für einen Moment die Augen, genoss das Gefühl, wie jeder Atemzug ihres Bruders ihren Kopf sanft auf und ab wiegte.

»Ich weiß nicht, ob du mich hören kannst«, sagte sie, gerade laut genug, dass die Wachen es mitbekommen mussten. »Aber ich will wenigstens noch *ein letztes Mal* mit dir reden können, bevor wir für immer getrennt werden.« Sie schluchzte leise, schloss die Augen und konzentrierte sich auf ein einziges Bild: Ihr Bruder, sein lebloser, aschfahler Körper in ihren Armen, nie wieder würde sie sein Lachen sehen, seine Umarmung spüren, seine Nähe riechen dürfen – es funktionierte, ihr schossen wie erhofft die Tränen in die Augen. Sie schnappte ein paarmal nach Luft, richtete sich wieder auf und drehte sich zu den Söldnern um.

»Ist es in Ordnung, wenn ich in der Sprache unserer Eltern mit ihm rede?«, erkundigte sie sich mit erstickter Stimme. »Vielleicht versteht ein Teil von ihm dann wenigstens ein bisschen was von dem, was ich ihm noch mit auf seinen Weg geben möchte ...«

Die beiden Russen zeigten keinerlei Regung, starrten weiter unbewegt vor sich hin.

»BITTE!«, flehte Ishikli. »Er ist doch alles, was ich noch habe, verdammt!«

Die Söldner tauschten einige mürrische Blicke aus, bis einer der beiden nickte.

»Oh spasiba! Spasiba, danke, danke!«, hauchte Ishikli und legte ihren Kopf wieder auf Akins Brust.

»So«, flüsterte sie in ihrer Muttersprache. »Wenn einer dieser beiden Affen Türkisch spricht, sind wir geliefert. Aber bei diesen zwei Neandertalern gehe ich nicht davon aus.« Ihre linke Hand glitt nach unten, suchte die rechte ihres Bruders. Der Herzüberwachungsmonitor neben dem Bett gab in regelmäßigen Abständen einen durchdringenden Piepton von sich, die Linie des EKG auf dem Bildschirm zuckte gleichmäßig. Akin atmete ruhig, Blutdruck und Herzfrequenz befanden sich am unteren Ende des Normbereichs.

»Ich habe vorhin schon bemerkt, dass du wach bist«, fuhr Ishikli fort. »Drück meine Hand, wenn du mich verstehst.«

Akins Griff schloss sich um ihre Finger; fest, kraftvoll, so, wie sie es in Erinnerung hatte – sein Händedruck wirkte, als hätte sein Körper nicht mehrere Tage gegen eines der stärksten Gifte der Welt ankämpfen müssen.

»Angeber!«, sagte Ishikli und beobachtete zufrieden, wie einer der Mundwinkel ihres Bruders kurz nach oben zuckte. »Jetzt hör mir zu, mein Löwe: Es ist wichtig, dass du deinen Kreislauf unter Kontrolle hältst. Du musst vorläufig noch absolut ruhig bleiben, bei allem, was ich dir gleich erzählen werde. Wenn diese Arschlöcher zu früh Verdacht schöpfen, kann ich einpacken.«

Ein Händedruck. Lang, sanft, gefolgt von einem tiefen Atemzug.

»Ishmail hat mich verraten«, begann Ishikli. Im Anschluss berichtete sie ihrem Bruder alles, was sich seit seiner Entführung zugetragen hatte, und erklärte ihm, wie sie von hier entkommen wollte.

Als sie fertig war, richtete sie sich ein wenig auf. Sanft strich sie über Akins Stirn.

»Bist du mit mir?«, fragte sie.

Akins Linke ballte sich zur Faust, mit der Rechten drückte er erneut die Hand seiner Schwester. Seine Lippen formten unmerklich und beinahe lautlos die Worte: *»Auf ewig, mein Herz!«*

Ishikli lächelte. Dann gab sie ihrem Bruder einen Kuss auf die Stirn.

Von da an ging alles wahnsinnig schnell:

Eine ohrenbetäubende Explosion erschütterte das Gebäude, gefolgt vom orangeroten Schein eines mächtigen Feuerballs und lauten Schreien, die von einem brennenden weißen Lieferwagen an der straßenseitigen Begrenzungsmauer ausgehend zu ihnen drangen.

Die Sprechfunkgeräte der Wachen im Zimmer meldeten sich, einer der beiden stürmte hinaus und nahm vor der Tür eine Abwehrhaltung ein.

Gleichzeitig verkrampfte sich Akins gesamter Körper unter heftigem Zittern, er schnappte verzweifelt nach Luft, während die Überwachungsmonitore in immer schnelleren Abständen piepten, bis sie schließlich ein beinahe durchgehendes Warnsignal von sich gaben.

Ishikli sprang vom Bett ihres Bruders auf. Sie stieß einen durchdringenden Schrei aus. Verzweifelt fuhr sie herum, brüllte die noch im Zimmer verbliebene Wache an: »Mach irgendwas, verdammte Scheiße! Er erstickt!«

Die Augen des Söldners weiteten sich, offensichtlich wusste er nicht, wie er reagieren sollte.

»Hilf ihm!«, schrie Ishikli.

Endlich gab der Wachmann sich einen Ruck und stürmte zum Bett. Er beugte sich über den Türken, legte sein Ohr an dessen Mund und wollte offenbar seine Atmung prüfen. Es war die letzte Bewegung seines Lebens.

Völlig unvermittelt schnellte Akins linker Arm nach vorne, legte sich fest um den Hals des völlig überraschten Russen, während er mit der rechten Hand das Kinn des Söldners mit enormer Kraft nach oben presste und mit einem ruckartigen Stoß nach links drehte. Mit einem trockenen Knacken brach die Wirbelsäule.

Der zweite Söldner kam in diesem Moment zurück in den Raum gehastet. Er versuchte anscheinend verzweifelt, die Situation zu erfassen, als eine weitere, sehr viel nähere Explosion den Raum erschütterte.

Unzählige Splitter der Panzerglasscheibe stoben durch die Luft, die sich innerhalb weniger Augenblicke beinahe vollständig mit Staub füllte.

Ein unscheinbarer roter Leuchtpunkt erschien einen Lidschlag später auf der Stirn des Söldners, gefolgt vom metallischen Ploppen eines Schusses aus einer schallgedämpften Waffe, ehe ein Mann zum Fenster hereinhechtete, sich über seine Schulter abrollte und unmittelbar neben dem Krankenbett wieder auf die Beine sprang.

Ishikli hustete heftig, während sie Akin von seinen Infusionsschläuchen befreite und dem toten Söldner auf dem Bett seine automatische Waffe abnahm. Verärgert riss sie sich die Perücke vom Kopf und schleuderte sie zu Boden.

»Ich hab dir doch gesagt«, keifte sie wütend, nachdem sie wieder einigermaßen zu Atem gekommen war, »dass *zwei* Semtex-Ladungen genug sein würden!«

Roth putzte sich den Staub von den Schultern, ging in die Hocke und postierte sich neben der Zimmertür, seine Waffe im Anschlag.

»Vier erschienen mir sicherer«, sagte er pikiert. »Und übrigens: Gern geschehen!«

Akin schwang die Beine aus dem Bett. Er ging zu dem zweiten getöteten Söldner, nahm dessen Steyr-GSG-9-Sturmgewehr an sich, dann wandte er sich an Roth: »Sie war noch nie gut darin, sich zu bedanken.« Er lud das Gewehr durch und entsicherte es. »Sie sind Peter Roth, nehme ich an?«

Ishikli war gerade damit beschäftigt, den Söldnern ihre Kampfstiefel auszuziehen. Das größere Paar reichte sie ihrem Bruder, das zweite zog sie sich selbst über ihre bloßen Füße. Dann richtete sie sich wieder auf, stellte sich hinter Roth und spähte hinaus auf den Flur.

»Nein, Bruderherz«, sagte sie, »das ist der Weihnachtsmann.«
Sie rollte mit den Augen und schnaubte genervt. »Können wir die
Höflichkeiten jetzt bitte so lange verschieben, bis wir es lebend
hier rausgeschafft haben?!«

»Ausnahmsweise ganz meine Meinung«, sagte Roth, richtete
sich wieder auf und folgte der Türkin. Er blieb stehen, drehte sich
zu Akin um: »Kommen Sie klar?«

Akin nickte.

Plötzlich splitterten Holzspäne vom Türstock über seinem
Kopf.

Ishikli brüllte: »Runter!«

Roth und Akin ließen sich beinahe zeitgleich zu Boden fallen,
eine kurze Salve aus der automatischen Waffe der Türkin gellte
durch den Flur, dann war es wieder ruhig.

Mit beinahe unwirklich langsamen Bewegungen sackten die
beiden Söldner, die soeben versucht hatten, sie vom Treppenaufgang her unter Beschuss zu nehmen, tödlich getroffen zusammen.

»Weißt du, wie viele Männer er hier hat?«, fragte Roth, während er sich wieder aufrappelte.

Ishikli schüttelte den Kopf.

»Sie sind immer in Zweier-Teams organisiert«, sagte sie und
setzte sich in Richtung der Treppen in Bewegung. »Und nach deinem Ablenkungsmanöver eben gehe ich davon aus, dass er den
Großteil seiner Truppen nach unten zur Gartenmauer komman-
diert hat. Wenn wir schnell genug sind, können wir es vermutlich
hier rausschaffen ...«

Der Rest ihres Satzes ging im Lärm einer weiteren Gewehr-
salve unter. Sie wurden von der Empfangshalle aus unter massiven Beschuss genommen.

Roth robbte nach vorn zu Ishikli und spähte nach unten, während Akin in geduckter Haltung ihren Rückzug nach hinten absicherte.

»Wie viele siehst du?«, brüllte Roth über den Lärm hinweg.

»Sieben!«, rief Ishikli. »Sie feuern unkoordiniert und alle gemeinsam, also sollten wir bald ein Zeitfenster haben, wenn sie nachladen und ihre Magazine wechseln müssen!«

»Wo ist der achte Mann?«, schrie Roth zurück, während er seinen Kopf tiefer zwischen die Schultern zog.

In diesem Moment schlug ein Projektil unmittelbar neben Ishikli in der Wand ein. Mit vor Schreck geweiteten Augen blickte sie zum anderen Ende der Balustrade gegenüber des Treppenaufgangs.

Oberst Nokhanov stand mit einem Scharfschützengewehr im Anschlag neben der Brüstung. Er hatte sie wie auf einem Präsentierteller in seinem Schussfeld!

Neben ihm erkannte Ishikli eine zusammengekauerte blonde Frau, die sich panisch schreiend mit beiden Händen am Geländer festklammerte.

Du feiges Aas!, schoss es Ishikli durch den Kopf. Offenbar hatte der Russe sich eine der Angestellten als lebenden Schutzschild geschnappt, sollte er selbst unter Beschuss geraten!

In diesem Moment bemerkte Ishikli eine roten Leuchtpunkt, der sich rasend schnell, aber mit erstaunlicher Präzision über die gegenüberliegende Wand bewegte und direkt zwischen den Augen des Russen verharrte.

Gehetzt sah sie zur Seite: Der neben ihr liegende Roth hatte Nokhanov direkt im Visier!

Plötzlich schien auch Nokhanov die Gefahr zu bemerken: Unvermittelt packte er die am Boden kauernde Frau an der Schulter, riss sie brutal nach oben und duckte sich hinter sie.

»Schieß endlich!«, schrie Ishikli aus Leibeskräften.

Roth wirkte wie festgefroren. Nach einer gefühlten Ewigkeit ließ er seine Waffe sinken. Er duckte sich wieder unter die Brüstung.

Hinter ihnen hatte Akin sich mittlerweile aufgerichtet und deckte den Russen jetzt mit zahlreichen kurzen Feuerstößen ein. Nokhanov fuhr herum, zerrte die Frau mit sich in einen Nebenflur und verschwand in der Dunkelheit.

Die Gewehrsalven aus dem Erdgeschoss verstummten – offenbar war der Moment gekommen, in dem ihre Angreifer die Waffen nachladen mussten. Fassungslos starrte Ishikli auf Roth, der noch immer wie steifgefroren dalag und am ganzen Körper heftig zitternd ins Leere starrte. Wütend stieß sie gegen seine Schulter.

»Was zur Hölle ist los mit dir?!«

64

Schweißtropfen rannen seine Stirn herunter, fingen sich in den Augenbrauen. Unter dem Helm hatte es gefühlte einhundert Grad, die Luft über dem Marktplatz flimmerte.

Roth robbte nach vorne zur Dachkante, klappte das Zweibein seines Scharfschützengewehrs aus und aktivierte den Sprechfunk. Die Verbindung war schlecht, durch das laute und hektische Stimmengewirr, das von unten zu ihm heraufdrang, konnte er kaum die Rückmeldungen seines Trupps verstehen. Er spähte durch die Zieloptik: Der Staub hatte sich mittlerweile verzogen, auf der Hauptstraße rasten zwei weitere Krankentransporter der ISAF heran. Der gesamte Platz wimmelte von Menschen, zwischen die Befehle der NATO-Truppen mischten sich laute Schreie der zahlreichen, zum Teil schwer

Verwundeten und das Wehklagen der Frauen, die damit beschäftigt waren, die Leichen in Säcke zu packen und aufzureihen.

Keine fünfzig Minuten zuvor hatte auf dem Wochenmarkt im Zentrum der afghanischen Provinz-Hauptstadt Kandahar noch fröhliches und emsiges Treiben geherrscht, jetzt hatte das Chaos übernommen. Das ISAF-Analyseteam schätzte, dass der Selbstmordattentäter mindestens fünf Kilogramm TNT-Äquivalent am Körper getragen haben musste. 87 Leichen konnten sie bislang separieren, beinahe minütlich kamen mehr dazu – hauptsächlich Afghanen sowie zwei Mitarbeiter der deutschen Botschaft.

Warum töteten diese Irren ihre eigenen Landsleute? Welchen strategischen Vorteil konnte ihnen das bringen? Roth verstand beim besten Willen nicht, welchen militärischen Nutzen dieses Massaker den Taliban verschaffen sollte.

Sein Funkgerät knackte, der letzte der insgesamt fünf Scharfschützen hatte seine Position erreicht. Roth bestätigte, dann konzentrierte er sich auf den gepanzerten Humvee des NATO-Stützpunktkommandanten, der soeben eintraf.

General Henfield stieg aus, flankiert von zwei Leibwächtern und dem Verbindungsoffizier MAD, Major Thomas Kopetzky. Henfield stand seine Bestürzung deutlich ins Gesicht geschrieben, als er sich einen Weg zwischen den am Boden liegenden Leichensäcken bahnte und den Einsatzleiter ansteuerte.

Kopetzky hob den Kopf, blickte direkt zu Peter Roths Position und nickte ihm zu. Dann nahm er sein Funkgerät zum Mund. Unmittelbar darauf wurde der verschlüsselte Kommandokanal in Roths Helm angefunkt:

»Bis du dort oben schon gut durchgebraten?«, hörte er Kopetzkys etwas abgehackte und von Störgeräuschen überlagerte Stimme.

»Wissen wir schon was?«, sagte Roth.

»Bis jetzt hat sich niemand zu diesem Wahnsinn bekannt«, antwortete Kopetzky. »Und für eine technische Analyse des Sprengsatzes ist es zu früh – die Jungs sind gerade noch dabei, das aufzusammeln, was von diesem Arschloch übrig geblieben ist.«

»Copy!«, bestätigte Roth. »Was sagt dein Bauchgefühl?«

»Außer, dass ich einen Scheißhunger habe?«, feixte Kopetzky. Roth sah, dass der Agent sich eine Zigarette anzündete, ehe er das Sprechfunkgerät wieder hob und hinzufügte: »Für einen Einzeltäter ist mir das alles zu professionell. Diese Scheißkerle haben irgendetwas vor – leider habe ich noch keine Ahnung, was.«

»Sehe ich genauso«, sagte Roth, »und …« Er stockte. Etwas erregte seine Aufmerksamkeit. »Warte kurz!«, ergänzte er, dann stellte er die Vergrößerung seiner Zieloptik auf Maximum und blickte zum Ende der Hauptstraße.

Ein Mann in einem schwarzen Umhang ging langsam die staubige Straße entlang. Auf seinen Armen trug er zwei Kinder, vielleicht drei, maximal vier Jahre alt. Soweit nichts Ungewöhnliches. Doch etwas störte Roth.

Er drehte sich zur Seite, fingerte seinen Feldstecher aus dem Rucksack und erhöhte die Vergrößerung ebenfalls auf die Maximalstufe. Wieder fixierte er den Mann, der mittlerweile nur noch etwa hundertfünfzig Meter vom Hauptplatz entfernt war, konzentrierte sich, so gut er konnte.

Da! Jetzt endlich sah er, was ihn gestört hatte!

Beide Kinder weinten heftig und versuchten, sich aus der Umklammerung des Mannes zu lösen. In seiner linken Hand hielt er einen zylinderförmigen, schwarzen Gegenstand mit einer unscheinbaren Metallklappe am oberen Ende, auf die er seinen Daumen gepresst hatte.

Scheiße, ein Killswitch!, schoss es Roth durch den Kopf. Diese Form von »umgekehrten« Detonatoren wurde dadurch aktiviert, dass man KEINEN Druck mehr auf sie ausübte – sollte dem Träger also etwas zustoßen, würde der Auslöser automatisch die mit ihm verbundene Sprengladung zünden.

»ATTENTÄTER!«, brüllte Roth in sein Funkgerät. »Zwölf Uhr, hundertfünfzig!«

»Copy!«, gab einer der anderen Scharfschützen zurück. »Der Typ hat soeben angefangen zu rennen! Ich habe kein direktes Schussfeld!«

Roth warf den Feldstecher zur Seite, klemmte sich erneut hinter seine Zieloptik. Noch trennten etwa hundertzwanzig Meter den Mann von dem mit NATO-Soldaten bevölkerten Marktplatz.

DAS wolltet ihr Schweine also erreichen!

Roth justierte den Überstand seines Zielfernrohres. Er hatte freies Schussfeld. Die Kinder in den Armen des Talibans schrien mittlerweile aus Leibeskräften, doch der Mann hielt seinen lebenden Schutzschild erbarmungslos und fest im Griff.

»Mission Command«, brüllte Roth in den Sprechfunk, »habe ich Feuerfreigabe?!« Außer einem Rauschen drang kein Laut aus seinen Kopfhörern. »Mission Command, ich brauche Feuerfreigabe!«, wiederholte Roth. Nichts.

SCHEISSE!

Roth blickte noch einmal an der Zieloptik vorbei auf die Hunderten von Menschen unten am Platz, blickte zurück zu dem Mann und den beiden Kindern.

Dann holte er tief Luft, atmete langsam aus.

Und drückte ab.

Der tödlich in den Kopf getroffene Taliban sackte auf der Stelle zusammen und fiel zu Boden. Nach einer Zündverzögerung von etwa einer Sekunde, die Roth wie eine Ewigkeit vorkam, explodierte der Sprengstoffgürtel um seinen Körper in einem gigantischen Feuerball und riss alles Leben im Umkreis von zwanzig Metern mit in den Tod.

»Was ist los mit dir?!«, drang Ishikli Caners aufgeregte Stimme zu ihm in seine Gedanken. Irgendetwas rüttelte heftig an seiner Schulter.

Mit einem Mal lief seine Zeitwahrnehmung wieder normal ab, er beutelte einen Moment lang den Kopf, dann legte er auf die beiden Söldner auf der linken Seite der Eingangshalle an und schaltete sie mit zwei gezielten Feuerstößen aus.

Er beschloss, Ishiklis Frage zu ignorieren. »Sobald wir draußen sind«, sagte er, »müssen wir zusehen, dass wir vom Tiberufer wegkommen. Dort draußen wimmelt es mittlerweile garantiert schon von Polizisten!«

»Korrekt«, sagte Akin Caner, der in diesem Moment neben Roth aufgetaucht war. »Und jetzt zieht den Kopf ein!«

Roth schaute zu dem Türken, der soeben den Sicherungssplint aus einer F1-Handgranate gezogen hatte.

»Wo haben Sie DIE jetzt her?!«, sagte Roth entgeistert.

Akin grinste und deutete zu den beiden hinter ihnen am Boden liegenden Söldnern. »Einer der beiden hielt sich zu unserem Glück wohl für so was Ähnliches wie Rambo«, sagte er trocken und schnippte den Schutzhebel auf den Boden. »Und jetzt haltet euch die Ohren zu!« Damit warf er die seit knapp zwei Sekunden scharfe Granate ohne jede Hektik in hohem Bogen über das Geländer nach unten.

Den restlichen Söldnern blieb absolut keine Gelegenheit mehr, die neue Bedrohungslage zu realisieren, ehe eine heftige Explosion die gesamte Halle mit scharfkantigen Granatsplittern füllte.

Roth hob den Kopf. Vorsichtig spähte er nach unten.

Ishikli sprang auf die Beine und rannte die Treppen hinunter.

Unvermittelt blieb sie stehen. Sie drehte sich zu den beiden Männern um.

»Was ist?«, fragte sie irritiert. »Das KANN keiner überleb …«

Ein Projektil schlug neben ihr in die Steinstufen ein.

Roth erledigte den schwer verletzten Russen, der mit seiner Pistole auf Ishikli angelegt hatte, mit einem Kopfschuss. Dann stemmte er sich ebenfalls auf die Beine und folgte der Türkin nach unten.

»Ach, lass stecken!«, sagte Ishikli, als sie seinen Gesichtsausdruck bemerkte. Nach einigen Sekunden fügte sie leise hinzu: »Danke.«

»Gern geschehen«, sagte Roth. »Glaubst du, das waren alle?«

»Sieht ganz danach aus«, sagte Akin, der bislang hinter ihnen gelaufen war. »Jetzt müssen wir nur noch zusehen, dass wir in Richtung des Hügels das Weite suchen können!«

»Ich fürchte, das kann ich leider nicht zulassen!«, sagte Cavaliere Gianfranco Varese in diesem Moment.

Er stand breitbeinig und vollständig in eine schwarze, gepanzerte Kampfmontur gekleidet in der Eingangstür und hielt ein Sturmgewehr direkt auf Ishiklis Stirn gerichtet.

Roth und Akin rissen ihre Waffen nach oben und legten auf den Cavaliere an.

»Selbst wenn Sie *verdammt* schnell sind, Varese«, sagte Roth ruhig, »können Sie höchstens zwei von uns ausschalten, ehe der Dritte sie erledigt hat.« Langsam trat er einen Schritt zur Seite, um sich weiter von Akin zu entfernen und fügte hinzu: »Wobei ich eher darauf wetten würde, dass *ich* schneller bin.«

Zu seinem Erstaunen lächelte der Cavaliere. Er ließ seine Waffe sinken, schob sie sich mit dem Gurt auf den Rücken und trat zur Gänze in die Eingangshalle hinein.

»Das herauszufinden wird nicht notwendig sein, Herr Roth«, sagte er freundlich. »Denn ich brauche Ihre Hilfe.«

65

»Gehen wir für einen vollkommen wahnwitzigen Moment einmal davon aus, dass Sie recht haben, Kopetzky«, sagte Oberstleutnant Andretti. Seine Anspannung war ihm deutlich ins Gesicht geschrieben, auch wenn er offenbar bemüht war, sich nichts anmerken zu lassen. »Wie würden Sie die Sache angehen?«

Kopetzky biss genüsslich in den Cheeseburger, den ein Essensbote gerade geliefert hatte. »Sie meinen, wenn ich ein Terrorist wäre?«, fragte er, obwohl er noch mit Kauen beschäftigt war. Er schluckte, wischte sich mit dem Ärmel über den Mund und sprach weiter, ohne auf Andrettis genervte Geste einzugehen: »Soweit ich es sehe, ist der Landweg komplett dicht – was allerdings ein weiteres Problem ist, das wir besprechen sollten.«

Der Italiener kniff irritiert die Augen zusammen: »Wie meinen Sie das?«

»Das Trichtersystem bei den Einlasskontrollen«, begann Kopetzky, schob sich den Rest des Burgers in den Mund, verschluckte sich und setzte nach einem heftigen Hustenanfall fort: »Die Absperrungen verbreitern sich zum Platz hin, damit die Leute möglichst zügig von den Kontrollpunkten wegkommen, nachdem sie diese passiert haben – in die umgekehrte Richtung sieht es hingegen eher übel aus.«

Andretti wiegelte ab. »Unsinn!«, sagte er forsch. »Die Arretierungen der Gitter können mit einem einfachen Hebel gelöst werden, dadurch wird die gesamte Straßenbreite sofort wieder freigegeben. Sollte eine Panik ausbrechen, kann der gesamte Platz in kürzester Zeit geräumt werden.«

»Hmhm«, brummte Kopetzky. Wortlos legte er dem Italiener seine linke Hand auf die Schulter und schob ihn neben sich her in Richtung des südlichen Seiteneingangs. Am Rande eines der Absperrgitter machte er halt, ging in die Hocke. Er aktivierte die LED-Taschenlampe seines Mobiltelefons und leuchtete damit auf den Boden.

Mit ungläubigem Blick hockte Oberstleutnant Andretti sich neben Kopetzky. Er schaute dem Agenten direkt in die Augen.

»*Davon* wusste ich nichts!«, sagte er. »Ich werde unverzüglich dafür sorgen, dass dieser Schwachsinn wieder rückgängig gemacht wird!«

Ein heiseres Lachen entfuhr Kopetzky. »Sie, und welche Armee?!«, sagte er. »Dafür bräuchten Sie mindestens zweihundert Mann – sehen Sie sich doch um: Der Pilgereinlass hat bereits begonnen, und man benötigt mehrere Stunden, um alle in den Boden eingeschossenen Stahlbolzen wieder aufschneiden zu lassen.«

Andretti wirkte verunsichert. »Wie sind Sie überhaupt darauf gekommen? Eine wie auch immer geartete starre Befestigung der Absperrgitter kommt in keiner *einzigen* Einsatzanweisung vor!«

Kopetzky zuckte mit den Schultern und stemmte sich umständlich wieder auf die Beine. »Das können wir dann ja gerne Commissario Ribali fragen«, sagte er lapidar. »Aber ich gehe davon aus, dass es sich um eine ›zusätzliche Sicherheitsmaßnahme‹ handelt, die leider so unfassbar kurzfristig seitens des Vatikans beschlossen werden musste, dass man den CII nicht mehr darüber in Kenntnis setzen konnte.«

»Puttana!«, fluchte Andretti. Er holte tief Luft. Kopetzky sah ihm an, dass er einige Sekunden lang um Fassung rang, bevor er sich wieder dem Agenten zuwandte. »Gut, hier können wir vorläufig ohnehin nichts weiter ausrichten. Also, was denken Sie: Wie würde ein Angriff erfolgen?«

Kopetzky steckte sich eine Zigarette an. Er deutete damit zur Hauptzufahrtsstraße. »Landweg: Ausgeschlossen; alles im Radius von fünfhundert Metern rund um den Petersplatz ist Sperrgebiet. Untergrund: Ausgeschlossen – soweit ich informiert bin, sind sämtliche Tunnelsysteme im Umkreis komplett abgeriegelt?«

Andretti nickte. Er verschränkte die Arme vor seiner Brust,

legte den Kopf in den Nacken und blickte zum Nachthimmel. Dann sah er zurück zu Kopetzky.

»Sie haben recht«, sagte er nachdenklich. »*Wenn überhaupt*, dann ist die einzige Möglichkeit für einen erfolgreichen Angriff einer über den Luftraum.«

»Völlig ausgeschlossen!«, hörte man Commissario Ribalis aufgebrachte Stimme hinter ihnen. Er war offenbar schon einige Sekunden zuvor eingetroffen und hatte das Ende des Gesprächs mitangehört. Mit hochrotem Kopf baute er sich vor Kopetzky und Andretti auf, gestikulierte wild in Richtung der den Platz umfassenden Säulengänge. Bei jedem Halbsatz machte er eine Vierteldrehung um seine eigene Achse: »Wir haben *hier!* und *hier!* und *hier!* und *hier!* extrem starke Störsender angebracht, die jeden Anflug von funkgesteuerten Fluggeräten unmöglich machen würden.« Ein triumphierendes Funkeln blitzte in seinen Augen auf. Er nahm die Arme herunter, verschränkte sie selbstgefällig vor der Brust und drückte sein Kreuz durch. »Ja, meine *hohen Herren* vom Geheimdienst, wir kleinen dämlichen Männchen von der Polizei haben auch einen möglichen Angriff durch Flugdrohnen in unser Sicherheitskonzept aufgenommen, ob Sie's glauben oder nicht!«

Andretti zog erstaunt die Augenbrauen in die Höhe.

Kopetzky wickelte den zweiten Cheeseburger aus dem Papier und biss hinein.

»Störsender, Flugdrohnen, dämliche Männchen«, sagte er, nachdem er geschluckt hatte. »Wir hängen aufmerksam an Ihren Lippen, Ribali – lassen Sie sich nicht bremsen!«

Ribalis Gesichtsfarbe wechselte hin zu einem noch dunkleren Rot-Ton. Er holte Luft, kam jedoch nicht zu einer Entgegnung, weil Andretti ihm das Wort abschnitt.

»Wir haben jetzt keine Zeit für diesen Quatsch!«, sagte er

scharf. »Welche Vorkehrungen zur Drohnenabwehr haben Sie noch getroffen?«

Ribali starrte die beiden anderen einen Moment lang zornig an, dann biss er sich auf die Lippe und nickte mehrmals. Er deutete mit dem Zeigefinger auf Kopetzky: »Wir sind hier lange nicht fertig, Kopetzky!«, fauchte er. »Das wird für Sie auf jeden Fall noch ein Nachspiel haben, und …«

Kopetzky seufzte theatralisch.

»Wissen Sie was, Ribali?«, sagte er, knüllte das Papier des Burgers zusammen und warf es hinter sich. »Wenn Sie jetzt einfach mal Ihre Wut runterschlucken und sich kooperativ verhalten, schlagen wir Sie im Anschluss für eine Beförderung vor – wie hört sich das an?«

Andretti hob eine Augenbraue, schwieg jedoch.

Kopetzky konnte sehen, wie der Polizist seine Optionen überlegte, doch am Ende siegte offensichtlich seine Eitelkeit.

»Was genau wollen Sie wissen?«, erkundigte sich Ribali in deutlich ruhigerem Tonfall.

Nachdenklich kratzte Kopetzky sich am Hinterkopf. Was Ribali ihnen in den letzten zehn Minuten erläutert hatte, schien auf ein absolut wasserdichtes Konzept zur Luftraumsicherheit hinauszulaufen:

Zur Abwehr größerer Flugobjekte war eine Alarmrotte aus vier bis an die Zähne bewaffneten F-16-Kampfjets am Flughafen Fiumicino innerhalb von sechzig Sekunden startbereit und weitere zwei Minuten später hier vor Ort – sofern ein Angriff also nicht mit einem Tarnkappenflugzeug erfolgte, bestand absolut keine Chance, in den Luftraum einzudringen.

Und KEIN Terrorist auf dieser Welt verfügte über eine dermaßen fortschrittliche und vor allem auch sauteure Technologie …

Gleiches galt für jegliche Form von möglichen Angriffen mit herkömmlichen, über Funkwellen gesteuerten Mini-Drohnen: Die Jamming-Sender der Behörden spannten ein für Funksignale vollkommen undurchdringbares, kuppelförmiges Netz aus Störwellen in einem Radius von fünfhundert Metern über und rund um den Petersplatz. Zusätzlich verfügte jeder der Sender über eine eigene, ihm zugeordnete Back-up-Station, die automatisch aktiviert würde, sollte einer der Hauptsender ausfallen; die exakten Positionen der Back-ups waren nur einer Handvoll Eingeweihter im Führungsstab bekannt.

Zusätzlich standen vier auf den Panzerfahrzeugen montierte Mikrowellen-Abwehrkanonen bereit, die in der Lage waren, die gesamte Elektronik einer jeden Flugdrohne, die es dennoch *irgendwie* durch die Abschirmkuppel schaffen würde, im Bruchteil einer Sekunde vollständig zu grillen.

Irgendetwas musste er übersehen haben – bloß was?

»Wie viele Drohnen können diese Mikrowellen-Dinger gleichzeitig erfassen?«, wandte Kopetzky sich an Ribali.

»Von der Strahlungs-Intensität her zwischen fünf und fünfzehn, je nach Größe und Entfernung«, sagte er. »Aber die Kanonen sind extrem schnell in der Zielerfassung mehrerer Flugverbände und verfügen über mehr oder weniger unbeschränkte Impulskapazität.«

Andretti schürzte anerkennend die Unterlippe.

»Also können Sie im Endeffekt so ziemlich *alles* vom Himmel holen, was es durch die äußere Absperrung schaffen sollte?«, sagte er.

Ribali nickte stolz, sichtlich zufrieden mit sich selbst.

Kopetzky kniff die Augen zusammen. Er schüttelte unmerklich den Kopf, legte seine rechte Hand ans Kinn, blickte zu Boden.

Irgendetwas passte hier nicht zusammen, irgendetwas musste er ...
Plötzlich keimte in ihm ein furchtbarer Verdacht!

Unvermittelt riss er sein Mobiltelefon aus der Jackentasche, wählte Sarah Goldblums Nummer und bedeutete den beiden anderen zu warten.

»Was brauchst du?«, meldete sich die Israelin, kaum dass die Verbindung aufgebaut war.

»Die achtzig Kilo vom diesem Giftgas, das Sarin, das den UNO-Inspektoren in der Provinz Hasaka in Syrien ›abhandengekommen‹ ist – wo *exakt* habt ihr die Spur zu dem Zeug damals verloren?«, sagte Kopetzky ansatzlos.

Goldblum schien nicht im Geringsten irritiert.

»Istanbul«, sagte sie. »Wir konnten die Lieferung bis zu einem von den Grauen Wölfen kontrollierten Gebiet im Hafen verfolgen. Dort gerieten meine Leute allerdings in einen heftigen Schusswechsel. Danach war der Kampfstoff wie vom Erdboden verschwunden.«

»Wann *genau* war das?«, hakte Kopetzky sofort nach.

»Vor knapp drei Wochen«, sagte Goldblum.

Scheiße!

»Kannst du herausfinden, wo sich Sergej Nokhanov in diesem Zeitraum aufgehalten hat?«

»Kann ich«, sagte Goldblum. »Das wird allerdings ein paar Minuten dauern. Ich melde mich!« Damit beendete sie die Verbindung.

Andretti und Ribali blickten den Agenten fragend an.

»Falls ich richtigliege«, begann er, »dann fürchte ich, dass uns Ihre ganze tolle Technik-Show nicht sehr viel nützen wird.«

»Reden Sie gefälligst Klartext«, herrschte Ribali ihn an.

Kopetzky seufzte.

»Ganz einfach«, sagte er. Er zündete sich eine Zigarette an.

»Es nützt uns absolut nichts, wenn wir die Dinger vom Himmel holen *können*, wenn wir es nicht *dürfen*! Und zwar weil das vermutlich *genau* das ist, was der Angreifer will!«

Sein Mobiltelefon meldete sich mit einer SMS von Sarah Goldblum zum damaligen Aufenthaltsort von Oberst Sergej Nokhanov. Kopetzky öffnete die Nachricht. Sie enthielt nur ein einziges Wort.

Istanbul.

66

Trotz der mehr als nur unangenehmen Lage, in der sie sich befanden, konnte Roth eine gewisse Faszination für derart fortschrittliche Technologie nicht verbergen:

Einen Meter vor ihm stand Cavaliere Varese. Ein 3-D-Laserscanner tastete soeben sein Gesicht ab, eine hochauflösende Kamera war gleichzeitig auf die Iris seines rechten Auges gerichtet. Keine zwei Sekunden später fuhr die hydraulisch betriebene Panzertür in der Wand neben ihnen zur Seite und gab den Zugang zu einem Fahrstuhl frei. Varese trat hinein. Er machte eine auffordernde Geste.

»Folgen Sie mir«, sagte er und presste seine Handfläche auf ein Steuerungsfeld im Aufzug. »Es wird nicht sehr lange dauern, bis Nokhanov eins und eins zusammengezählt hat. Wir sollten den Serverraum erreicht haben, *bevor* meine Zugangsberechtigung gesperrt wird.«

Akin und Roth stellten sich, ohne zu zögern, neben ihn in die Kabine.

Ishikli bewegte sich nicht vom Fleck.

»Komm schon!«, forderte ihr Bruder sie auf. »Wenn du dich nicht endlich zusammenreißt, sind wir geliefert!«

Die Türkin zog ihre Augen zu schmalen Schlitzen zusammen und funkelte Akin durchdringend an.

»Dort unten sitzen wir wie die Karnickel in der Falle!« Sie fixierte Varese mit ihrem Blick. »Dieser Mann hier hat dich entführt, vergiftet und zugesehen, wie du gefoltert wurdest. Und jetzt tischt er uns kurzerhand irgendeine Geschichte von einem angeblich verheerenden Terroranschlag auf, und du rennst ihm, ohne mit der Wimper zu zucken, nach, zurück in diesen beschissenen Bunker?!« Den letzten Teil des Satzes hatte sie mit ganz offensichtlich nur mühsam unterdrücktem Zorn beinahe geschrien.

Akin hob seine Schultern ein wenig in die Höhe. »Er hat Befehle befolgt und seinen Job gemacht«, sagte er ruhig. »Du solltest Profi genug sein, um so etwas nicht persönlich zu nehmen.«

Ishikli gab einen für Roth undefinierbaren Laut von sich, irgendwo zwischen einem hysterischen Kichern und einem genervten Aufschrei. Sie trat näher an Varese heran.

»Ich nehme hier überhaupt *nichts* ›persönlich‹!«, spie sie aus und riss unvermittelt den gestreckten Kolben ihres Sturmgewehrs in Richtung des Kinns des Cavaliere.

Kraftvoll ließ Varese seinen Unterarm nach oben schnellen, wehrte Ishiklis Schlag mühelos ab und fixierte das Gewehr zwischen sich und der Wand der Aufzugskabine.

»Ich kann Sie *sehr* gut verstehen, Caner«, sagte er leise. »Besser, als Sie vermutlich denken.« Einen Atemzug lang blickte er sie aus seinen stahlblauen Augen schweigend an. Dann ließ er seine Hand langsam sinken und gab Ishiklis Waffe wieder frei. »Aber Sie müssen sich *jetzt* entscheiden: Es ist mir unmöglich, all meine Sünden ungeschehen zu machen. Aber ich *darf* manche davon aufrichtigen Herzens *bereuen*. Sie, Herr Roth und Ihr Bruder sind frei zu gehen. Ich bin überzeugt davon, dass Sie es heil in die Hügel schaffen werden.« Er machte eine weitere Pause, ging einen Schritt zurück und hob seine Arme mit den Handflächen nach außen in die Höhe. »Ich hingegen *kann* die Aufgabe, die vor mir liegt, *nicht* allein bewältigen. Wenn Sie mir jetzt nicht vertrauen, werden in wenigen Stunden unzählige unschuldige Menschen einen qualvollen Tod sterben.«

Roth und Akin sahen Ishikli auffordernd an.

Sie ballte ihre Finger zu Fäusten, presste sie so fest zusammen, dass die Sehnen weiß unter der Haut hervortraten.

»Wenn meinem Bruder auch nur *irgendetwas* zustößt, Cavaliere, schneide ich Ihnen eigenhändig die Eier ab und sehe zu, wie Sie sie auffressen!«

Roth hob die Augenbrauen.

Fair enough, dachte er. Er sah auf die Uhr. Sie hatten noch zwei Stunden bis zum offiziellen Beginn der Ostermesse.

»Wie wollen Sie das überhaupt anstellen?«, fragte er den Cavaliere. »Wir können schlecht mit der meistgesuchten islamistischen Terroristin im Schlepptau auf dem Petersplatz aufkreuzen und mal eben das Gelände räumen lassen.«

Ein mildes Lächeln legte sich auf die Lippen des Cavaliere.

»Ich schätze, dass wir noch etwa zehn Minuten Zeit haben, bevor die Nachricht von der Aktivierung meines Zugangscodes für die Bunkeranlage von der Zentrale gemeldet wird und bei Oberst Nokhanov landet«, sagte er. »Genug Zeit, um Ihnen alles zu erzählen, wovon ich Kenntnis habe.«

»Wehe du verarschst uns!«, zischte Ishikli von der Seite.

Varese schüttelte den Kopf. »Das habe ich nicht vor«, sagte er. »Aber zunächst müssen wir die Steuereinheit von PROMETHEUS sicherstellen und hoffen, dass wir dadurch Zugang auf Lazarus erhalten.«

»Wer oder was zur Hölle ist jetzt wieder *Lazarus?*!«, schnaubte Ishikli.

»Unsere einzige Hoffnung«, sagte der Cavaliere, »dieses grausame Inferno noch zu verhindern.«

67

»Das ist *ab-so-lut* lächerlich!« Die Stimme des hochgradig aufgebrachten italienischen Innenministers drang deutlich aus dem Lautsprecher des Mobiltelefons.

Oberstleutnant Andretti hielt das Gerät auf seiner flachen Hand in der Mitte zwischen sich, Commissario Ribali und Thomas Kopetzky.

»Signor Ministro, ascolta«, setzte Andretti ein wenig hilflos an, kam jedoch nicht dazu weiterzusprechen, weil er zum mittlerweile dritten Mal vom Minister unterbrochen wurde.

»Lächerlich, sage ich Ihnen!«, blaffte Massimiliano Contavo, den sie keine fünf Minuten zuvor über Intervention des römischen Polizeipräsidenten auf einer gesicherten Leitung ans Telefon bekommen hatten.

Der Typ hat doch absolut kein Interesse daran, dir zuzuhören!, dachte Kopetzky verärgert. In seinem besten Englisch versuchte er, dem Italiener zur Seite zu springen: »Ich kann Sie nur zu gut verstehen, Exzellenz, aber ...«

»Maggiore Kopetzky«, fiel ihm Contavo sofort ins Wort, »das können Sie nicht! Sie mögen ein hochdekorierter und verdienter

Agent sein, aber was haben Sie denn für mich, was auch nur irgendwie belastbar wäre? Soll ich mich in einer derartig sensiblen Angelegenheit auf Ihr ›Bauchgefühl‹ verlassen? Haben Sie irgendwelche *gesicherten* Informationen, für das, was Sie mir hier auftischen?!«

»Wir haben belastbare Indizien, aufgrund deren wir durchaus ...«

»Ach halten Sie den Mund, Kopetzky! Sie haben überhaupt nichts! Sie verlangen von mir, dass ich den Petersplatz räumen lasse, die päpstliche Ostermesse absage und das alles aufgrund von komplett haltlosen *Vermutungen!*«

»Ich muss vehement widersprechen«, mischte Andretti sich erneut in das Gespräch ein. »Die Faktenlage ist gesichert, die Schlussfolgerungen sind vollkommen plausibel, und ich schätze die daraus resultierende Bedrohungslage als absolut relevant ein, weshalb wir umgehend evakuieren sollten, solange wir noch die Gelegenheit dazu haben.«

»*Sie* sind nicht einmal in der Lage, eine verfluchte Terroristin einzufangen, die uns die halbe Stadt in Schutt und Asche gelegt hat, Andretti!!«, brüllte Contavo. »Und *gesichert* ist hier gar nichts! Sie *vermuten*, dass dieser Russe *eventuell* Giftgas nach Italien geschleust haben *könnte*, Sie *vermuten*, dass er *unter Umständen* damit einen Anschlag auf dem Petersplatz plant, und ...« Er schnappte nach Luft, setzte jedoch sofort nach: »Und diese *unfassbaren* Anschuldigungen gegenüber dem Kardinalstaatssekretär will ich erst gar nicht *wiederholen!* Können Sie *irgendetwas* davon *beweisen?* Irgendetwas?! Haben Sie überhaupt eine Ahnung, welches *fatale* Signal wir senden würden, wenn wir die Feierlichkeiten *jetzt* absagen? Wir würden jedem x-beliebigen Möchtegern-Terroristen von hier bis Mekka damit signalisieren: Seht her, die glorreiche Italienische Republik lässt sich mit Anschlägen, Drohungen und Gerüchten in die Knie zwingen! Seht her, diese dämlichen Christen können nicht einmal ihr wichtigstes Hochfest schützen! Ich habe eben erst mit dem Heiligen Vater persönlich telefoniert, der Vatikan sieht die Sache ganz genauso!« Erneut rang der Minister um Atem. »Also, Andretti, ich frage Sie jetzt noch einmal: Können Sie *irgendetwas* von diesem Schwachsinn BEWEISEN?!«

Oberstleutnant Andretti seufzte.

»Nein, Signore Ministro, kann ich nicht«, sagte er. »Aber …«

Ein Klacken ertönte aus dem Lautsprecher, gefolgt vom durchdringenden Tuten des Freizeichens. Contavo hatte ohne weiteren Kommentar einfach aufgelegt.

»Irgendwie beruhigend«, stellte Kopetzky trocken fest, »dass eure die gleichen unfähigen Sesselkleber sind wie unsere.«

Andretti konnte sich ein gequältes Auflachen nicht verkneifen. Er wandte sich an Commissario Ribali: »Wie sicher ist diese ›Kuppel‹, die Ihre Störsender über dem Platz aufspannen?«

»Nach allem, was mir von unseren Technik-Freaks mitgeteilt wurde«, sagte Ribali, »ist das Ding für jegliche Form von Funkwellen absolut undurchdringbar. Und ich wüsste nicht, auf welche Weise man Drohnen sonst über den Platz steuern sollte.«

»Hmhm«, brummte Andretti nachdenklich. Erneut griff er zu seinem Mobiltelefon. »Entschuldigen Sie mich kurz, ich muss etwas überprüfen.« Damit drehte er sich ansatzlos um und trat einige Schritte zur Seite.

»Wie sehen *Sie* die Sache eigentlich?«, warf Kopetzky in diesem Moment ein. Es schien ihm eine gute Gelegenheit, Ribali ein wenig intensiver auf den Zahn zu fühlen. Er griff in seine Hosentasche, holte die Zigarettenpackung hervor und verzog verärgert sein Gesicht. »Glauben *Sie*, dass ich recht habe?«, sagte er. Genervt knüllte er das leere Päckchen zusammen und blickte sich suchend um.

Ribali nestelte einige Sekunden lang umständlich an seinem Hosenbund herum, schob seinen Gürtel höher, seufzte und sagte: »Nein. Aber ich denke, dass eine extrem geringe Wahrscheinlichkeit besteht, dass Sie zumindest recht haben *könnten*.«

Kopetzky zog erstaunt die Augenbrauen nach oben. Offensichtlich hatte er diesen übergewichtigen Kommissar doch falsch eingeschätzt. Trotzdem war er nach wie vor unsicher, ob er ihn in *sämtliche* Informationen einweihen sollte.

»Ich muss offen zugeben«, sagte er, während er einem der mit dem Aufbau der Absperrgitter beschäftigten Arbeiter zuwinkte, um ihn um Zigaretten anzuschnorren, »das überrascht mich jetzt ein wenig, Commissario.« Er nahm eine Camel von dem Mann entgegen, nickte ihm dankbar zu und zündete sie an. »Vor nicht einmal zehn Minuten haben Sie uns hier noch Länge mal Breite erklärt, dass das vatikanische Sicherheitskonzept *voll-kom-men* lückenlos und Kardinalstaatssekretär di Malatesta so etwas wie Ihr heimlicher Held sei – haben Sie eigentlich auch ein Poster von dem Typen über Ihrem Bett hängen? Oder im Bad?«

Commissario Ribali griff unbeeindruckt in die linke Innentasche seines Jacketts, holte ein Packung Marlboro heraus und steckte sich eine davon an.

»Ist ein altes Laster von mir«, sagte er, als er Kopetzkys Blick bemerkte. Er nahm einen tiefen Zug. »Ich rauche mittlerweile allerdings nur noch, wenn ich nervös bin. Beruhigt die Nerven, wissen Sie?«

Der Agent starrte ihn vollkommen entgeistert an.

Ribali zuckte mit den Schultern.

»Sie hätten nur zu fragen brauchen«, sagte er ohne jegliche Emotion in der Stimme. »Scheint mir aber nicht unbedingt Ihre Stärke zu sein, diese Sache mit der ›Kommunikation‹.«

Kopetzky wusste ausnahmsweise nicht, was er darauf entgegnen sollte.

»Das ist auch der *einzige* Grund, weshalb ich noch Single bin«, sagte er deshalb ein wenig hilflos. Er griff sich eine Zigarette aus der geöffneten Packung, die der Italiener ihm auffordernd hinhielt. »Danke. Sie wissen, dass die Dinger Sie umbringen können?«

Ribali schnaubte.

»Ich stamme ursprünglich aus Neapel«, sagte er. Er zog an der Zigarette. »Bin im Hafenviertel aufgewachsen. Für uns Jungs gab's damals die Camorra, die 'Ndrangheta oder den Straßenstrich. Hab mich für die Camorra entschieden, und die haben mich tatsächlich aufgenommen – kleine Jobs, hauptsächlich Drogentransporte. Ich war *verdammt* gut, hab immer ganz genau aufgepasst, gewusst, wo die Bullen auf uns warten – wenn man sich mit den Nutten gut versteht, hat man immer einen enormen Informationsvorsprung, wissen Sie? Eines Tages haben Sie mich dann natürlich trotzdem erwischt. Ich war sechzehn, ich hatte Angst vor dem Knast, aber ich hatte auch Angst vor der Camorra. Also hab ich denen gerade genug erzählt, damit mir ein Deal angeboten wird. Im Gegenzug musste ich mich bei niedrigster Besoldungsstufe zum Polizeidienst verpflichten. Und jetzt, meine Herren, stehe ich vierzig Jahre später als römischer Commissario und Einsatzleiter hier vor Ihnen.«

Kopetzky tauschte einen Blick mit Oberstleutnant Andretti aus, der sich in der Zwischenzeit wieder zu ihnen gesellt hatte.

»Worauf wollen Sie hinaus, Ribali?«, sagte Andretti. »Sosehr mich Ihre Lebensgeschichte auch interessiert, wir haben im Moment wichtigere Dinge, um die wir uns kümmern müssen.«

Ribali warf die Kippe auf den Boden, drehte seine Fußspitze

darauf hin und her und verschränkte demonstrativ die Arme vor seiner Brust.

»Lassen Sie mal gut sein«, sagte Kopetzky rasch. Er trat einen Schritt nach vorn, legte Andretti beschwichtigend eine Hand auf die Schulter. »Ich denke, ich verstehe ganz gut, was der Commissario uns sagen will. Sie sind gar nicht so dämlich, wie Sie aussehen, Ribali.«

Ein heiseres Lachen drang aus Kopetzkys Kehle. Er klopfte dem Italiener anerkennend ein paarmal auf die Schulter.

»Können Sie Ihre Männer rund um die Ausgänge platzieren, damit wir den Platz im schlimmsten Fall so rasch wie möglich geräumt bekommen?«

Ribali nickte. Sein Blick wanderte über den Petersplatz, der sich mehr und mehr mit Gläubigen füllte. Er wandte sich zu Andretti: »Worum ging es bei Ihrem Telefonat?«

»Steuerungssysteme«, antwortete Andretti, als würde diese Information ausreichen. »Ich warte noch auf Rückmeldung.«

»Geht's ein wenig konkreter?!«

Ein besorgter Ausdruck legte sich auf Andrettis Gesicht.

»Ich will niemanden unnötig beunruhigen«, begann er. »Aber die gesamte Drohnenabwehr hier ist auf Funkwellen ausgelegt.«

»Und?!«, erkundigte sich Ribali. »Worauf sollte sie denn sonst ausgelegt sein?«

Kopetzky riss die Augen auf. Erinnerungen an seine aktive Zeit im Militärdienst in Afghanistan blitzten in seinem Kopf auf.

Wie hatte er nur so unfassbar blind sein können!

»Laser-Leitsysteme!«, keuchte er.

»Laser?«, fragte Ribali, der offenbar keine Ahnung hatte, was der Agent meinte.

Kopetzky nickte. Eine brennende Hitze kroch seinen Nacken

entlang nach oben. Für einen Moment spürte er, wie ihm schwindlig wurde.

»Exakt«, sagte Oberstleutnant Andretti. »LGBs – Laser Guided Bombs. Militärtechnologie. Man markiert ein Bodenziel mit einem oder mehreren stationären Lasern, und eine Bombe oder ein anderer flugfähiger Explosivkörper findet wie an der Schnur gezogen entlang des Laserleitstrahls bis auf wenige Meter genau sein Ziel.«

Ribali schüttelte ungläubig den Kopf.

»In dicht verbautem Gebiet benötigt man aber einen erhöhten Punkt, den man anvisieren kann«, sagte Kopetzky ein wenig verzweifelt. »Die können doch unmöglich ...« Er stockte. Sein Blick wanderte zum Zentrum des Petersplatzes. Der berühmte, mehr als fünfundzwanzig Meter hohe vatikanische Obelisk überragte sämtliche ihn umgebenden Bauten deutlich.

»Scheiße verdammt, das ist doch ...«, sagte Kopetzky. Er griff sich mit der Rechten in den Nacken und sah zurück zu Andretti.

»Ich fürchte, Sie haben recht«, sagte der Italiener, der in die gleiche Richtung gesehen hatte. »Wenn man will, dass etwas das Zentrum des Platzes exakt trifft, dann ist der Obelisk der ideale Ankerpunkt.«

»Aber könnte man mit so einem System überhaupt auch stinknormale Drohnen ausrüsten?«, brachte Ribali sich wieder ein.

Andretti zuckte mit den Schultern.

»Genau *das* versuche ich gerade herauszufinden«, sagte er. »Aber *falls* man es kann, scheiß ich einen großen Haufen auf Minister Contavos Anweisungen. Dann lasse ich den Platz unverzüglich räumen!«

Sein Mobiltelefon meldete sich. Er nahm das Gespräch an, nickte einige Male, seine Miene verfinsterte sich zusehends.

Schließlich legte er auf, hob seinen Blick, sah die beiden anderen an. Er schloss die Augen und schüttelte langsam seinen Kopf.

In diesem Moment tauchten wie aus dem Nichts zwei Soldaten der Militärpolizei hinter ihnen auf.

»Tenente Coronello Andretti?«, sagte der Größere der beiden. Er legte dem Oberstleutnant seine rechte Hand auf die Schulter.

Andretti fuhr herum, stieß den Arm zur Seite.

»Was hat das zu bedeuten«, fauchte er.

Die beiden Militärpolizisten blieben völlig unbeeindruckt. Sie nahmen ihre Sturmgewehre in den Anschlag und richteten sie auf Andretti.

»Händigen Sie mir unverzüglich Ihre Dienstpistole aus!«, befahl der Soldat. »Wir nehmen Sie hiermit in Gewahrsam. Sie werden verdächtigt, in direktem Kontakt mit der gesuchten Terroristin zu stehen. Bis zur Klärung der Angelegenheit sind Sie sämtlicher Befugnisse enthoben. Sie stehen ab sofort unter Arrest!«

68

Geräuschlos fuhren die Aufzugstüren zur Seite. Ohne sichtbare Hast und doch unfassbar schnell hob der Cavaliere beide Arme. In kurzer Abfolge hörte man das metallische Ploppen der schallgedämpften Pistolen in seinen Händen. Unmittelbar darauf sackten die beiden vollkommen überraschten Wachleute auf dem Flur zusammen. Der Cavaliere trat aus dem Aufzug und schoss jedem der am Boden liegenden Söldner knapp oberhalb des Brustbeins zusätzlich noch in den Hals.

»War das notwendig?!«, sagte Ishikli. Mit angewiderter Miene

stieg sie über die Leichen. »Sie hätten sie auch einfach unschäd-
lich machen können.«

Das Gesicht des Cavaliere zeigte keinerlei Regung.

»Wir haben keine Zeit für Humanitas«, sagte er. »Folgen Sie
mir.«

Töten, um andere zu retten, dachte Roth. *Falls Gott wirklich existierte, hatte er oder sie einen sehr zynischen Sinn für Humor.*

»Sind Sie sicher«, sagte er, während er das Sturmgewehr in
den Anschlag nahm, »dass Sie Lazarus mithilfe von PROME-
THEUS dekodieren und eine Kopie anfertigen können?«

Er konnte sich keinen noch so komplexen Hochleistungscom-
puter der Welt vorstellen, der eine solche Operation in weniger als
zehn Minuten würde ausführen können.

»Nein«, sagte der Cavaliere. Er stand mit dem Rücken zur
Wand gepresst und spähte um die Ecke. »Aber es muss gelingen.«

Ein Ruck ging durch seinen Körper. Er straffte seine Haltung,
verschränkte die Hände hinter dem Rücken und trat selbstbe-
wusst auf den Seitenflur. Roth konnte hören, dass er ihn mit raschen Schritten entlangging. Ein kurzer Befehl, eine erstaunte
Antwort auf Russisch, die Roth nicht verstand. Das Geräusch der
beiden schallgedämpften Walther P99, das dumpfe Poltern zu Boden gleitender menschlicher Körper.

Stille.

Ishikli und Akin folgten dem Cavaliere. Roth holte tief Luft,
dann tat er es ihnen gleich.

»Wie oft gleichen die Wachteams hier unten ihren Status ab?«,
erkundigte er sich. Er bückte sich zu einem der toten Wachleute
und nahm ihm zwei Blendgranaten vom Gürtel.

»Alle drei Minuten«, sagte der Cavaliere. »Ich halte es für ausgeschlossen, dass die anderen Teams mittlerweile nicht in Alarm-
bereitschaft sind.« Er verstaute die Pistolen in seinen Schulter-

holstern, nahm das Sturmgewehr vom Rücken und lud es durch. »Allerdings lautet die Order in einem solchen Fall, die jeweiligen Positionen zu halten.«

»Die Sie kennen, nehme ich an?«

Der Cavaliere nickte. Er wandte sich an Akin: »Unmittelbar vor dem Serverraum ist ein Team aus vier Wachleuten stationiert. Dort werde ich Ihre Hilfe benötigen.«

Akin lächelte, stellte sich hinter seine Schwester und legte ihr die Hände auf die Schultern.

»Sie ist der bessere Schütze«, sagte er.

Der Cavaliere riss die Augen auf.

»Selbstverständlich!«, sagte er irritiert. »Ich hatte Ihnen auch eine vollkommen andere Aufgabe zugedacht.«

Mit hoch über seinem Kopf erhobenen Armen ging Akin langsam auf die Wachleute zu.

Gleichzeitig rissen die Söldner ihre Waffen nach oben und richteten sie auf den Türken.

»Stopp!«, rief der vorderste der Männer. »Auf die Knie! Sofort!«

Akin blieb stehen, kniete sich hin und verschränkte die Hände in seinem Nacken.

Der Wachmann ließ seine Waffe sinken und ging auf ihn zu. Die anderen drei hielten ihre Sturmgewehre nach wie vor kampfbereit. Gerade als der Söldner Akin Handschellen anlegen wollte, feuerten Roth, der Cavaliere und Ishikli gleichzeitig.

Drei der Wachleute klappten mit kreisrunden Einschusslöchern auf der Stirn zusammen. Der Vierte hatte keinerlei Gelegenheit mehr, auch nur ansatzweise zu realisieren, was gerade vor sich ging, als Akin blitzschnell sein Kampfmesser aus dem Gürtel zog und es bis zum Heft in die Achsel des Russen rammte.

Die ganze Aktion hatte keine halbe Minute gedauert.

Der Cavaliere trat an das Steuerungsterminal heran. Er blickte auf die Uhr.

»Wir haben noch sieben Minuten.«

Mit einem zischenden Geräusch schwang die Panzertür des Serverraumes zur Seite.

»Haben Sie die Codesequenz im Gedächtnis, Caner?«, fragte der Cavaliere. »Das System besitzt keine Fehlerkontrolle. Wenn die Sequenz einmal falsch eingegeben wird, sind wird raus.«

»Labern Sie hier nicht rum«, entgegnete sie und schob sich an dem Italiener vorbei.

Sie machte einen sehr angespannten Eindruck auf Roth. Er folgte ihr in den Raum, Akin und der Cavaliere traten ebenfalls ein.

»Ich bleibe hier und sichere den Zugang«, sagte Akin. Er stellte sich neben die Panzertür, nahm eine kampfbereite Haltung ein.

Cavaliere Varese eilte zu einem der beiden Hauptterminals, Ishikli wies er an, das andere zu besetzen.

»Der Zugangscode des Kardinals muss in einem Zeitfenster von drei Sekunden eingegeben werden, nachdem ich meinen eigenen bestätigt habe«, sagte er und aktivierte den Rechner. »Danach bleiben uns noch etwa sechs Minuten, um Lazarus im System zu finden, zu dechiffrieren und herunterzuladen.« Er griff in seinen Rucksack und holte einen dunkelgrauen Tarn-Overall sowie einen schmalen silberfarbenen Rechner hervor. Den Overall reichte er Ishikli. »Ich denke, Sie könnten Verwendung dafür haben«, sagte er.

Ishikli blickte einige Sekunden lang mit zusammengekniffenen Augen skeptisch auf den Stofffetzen, dann nahm sie ihn entgegen und stieg hinein.

»Danke«, sagte sie. »Hätten Sie auch schon früher draufkommen können.«

Varese ignorierte ihre Bemerkung und verband den Laptop mit dem Terminal. »Falls das System erkennt, was wir vorhaben, geht es in den automatischen Lockdown.«

»Was bedeutet das?«, erkundigte sich Roth. Ihm war außerordentlich unwohl bei der Aussicht darauf, vier Stockwerke unter der Erde in einem Betonbunker eingeschlossen zu werden.

Ohne aufzusehen, sagte der Cavaliere: »Die Panzertür wird geschlossen, der Serverzugang automatisch blockiert und der gesamte Raum mit gekühltem CO_2 geflutet.«

Die Tippgeräusche von Ishiklis Tastatur verstummten.

Mit weit aufgerissenen Augen richtete sie sich hinter dem Monitor auf und starrte Varese zornig an.

»Das fällt Ihnen *jetzt* ein?!«, fauchte sie. »Wenn Ihr ach so toller Plan also *nicht* aufgeht, sollen wir hier unten ersticken wie die Laborratten?«

Der Cavaliere ließ sich nicht aus der Ruhe bringen.

»Dieses Risiko besteht«, sagte er trocken. »Aber wie gesagt, gehe ich nicht davon aus, dass wir scheitern werden.«

Wie beruhigend!, dachte Roth. Er sah zu Ishikli, die sich mit deutlicher Anspannung im Gesicht wieder auf ihren Bildschirm konzentrierte.

»Wo befindet sich die Hauptsteuerungseinheit?«, fragte er.

Der Cavaliere hielt inne und deutete auf eine mit zwei Griffen versehene schwarze Einheit in der Serverbank neben ihm.

»Die Blackbox befindet sich hier. Es ist allerdings vollkommen unmöglich, sie zu entfernen«, sagte er. »Wir benötigen dafür einen vollständigen 3-D-Abgleich mit dem Gesicht des Kardinals. Wird die Einheit ohne diesen Abgleich entfernt, zünden im Inneren des Kerns angebrachte Säurekartuschen und zerstören sämtliche darin enthaltenen Speichereinheiten unwiderruflich.«

»Wenn ihr beiden Laberköpfe dann fertig seid«, mischte Ishikli sich ein, »könnten wir uns endlich um Lazarus kümmern.«

Der Cavaliere blickte auf.

»Wie haben Sie ...?«, begann er.

»Das System ist gegen Attacken von außen extrem gut geschützt«, unterbrach ihn Ishikli. »Von diesem Terminal aus ist es hingegen offen wie ein Scheunentor.« Mit einem ein wenig selbstgefälligen Gesichtsausdruck lehnte sie sich in ihrem Stuhl zurück, verschränkte die Arme vor ihrer Brust und fügte hinzu: »Von mir aus können wir loslegen.«

»*Verdammte Scheiße!*«, fluchte der Cavaliere. Er hieb mit der Handfläche fest auf den Tisch. Kleine Schweißtropfen bildeten sich auf seiner Stirn, während er wie besessen auf die Tastatur einhämmerte. »Geben Sie Ihre Sequenz ein«, sagte er, ohne aufzusehen. »Auf mein Zeichen bestätigen Sie dem System die Eingabe. Und dann fangen Sie an zu beten!«

»Was ist los?«, fragte Roth, dem nicht entgangen war, dass hier offensichtlich gerade etwas ganz gewaltig aus dem Ruder lief.

»Was *los* ist?!«, blaffte der Cavaliere, in einer für ihn offenbar sehr unüblichen Gefühlswallung. »Ganz einfach, Herr Roth: Signora Caner hat soeben einen stillen Alarm im System ausgelöst, der unser Zeitfenster auf zwei Minuten zusammendampft, bevor PROMETHEUS in den Lockdown geht. Und es gibt absolut *nichts*, was diesen Notfallablauf jetzt noch stoppen könnte!«

69

Mit selbst für seine Verhältnisse ausgesprochen skeptischem Gesichtsausdruck beobachtete Thomas Kopetzky, wie das vierte der imposanten und mehr als 19 000 Liter fassenden Panther-8x8-Flughafen-Löschfahrzeuge sich im Schritttempo seinen Weg durch die Menschenmenge bahnte und sich im Spalier mit den Wasserwerfern der Polizei vor dem Hauptzugang zum Petersplatz aufreihte.

Der Flugbetrieb in Fiumicino hatte ohne die großen Fahrzeuge aus Sicherheitsgründen massiv eingeschränkt werden müssen, doch immerhin war es Ribali und ihm gelungen, Innenminister Contavo davon zu überzeugen, dass dieser Umstand ein geringes und vor allem für ihn mit keinen gravierenden innenpolitischen Konsequenzen verbundenes Übel wäre.

Wenigstens hatten die Panther es rechtzeitig hierhergeschafft.

Missmutig blickte Kopetzky auf seine Armbanduhr: dreißig Minuten bis zum Beginn der Ostermesse.

Vor einer knappen Stunde, unmittelbar nach Andrettis Verhaftung, hatte Commissario Ribali den Zugang zum Petersplatz trotz heftiger Proteste der noch in den Warteschlangen befindlichen Pilger abriegeln lassen. Selbst ein wutentbrannter Anruf von Kardinalstaatssekretär di Malatesta persönlich hatte den Römer nicht von seiner Haltung abbringen können.

Kopetzky empfand mittlerweile großen Respekt für den Commissario. Kunststück!, dachte er. Er war der einzige Verbündete, der ihm vor Ort noch geblieben war.

»Wie weit sind die Arbeiter mit den Bolzenschneidern?«, erkundigte sich Kopetzky, als Ribali neben ihm auftauchte. Er wirkte angespannt, aber nicht panisch. »Bekommen wir die Verankerungen der Gitter vor dem Hauptzugang frei?«

Der Italiener nickte.

»Es wird zwar ein Ritt über den Vulkan, weil wir dennoch einen der Mannschaftstransporter zum Schlagen einer Schneise benötigen werden«, sagte er heiser, »und ich nicht garantieren kann, dass dabei niemand unter die Räder kommt, aber über die Zufahrt und die beiden Nebenzugänge sollten wir selbst in einem Panikszenario etwa viertausend Menschen pro Minute rausbekommen.«

Kopetzky drehte sich herum und ließ seinen Blick über den Platz schweifen.

»Wie viele sind reingekommen, bevor Sie abgeriegelt haben?«, fragte er.

Ribali seufzte.

»Meine Leute schätzen etwa hunderttausend.«

Kopetzky schloss die Augen, rechnete nach.

Sie würden niemals fünfundzwanzig Minuten durchhalten, falls tatsächlich ein Angriff aus der Luft geplant war.

»Meinen Sie, das Ganze funktioniert?«, drang Ribalis Stimme in seine Gedanken.

Kopetzky wollte resigniert auflachen, verschluckte sich jedoch und fand sich mit einem weiteren Hustenanfall konfrontiert.

Irgendwie wurde diese Scheiße mit seiner Lunge in letzter Zeit auch immer schlimmer.

»Ich habe keine Ahnung, Ribali«, sagte er, nachdem er wieder einigermaßen zu Atem gekommen war. »Aber solange Sie keine bessere Idee haben …?«

Ribali schüttelte vehement den Kopf.

»Es liegt nicht an der Idee«, sagte er. »Ich bin sogar ziemlich sicher, dass Sie recht haben und es unsere beste Chance ist.« Er machte eine kurze Pause, blickte über den Platz. Dann schaute er zurück zu Kopetzky. »Es ist die Reaktion der Menschen, die mir Sorgen macht. Ich fürchte, wir sollten uns im Ernstfall auf eine signifikant hohe Anzahl von Kollateralschäden vorbereiten.«

Kopetzky schnaubte. *Kollateralschäden! Wie sehr er dieses beschissene Wort doch hasste!*

»Solange dieser selbstgefällige Affenarsch im Innenministerium nach ›gesicherten Beweisen‹ verlangt, bevor er einem dieser katholischen Schwanzlutscher auf die Füße tritt – *was verdammt noch mal sollen wir denn da machen, Ribali?!*«, brüllte er. Er hustete heftig, spuckte Blut. Schweißperlen bildeten sich auf seiner Stirn, rannen über seine Augenbrauen, während er sich vornüberbeugte und versuchte, seine Atmung wieder in den Griff zu bekommen. Plötzlich überkam ihn eine heftige Übelkeit. Er fuhr mit dem Oberkörper zur Seite und erbrach sich.

»Geht's wieder?«, erkundigte sich Ribali. Der Italiener war neben Kopetzky getreten und klopfte ihm aufmunternd auf den Rücken.

Der Agent nickte, wischte sich mit dem Ärmel über den Mund und richtete sich wieder auf.

»Sie haben hier heute Nacht schon 'ne Menge geleistet, Kopetzky«, fuhr Ribali in freundschaftlichem Tonfall fort. »Aber Sie sollten sich wenigstens ein paar Minuten ausruhen. Falls Sie recht behalten, dann bricht hier in kurzer Zeit die Hölle los. Das Letzte, was ich da gebrauchen kann, ist, dass Sie mir dann schlappmachen!«

Ribali hatte recht, dachte Kopetzky. *Hier ging es ums Ganze, und er war nicht mehr der Allerjüngste …*

»Danke«, sagte er. »Ich setze mich einen Moment dort drüben

hin.« Er deutete auf einen schwarzen Verteilerkasten. Nach wenigen Schritten hielt er inne, drehte sich nochmals zu dem Italiener
um: »Ich bin froh, dass Sie in meinem Team spielen.«

Ribali lächelte, wurde jedoch unmittelbar darauf von seinem
Funkgerät abgelenkt.

»Ja?«, meldete er sich, nickte einige Male.

Kopetzky blickte ihn fragend an.

»Bestätigung seitens der lokalen Feuerwehr«, sagte der Com-
missario. »Sämtliche Löschfahrzeuge können in vollem Pump-
betrieb an die vorhandenen Hydranten angeschlossen werden.
Druck und Füllvolumen sollten dafür ausreichend sein; die
Schaummittel sind wie von Ihnen angefordert auf Seifenbasis, die
Zusatztanks bis unter den Rand aufgefüllt.«

»Was schätzen die, wie viel Zeit wir durch die Hydrantenreser-
voire gewinnen?«, fragte Kopetzky.

»Etwa weitere zehn Minuten«, sagte Ribali. »Dann sind sowohl die Tanks der Werfer als auch die Hydranten leer bis auf den
letzten Tropfen.«

*Macht immer noch mindestens fünf Minuten zu wenig – selbst WENN
sein Plan ansonsten funktionieren sollte.*

Kopetzky stieß einen Fluch aus. Er verabschiedete sich von
dem Gedanken, sich einen Moment lang ausruhen zu können.
»Wissen die Jungs, was sie zu tun haben?«

»Davon bin ich überzeugt«, antwortete Ribali.

»Haben Sie schon mal gesehen, was dieses verfluchte Drecks-
zeug mit einem Menschen anrichtet?!«, fragte Kopetzky.

»Nein«, sagte Ribali.

Kopetzky schwieg. Er blickte auf seine Armbanduhr.

Er war sich alles andere als sicher, dass sie ausreichend vorbereitet waren.

Aber er hoffte, dass er noch einen letzten Trumpf im Ärmel

haben würde, auf den er sich bislang immer hatte verlassen können und mit dem Kardinal di Malatesta nicht rechnete.

*Und dieser Trumpf hatte noch knapp fünfzehn Minuten Zeit, um endlich
hier aufzukreuzen und hoffentlich die Türkin im Schlepptau zu haben!*

70

So fest er nur konnte, stemmte Peter Roth seine Schulter gegen
den Kolben seines Sturmgewehrs, presste dessen Lauf mit aller
Gewalt gegen die gigantischen Hydraulikscharniere der Panzertür
zum Serverraum, die sich dadurch zwar langsamer, aber immer
noch unerbittlich schloss.

In diesem Moment gab der Lauf von Ishiklis Waffe unter der
enormen Druckbelastung nach und stob in zahlreichen Einzel-
teilen über seinen Kopf hinweg. Seit sie ihr Sturmgewehr in den
Spalt des Tores gepresst hatte und ohne jede Vorwarnung noch
einmal zurück in den mittlerweile bereits von CO_2-Düsen geflute-
ten Raum gesprintet war, waren nicht einmal zwanzig Sekunden
vergangen. Dennoch schien es Roth wie eine Ewigkeit. Seine Augen tränten, das tiefgekühlte Gas strömte mittlerweile bereits in
dichten Schwaden zu ihnen heraus auf den Flur. Er spürte, wie die
Kraft in seinen Oberarmen nachließ, versuchte verzweifelt, den
Schmerz zu ignorieren – lange würde er den Lauf dennoch nicht
mehr halten können. Und wenn das geschah, würden sowohl seines als auch das Gewehr des neben ihm stehenden Akin unter der
Belastung zerbrechen!

Dann passierte das Unvermeidliche: Sein Gewehrlauf knickte
ein, kaum eine Sekunde später verlor auch der gedrehte Schwarz-

stahl von Akins Waffe seinen Kampf gegen den unerbittlichen Druck der mehr als zwanzig Tonnen schweren, hydraulisch betriebenen Tresortür.

Roth und Akin sprangen zurück, als sich das Monstrum, endlich befreit von den lästigen Widerständen, mit beängstigender Geschwindigkeit vollständig zu schließen begann.

Plötzlich spürte Roth einen Luftzug, heftiges Husten war zu hören, das metallische Scheppern eines zu Boden fallenden Gegenstandes. Er fuhr herum.

Neben ihm stand Ishikli, heftig nach Atem ringend, ihren Oberkörper vornübergebeugt. Vor ihr lag ein unscheinbarer rechteckiger Kasten aus schwarzem Metall – die Blackbox, das Herzstück von PROMETHEUS!

Roth war vollkommen fassungslos. Er wollte Ishikli gleichzeitig vor Zorn anbrüllen und vor Erleichterung festhalten und nie wieder loslassen. Er war paralysiert, konnte nicht einen einzigen Muskel bewegen, stand nur da und starrte sie regungslos an. Er beobachtete, wie Akin sich zu seiner Schwester beugte, ihr den Arm auf den Rücken legte und etwas ins Ohr flüsterte. Roths Wahrnehmung hatte das Tempo der Realität um ihn herum noch nicht wieder aufnehmen können, alles drang wie durch einen Filter aus dichter Watte zu ihm.

Als Akin Ishikli eine schallende Ohrfeige gab, erwachte auch Roth wieder aus seiner Schockstarre.

»Mach so etwas NIE wieder!«, herrschte Akin sie an. Dann umarmte er sie.

Ishikli wand sich aus seinen Armen, klopfte sich einige Male mit den flachen Händen auf die Oberschenkel und hob die Blackbox vom Boden auf.

»Hab ich auch nicht vor, Bruderherz«, sagte sie kühl. »Und wenn du so was noch einmal versuchst, brech ich dir die Hand!«

»Das war ausgesprochen unvernünftig von Ihnen, Signora Caner«, sagte der Cavaliere. Er trat näher an die Türkin heran und
streckte auffordernd seine linke Hand aus. »Unvernünftig, aber,
wie ich zugestehen muss, auch über die Maßen heroisch.«

»Nehmen Sie eigentlich *nie* den Stock aus Ihrem Arsch, Varese?«, sagte Ishikli. Sie machte keinerlei Anstalten, ihm die
Blackbox auszuhändigen, wandte sich stattdessen an Roth.
»FALLS wir das alles überleben, kannst du sicherstellen, dass der
Mossad sich ansieht, ob er aus dem Säurebrei dort drinnen noch
irgendetwas Brauchbares rausholen kann? Mir war einfach wohler
dabei, wenn der Kern im schlimmsten Fall zerstört wird, bevor er
in den Händen des Vatikans bleibt.«

Endlich fand Roth auch seine Sprache wieder. Er nahm die
Blackbox an sich, verstaute sie in seinem Rucksack und sagte:
»Und das fällt dir in buchstäblich *allerletzter* Sekunde ein?! Du
wärst beinahe draufgegangen dort drinnen!«

Ishikli zuckte mit den Schultern. Sie sah zum Cavaliere. »Wohin jetzt?«

Vareses Blick verharrte einen Atemzug lang auf Roths Rucksack, doch er schien sich sofort wieder gefasst zu haben. »Capella
Sistina«, sagte er. »Dort müssen wir uns aufteilen.«

»Wird es dort nicht vor Wachleuten wimmeln?«, erkundigte
Akin sich skeptisch.

»Im Gegenteil«, sagte Varese. »Die Sicherheitsvorkehrungen
konzentrieren sich auf einen Angriff von *außen*. Davon abgesehen
werden wir uns durch die Geheimgänge in den Gebäuden mehr
oder weniger unbemerkt bewegen können.«

Roth verstand nicht genau, worauf der Italiener hinauswollte.
»Wozu müssen wir uns *in* den Gebäuden bewegen?!«

Varese hob die Augenbrauen.

»Verzeihen Sie«, sagte er. »Ich war überzeugt davon, das bereits erwähnt zu haben: Selbst wenn es Ihnen gelingt, den Laptop an das Terminal im Obelisken anzuschließen und Lazarus zu aktivieren, muss sich Kardinal di Malatesta persönlich in einem Umkreis von fünfzig Metern befinden, damit der in seiner Spitze befindliche Laserleitstrahl die Angriffsdrohnen Richtung Tiber dirigiert. Stefano hat sich einen Chip implantieren lassen, ohne den man das Programm nicht starten kann.«

Dieses feige Aas hat also für *genau einen Fall* diese ganze Notfall-Sequenz mit dem Lazarus-Programm eingeplant: nämlich falls *er* sich *selbst* in der Gefahrenzone befindet!, dachte Roth angewidert.

Ishikli sprach diesen Gedanken laut aus und hieb wütend mit der Faust gegen die Wand.

»Exakt«, sagte der Cavaliere ohne spürbare Regung in seiner Stimme. »Es entspricht Stefanos Wesen, dass er in erster Linie und ausschließlich an *eine* Person denkt. Nämlich an sich selbst.« Er stockte, blickte zu Boden, murmelte: »Das hatte ich mir nur leider nie eingestehen wollen.«

»Immerhin sind Sie noch rechtzeitig aufgewacht«, sagte Roth. »Das ist das Einzige, was zählt! Kümmern Sie sich um den Kardinal? Sie kennen das Gebäude wie Ihre Westentasche.«

Der Cavaliere nickte und hob den Kopf.

»Sie, Herr Roth, sind der Einzige, der es quer über den Platz bis zum Kommandostand am Obelisken und dort zu Maggiore Kopetzky schaffen kann – weil Ihr Gesicht hoffentlich noch nicht auf sämtlichen Fahndungslisten dieser Stadt abgebildet ist. Es hängt buchstäblich ALLES davon ab, dass Sie Lazarus rechtzeitig aktivieren können.«

»Das hatte ich zuvor bereits verstanden«, sagte Roth. »Gibt es noch etwas, das ich wissen sollte, was Sie ›bereits dachten, erwähnt zu haben‹?!«

»Was ist mit Nokhanov und seinen Söldnern?«, mischte Ishikli sich ein. »Wird er uns noch mal Probleme bereiten?«

»Diese Frage kann ich Ihnen leider nicht beantworten, Signora Caner«, sagte der Cavaliere. »Stefano hatte mich in *sämtliche* Einzelheiten eingeweiht, bis auf *eine* ...«

»Den genauen Aufgabenbereich von Oberst Nokhanovs Männern während der Ostermesse, vermute ich?«, sagte Roth.

Der Cavaliere schwieg.

Roth schaute die beiden an, dann sah er zu Akin. Er war kein gläubiger Mensch. Aber er *kannte* Nokhanov. Und deshalb hatte er in diesem Moment nur noch einen einzigen Gedanken im Kopf:

»Gott mit uns!«, seufzte er.

Cavaliere Varese zog erstaunt eine Augenbraue nach oben.

Ishikli blickte Roth mit einer Mischung aus Ungläubigkeit und Erstaunen an, schwieg jedoch.

»Folgen Sie mir jetzt«, sagte der Cavaliere. Er drehte sich um, ging mit raschen Schritten den Flur hinunter. »Ich fürchte allerdings«, fügte er, ohne sich umzusehen, hinzu, »dass Gott uns in diesem Fall nicht helfen wird. Wir werden zusehen müssen, wie wir allein zurechtkommen. Aber die größte Stärke im Glauben, Herr Roth, ist der Glaube an sich selbst – die fünfte und vielleicht die wichtigste Gabe des Heiligen Geistes an die Menschen.«

»A-MEN!«, sagte Ishikli. Sie gab Akin einen Stoß gegen die Schulter und setzte sich in Bewegung.

Roth beeilte sich, den anderen hinterherzukommen. Er schickte dennoch ein letztes Stoßgebet zum Himmel.

Stärke im Glauben an sich selbst – na Halleluja!

71

Die Ostermesse war seit etwas mehr als einer Viertelstunde im Gange. Der Papst stand auf einer Tribüne hinter einem Pult vor dem Petersdom, inmitten zahlreicher katholischer Würdenträger, allesamt von einer breiten Scheibe aus doppeltem Panzerglas geschützt, deren oberer Rand etwa einen Meter schräg nach hinten geneigt war.

Thomas Kopetzky fragte gerade zum vierten Mal den Status der an den äußeren Absperrungen postierten Polizisten ab. Bislang blieb alles ruhig.

Der Papst predigte vom Frieden zwischen den Religionen und der göttlichen Aufgabe, alle Menschen unter dem Schutz Christi zu versammeln. Die katholische Kirche müsse sich auf ihre Wurzeln besinnen und wieder eine weltliche Führungsverantwortung im Zeichen der Barmherzigkeit wahrnehmen, gerade in einer Zeit wie der unseren, die von großer politischer und moralischer Verunsicherung geprägt sei. Die Kirche müsse sich bewusst werden, dass es ihre Aufgabe sei, eine Einheit herzustellen, eine Einheit aller Menschen, vor allem aber eine Einheit Europas, das von der Dunkelheit des Säkularen wieder ins Licht des Glaubens, der Religion geführt werden müsse. Es sei Aufgabe der katholischen Kirche, als Bewahrerin einer jahrtausendealten europäisch-christlichen Tradition, wieder Verantwortung zu übernehmen und den Führungsanspruch als die einzige von Gott den Menschen geschenkte wahre Religion erneut zu stellen, Einigkeit in Europa und der Welt zu schaffen und diejenigen, die den falschen Propheten folgten, zu bekehren und in ihre Arme aufzunehmen.

Was für ein überhebliches, selbstgefälliges Geschwafel!

Unter normalen Umständen würde Kopetzky diesem abgehobenen Gelaber keine zwei Minuten freiwillig zuhören, aber heute waren es eben keine »normalen Umstände«, und so war er heilfroh, dass der Pontifex dort oben in aller Ruhe stehen und seinen Müll absondern konnte.

»Verstanden«, sagte er in sein Funkgerät, »bleiben Sie trotzdem wachsam!« Er sah zur Tribüne, wo Kardinalstaatssekretär di Malatesta mit fast schon devot vor seinem Körper übereinandergelegten Händen in aller Ruhe neben dem Papst stand. Ab und an nickte er zustimmend zu den Worten seines obersten Hirten, unentwegt lag ein sanftes, freundliches Lächeln auf seinen Zügen.

Kopetzky steckte sich die x-te Zigarette an – er hatte aufgehört zu zählen. Sein Lungenarzt konnte ihn heute mal kreuzweise!

Sollte er sich tatsächlich getäuscht haben? Hatten sie ausnahmsweise einmal Glück, und er hatte alle vollkommen umsonst verrückt gemacht?

Und wenn schon! Er zog an der Zigarette, überprüfte den Sitz des Funkempfängers in seinem rechten Ohr. Seine Karriere bedeutete ihm ohnehin schon lange nichts mehr. Und besser sie waren vorbereitet, und es geschah nichts, als umgekehrt!

Erneut blickte er zur Tribüne. Ein eiskalter Schauer lief über seinen Rücken – wenn er es nicht besser wüsste, würde er darauf schwören, dass Stefano di Malatesta ihn direkt anstarrte.

Unmöglich!

Die Entfernung war viel zu groß, als dass der Kardinal ihn unter all den anderen Beamten hier im Kommandostand hätte gezielt ausmachen können. Er begann anscheinend tatsächlich allmählich Gespenster zu sehen.

Sein Funkempfänger meldete sich mit einem Knacken. Kopetzky aktivierte die Verbindung.

»Ja?!«

»Contavo macht mir hier die Hölle heiß!«, sagte Commissario Ribali ohne Umschweife. »Er ist außer sich und verlangt, dass ich den Einlass für die restlichen Pilger, die wir in der Via della Conciliazione festgehalten haben, unverzüglich freigebe!«

Kopetzky seufzte. Er drehte sich zum Haupteingang. Für eine mögliche Evakuierung hatten sie einen Bereich von zweihundert Metern hinter dem Einlass für jegliches Publikum komplett gesperrt.

Ribali hatte recht. Die Menschen dort hinten würden vermutlich nicht einmal die Hälfte dessen, was der Papst predigte, über die Lautsprecher am Platz mitbekommen – sie waren schlicht und ergreifend zu weit weg.

»Kann er Ihnen die Befehlsgewalt entziehen oder uns sonst irgendwie in die Parade fahren?«, erkundigte sich Kopetzky. Er warf die Kippe auf den Boden und trat sie aus.

Ribali zögerte einige Sekunden.

»Nein«, sagte er. »Rechtlich braucht er die Zustimmung des Innensenats, um mich meiner Position zu entheben. Und bis er die eingeholt hat, ist die Ostermesse längst vorbei.«

»Sehr gut«, sagte Kopetzky. »Dann machen Sie sich jetzt mal nicht ins Hemd, Ribali, bestellen Innenminister Contavo meine besten Grüße und sagen ihm, er soll sich seine Bedenken dorthin schieben, wo die Sonne niemals scheint!«

Er hatte absolut keinen Nerv dafür, sich jetzt um die Wehwehchen karrieregeiler italienischer Politiker zu kümmern! Mit einem kurzen »Danke!« beendete er die Funkverbindung zu Ribali. Er steckte sich eine weitere Zigarette an und wandte sich wieder der Tribüne zu.

Vor Schreck fiel ihm die Marlboro aus dem Mund: Kardinal-staatssekretär di Malatesta war nirgends mehr zu entdecken!

In diesem Moment kam Ribalis Sekretär auf den Kommandostand zugerannt, sprang die Treppe des Podests zwei Stufen auf einmal nehmend hinauf und blieb völlig außer Atem vor Kopetzky stehen.

»Wir haben ...«, japste er, bemüht, wieder zu Atem zu kommen. »Die bodennahe Luftraumüberwachung, die Sie angeordnet hatten, sie haben ...«

»Jetzt spucken Sie's endlich aus, Sie Null!«, brüllte Kopetzky.

Der Polizist richtete sich auf. Offensichtlich hatte Kopetzkys Schrei ihn wieder einigermaßen in die Spur gebracht.

»Vor dreißig Sekunden sind in einem Umkreis von zwei Kilometern rund um den Petersplatz zahlreiche nicht genehmigte kleine Flugobjekte aufgestiegen, Maggiore Kopetzky«, sagte der Mann deutlich ruhiger.

Scheiße!

»Definieren Sie ›zahlreich‹, Mann!«, herrschte Kopetzky sein Gegenüber an.

»Sie scheinen sich in mehreren Schwärmen zu formieren«, sagte der Polizist. »Insgesamt handelt es sich um etwa fünfzig.«

Schwierig, aber machbar, dachte Kopetzky mit einer gewissen Erleichterung.

»Danke«, sagte er. »Gut gemacht!« Er griff zu seinem Sender und wollte Ribali anfunken, wurde jedoch von dem Polizisten unterbrochen.

»Verzeihen Sie, Maggiore«, sagte er, immer noch ein wenig außer Atem.

»Was noch?!«, blaffte Kopetzky.

»Fünfzig Flugobjekte *pro Schwarm*!«, sagte der Mann.

Kopetzky riss die Augen auf.

»Und bislang hat die Luftraumüberwachung zehn Schwärme identifizieren können, die sich aus allen Himmelsrichtungen dem Petersplatz nähern.«

Hei-li-ge Schei-ße!, schoss es Kopetzky durch den Kopf.

72

Peter Roth drückte die Tür des Geheimganges in der Kapelle hinter sich zu, lehnte sich mit dem Rücken gegen die Wand und schloss für einen Moment die Augen. Nach wenigen Sekunden öffnete er sie wieder. Er blickte zur Decke.

Jedes Mal, wenn er die Fresken der Sixtinischen Kapelle betrachtete, lief ihm ein wohliger Schauer, eine Mischung aus Ehrfurcht, Bewunderung und, ja, er konnte es nicht anders sagen, auch Demut durch jede Faser seines Körpers.

Was Botticelli, Perugino, Michelangelo und zahlreiche andere hier geschaffen hatten, grenzte in seinen Augen an ein Wunder.

Heute jedoch empfand er beim Anblick des »Jüngsten Gerichts« nichts als Beklemmung. Beklemmung und eine tiefsitzende Furcht, die ihm beinahe die Kehle abschnürte.

»Komplett geschmacklos«, sagte Ishikli. Sie war neben ihm gerade damit beschäftigt, das Sturmgewehr, das der Cavaliere ihr zuvor in die Hand gedrückt hatte, durchzuladen und zu entsichern. »Völlig übertrieben der Scheiß – aber auf so was steht Ihr Kerzenschlucker ja anscheinend.«

Der Cavaliere ignorierte ihre Bemerkung. Er reichte ihnen drei kleine, silberne Ohrknöpfe mitsamt den zugehörigen Funkeinheiten. Er wandte sich an Roth: »Sobald Sie den Kommandostand erreicht haben, teilen Sie uns den Kanal mit, auf dem Maggiore Kopetzky mit seinen Leuten kommuniziert. Wir müssen unsere Aktionen minutiös abstimmen, sonst werden wir scheitern.« Er griff erneut in seinen Rucksack, holte zwei rote Leuchtfackeln hervor. »Die könnten sich für Sie dort draußen eventuell als nützlich erweisen.«

Roth nickte und nahm den Sender und die Fackeln entgegen.

»Sie und Akin kümmern sich um den Kardinal«, hakte er nach, während er sich den Empfänger ins Ohr steckte, »und liefern ihn mitsamt seinem RFID-Funkchip beim Obelisken ab – Klappe zu, Affe tot, alles erledigt, oder?«

Der Cavaliere schüttelte einen Moment lang irritiert den Kopf, dann beugte er sich nach unten und aktivierte einen in eine Bodenfliese eingelassenen Mechanismus. Ein scharrendes Geräusch war zu hören, dann sank eine der massiven Marmorplatten nach unten, fuhr zur Seite und gab einen darunterliegenden Hohlraum frei. Der Cavaliere ging auf die Knie, griff hinein und beförderte zwei weitere Sturmgewehre, acht Magazine sowie ein Steyr-SSG-o8-Scharfschützengewehr zutage. Das SSG-o8 reichte er Ishikli, eines der Sturmgewehre Akin.

»Ich nehme an, Sie können damit umgehen?«, sagte er. Er verriegelte die Bodenplatte wieder.

Ishiklis Augen weiteten sich.

»Oh ja!«, sagte sie und nahm die Waffe entgegen. »Verlassen Sie sich drauf.« Mit einer beinahe zärtlichen Bewegung strich sie über den Lauf des mehr als zwölf Kilogramm schweren Gewehrs, prüfte die Arretierung des Magazins, ließ den Repetierhebel nach oben schnalzen und lud es durch.

»Gut«, sagte der Cavaliere. Er richtete sich wieder auf. »Weil wir nicht wissen können, was Oberst Nokhanov plant, brauchen wir Rückendeckung. Sie müssen uns von oben absichern.« Er drehte sich halb zur Seite und wies mit seinem Arm in Richtung des Altars. »Ein Schalter auf der linken hinteren Seite öffnet einen Gang zu einer Wendeltreppe, die sie direkt aufs Dach und von dort aus in den Bereich der Heiligenstatuen vor der Kuppel des Petersdoms bringen wird. Aber seien Sie vorsichtig – ich gehe davon aus, dass dort oben bereits Scharfschützen postiert sind. Sie müssen möglichst dezent vorgehen, wenn Sie sie ausschalten, denn WIR brauchen Sie *unbedingt* auf dieser Position.«

Ishikli schnalzte mit der Zunge.

»So gut wie erledigt«, sagte sie grinsend, fuhr herum und trabte in Richtung der Apsis davon.

Roth blickte ihr ein wenig wehmütig nach. Er wusste genau, wie es im Moment *wirklich* in ihr aussah. Er bewunderte die Leichtigkeit, die sie trotz allem ausstrahlte.

»Wird di Malatesta Widerstand leisten?«, fragte er den Cavaliere.

Varese schüttelte den Kopf.

»Nein«, sagte er. »Und falls doch: Das Implantat steckt in seinem Hals. Wir brauchen ihn weder lebend noch vollständig.«

Roth schluckte. Die Kälte in den Worten des Cavaliere ließ ihn erschaudern. Aber vermutlich hatte er seine Gründe.

In diesem Augenblick drang von draußen der helle Schrei einer offenbar völlig verängstigten Frau zu ihnen. Kurz darauf ein weiterer. Nach wenigen Sekunden schwoll ein Chor panisch durcheinanderrufender Menschenstimmen an.

Roths Blick fuhr nach oben zu den Deckenfenstern der Kapelle. Der eben zuvor noch strahlend blaue Himmel hatte sich verdunkelt, immer wieder huschten schwarze Schatten am Glas vorbei. Das durchdringende, sägende Geräusch schnell drehender kleiner Propellerrotoren erfüllte die Luft.

»Los jetzt!«, brüllte der Cavaliere.

73

»ABBRUCH!«, schrie Kopetzky mit sich überschlagender Stimme in seinen Funksender. »Bringen Sie die Menschen hier raus, Ribali! SOFORT! Und Ihre Leute sollen auf gar keinen Fall auf die Dinger schießen! Haben Sie mich verstanden?!«

Er drehte sich mehrmals um die eigene Achse und blickte zum Himmel, während er die rechte Hand gegen den Empfänger in seinem Ohr presste, um Ribalis Antwort inmitten des Lärms, der um ihn herum herrschte, hören zu können.

Rund um den Petersplatz stand eine Unmenge von Flugdrohnen in der Luft. Die Drohnen verharrten vorläufig größtenteils auf ihren Positionen, einige von ihnen kreisten, fügten sich erneut zu kleineren Schwärmen zusammen, taumelten wie vor einer unsichtbaren Wand hin und her – offenbar schien Ribalis Störkuppel zumindest vorläufig noch zu halten!

Worauf warteten diese Mistviecher?!

Er fuhr herum, sah zum Haupteinlass: Der Mannschaftswagen hatte nur die halbe Breite der Absperrgitter beiseiteräumen können, ehe er in einer Woge aus panisch vom Platz drängenden Menschen stecken geblieben war. Doch noch konnten die Pilger nach draußen auf die Via della Conciliazione flüchten.

In diesem Moment stiegen einige der auf der nördlichen Seite schwebenden Drohnen höher, formierten sich zu einem neuen Schwarm und flogen quer über den Platz nach Osten in Richtung der Flüchtenden.

Darauf habt ihr Arschlöcher also gewartet!

Gehetzt suchte Kopetzky die erhöhten Positionen rund um den Platz ab. Irgendjemand musste diese Dinger *aktiv steuern*, unmöglich, dass man sie auf sämtliche denkbaren Evakuierungsstrategien hatte programmieren können!

Und zwar jemand, der Sichtkontakt zum Geschehen auf dem Platz haben musste!

Der separierte Drohnenschwarm hatte mittlerweile beinahe die halbe Strecke zurückgelegt. Kopetzky aktivierte seinen Funksender. »Ribali! Die beiden beim Zugang stehenden Werfer sollen AUGENBLICKLICH ihre Löschkanonen senkrecht nach oben richten und loslegen! Wir müssen eine Wand aufbauen und diese Scheißdinger abdrängen! Wie weit sind Ihre Leute mit dem Spannen der Notfallplanen über der Via della Conciliazione?!«

»Verstanden«, antwortete Ribali. »Ich habe die Anweisung soeben weitergegeben! Die Planen sind zu achtzig Prozent aufgespannt! Wir konnten den gesamten vorderen Bereich der Straße bereits abschirmen – was immer dort draufregnet, sollte die Menschen *unter* diesen Planen nicht erreichen können!«

Ein lautes Zischen erklang hinter Kopetzky, als die beiden ersten Wasserwerfer ihre Pumpwerke aktivierten und mit vollem Pressdruck einen massiven Wall aus Wasser über sich aufbauten.

Kopetzkys Blick schnellte zum Drohnenschwarm: Er teilte sich und drehte ab, um die Wasserwand umfliegen zu können.

JA!, dachte Kopetzky triumphierend. Das sollte den Polizisten dort draußen genügend Zeit geben, auch noch die letzten Planen entlang der Stahlseile aufziehen zu können.

Erneut drehte er sich um die eigene Achse, suchte die höher liegenden Punkte ab. Wütend schlug er mit der Faust auf das Geländer des Kommandostandes.

Wo steckst du Dreckskerl?!

Unmöglich! Er war zu tief unten, von hier aus hatte er nicht die geringste Chance, die Position zu entdecken, von der aus der Schwarm dirigiert wurde.

In diesem Moment erwachte das in den Fuß des Obelisken eingelassene Netzwerkterminal zum Leben. Kopetzky hatte dem schwarzen Kasten bislang keinerlei Beachtung geschenkt, zumal ihm auch dessen Funktion vollkommen unklar gewesen war – er hatte mit diesem ganzen Technik-Kram noch nie besonders viel anfangen können.

Doch jetzt blinkte und surrte dieses Ding, als wollte es gleich explodieren.

Mit einem Mal schwoll das Geräusch der zahlreichen Rotoren der Drohnen, die sich bislang in Schwebeposition befunden hatten, bedrohlich an – sie setzten sich in Bewegung! Ribalis Kuppel war gefallen, sämtliche Drohnen bewegten sich auf den Obelisken im Zentrum des Platzes zu. Und damit genau auf den Kommandostand!

Plötzlich explodierte eine der Drohnen im westlichen Bereich in einem hellen kleinen Feuerball.

»Ribali!«, brüllte Kopetzky in den Sender. »Ich habe Ihnen doch gesagt, Ihre Leute sollen *unter keinen Umständen auf die Drohnen feuern!* Hören Sie?! KEINE Feuerfreigabe!«

Es knackte und rauschte eine Zeit lang in der Leitung, dann hörte Kopetzky die Stimme des Commissarios.

»Das waren nicht meine Leute!«, rief Ribali. »Ich habe keine Ahnung, wer das Ding vom Himmel geholt hat!«

Eine weitere Drohne explodierte, dann noch eine, dann noch eine. Mit jeder Explosion wurde ein absolut toxisches Aerosol-Gemisch aus Sarin und Luft freigegeben, das nun langsam, aber mit der tödlichen Gewissheit der Schwerkraft auf die darunter befindlichen Menschen herabsank.

»Scheiße!«, schrie Kopetzky in die Leitung. »Sämtliche Werfer sollen sofort loslegen! Wir müssen unverzüglich den Schaumtunnel aufspannen!«

»Aber wir haben noch mindestens die Hälfte der Menschen im westlichen Teil des Platzes!«, gab Ribali zurück.

»Weiß ich!«, sagte Kopetzky. »Aber wenn die restlichen Drohnen runterkommen, sind wir geliefert!«

Eine weitere kleine Explosion erschütterte den hinteren Bereich vor dem Petersdom, eine weitere Drohne gab ihre tödliche Ladung in den Himmel frei.

Die Dieselaggregate der großen Panther 8x8 sprangen an, die Feuerwehrleute ihrer Besatzungen kämpften nicht nur um ihr eigenes Leben, sondern auch um das Zehntausender Menschen, während sie mit rautenförmig verschränkten Sprühstrahlen versuchten, einen rettenden Schutzschirm aus Schaum und Wasser über den Flüchtenden aufzuspannen.

Kopetzky blickte zum Himmel. Er sah Hunderte schwarze und mit dem hochgiftigen Aerosol-Gemisch vollgepackte Drohnen, die sich aus allen Richtungen dem Kommandostand näherten.

Das war's dann also, dachte er. *Hatte ich mir auch anders vorgestellt.*

In diesem Moment entdeckte er in etwa fünfzig Meter Entfernung vor ihm einen Mann, der wie irre eine Leuchtstange mit bengalischem Feuer über seinem Kopf schwenkte und so schnell es ihm in der panisch flüchtenden Menschenmasse möglich war, direkt auf den Kommandostand zurannte.

ENDLICH!

74

»Mach jetzt keinen Fehler, Stefano«, sagte der Cavaliere. Er presste seine Pistole in den Nacken des Kardinals und stieg über die leblosen Körper seiner Leibwächter. »Wenn dein Tod nicht notwendig ist, möchte ich ihn gerne vermeiden. Aber wenn du mich dazu zwingst ...«

»Ihr konntet euch also offenbar Zugang auf das Lazarus-Protokoll verschaffen, wie ich annehme«, sagte di Malatesta. In seiner Stimme schwang nicht die geringste Anspannung. »Beeindruckend.« Er griff in seinen Nacken, umfasste den Lauf der Waffe des Cavaliere und schob ihn zur Seite. Dann drehte er sich langsam um. Als sein Blick auf Akin Caner fiel, verharrte er für den Bruchteil einer Sekunde. Der unmerkliche Anflug eines Lächelns legte sich auf seine Lippen, war jedoch sofort wieder verschwunden.

»Ich werde keinen Widerstand leisten, Coccolo«, flüsterte er. »Aber es ist zu spät! Nicht einmal du kannst den Willen Gottes jetzt noch aufhalten.«

Der Cavaliere schnaubte.

»Das werden wir sehen«, sagte er kühl. Dann schlug er dem Kardinal den Griff seiner Waffe mit aller Kraft gegen die Schläfe, griff rasch nach vorne, um dessen schlaff zu Boden sackenden Körper abzufangen.

»Legen Sie ihn mir über die Schulter«, sagte er zu Akin gewandt. »Und dann sollten wir rennen!«

Akin zögerte.

»Sind Sie sicher, dass Sie …?«, setzte er an.

»Das hier ist MEINE Bürde, Akin«, fiel ihm der Cavaliere ins Wort. »War es von Anfang an. Und haben Sie keine Sorge: Ich bin stark genug, sie auch zu tragen. Räumen Sie mir lediglich, bis wir draußen sind, den Weg frei.« Er drehte sich zur Seite, fixierte das Becken des Kardinals mit der rechten Hand auf seiner Schulter und betätigte einen in die Wand eingelassenen Schalter, der einen weiteren Geheimgang freigab.

»Hier entlang!«, befahl er. »Dieser Tunnel bringt uns zur Kanalisation unter dem Platz. Von dort aus gelangen wir zu einem Abwasserschacht direkt neben dem Obelisken.«

75

Während knapp zwanzig Meter unter ihr auf dem Petersplatz die Hölle losbrach, schlich Ishikli Caner sich rasch, aber äußerst vorsichtig an den auf der Balustrade des Petersdoms postierten Scharfschützen heran. Wie sein Kollege auf der anderen Seite trug er einen Vollkörperanzug aus dickem Latex sowie eine schwere Atemschutzmaske. Letztere schränkte sein seitliches Sichtfeld erheblich ein …

Mit kraftvollen, kurzen Stößen rammte Ishikli ihm das Kampfmesser mehrmals in schrägem Winkel etwa zwanzig Zentimeter unter seiner linken Achsel in den Brustkorb, fing, so gut es ging, den leblosen Körper und die Waffe auf und ließ beides zu Boden gleiten.

Sein Kollege tat es ihm wenige Sekunden später mit durchtrennter Kehle gleich.

Ishikli ging hinter einer der Statuen in Deckung und spähte nach unten. Soweit sie es erkennen konnte, waren auf den Dächern der beiden halbkreisförmigen Säulengänge rund um den Platz jeweils zwei weitere Schützen postiert, die eine Drohne nach der anderen über den Gläubigen vom Himmel holten.

Von ihrer erhöhten Position aus würde es ihr ein Leichtes sein, die vier auszuschalten. Plötzlich stockte sie. Sie stellte das SSG-08 auf das Zweibein und schaute durch die Zieloptik.

Unweit der anderen stand ein weiterer Mann. Er hielt jedoch keine Waffe in seinen Händen, sondern ein mit zwei Antennen und einem kleinen Display versehenes Steuergerät.

Hab ich dich, du Arschloch!

Ishikli musste sich entscheiden: Wenn sie die Scharfschützen eliminierte, würde der fünfte Mann aufmerksam werden und womöglich das Weite suchen. Versuchte sie hingegen, zunächst ihn dingfest zu machen, würden die Schützen in der Zwischenzeit noch mehr Drohnen in die Luft jagen.

Sie beschloss, alles auf eine Karte zu setzen, legte das SSG-08 zur Seite und nahm das Sturmgewehr von ihrem Rücken. Mit der Repetiermechanik des Scharfschützengewehrs würde sie nicht schnell genug sein. Das automatisch nachladende Sturmgewehr hingegen könnte ihr einen Zeitvorteil verschaffen. Vorausgesetzt, sie verfehlte mit dieser deutlich weniger präzisen Waffe nicht auch nur einen einzigen der Schützen ...

Was soll's!

Sie wandte sich den beiden Söldnern auf dem rechten Dach zu, atmete durch, gab zwei Feuerstöße ab, schwenkte zum nächsten, feuerte. Dann drehte sie sich ohne Unterbrechung mit einer durchgehenden Bewegung nach links, tat dasselbe. Ohne zu überprüfen, ob sie getroffen hatte, schleuderte sie das Sturmgewehr zu Boden, sprang auf die Beine und rannte nach vorne zur Kante der Balustrade.

Mit einem Satz schwang sie sich über den Mauervorsprung und schlug hart auf dem darunterliegenden Ziegeldach auf. Sie ignorierte den stechenden Schmerz in ihrer Schulter, kam durch den Schwung ihres eigenen Falls wieder auf die Beine und sprintete auf den fünften Mann zu.

Der hatte sie mittlerweile bemerkt.

Er warf die Steuerungseinheit zu Boden, zog eine Pistole aus seinem Gürtelholster, schoss. Dann fuhr er herum, sprang auf das unterhalb liegende Dach des linken Halbkreisbogens und rannte, was seine Beine hergaben.

Ein lautes Zischen erklang in diesem Moment unten auf dem Platz. Ishikli stockte in ihrem Lauf: Zahlreiche vor dem Ausgang platzierte Wasserwerfer hatten zeitgleich zu pumpen begonnen und spannten eine Art Schirm aus Schaum und Wasser über dem Ausgangsbereich auf. In diesem Moment entdeckte sie einen einzelnen Mann, der inmitten der panisch flüchtenden Menschenmenge eine rote Leuchtfackel über seinem Kopf schwenkend auf den Obelisken zulief.

Ein Lächeln legte sich auf ihre Lippen. Sie drehte sich um, fixierte den Flüchtenden etwa dreißig Meter vor ihr mit ihrem Blick, schnappte sich die Steuerungseinheit vom Boden. Und begann zu rennen.

Diesmal kommst du nicht davon! Diesmal. Nicht.

76

Unbarmherzig wurde Peter Roth von den hinter ihm drängenden Menschenmassen auf dem Petersplatz nach vorne geschoben – allerdings ging es dort nicht mehr weiter! So gut er konnte, versuchte er sich auf den Beinen zu halten, eingeklemmt zwischen all den anderen klappte das auch halbwegs, doch er kam mittlerweile weder vor noch zurück, während der Druck in seinem Rücken immer weiter zunahm.

Für einen Moment hatte er das Gefühl, keine Luft mehr zu bekommen, kämpfte intensiv gegen die Panik an, die sich von seinem Bauch aus nach oben schlich und ihm die Kehle zuzuschnüren drohte.

Jetzt reiß dich zusammen, verdammt!

Ein harter Stoß traf ihn in die Seite, er taumelte, stützte sich reflexartig auf der Schulter der Person vor ihm ab. Die zierliche Frau ging unter seinem Gewicht zu Boden, Roth beugte sich nach unten, versuchte verzweifelt, sie wieder auf die Beine zu ziehen, ein weiterer Stoß, diesmal in den Rücken. Gerade noch rechtzeitig konnte er irgendwie über die vor ihm Liegende springen, verlor das Gleichgewicht, stützte sich rechts ab, links, wurde zurückgeworfen, nach vorne geschoben, wieder nach hinten gedrückt. Die Menschen um ihn herum schrien aus Leibeskräften, schnappten panisch nach Luft, rieben sich die zugeschwollenen Augen, während sich bereits die ersten blutenden Pusteln auf ihren Armen bildeten, versuchten mit aller Kraft zu fliehen, wussten nicht, wohin, irgendwohin, nur weg von hier, und verschlimmerten da-

durch die Situation. Über ihnen surrten ohne Unterlass di Malatestas Drohnenschwärme, immer wieder gellten Schüsse von den
Dächern, von den Zufahrten aus mischten sich hektische Sirenen-
geräusche der Einsatzkräfte darunter.

Plötzlich spürte Roth etwas Weiches unter seinen Füßen. Erschrocken sah er zu Boden, blickte in die völlig entsetzten Augen
eines Mädchens, keine sechs Jahre alt. Ohne nachzudenken,
schlug Roth fest mit seinen Ellenbogen nach links und rechts aus,
bückte sich, warf sich die Kleine ansatzlos über die Schulter.

*Er musste sich irgendwie freispielen, sonst würde er es in diesem Chaos
niemals bis zum Kommandostand schaffen!*

Mit hektischen Bewegungen nestelte er seinen Rucksack auf,
zog mit der Linken die letzten verbliebenen Leuchtfackeln heraus
und zündete sie. So hoch er nur konnte schwenkte er sie in Richtung des Zentrums des Platzes, kämpfte sich langsam immer weiter nach vorne.

Als etwa hundertfünfzig Meter vor ihm sämtliche Wasserwerfer, die man dort aufgestellt hatte, aus vollen Rohren Wasser und
Schaum in den Himmel zu pumpen begannen, trafen sich endlich
sein und Kopetzkys Blick. Er konnte erkennen, wie der Agent etwas in sein Funkgerät sprach, keine zehn Sekunden später tauchten wie aus dem Nichts sechs schwer gepanzerte Polizeibeamte
neben Roth auf. Sie bildeten einen Kreis um ihn und das Mädchen, versuchten, die Menschen, so gut es ging, zurückzudrän-
gen – Roth kam jetzt deutlich schneller voran, erreichte endlich
den Kommandostand.

Er warf die Fackeln zu Boden, drückte das Mädchen einem der
Polizisten in die Arme und schwang sich auf die erhöhte Plattform. So schnell er konnte, riss er seinen Rucksack vom Rücken,
öffnete das vorderste Fach, das den Laptop mit dem Lazarus-Protokoll enthielt.

Kopetzky stand neben ihm, beäugte skeptisch das Kabel, mit dem Roth soeben versuchte, den Computer mit der Schnittstelle des Terminals zu verbinden.

»Hast du eine Ahnung, was du da tust?«, sagte der Agent.

»Nein!«, keuchte Roth, und hielt ihm das zweite Netzwerkkabel hin. »Steck das dort drüben rein, in den blauen Port!«

Roth schaute zum Himmel. Seit mehreren Sekunden hatte er keine Explosionen mehr gehört. Der separate Drohnenschwarm, der unmittelbar zuvor noch die Via della Conciliazione ansteuerte, verharrte regungslos an Ort und Stelle unmittelbar vor dem Straßenanfang – offenbar hatte Ishikli ganze Arbeit geleistet!

Er wandte sich wieder dem Terminal zu, fuhr den Rechner hoch und befolgte minutiös die Arbeitsschritte, die der Cavaliere ihm eingehämmert hatte. Das Lazarus-Protokoll wurde hochgeladen und rekalibrierte die Zielerfassung der Laserleitstrahlen. Schließlich forderte das Programm ihn auf, den Zugangscode einzugeben und den RFID-Chip zum Gegenabgleich der Code-Sequenz in den Empfangsbereich des im Terminal eingebauten Empfängers zu bringen.

Lassen Sie mich jetzt nicht im Stich, Varese!

Er richtete sich auf, blickte hektisch um sich. Er konnte weit und breit weder den Cavaliere noch Akin und schon gar nicht Kardinal di Malatesta entdecken.

»Will ich wissen, was du hier machst?«, fragte Kopetzky neben ihm. »Dir ist schon bewusst, dass rund um uns gerade die Welt untergeht, oder?«

»Laserleitsystem, Notfallplan des Kardinals, Tiber, Wasser, Drohnen – lange Geschichte!«, japste Roth. »Aber wenn Cavaliere Varese nicht bald den Kardinalstaatssekretär hier anschleppt, haben wir ohnehin ausgespielt!«

»Ich verstehe kein Wort«, sagte Kopetzky. »Kann dieses Ding

da uns nun irgendwie die verfickten Schmeißfliegen dort oben vom Hals schaffen oder nicht?«

»Sollte es«, ertönte die Stimme des Cavaliere hinter ihnen.

Roth drehte sich um und sah, wie Akin gerade den schlaffen Körper des Kardinals aus einem Schacht zu ziehen versuchte.

»Wie zum ...?!«

»Fragen Sie erst gar nicht«, sagte Varese. »Roth, aktivieren Sie Lazarus! JETZT!«

77

Ishikli war etwa einen Meter hinter dem Flüchtenden. Sie presste die letzten Reserven aus den Muskeln in ihren Oberschenkeln, stieß sich mit einem kraftvollen Satz ab und krallte sich an den Oberkörper des anderen. Sobald sie ihn zu fassen bekommen hatte, warf sie sich mit ihrem ganzen Körpergewicht herum und versuchte, ihren Kontrahenten zu Fall zu bringen.

Doch Oberst Nokhanov erwies sich einmal mehr als ein Gegner, den man nicht unterschätzen sollte, besonders, wenn er in die Ecke gedrängt war: Irgendwie musste er Ishiklis Angriff aus dem Augenwinkel gesehen haben, denn er hatte sich in ihre Bewegung hineingedreht und sicheren Stand zur anderen Seite hin eingenommen. Wenn sie ihn in vollem Lauf erwischt hätte, wäre er zu Boden gegangen, so aber strauchelte er lediglich, ließ Ishikli über seine Schulter hinwegrollen und riss in einer gleitenden Bewegung seine Pistole aus dem Gürtelholster.

Ishikli kam sofort wieder auf die Beine, duckte sich unter seinem ausgestreckten Arm hindurch, griff mit beiden Händen nach dem Handgelenk des Russen und drehte sich erneut mit ihrem ganzen Körper zur Seite.

Nokhanov gab einen gequälten Schrei von sich, während die Pistole aus seiner Hand fiel und klackernd auf dem schrägen Ziegeldach nach unten schlitterte. Blitzschnell hatte er sein Feldmesser aus dem Gürtel gezogen. Breitbeinig und mit nach vorne gebeugtem Oberkörper baute er sich vor Ishikli auf. Er riss sich die Atemschutzmaske vom Kopf.

»Wenn ich hier schon draufgehen muss«, blaffte er, »dann werde ich dich vorher noch ausweiden wie einen Hund, du Drecksfotze!«

Ishikli kippte ihren Kopf langsam von links nach rechts und wieder zurück. Ihre Wirbelsäule gab ein knackendes Geräusch von sich. Sie lächelte. Dann nahm sie ebenfalls eine gebeugte Haltung ein, zog die beiden Feldmesser aus den Halterungen auf ihrem Rücken und machte mit ihrer rechten Hand eine einladende Bewegung.

»Komm her!«, sagte sie nur.

Nokhanov zögerte für den Bruchteil einer Sekunde, dann sprang er nach vorne und warf sich mit der Wucht seiner gesamten Körpermasse auf Ishikli.

Ishikli hatte seinen Angriff vorhergesehen, drehte sich zur Seite und ließ den Russen über ihre Schulter abgleiten, während sie mit dem Messer in ihrer Linken einen gezielten Stich in seine Flanke ausführte.

Die ganze Aktion hatte keine zwei Sekunden gedauert, doch Nokhanov wankte. Die Klinge war tief in das Fleisch knapp oberhalb seiner Hüfte eingedrungen.

Wenn sie ihn jetzt lange genug beschäftigen konnte, schoss es ihr durch den Kopf, würde er innerlich verbluten. Der Russe war ihr körperlich bei Weitem überlegen, und er war ein kampferfahrener Veteran. Ihre Chancen in einem offenen Kampf standen ausnahmsweise nicht besonders gut.

Nokhanov hielt sich die Seite. Er blickte Ishikli verächtlich an, spuckte zu Boden. Dann sprang er erneut auf die Türkin los.

Ishikli wollte ausweichen, doch einer der Dachziegel unter ihren Füßen löste sich, sie verlor das Gleichgewicht.

Nokhanov erfasste die veränderte Situation blitzschnell, schlug ihre rechte Hand zur Seite, drehte sie an der Schulter herum und schlang seinen Arm fest um ihre Kehle.

Ishikli wurde für einen Moment schwarz vor Augen, sie spürte den kühlen Stahl des Feldmessers des Russen an ihrer Kehle, fühlte seinen feuchten, warmen Atem an ihrem Ohr. In diesem Augenblick bemerkte sie unten auf dem Platz beim Kommandostand ein helles Funkeln – das Sonnenlicht wurde von der Zieloptik eines Sturmgewehres reflektiert und blendete sie direkt ins Gesicht. Sie lächelte. Und schloss die Augen.

»Grüß deine Mutter von mir, Schlampe!«, flüsterte Nokhanov und schob das Messer nach vorne.

78

Roth presste seine Lider aufeinander und drückte die Eingabetaste. Langsam öffnete er zunächst das linke, dann das rechte Auge. Er spähte zum Monitor des Rechners. Erleichtert atmete er auf: Sowohl die Code-Sequenz als auch die RFID-Sicherung waren von dem Programm akzeptiert worden.

Lazarus war aktiv!

»Es läuft!«, rief er triumphierend.

Die Blicke sämtlicher Umstehender richteten sich zum Himmel, und tatsächlich: Zunächst formierte sich nur eine Handvoll der Drohnen neu, dann mehr und immer mehr, bis der gesamte Schwarm in einem geschlossenen Zug in Richtung des Tibers flog und dabei langsam, aber beständig an Höhe verlor. Jegliche Sorge, die Roth zuvor noch gehabt hatte, die Giftstoffe könnten unter Umständen bei einem zu harten Aufsetzen auf die Oberfläche des Flusses freigegeben werden, verschwanden. Die Drohnen würden einfach auf den Grund sinken, Kampftaucher könnten sie bergen, und ihre tödliche Fracht ein für alle Mal aus dem Verkehr ziehen.

»Noch haben wir nicht gewonnen«, sagte Kopetzky in diesem Moment.

Roth runzelte die Stirn.

»Was meinst du?«, sagte er und stemmte sich wieder auf die Beine.

Kopetzky deutete auf einen kleinen Schwarm von vielleicht dreißig Drohnen, der nach wie vor über der Via della Conciliazione schwebte.

»Der ist manuell gesteuert«, sagte Kopetzky. »Sobald den Dingern der Saft ausgeht, klatschen sie runter. Es sei denn, sie sind so programmiert, dass sie in einem solchen Fall selbstständig landen – wobei ich daran bei *diesen speziellen* Drohnen so meine Zweifel habe.«

Roth hatte seinem Freund kaum zugehört. Sein Blick fixierte einen Punkt auf dem Dach des halbkreisförmigen Säulenganges hinter dem Agenten. Zwei in Schwarz gekleidete Personen kämpften dort oben, wie es aussah, waren sie mit Messern bewaffnet. Einer der beiden bewegte sich deutlich geschmeidiger als der andere, schien seinem Widersacher jedoch körperlich unterlegen zu sein.

Ishikli!

Roth wurde abwechselnd heiß und kalt. Er entriss einem der neben Kopetzky stehenden Polizisten sein Sturmgewehr und spähte durch die Zieloptik.

Just in diesem Moment schien Ishikli dort oben aus irgendeinem Grund den Halt zu verlieren, der andere überwältigte sie und presste seine Klinge an ihren Hals. Der Kopf des Angreifers war fast vollständig von Ishiklis Gesicht verdeckt. Mit einem Mal gewann Roth den Eindruck, die Türkin würde ihn trotz der Entfernung von beinahe einhundert Metern direkt anblicken. Dann schloss sie ihre Augen.

Roth blickte durch die Zieloptik, atmete langsam aus und zog in der gleichen Bewegung den Abzug sanft nach hinten.

Für den Bruchteil einer Sekunde passierte gar nichts, dann klappte der Mann, der Ishikli eben noch fixiert hatte, leblos nach hinten.

Die Türkin fuhr mit der Hand zu ihrem rechten Ohr, dann hob sie etwas vom Boden auf, rannte zur Dachkante und hangelte sich behände nach unten auf den Platz. Mit ausgreifenden Schritten kam sie auf den Kommandostand zugerannt.

»Guter Schuss«, sagte Kopetzky. Er versuchte offenbar, seine Anspannung so gut wie möglich zu verbergen, doch das heftige Zittern seiner Hände, während er erfolglos versuchte, seine Zigarettenpackung aufzuklappen, sprach Bände. »Was hatte sie dort oben überhaupt zu suchen?«

Roth brachte keinen Laut heraus. Er schaute den Agenten nur vollkommen irritiert an und schüttelte den Kopf.

Ishikli hatte den Kommandostand mittlerweile erreicht. Sie hielt eine Funkfernsteuerung in die Höhe und reichte sie dem Cavaliere.

»Ich schätze, damit können Sie diese restlichen Dinger runterbekommen, ohne dass sie dabei zu Bruch gehen«, keuchte sie.

Der Cavaliere nickte und gab die Fernsteuerung an einen der Polizisten weiter, der sich umgehend ans Werk machte.

»Du ... Du blutest!«, stammelte Roth, der sich nach wie vor noch nicht wieder vollständig unter Kontrolle hatte.

Ishikli lachte gequält auf.

»Kunststück!«, sagte sie. »Du hast mir auch mein halbes rechtes Ohr weggeschossen!«

Ehe Roth etwas erwidern konnte, schlang sie ihre Arme fest um seinen Hals.

»Dan-ke!«, flüsterte sie.

Jemand klatschte langsam in die Hände.

»Wie rührend!«, sagte Kardinal di Malatesta. Er war wieder zu sich gekommen und putzte sich gerade umständlich den Staub von seiner Robe. »Ich bin ganz ergriffen von so viel Herzenswärme!«

Der Cavaliere wollte auf ihn losfahren, doch Kopetzky hielt ihn an der Schulter zurück.

»Ich an Ihrer Stelle würde jetzt *ganz* kleinlaut sein, di Malatesta«, sagte er. »Wir nehmen Sie erst mal auf unbestimmte Zeit in Verwahrungshaft. Und ich wäre mir *alles andere* als sicher, dass wir Ihnen von diesem ganzen Irrsinn am Ende des Tages nicht *doch* noch etwas anhängen können!«

Der Kardinal lachte hell auf. Er machte einen Schritt auf Ishikli und ihren Bruder zu, stellte sich direkt vor Akin.

»Akin«, sagte er sanft. »Schön, Sie wiederzusehen.«

Ishikli stieß den Kardinal mit beiden Händen gegen seine Brust. Er taumelte für einen Moment zurück, ließ sich jedoch nicht aus der Ruhe bringen und baute sich erneut direkt vor Akin auf.

»Gehen Sie mir aus der Sonne, Sie Arschloch!«, knurrte Akin. Der Türke spannte seine Muskeln an. Der Griff seiner Hände schloss sich fester um das Sturmgewehr, das mit einem Gurt über seiner Schulter hing.

»Ts, ts, ts – immer diese unnötigen Aggressionen«, sagte der Kardinal unbeeindruckt. Er trat noch näher an Akin heran, bis er nur noch wenige Zentimeter von dessen Gesicht entfernt war. »Dabei wissen wir es doch beide: WER UNTER EUCH OHNE SÜNDE IST, WERFE ALS ERSTER EINEN STEIN AUF SIE!«

Akins linkes Augenlid zuckte, zunächst langsam, dann immer heftiger. Plötzlich blinzelte er mit beiden Augen mehrmals in hoher Geschwindigkeit. Sein Nacken zitterte.

»Sprechen Sie mir ruhig nach«, flüsterte der Kardinal. »*Der ohne Sünde ist, werfe als Erster einen Stein auf sie.*«

Akins Lippen bewegten sich unmerklich, doch sie bewegten sich. Es schien, als würde er die Worte des Kardinals innerlich nachsprechen.

Plötzlich spannte der Cavaliere seine Muskeln an, stellte sich mit weit zur Seite ausgebreiteten Armen schützend vor Roth und Kopetzky.

»Ich habe so etwas schon einmal gesehen«, sagte er mit tiefer Besorgnis in der Stimme. »Und zwar bei der Aktivierung der von PROMETHEUS programmierten Schläfer – aber das sollte doch eigentlich unmöglich sein, der Zeitraum war viel zu kurz, und ...«

Völlig unvermittelt riss Akin sein Sturmgewehr in den Anschlag und zielte auf Kopetzky.

»Sie werden Kardinal di Malatesta jetzt sicheres Geleit gewähren und ihn gehen lassen!«, herrschte er den Agenten an.

»Akin!«, schrie Ishikli. »Spinnst du jetzt komplett? Hör auf mit diesem Schwachsinn!« Sie stellte sich neben ihren Bruder und versuchte, den Lauf seiner Waffe nach unten zu drücken. Mit einer verärgerten Bewegung riss Akin das Sturmgewehr wieder nach oben und stieß Ishikli mit dem Kolben der Waffe zur Seite.

»Halt dein Maul, Dişhi!«, schnauzte er seine Schwester an.

Ishikli zuckte zusammen und wich langsam einen Schritt zurück. Vollkommen fassungslos starrte sie zunächst ihren Bruder, dann den Cavaliere Varese an.

»Was habt ihr Arschlöcher mit ihm gemacht?!«, brüllte sie.

»Sie werden den Kardinal JETZT gehen lassen«, wiederholte Akin kühl.

Kopetzky wusste offenbar nicht, wie ihm geschah.

»Haben Sie zu lange in der Sonne gestanden?«, sagte er irritiert. »Kommt absolut nicht infrage!«

Mit einem Mal ging alles unglaublich schnell: Akin entsicherte seine Waffe mit dem Daumen, Ishikli stieß einen hellen Schrei aus. Akin gab zwei kurze Feuerstöße in Kopetzkys Richtung ab. Im gleichen Moment warf sich der Cavaliere direkt in die Schusslinie.

Von beiden Projektilen mittig in den Brustkorb getroffen, sank Varese zu Boden.

Ishikli sprang zum Cavaliere, ließ sich auf die Knie fallen und presste ihre Hände mit aller Kraft gegen seinen Oberkörper. Mit Tränen in den Augen sah sie auf und schrie ihren Bruder aus Leibeskräften an: »Hör auf damit, du verdammter Idiot!« Sie drehte sich herum, riss sich mit kräftigen Bewegungen die Ärmel von ihrem Overall, knüllte die Stofffetzen zusammen und versuchte verzweifelt, die Blutung damit irgendwie zu stoppen – doch es war ein Kampf gegen Windmühlen! Unerbittlich spritzte das Blut in regelmäßigen Stößen aus dem Brustkorb des Italieners.

»Sie können ...«, gurgelte der Cavaliere. Es fiel ihm sichtlich schwer zu sprechen, zu viel Flüssigkeit quoll aus seinen zerfetzten Arterien und drückte offenbar auch gegen die Lungenflügel. »Sie *können es nicht* stoppen«, flüsterte er Ishikli zu. »Es lässt sich *nicht* mehr rückgängig machen! Ihr Bruder ist verloren! Sie müssen ihn aufhalten, sonst ...« Der Rest seines Satzes verstarb in einem dunklen Gluckern, ehe ihn endgültig das Bewusstsein verließ.

Kopetzky ging neben Ishikli in die Hocke, presste die Arme unter Einsatz seines gesamten Körpergewichts auf die Wunden.

Ishikli verließen ihre Kräfte. Heftig atmend stützte sie sich auf alle viere, stemmte sich wieder auf die Beine und wandte sich zur Seite. Dunkelrotes Blut troff von ihren schlaff neben ihrem Körper herunterhängenden Armen und hinterließ eine Spur kleiner Tropfen auf dem Boden.

»Was ... Was hast du getan?!«, stammelte sie hilflos. »WARUM?!«

Akins Gesicht zeigte keinerlei Regung. Erneut hob er sein Sturmgewehr und zielte damit direkt auf Peter Roths Stirn.

»Erst wenn wir jede Bedrohung ausgelöscht haben«, sagte er, »werden wir sicher sein. Wir müssen *jede* Bedrohung auslöschen!«

»Akin, ich bitte Sie!«, keuchte Roth. »Sie *wissen*, dass wir keine Bedrohung sind, wir ...«

Ein Schuss fiel.

Ishikli zuckte heftig zusammen, fuhr herum und starrte mit weit aufgerissenen Augen auf den tödlich getroffenen Polizisten, der unmittelbar zuvor noch neben Peter Roth gestanden hatte. Jetzt erst bemerkte Roth, dass der Mann offenbar versucht hatte, seine Pistole zu ziehen.

Ishikli stellte sich neben ihren Bruder und schlang ihre Arme um seine Hüften. Ihr ganzer Körper zitterte heftig, es wirkte, als würde sie Akin für immer festhalten und nie wieder loslassen wollen. Er ließ sie gewähren. Mit geschlossenen Augen und von Tränen erstickter Stimme begann sie zu sprechen, ohne ihre Umklammerung zu lösen.

»Mein Herz! Mein Leben, ich *flehe* dich an, hör auf damit! BITTE hör auf damit! Was immer sie mit dir gemacht haben, wir finden einen Weg, wir werden es irgendwie schaffen, das alles rückgängig zu machen, und …«

Akin stieß seine Schwester kraftvoll mit der Schulter zur Seite. Im gleichen Atemzug hob er erneut das Sturmgewehr in die Höhe und legte an.

Ein weiterer Schuss zerriss die Luft.

Peter Roth spürte einen gellend heißen Schmerz in seiner linken Schulter, er spürte, wie alle Luft aus seinen Lungen gepresst wurde und er hart mit dem Kopf auf dem Boden aufschlug.

Wie aus weiter Ferne hörte er dumpf die sich mehrmals überschlagende Stimme Ishiklis »NEEIIN!« brüllen. Er sah, wie sich jede bis zum Zerreißen angespannte Muskelfaser ihres Körpers in einer einzigen kraftvollen Explosion zu entladen schien, als sie wie eine verwundete Raubkatze auf Akin zusprang, ihr rechter Arm zu ihrem Rücken ging und in derselben Sekunde wieder nach vorne schnellte. Er sah, wie sie mit einem verzweifelten Schmerzensschrei ihrem so innig geliebten Bruder das Feldmesser bis zum Heft ins Herz rammte. Er sah, wie Ishikli den reglosen Körper ihres Bruders auffing, ehe sie eng umschlungen gemeinsam zu Boden sanken, und er sah noch, wie die beiden in einer sich immer schneller ausbreitenden Lache aus dunkelrotem Blut nebeneinanderlagen, wie Ishiklis Schultern bebten, während sie Akins Kopf streichelte.

Dann wurde es dunkel um Roth herum.

79

»Kauf dir bitte endlich ein neues Aftershave!«, krächzte Roth. Er hatte Thomas Kopetzky bereits riechen können, noch bevor er in der Lage war, seine Augen aufzuschlagen.

Vorsichtig richtete er sich in seinem Bett auf, fiel jedoch sofort zurück ins Kissen, als ihn ein heftiges Schwindelgefühl erfasste. Nach einigen Sekunden versuchte er es erneut. Er schaute sich um.

Einzelzimmer, sieh an, dachte er.

»Wie geht es dir?«, fragte Kopetzky. Er zog einen Stuhl näher an das Krankenbett und setzte sich darauf.

»Fragst du das im Ernst?!«, sagte Roth, wurde jedoch von einem heftigen Hustenanfall unterbrochen.

»Ein Fragment deines Schlüsselbeins hat den Lungenflügel erwischt«, sagte Kopetzky trocken. »Wird aber wieder.« Er nahm einen Nikotin-Inhalator aus seiner Innentasche und zog daran. »Wimbledon wirst du mit der Schulter allerdings nicht mehr gewinnen.«

Roth musste auflachen, bereute es jedoch sofort wieder.

»Aua!«, entfuhr es ihm.

»Lachen ist ungesund«, sagte Kopetzky. »Sag ich immer schon.«

Roth lächelte.

»Wie geht es Ishikli?«

Kopetzky zog an seinem Inhalator.

»Der geht's beschissen«, sagte er. »Wir haben sie in eine Rehabilitations-Einrichtung des Mossad auf Malta gebracht. Aber sie wird schon wieder. Sie ist stark.«

Roth schnaubte.

»Du bist ein gefühlskaltes Ekel!«

»Berufskrankheit«, bemerkte Kopetzky trocken. »Sie hat die beste psychologische Betreuung, die wir auftreiben konnten. Außerdem haben wir ihr eine blütenweiße neue Identität verschafft. Sobald sie dort wieder raus ist, kann sie endlich ihr eigenes Leben beginnen.« Er machte eine kurze Pause, blickte auf seine Schnürsenkel. »Was sie auch verdammt noch mal verdient hat! Ich weiß, *was* diese Frau bei der Nummer hat opfern müssen. Das war mehr als nur heldenhaft.«

»Apropos«, hakte Roth ein. »Was ist mit Akin?«

»Staatliches Ehrenbegräbnis mit allem Pipapo«, sagte Kopetzky. »Wir konnten die gesamte Scheiße mithilfe des Mossad dem IS anhängen, weil diese islamistischen Idioten tatsächlich einige Sympathisanten vor Ort hatten – Gott weiß, was sich diese Affen davon erhofft haben. Akin wurde offiziell zu einem leitenden türkischen Agenten erklärt, ohne dessen aufopferungsvollen Einsatz der ›verheerende Anschlag auf die Ostermesse‹ noch weitaus dramatischer ausgegangen wäre.«

Roths Magen verkrampfte sich. Die schrecklichen Erinnerungen an die Ereignisse auf dem Petersplatz kamen allmählich wieder vollständig zurück in sein Gedächtnis.

»Wie viele Menschen konnten wir ...?«, setzte er an.

Kopetzky schaute auf. »Die Idee mit dem basischen Schaum hat im Endeffekt recht gut geklappt«, begann er. »Trotzdem war die Zahl der schwer Verwundeten mit mehr als achttausend verdammt hoch. Aber soweit ich informiert bin, kommen die meisten von ihnen wieder auf die Beine. Allerdings mussten wir bislang auch 238 Leichensäcke füllen.«

Roth schluckte. In Anbetracht der Menschenmenge auf dem Platz eine geringe Zahl. Absolut gesehen eine unvorstellbare Tragödie. Er spürte, wie ihm schlecht wurde.

»Scheiße!«, flüsterte er.

Kopetzky zuckte mit den Schultern.

»Absolut!«, sagte er. »Aber ich will mir nicht ausmalen, was hätte geschehen *können*. Lass dir das nicht umhängen, Peter! Wir haben unser Möglichstes getan. Wenn dieser Psychopath mit seinem Vorhaben durchgekommen wäre ...« Er stockte. »Wie gesagt, ich will's mir gar nicht erst vorstellen ...«

»Ich weiß«, sagte Roth betreten.

Eine Weile saßen sie schweigend da.

»Das war's also?«, sagte Roth. »Wir waren niemals dort, alles hat nie stattgefunden?«

Kopetzky gab ein Grunzen von sich, das man mit einigem guten Willen als Lachen hätte interpretieren können. Er stand auf und stellte sich zum Fenster.

»Ich habe sogar eine *gute* Nachricht«, begann er. »Der Mossad hat einen Großteil der Daten aus der Blackbox von PROMETHEUS rekonstruieren können. Sie sind zuversichtlich, dass es ihnen möglich sein wird, das Ding nachzubauen.«

Roth zog sein Gesicht zu einer Grimasse.

»Das soll die *gute* Nachricht sein?!«

Kopetzky hob die Augenbrauen und wandte Roth den Rücken zu.

»Sie teilen alle Erkenntnisse mit uns«, sagte er. Er zögerte einen Moment, kratzte sich am Hinterkopf. »Zumindest behaupten sie das.«

»Und der Kardinal?«

Der Agent drehte sich wieder um. Er schüttelte verärgert den Kopf.

»Ist im Chaos während Akins Amoklauf verschwunden. Angeblich hat der Vatikan ihn vorläufig in einem Jesuitenkloster in Chile geparkt. Ich fürchte allerdings, dass es nicht zu einer Anklage gegen dieses Arschloch kommen wird, solange der Cavaliere als unser einziger Kronzeuge im Koma liegt.«

Roth riss erfreut die Augen auf.

»Varese lebt?!«

»Mehr oder weniger«, sagte Kopetzky. »Er befindet sich in einem dieser streng geheimen und eigentlich gar nicht existenten Militärkrankenhäuser der Israelis im künstlichen Tiefschlaf. Eine der Kugeln hat seine Aorta getroffen, sein Hirn war mehr als drei Minuten ohne Sauerstoff. Wenn du mich fragst, wird der nicht mehr – der Typ ist Toast.«

»Warum hält ihn der Mossad dann am Leben?«

Erneut zuckte Kopetzky bloß mit den Schultern.

»Keine Ahnung«, sagte er. »Das musst du Sarah Goldblum fragen.« Er blickte zum Fenster hinaus. »Was wirst du jetzt machen, sobald du hier wieder raus bist?«

Roth grinste breit.

»Nach Malta fliegen«, sagte er. »Und ich werde zwei Fallschirme einpacken und einen Tandemsprung organisieren. Ich kenne nämlich jemanden, dessen sehnlichster Wunsch es ist, auf dem Wind reiten zu können.«

Für einige Sekunden versank er in seinen Gedanken und starrte ins Leere.

»Was hast du?«, erkundigte Kopetzky sich besorgt.

Roth schaute auf. »Nichts«, sagte er. »Ich habe nur eben daran gedacht, dass ich auch noch einen *dritten* Fallschirm werde mitnehmen müssen. Als Symbol.«

Epilog

Die rot glühende Abendsonne verschwand allmählich und in einem beeindruckenden Farbenspiel am Horizont. Die Wellen kräuselten sich auf dem kobaltblauen Meer weit unten in der Bucht, während die Zikaden ihr allabendliches Konzert anstimmten.

Schwester Elana Siragossa zog die Vorhänge des Schwesternzimmers zu, kontrollierte den Sitz ihrer Uniform und machte sich auf, ihre Nachtschicht zu beginnen.

Sie hatte eindeutig einen ausgesprochen angenehmen Job, dachte sie, während sie die Mappen der Patienten überprüfte und ihre Zeitkarte durch die Maschine zog. Keine Verwandten oder sonstigen Besucher, mit denen sie sich auseinandersetzen musste, keine egozentrischen Ärzte, keine Sorge, gekündigt zu werden, kein administrativer Aufwand mit dem Überprüfen von Versicherungsleistungen, keine Debatten um das notwendige Budget oder die Stationsausrüstung – wenn sie irgendetwas benötigte, meldete sie es an die Zentrale, und es wurde geliefert. Ohne Einwände, ohne Schwierigkeiten. Und ihre Patienten waren, nun ja – ausgesprochen schweigsam, da sie allesamt in künstlichem Tiefschlaf gehalten wurden.

Lediglich Fragen zu stellen war keine gute Idee. Der Mossad mochte es nicht, wenn man Fragen stellte. Aber das störte Schwester Siragossa nicht sonderlich. Sie war ohnehin kein Mensch, der gerne Fragen stellte. Die Dinge waren, wie sie nun einmal waren, und daran würde sich auch niemals etwas ändern – welchen Sinn die Menschen darin sahen, ständig alles und jeden ergründen, hinterfragen und verstehen zu wollen, würde sich ihr ohnehin nie erschließen.

Sie klemmte sich die Kontrollmappen unter die Achsel, ging den Flur hinunter und öffnete die Tür zu dem Zimmer ihres Lieblingspatienten. Patient 93–10 war vor etwas mehr als vier Monaten mit zwei schweren Schusswunden in seiner Brust eingeliefert worden. Angeblich litt er deshalb an einem massiven Hirnschaden, doch er hatte sich seit seiner Einlieferung geradezu vorbildlich stabil gehalten. Ein Bild von einem Mann!

Wer brauchte schon ein funktionierendes Gehirn, wenn er über einen solchen Körper verfügte?, dachte Schwester Siragossa belustigt. Sie kicherte leise vor sich hin, während sie das Fenster schloss, die Vorhänge im Patientenzimmer zuzog und das Licht anmachte.

»Na, dann schauen wir mal, wie es uns heute geht«, sagte sie zu sich selbst und wandte sich dem Krankenbett zu.

Ein spitzer, erschrockener Schrei drang aus ihrer Kehle, während sämtliche Krankenmappen klackernd zu Boden fielen.

Aber … das war … das war doch voll-kommen un-möglich!

Vor ihr stand ein leeres Bett.

ENDE

DANKSAGUNG

In erster Linie möchte ich mich bei allen Leserinnen und Lesern bedanken – ohne euch wäre nichts von alledem möglich geworden, und ich freu mich schon auf viele weitere Abenteuer, die wir gemeinsam erleben werden!

Meinen engsten Herzensfreunden gebührt mein Dank für so unendlich vieles, aber ganz besonders dafür, dass sie mich durch sämtliche Höhen und Tiefen hindurch über all die Jahre in meinen Launen ausgehalten und ertragen und mich immer wieder aufs Neue motiviert haben, niemals aufzugeben und meine Geschichten in die Welt hinauszubringen.

Danken will ich auch meinem Agenten Günther Wildner für sein Durchhaltevermögen, seine klugen Worte und die langjährige gute Zusammenarbeit, meinem großartigen Lektor und sprachlichen Sparring-Partner Benjamin Brückner für seine so hilfreichen Anmerkungen und den kritischen Blick auf meine Texte und natürlich dem Ullstein Verlag dafür, dass er in mich und meine Geschichten sein Vertrauen setzt.

Daniela Larcher und Roland Spranger, die mir mit ihrer Erfahrung und ihren ermutigenden Worten stets aufs Neue Hoffnung gegeben haben, werde ich ihre Unterstützung niemals vergessen – Ihr seid ganz wunderbar!

Obwohl die Story zur Gänze fiktiv ist, existieren die im Text erwähnten Technologien in ihren Grundlagen schon heute, wurden von mir in der Entwicklung allerdings ein wenig in die Zukunft gedacht; im Syrien-Krieg sind leider tatsächlich einige Tonnen Sarin verschwunden und bis heute nicht wieder aufgetaucht; die erwähnten Sehenswürdigkeiten und Orte könnt Ihr in natura im nächsten Urlaub in Rom auf den Spuren von Ishikli und dem Cavaliere besichtigen (oder Ihr besucht einfach nur so die Ewige Stadt, kann ich grundsätzlich immer empfehlen). Und falls Ihr euch vorsorglich schon auf Band 2 eingrooven wollt, fahrt nach Paris und Montpellier und Barcelona ... (Hier gilt das Gleiche wie für Rom: sonst natürlich sowieso!)

Ganz herzlich
Euer Philipp Gravenbach

»Evan Ryder ist eine für die Ewigkeit!«

David Baldacci

Als die Kinder ihrer verstorbenen Schwester entführt werden und jemand ihren Schwager ermordet, ahnt Evan Ryder, dass die Jagd auf sie eröffnet ist. Hinter all diesen Vorfällen scheint Omega zu stecken, eine ultrareligiöse Organisation, die vor nichts zurückschreckt, um die westliche Welt zu destabilisieren. Da ihre Abteilung beim amerikanischen Geheimdienst geschlossen wurde, muss Evan Ryder sich auf einen Verbündeten einlassen: Ben Butler, ihren früheren Vorgesetzten, mit dem sie eine bewegte Vergangenheit teilt. Die Suche nach den Kindern führt die beiden von Washington über Moskau, Istanbul und Köln bis zu einer alten Kirche tief in den Karpaten und stellt alles in Frage, was Evan Ryder über sich selbst und ihre Familie zu wissen meint.

Eric Van Lustbader
Die Kobalt-Akte
Thriller

Aus dem Amerikanischen von Barbara Ostrop
Taschenbuch
Auch als E-Book erhältlich
www.ullstein.de

ullstein

Der Blick ins abgrundtief Böse

Eine Frau in Todesangst. Sie kann nicht schreien, ein Knebel verstopft ihren Mund. Sie ist auf einer Pritsche fixiert und kann sich keinen Zentimeter bewegen. Ihr Peiniger kennt keine Gnade. Er zückt die Säge – und nimmt sich, was er am meisten begehrt: ihre Beine …

Der »Seelenleser« Tom Bachmann bekommt einen Anruf von einer alten Bekannten, deren Freundin verschwunden ist. Niemand nimmt ihren Verdacht ernst, da die Vermisste noch Fotos von sich auf Instagram hochlädt. Als Tom erkennt, dass die Frau auf den Bildern tot ist, wird ihm klar: Wer seine Opfer auf diese Art und Weise ausstellt, mordet nicht zum ersten Mal.

Chris Meyer
Der Follower
Thriller

Taschenbuch
Auch als E-Book erhältlich
www.ullstein.de

ullstein

Er will dein Blut. Er liebt den Schmerz. Er spielt um dein Leben.

Der Psychoanalytiker Robert Forster kennt sich aus mit Gewalt – seine Patienten sind Schwerkriminelle und Psychopathen. Ihn wirft so schnell nichts aus der Bahn. Da geschieht das Unfassbare: Während eines seiner Anti-Aggressionstrainings explodiert eine Bombe, ein Patient stirbt. Kurz darauf kommt der nächste Schock: Sechs von Forsters Studenten werden entführt. Der Täter fordert Forster zu einem makabren Spiel um das Leben der Menschen auf. Forster begreift, dass nur er die Studenten retten kann – und dass der Täter jemand sein muss, der ihn kennt.

Tom Falkner
Gott ist böse
Thriller

Taschenbuch
Auch als E-Book erhältlich
www.ullstein.de

ullstein